내사랑 휘트니

1

Whitney
my love

Judith McNaught

내사랑
휘트니

1

특별판

주디스 맥노트 지음
김문유 옮김

현대문화센타

친구이자 남편인 내 사랑, 마이클을 추억하며

독자들에게 드리는 글

<내 사랑 휘트니>는 필자가 쓴 첫 번째 소설이다. 1978년 이 소설을 쓰기 시작했을 때 내게 소망이 있었다면 언젠가 '휘트니'가 세상의 빛을 보는 것이었다. 포켓 북스 사에서 1985년 이 책이 처음 출간되었을 때에는 베스트셀러가 된다거나 상을 받는다거나, 그리하여 고전으로 자리 잡게 되리라고는 상상하지 못했다. 그러나 그런 일들이 실제로 일어났고 이런 일련의 축복을 멋진 마무리라고 생각했다.

그런데 그것은 시작에 불과했다.

웨스트모어랜드 가문 사람들을 너무도 친근하게 느낀 독자들은 그들을 주인공으로 삼아 또 다른 소설을 쓰라고 끈질기게 졸라댔다. 필자는 그 요청에 답해 초대 클레이모어 공작인 로이스 웨스트모어랜드와 그가 납치하여 신부로 삼은 제니퍼 메릭 웨스트모어랜드의 사랑과 삶을 다룬 중세소설 <꿈의 왕국 *A Kingdom of Dreams*>을 쓰기로 마음먹었다. 사실 그런 소설을 쓸 계획이 전혀 없었다. 그런데 제니퍼와 로이스는 원고지 위로 뛰어올라와 마치 자신들이 실제로 존재했으며 그 이야기를 들려주고 싶다는 듯 이야기를 술술 풀어놓았다. 필자는 제니퍼와 로이스의 성격에 환호성을 질렀다. 그리고 끝에 가서는 그들과 사랑에 빠졌다. 결국 <꿈의 왕국>은 필자가 가장 아끼는 소설이 되었고, 독자들도 동감했다.

몇 년에 걸쳐 또 다른 웨스트모어랜드 가문의 사람들에 대한 책을 다시 쓰라는 요청은 수그러들 줄 모르고 거세지기만 했다. 결국 독자들의 요청에 두 손을 들고 스티븐 웨스트모어랜드가 주인공으로 등장하는 소설을 썼다. 스티븐을 위해 의도적으로 전혀 예측할 수 없는 여주인공을 창조했다. 그녀는 스티븐을 즐겁게 하는 동시에 낙담하게도 하는 여성이다. 그런 다음 두 사람을 힘겨운 상황으로 몰아넣었다가 그들 스스로 그 곤경에서 빠져나오게 했다. 필자는 스티븐을 돕거나 방해하기 위해 <내 사랑 휘트니>의 주인공인 휘트니와 클레이튼은 물론 니콜라 뒤비에와 휴 휘티콤을 새로이 무대에 서게 했다.

필자는 스티븐의 이야기를 쓸 때 <내 사랑 휘트니>에서 익숙한 등장인물들과 함께 작업을 하면서 무척 즐거운 시간을 보냈다. 하지만 웨스트모어랜드 가문의 사람들이 등장하는 책은 이것으로 끝을 맺어야 한다고 느꼈다. 그러나 독자들의 생각은 달랐다. <그대를 만나기까지 Until You>가 양장 제본되어 출간되자 독자들한테서 <내 사랑, 휘트니>의 양장본 출간을 요청하는 편지가 쇄도했다. 영구적인 소장품에 추가할 수 있게 말이다. <내 사랑, 휘트니>가 처음 출간된 이래 지난 15년 동안 필자는 이 책에 손을 대는 것을 삼가왔다. 하지만 마음속에는 늘 너무 성급하게 끝맺지 않았다면 얼마나 좋았을까 하는 안타까움이 남아 있었다. 그러면서 이미 출간한 소설에다 보탰으면 하는 멋진 장면과 좀 더 매끄럽게 처리할 수 있는 장면들을 머릿속에 그리고만 있었다. 출판사가 특별판으로 <내 사랑, 휘트니>를 재출간하기로 결정을 내린 덕분에 필자는 바로 그런 꿈같은 기회를 얻게 되었다.

질적으로 좀 더 나아진 이 책을 독자 여러분에게 내놓으며 필자가 느낀 크나큰 즐거움을 독자 여러분도 맛보기를 기원한다.

주디스 맥노트

1816년 영국

1

우아한 유람마차가 바퀴자국이 어지럽게 찍힌 시골길을 덜커덩 거리며 달리고 있었다. 마차에 타고 있던 앤 길버트는 남편의 어깨에 머리를 기댄 채 길고 초조한 한숨을 내쉬었다.

"도착하려면 한 시간은 넘게 걸릴 텐데 왜 벌써부터 이렇게 흥분이 되는지 모르겠어요. 휘트니도 다 컸겠죠? 어떤 모습으로 자랐을지 너무 궁금해요."

앤은 초목이 우거지고 분홍빛 디기탈리스와 노란 미나리아재비로 뒤덮인 시골 풍경을 물끄러미 내다보았다. 그러면서 마지막으로 본 지가 11년이 다 되어가는 조카 휘트니의 모습을 상상해보려고 애썼다.

"휘트니는 분명 언니를 닮아 예쁘고 상냥하게 자랐을 거예요.

그리고 언니처럼 미소도 따뜻하겠죠?"

그때 에드워드 길버트가 되물었다.

"상냥하다구?"

그는 재미있어하면서도 못 믿겠다는 듯이 덧붙였다.

"그건 형님이 편지에 써 보낸 얘기하고는 다른데……"

파리 주재 영국 영사관 소속 외교관인 길버트 경은 암시와 둘러대기, 풍자와 술책의 귀재였다. 하지만 직장 밖에서는 둔감하다 싶을 정도로 솔직하게 행동하는 것을 좋아했다.

"내 당신 기억을 새롭게 해주리다."

에드워드는 호주머니에서 손위 동서 마틴이 보낸 편지를 꺼냈다. 안경을 콧마루에 걸친 그는 아내의 못마땅한 얼굴을 못 본 체하며 편지를 읽기 시작했다.

"태도는 거칠고 하는 짓을 보면 맹랑하기 짝이 없네. 그 애는 제가 아는 사람들이라면 모두 두 손을 들게 하는 고집 센 말괄량이에다 나한테는 둘도 없는 골칫거리야. 두 사람이 이 고집스런 아이를 나보다는 잘 다룰지도 모르니 파리로 데려가주기를 간절히 부탁하네."

편지를 읽고 난 에드워드가 껄껄 웃으며 말했다.

"자, 휘트니가 '상냥하다'고 써 있는 데가 있으면 찾아주구려."

앤은 남편을 못마땅한 눈으로 쏘아보았다.

"형부는 휘트니가 아무리 상냥하고 마음씨가 착해도 그런 건 알아보지도 못하는 위인이란 말이에요! 언니 장례식이 끝나자마자 휘트니를 보고 버럭 소리를 질러 그 앨 방으로 쫓아버린 일만 생각해봐도 알아요."

에드워드는 아내의 어깨를 감싸주며 달랬다.

"나도 당신처럼 형님을 좋아하지는 않소. 하지만 젊은 나이에 아내를 잃고 장례를 치렀을 때 휘트니가 어떻게 했는지 잊었소? 쉰 명이 넘는 조문객들 앞에서 아빠가 제 엄마를 달아나지 못하게 상자에 넣어 잠가버렸다고 소리를 질러댔지. 그러니 형님이 꽤 당혹스러웠을 거라는 사실은 당신도 인정해야 않겠소?"

"하지만 그때 휘트니는 다섯 살도 채 안 된 아이였어요!"

앤이 흥분해서 따지고 들었다.

"그건 맞아. 하지만 마틴 형님은 크게 슬퍼하고 있었소. 그리고 내 기억으로는 휘트니가 아버지를 비난했기 때문에 제 방으로 쫓겨간 게 아니오. 그건 좀 더 뒤였지. 사람들이 전부 응접실에 모였을 때였소. 그러니까 휘트니가 발을 구르며 제 엄마를 당장 풀어주지 않으면 우리 전부를 하느님한테 일러바치겠다고 협박을 했을 때 말이오."

앤은 살짝 웃으며 당시의 기억을 떠올렸다.

"그야말로 기세가 등등했죠, 에드워드. 난 잠깐 동안이었지만 그 애 콧잔등에 났던, 자잘한 주근깨들이 당장 튀어나오는 줄 알았다니까요. 휘트니는 굉장했어요. 당신도 그렇게 생각했겠지만요!"

"음, 그랬지. 아무렴, 그랬고 말고."

에드워드는 순한 양처럼 아내의 말을 받아들였다.

길버트 부부의 마차가 스톤 가(家)의 영지 위를 조심스럽게 내려가고 있을 때였다. 젊은이들 몇몇이 남쪽 잔디밭에서 백여 미터

떨어진 마구간 쪽을 조바심이 가득한 눈빛으로 바라보고 있었다. 금발머리에 볼우물이 매혹적인 아가씨가 주름장식이 달린 분홍색 치마를 매만지더니 옆에 서 있는 남자에게 물었다.

"도대체 휘트니가 뭘 하려는 걸까요?"

폴 세버린은 엘리자베스의 크고 푸른 눈을 바라보며 빙그레 웃었다. 그리고 다정스레 말했다.

"참고 기다려봐, 엘리자베스."

"지금 휘트니가 무슨 일을 꾸미는지 아는 사람은 없을 거예요. 하지만 그 일이 바보 같고 엉뚱한 짓이라는 건 불을 보듯 뻔해요."

마거릿 메리튼이 끼어들어 가시 돋친 말을 했다.

"마거릿, 오늘 우리는 모두 휘트니의 손님이야."

폴이 마거릿을 점잖게 나무랐다.

"난 폴 오빠가 왜 휘트니를 감싸주는지 모르겠어요. 저 애 때문에 불쾌한 소문이 오빠 뒤를 끊임없이 따라다닌다는 걸 오빠도 잘 알고 있잖아요!"

마거릿이 앙칼지게 대들었다.

그러자 폴이 얼른 호통을 쳤다.

"마거릿! 그만 하라고 했다."

길고 짜증스럽게 숨을 내쉰 폴 세버린은 얼굴을 찡그린 채 반들반들 윤이 나는 부츠를 내려다보았다. 휘트니가 자신의 뒤를 쫓아다니며 사람들의 웃음거리가 될 만한 행동을 하고 다닌 것은 한두 번이 아니었다. 그래서 인근 마을에 있는 거의 모든 사람들이 그것을 두고 입방아를 찧어댔다.

열다섯 살짜리 여자 아이가 자신에게 홀딱 반해 흠모의 눈길을 보낸다는 사실을 처음 알았을 때 폴은 기분이 꽤 괜찮았다. 하지만 요즘 들어 휘트니는 무슨 단단한 결심을 했는지 더욱 노골적으로 자신의 뒤를 따라다녔던 것이다.

폴이 말을 타고 사유지를 지나노라면 도중에 휘트니와 마주치지 않을 때가 거의 없었다. 마치 휘트니는 망을 보는 곳을 따로 두고 자신의 일거일동을 지켜보는 것만 같았다. 그러자 폴은 휘트니가 어린애처럼 자신에게 열중하는 일에 더 이상 흥미를 느끼지 못했다. 아니, 흥미를 느끼기는커녕 무척 성가실 정도였다.

3주 전 휘트니는 폴의 뒤를 좇아 근처에 있는 술집에 갔다. 그때 주막집 딸이 폴에게 마구간 위층 건초더미에서 만나자며 유혹했다. 기분이 좋아진 폴은 그 제의를 받아들일까 망설이며 눈을 들었다. 그런데 창문 밖으로 눈에 익은 초록색 눈빛이 보였다. 폴은 술잔을 쾅 소리가 나도록 내려놓고는 밖으로 성큼성큼 걸어나간 뒤 휘트니를 덥석 들어올려 말 위에 앉혔다.

"휘트니, 해 질 녘까지 집으로 돌아가지 않으면 네 아버지가 널 찾아나설 거야."

폴은 주막 안으로 다시 들어가 술 한 잔을 더 시켰다. 그러자 주막집 딸은 폴의 술잔을 채우며 슬그머니 그의 팔에 젖가슴을 스쳤다. 폴이 주막집 딸의 육감적인 알몸과 뒤엉킨 채 누워 있는 자신의 모습을 상상하고 있을 때였다. 초록빛 눈동자가 조금 전과는 다른 창문으로 안을 들여다보고 있었다. 폴은 놀란 주막집 딸의 실망감을 달래주기 위해 술값을 넉넉하게 치른 뒤 주막을 나왔는데 결국 집으로 돌아가는 길에 휘트니와 또 마주쳤다. 그쯤 되자 폴은 자신의 일거일동을 감시 받는, 쫓기는 남자와 같은 기분이 들었다. 그래서 그는 금방이라도 폭발할 듯 머리끝까지 화가 나 있었다. 그런데도 그는 스스로도 알 수 없는 이유 때문에, 휘트니가 받아 마땅한 비난으로부터 그녀를 감싸주려 애를 태우고 있었다. 4월의 따스한 햇살을 받으며 옹기종기 모여 있는 사람들 가운데 다른 젊은이들보다 대여섯 살 어려 보이는, 예쁘장한 소녀가 폴을 힐끗 쳐다보더니 조심스럽게 입을 열었다.

"휘트니가 왜 안 나오고 있는지 보고 올게요."

그렇게 말한 소녀는 휘트니의 절친한 친구 에밀리 윌리엄즈였다. 에밀리는 잔디밭을 가로질러 마구간 근처의 울타리를 따라 갔다. 에밀리는 곧 육중한 이중문을 밀고 마구간 속의 넓고 어둑한 통로를 들여다보았다.

"스톤 양은 어디 있지?"

에밀리는 밤색 말을 빗질해주고 있는 어린 마부에게 물었다.

"안에 계십니다, 아가씨."

희미한 빛 속에서였지만 에밀리는 마구실과 면한 문 쪽으로 고개를 돌리는 어린 마부의 얼굴이 발갛게 달아오른 것을 보았다.

에밀리는 어리둥절한 표정으로 마부를 바라보다가 안으로 들어섰다. 에밀리는 눈앞에 펼쳐진 광경에 너무 놀라 그 자리에 못 박히듯 우뚝 서고 말았다. 휘트니는 날씬한 엉덩이에 착 달라붙는 갈색 바지를 입고 있었다. 그런 데다 그 갈색 승마바지 위에 얇은 속옷 하나만 달랑 걸치고 있었다.

놀란 에밀리가 숨이 넘어갈 듯 물었다.

"너 설마 그런 차림을 하고 밖으로 나갈 생각은 아니겠지?"

휘트니는 어깨 너머로, 어이없다는 표정을 짓고 있는 친구를 재미있다는 듯 쳐다보았다.

"물론 아니지. 셔츠도 입을 거야."

"도, 도대체 왜 그런 차림으로……?"

에밀리가 애가 타서 물었다.

"속옷만 입고 사람들 앞에 나서는 건 예의가 아니기 때문이지, 이 바보야."

휘트니는 못에 걸어놓은 마부 소년의 깨끗한 셔츠를 걸치면서 쾌활하게 대답했다.

"예의가 아니라구?"

에밀리가 흥분해서 따지듯 물었다.

"여자가 남자들이 입는 바지를 입는다는 것 자체가 절대 예의가 아냐. 그건 너도 알잖아!"

"맞아. 하지만 스커트가 휘날려 목에 감길지도 모르는 위험 속에서 안장도 없이 말을 탈 수는 없잖아. 자, 그럼 이제 나가도 되겠니?"

휘트니는 여전히 쾌활하게 대꾸한 뒤 제멋대로 헝클어진 머리카락을 한데 모아 비틀어올린 다음 목덜미께서 핀을 질끈 꽂았다.

"안장도 없이 말을 탄다구? 너 두 다리를 벌리고 말을 타겠다는 건 아니겠지? 다시 한 번 그랬다가는 네 아버지가 부녀 관계를 끊자고 하실 거야."

"누가 다리를 벌리고 말을 탔대니?"

휘트니가 킥킥거리며 대꾸했다.

"남자들은 다리를 벌리고 말을 타도 괜찮은데 왜 우리 여자들은 옆으로 앉아서 말을 타야 하는지 이해는 못하지만 말야."

에밀리는 엉뚱한 소리를 늘어놓는 휘트니에게 다시 물었다.

"그럼 뭘 하려고 하는데?"

"윌리엄즈 양, 저는 아가씨께서 그렇게 호기심이 많은 줄 미처
몰랐네요."

휘트니는 답답해하는 친구의 애를 태웠다.

"하지만 대답은 해주지. 말을 타긴 할 건데 말 등에 서서 탈 거
야. 말 등에 올라서서 타는 걸 품평회에서 본 뒤로 이제껏 연습을
했거든. 그러니 내가 말 등에 서서 멋지게 말을 타는 걸 보면 아
마……."

"폴은 네가 제 정신이 아니라고 생각할 거야, 휘트니 스톤! 폴
은 너한테는 분별력이나 교양이라고는 눈곱만큼도 없다구, 자신
의 관심을 끌려는 게 아니라 이번에도 무슨 엉뚱한 짓을 하나 보
다, 그렇게 생각할 거란 말이야!"

휘트니가 고집스레 턱을 쳐들고 어금니를 깨물자 에밀리는 얼
른 전략을 바꿨다.

"휘트니 제발, 아버지 생각 좀 해봐. 아버지가 네 엉뚱한 행동
을 보시면 뭐라고 하시겠니?"

휘트니는 언제 봐도 흔들림 하나 없는 아버지의 차가운 눈길을
떠올리며 잠시 머뭇거렸다. 마치 그 순간 자신을 쏘아보는 아버지
의 차가운 시선과 마주친 듯한 표정이었다. 그러나 잔디밭에서 자
신의 등장을 학수고대하고 있는 사람들을 창문으로 힐끗 내다본
휘트니는 숨을 깊이 들이쉰 다음 아버지의 매서운 눈초리를 떨쳐
버렸다. 그리고 에밀리에게 푸념했다.

"아버지는 내가 이번에도 당신을 실망시켰다고 하실 거야. 또 어머니가 내 이런 꼴을 안 보고 일찍 눈을 감으신 게 차라리 다행이라고 하시겠지? 그런 다음엔 엘리자베스가 얼마나 완벽한 숙녀인지를 구구절절 늘어놓고는 나도 그런 숙녀가 되어야 한다고 30분은 설교를 하실 게 분명해."

"글쎄, 네가 정말로 폴을 감동시키고 싶다면 방법을……."

휘트니는 절망적으로 두 주먹을 꼭 쥐었다.

"나도 엘리자베스처럼 되려고 애를 썼단 말야. 그림 속에 나오는, 화사한 산처럼 느껴지는 그 역겨운 주름장식 드레스를 입고 입을 다문 채 몇 시간 동안 참기도 했고 눈꺼풀에 쥐가 나도록 속눈썹을 깜빡거렸단 말이야."

에밀리는 휘트니가 엘리자베스 애쉬튼의 새침한 태도를 노골적으로 나오는 웃음을 참으려고 입술을 지그시 깨물었다. 잠시 후 에밀리는 체념한 듯 말했다.

"그럼 난 가서 사람들한테 네가 곧 나올 거라고 말할게."

이윽고 휘트니가 말을 끌고 잔디밭으로 모습을 드러내자 기다리던 사람들 중 일부는 아연실색했고 일부는 킬킬대기 시작했다. 그때 한 여자가 악담을 퍼붓기 시작했다.

"저런 바지를 입고도 벼락을 맞지 않으면 말에서 떨어지고 말 거야."

그 말을 들은 휘트니는 신랄하게 대꾸를 하고 싶은 충동을 억누르며 도도하게 고개를 들어 폴을 훔쳐보았다. 폴의 얼굴은 휘트니의 맨발과 바지를 입은 다리를 지나 얼굴로 시선을 옮기는 내내 잔뜩 굳어 있었다. 휘트니는 폴이 눈에 띄게 언짢은 기색을 보이자 속으로 기가 죽었다. 하지만 그녀는 결연한 모습으로 자신을 기다리고 있는 말 등에 가뿐히 올라탔다. 말은 그동안 연습했던 것처럼 느린 구보로 걷기 시작했다. 이윽고 휘트니는 천천히 걷는 말 등에 올라타 조금씩 몸을 곧추세우기 시작했다. 우선 균형을 잡기 위해 두 팔을 양쪽으로 벌린 채 웅크렸던 몸을 천천히 펴며 일어섰다. 사람들은 그 모습을 유심히 살펴보았다. 휘트니는 말에서 떨어져 웃음거리가 될지 모른다는 두려움 속에서도 마침내 보기 좋고 우아하게 말 등에서 몸을 곧추세웠다.

휘트니는 잔디밭을 네 바퀴나 돌면서 휙휙 스쳐지나가는 사람들의 표정을 살펴보았다. 모든 이들의 얼굴에는 충격과 조소가 어려 있었다. 휘트니는 많은 사람들 중에서 오직 한 사람, 폴이 어디에 있는가를 찾으려고 애썼다. 저만치 나무 그늘에 폴의 몸이 반쯤 가려져 있었다. 그리고 엘리자베스 애쉬튼이 폴의 팔에 매달려 있었다.

휘트니가 엘리자베스와 바짝 붙어 있던 폴을 지나칠 때였다. 폴의 입가에 희미한 미소가 걸려 있는 것이 휘트니의 눈에 띄었다. 그것을 본 휘트니의 가슴속에서는 승리의 기쁨이 깃발처럼 펄럭였다. 휘트니가 다시 한 바퀴를 더 돌았을 때는 폴은 활짝 웃고 있었다. 그 모습을 발견한 휘트니는 하늘 높이 날아오를 것만 같았다. 그 묘기를 연습하느라 보냈던 몇 주일의 시간과 욱신욱신 쑤시던 근육통과 말에서 떨어지면서 입었던 상처들을 한꺼번에 보상받는 기분을 느꼈던 것이다.

바로 그 시간, 마틴 스톤은 남쪽 잔디밭이 내려다보이는 2층 응접실 창가에서 묘기를 펼쳐 보이고 있는 딸을 노려보고 있었다. 그때 동서인 길버트 부부가 도착했다는 집사의 보고가 들어왔다. 울화가 치밀 대로 치민 그는 무뚝뚝하게 고개만 끄덕여 처제 내외를 맞았다.

"이, 이렇게 오랜만에 뵙게 되어 너무 기뻐요, 형부."

앤이 우아하게 거짓말을 했다. 마틴이 쌀쌀한 태도를 보이며 아무 대꾸도 하지 않자 앤이 먼저 물었다.

"휘트니는 어디 있죠? 우린 그 애가 얼마나 보고 싶은지 몰라요."

간신히 화를 가라앉힌 마틴이 입을 열었다.

"처제, 휘트니가 보고 싶다구? 이 창문으로 밖을 한번 내다보시지."

당황한 앤은 형부의 말대로 창밖을 내다보았다. 저택 앞의 잔디밭 위에 한 무리의 젊은이들이 말을 타고 있는 어떤 남자아이를 구경하는 광경이 보였다. 말은 비록 천천히 달리고 있었지만, 그 말 등 위에 올라서서 균형을 잡고 있는 호리호리한 남자아이는 재주가 비범해 보였다.

"저 소년은 재주가 정말 좋군요."

그 말을 듣고 난 마틴은 가까스로 참았던 분노를 터뜨리고 말았다. 그는 성큼성큼 현관 쪽으로 걸어가면서 말했다.

"조카를 만나보고 싶다면 날 따라오지. 아니면 더 이상 창피한 꼴을 당하지 않도록 내가 그 아이를 여기로 데려올까?"

앤은 샐쭉한 눈길로 형부를 쏘아본 다음 남편의 팔을 붙들고 마틴을 따라 아래층으로 내려가 밖으로 나갔다.

젊은 사람들이 모여 있는 곳으로 다가가는 앤의 귀에 그들의 중얼거리는 소리와 웃음소리가 들려왔다. 앤은 그 소리에 악의가 섞여 있음을 어렴풋이 느낄 수 있었다. 하지만 젊은 숙녀들의 얼굴을 살피며 휘트니를 찾는 데 여념이 없었던 앤은 언뜻 스쳐간 막연한 느낌에 별 신경을 쓰지 않았다. 하지만 아무리 훑어보아도 조카 휘트니는 찾을 수가 없었다. 앤은 금발 아가씨 둘과 빨간머리 아가씨 한 명을 제쳐놓고 몸집이 작은 데다 파란 눈을 가진 아가씨를 유심히 보았다. 하지만 아무래도 휘트니가 아닌 듯했다. 앤은 할 수 없이 옆에 서 있는 젊은이에게 말을 걸었다.

"실례합니다. 난 앤 길버트라고 휘트니의 이모 되는 사람입니다. 혹시 그 애가 어디 있는지 아시나요?"

폴 세버린이 안됐다는 표정을 지으며 대답했다.

"부인께서 찾고 계신 조카는 지금 말 위에 있습니다."

"말 위라면……."

폴이 말을 타고 있던 소년이 바로 휘트니라고 알려주자 앤과 에드워드는 그만 말문이 막혔다.

그때 휘트니는 말 등 위에 불안정한 자세로 앉아 자신을 향해 성큼성큼 다가서는 아버지를 지켜보고 있었다. 그러다가 아버지가 제 말을 들을 수 있을 만큼 가까이 다가오자 애원했다.

"제발 아버지, 소란일랑 피우지 마세요."

"뭐? 날더러 소란을 피우지 말라구?"

화가 머리끝까지 난 마틴은 말고삐를 와락 움켜쥐고는 확 잡아끌었다. 그 바람에 균형을 잃은 휘트니는 말에서 떨어지면서 잔디밭에 나뒹굴고 말았다. 하지만 곧 몸을 일으켜 달아나려고 했다.

마틴은 재빨리 휘트니의 팔을 으스러지도록 붙잡아 처제 내외가 있는 쪽으로 끌고 갔다.

"이 애가, 이 물건이…… 말하기 부끄럽지만 두 사람의 조카라네."

사람들이 서둘러 흩어지면서 웃거나 수군거리는 소리가 휘트니의 귓전에 간간이 들렸다. 휘트니는 그만 얼굴이 뜨거워지는 것을 느꼈다.

"안녕하세요. 이모, 이모부?"

휘트니는 인사를 하면서도 폴의 떡 벌어진 어깨와 돌아서는 모습에서 눈을 떼지 못했다. 그러면서 자신이 마치 치마를 입고 있는 듯 손을 뻗어 치맛자락을 잡으려고 했다. 순간 그녀는 치마를 입지 않았다는 걸 깨달았지만 당황하지 않고 익살스럽게 인사를 했다. 앤이 얼굴을 찌푸리고 있는 것을 본 휘트니는 턱을 들어올리며 말을 이었다.

"두 분이 여기 머무시는 동안 사람들의 웃음거리가 되는 짓은 하지 않도록 노력할게요, 이모."

"우리가 여기 머무는 동안이라구?"

앤은 더 이상 말을 잇지 못했다. 하지만 휘트니는 마차에 오르는 엘리자베스를 부축하고 있는 폴에게만 정신을 팔고 있었다. 그 때문에 이모가 놀라는 것도 알아채지 못했다.

"안녕, 폴!"

휘트니는 열정적으로 폴에게 손을 흔들었다. 그러나 폴은 아무런 말도 없이 팔을 들어올리는 것으로 작별인사를 대신했다.

폴의 마차가 스톤 가의 사설도로(큰 저택의 대문에서 마차를 대는 현관까지 나 있는 도로)를 내려갈 때 다시 한 번 왁자한 웃음소리가 마차 뒤로 새어나왔다. 마차는 소풍이라든가 다른 즐겁고 신나는 놀이를 찾아가는 사람들을 싣고서 멀어져갔다. 하지만 휘트니는 아직 어려서 그런 놀이에는 절대 초대받지 못했다.

휘트니를 따라 저택으로 향하던 앤의 머릿속은 뒤죽박죽이었다. 휘트니에게서는 당혹스러움을 느꼈고, 다른 젊은이들 앞에서 딸에게 창피를 주는 형부에게서는 분노를 느꼈다.

남자 바지를 입은 채 말에 올라타 채신없이 까부는 조카는 앤을 어리둥절하게 만들었다. 그런 가운데서도 휘트니에게서 아주 분명한 가능성을 발견하고는 어지간히 놀랐다. 앤은 그저 예쁘장한 정도에 지나지 않던 언니의 딸에게서 빼어난 미인이 될 징조를 보았던 것이다.

지금 당장은 너무 깡마른 체구였지만 숙녀에게 어울리지 않는 복장을 하고 있음에도 휘트니의 어깨는 곧았고, 걸음걸이에는 타고난 기품이 배어 있으면서도 도발적인 느낌을 주었다. 올이 성긴 갈색 바지를 입어서 거의 관능적인 매력을 드러낸 엉덩이와 더 가늘어 보이게 할 필요조차 없는 날씬한 허리, 길고 검은 속눈썹과 초롱초롱한 비취빛 눈이 앤을 기쁘게 했다. 그리고 그 풍성한 적갈색의 머릿결이라니! 정리만 잘하고 빗질만 해주면 찰랑찰랑 빛이 날 게 분명했다. 앤은 한시바삐 휘트니의 머리를 손질해주고 싶어 손가락이 근질거렸다. 마음속으로는 벌써 조카의 매력적인 눈과 높은 광대뼈를 돋보이게 해주는 머리 모양을 그려보고 있었다. 머리카락이 얼굴로 흘러내리지 않도록 정수리로 말아올리거나 뒤로 빗어넘겨 등에서 찰랑거리게 하면 딱 좋겠다고 생각했다.

휘트니는 집 안으로 들어가자마자 웅얼웅얼 용서를 빌고는 얼른 제 방으로 달아나버렸다. 방에 처박힌 휘트니는 풀이 죽어 의자에 털썩 주저앉았다. 그리고 방금 전 폴이 목격한, 그러니까 아버지가 자신을 말에서 떨어뜨리고 고함을 치던 장면을 곰곰이 곱씹었다. 틀림없이 이모와 이모부는 자신의 행동을 보고 아버지가 그랬던 것처럼 충격을 받은 것은 물론, 실망과 반감을 느꼈을 것이다. 이제 두 사람이 자신을 멸시할 거라는 생각이 들자 휘트니의 뺨은 화끈거렸다.

"휘트니 안에 있니?"

에밀리가 휘트니 방으로 살금살금 걸어들어와서 조심스럽게 문을 닫았다.

"뒷길로 올라왔어. 네 아버지는 아직도 화가 안 풀리셨지?"

"저기압이야."

휘트니는 에밀리의 추측이 옳음을 확인시켜주었다.

"오늘 모든 걸 망쳐버렸어. 네가 생각해도 그런 것 같지? 모든 사람들이 날 비웃는 걸 폴도 들었을 거야. 엘리자베스가 열일곱 살이 되었으니 폴은 나를 사랑한다는 사실을 깨닫기도 전에 엘리자베스한테 청혼할 수밖에 없을 거야."

"폴이 널 사랑한다구?"

에밀리가 어안이 벙벙해져서 물었다.

"휘트니 스톤, 폴은 너를 전염병처럼 피해. 그 사실은 너도 잘 알잖아! 그리고 작년에 네가 폴한테 했던 못된 짓을 생각해봐. 폴이 널 피한다 해도 누가 비난할 수 있겠니?"

"그런 일이 그렇게 많지는 않았잖아."

휘트니는 그렇게 반박을 하며 의자에서 어색하게 옴죽거렸다.

"많지 않았다구? 그럼 만령절(萬靈節 : 위령의 날로 11월 2일) 때 폴한테 장난친 건 뭐니? 폴의 마차 앞으로 뛰어들어서는 사람의 죽음을 예고한다는 여자 요정처럼 비명을 질러댔지. 게다가 귀신 흉내를 내서 말을 놀라게 했잖아!"

그러자 휘트니가 빨갛게 달아오른 얼굴로 대꾸했다.

"폴은 그렇게 심하게 화를 내진 않았어. 마차가 망가진 것도 아니구. 마차가 뒤집어지면서 굴대가 부러진 게 다잖아."

"굴대뿐만 아니라 폴의 다리도 부러졌지."

에밀리는 휘트니가 은근슬쩍 넘어가려는 사실을 놓치지 않았다.

"하지만 폴의 다리는 이제 다 나았어."

휘트니도 지지 않고 응수했다. 그리고 벌써 완패로 끝난 과거는 잊고 미래의 가능성으로 훌쩍 날아갔다. 휘트니는 의자에서 일어나 서성거리기 시작했다.

"방법을 찾아야 해. 하지만 폴을 납치하지 않고는……"

먼지로 얼룩진 휘트니의 얼굴에 장난기 가득한 웃음이 피어올랐다. 휘트니는 에밀리 쪽으로 몸을 빙글 돌렸다. 그런데 그 동작이 어찌나 갑작스러웠던지 에밀리는 앉아 있던 의자 등받이에 눌러붙을 정도로 놀라며 몸을 뒤로 젖혔다.

"에밀리, 한 가지는 분명해. 폴은 자기가 나를 좋아한다는 사실을 아직 모르고 있다는 거야. 맞지?"

"너한테 눈곱만큼도 관심이 없다고 말하는 게 옳지."

에밀리가 신중하게 대꾸했다.

"그러니까 아무런 계기도 없이 폴이 내게 청혼할 가능성은 없다고 하는 게 정확할 거야, 그렇지?"

"이런 시점에서 폴이 네게 청혼한다는 건 말도 안 돼. 게다가 넌 약혼을 하기에는 너무 어려. 설령 네가……."

휘트니는 자신만만한 태도로 에밀리의 말을 잘랐다.

"신사가 숙녀에게 청혼을 할 수밖에 없는 상황이라면 어떤 게 있지?"

"글쎄, 신사가 숙녀의 명예를 더럽혔을 경우를 빼고는 생각나는 게 없어……. 하지만 그건 절대 안 돼! 휘트니, 네가 무슨 꿍꿍이를 꾸미든 날 끌어들일 생각은 하지 마."

휘트니는 한숨을 쉬며 의자에 털썩 주저앉더니 두 다리를 길게 뻗었다. 그리고 마지막으로 떠오른 뻔뻔스럽기 짝이 없는 생각을 하다가 채신머리없이 웃기 시작했다.

"내가 그 일을 제대로 해낼 수만 있다면……. 있잖아! 나중에 마차가 길에서 벗어나 엉뚱한 곳으로 굴러가도록 폴의 마차바퀴를 헐겁게 풀어놓는 거야. 그런 다음 폴에게 나를 마차에 태워 어딘가로 데려가달라고 부탁을 하는 거지. 그렇게 되면 폴과 내가 걸어서 돌아오거나 다른 사람들 도움을 받아서 집에 도착할 무렵에는 늦은 밤이 될 거야. 그렇게 되면 폴은 내게 청혼을 해야 할 거야."

휘트니는 질렸다는 듯한 에밀리의 표정 같은 건 아랑곳하지도 않고 계속 말했다.

"생각 좀 해봐. 낡아빠지고 진부한 지금까지의 납치극과는 다른 아주 멋지고 충격적인 반전이 될 거야. 어린 아가씨가 신사를 유괴해서 신사의 명예를 더럽혀. 그래서 그 어린 아가씨는 사태를 수습하기 위해 어쩔 수 없이 신사와 결혼을 하게 돼! 마치 한 편의 멋진 소설 같지 않니?"

휘트니는 자신의 기발한 발상에 꽤 감동한 표정이었다.

"난 갈래."

에밀리는 딱 잘라 말하고 문 쪽으로 걸어가다가 다시 휘트니에게로 되돌아섰다.

"너 그 바지하고 말에 대해선 이모님 내외분께 뭐라고 말씀드릴 거니?"

휘트니의 얼굴은 곧 어두워졌다.

"아무 말도 안 할 거야. 말해봤자 아무 소용도 없을 텐데, 뭐. 하지만 두 분이 여기 계시는 동안 네가 이제까지 봐왔던 모습 중에서 가장 차분하고 품위 있고 고상한 아가씨의 모습을 보여드릴 거야."

휘트니는 못 믿겠다는 듯한 에밀리의 표정을 보면서 덧붙였다.

"그리고 식사시간 말고는 두 분의 눈에 띄지 않도록 할 거야. 하루에 세 시간 정도는 엘리자베스처럼 얌전을 뺄 수 있을 것도 같아."

휘트니는 자신과의 약속을 지켰다.

그날 밤 저녁 식사 중에 레바논 주재 영국영사관에 근무한 적이 있는 에드워드가 베이루트에서 겪었던 소름 끼치는 이야기를 들려주었다. 휘트니는 그 이야기를 들으면서 이것저것 묻고 싶은 게 많아 좀이 쑤셨지만 끝까지 듣고 난 뒤 조용하게 한마디만

했다.

"이모부, 견문을 넓혀주는 정말 유익한 이야기였어요."

앤이 파리와 파리 사교계 생활의 짜릿한 즐거움에 대해 묘사한 뒤에도 휘트니의 반응은 여전히 침착했다.

"너무 유익한 이야기였어요, 이모."

휘트니는 저녁을 먹자마자 양해를 구하고 먼저 자리를 뜬 다음 어디론가 모습을 감춰버렸다.

차분하거나 멍하게 보이려는 휘트니의 모습은 너무나 그럴 듯했다. 그렇게 사흘이 지나자 앤은 도착하던 날 언뜻 보았던, 생기 발랄했던 조카의 모습은 그저 자신의 상상에 불과했는지, 아니면 조카가 자신과 남편에게 무슨 반감을 품고 있는 것은 아닌지 궁금해지기 시작했다.

앤은 나흘째 되던 날도 휘트니가 아침 식사를 마치기가 무섭게 자취를 감추자 무슨 영문인지 알아보기로 마음먹었다. 우선 집안 구석구석을 돌아다니며 휘트니를 찾아보았다. 하지만 휘트니는 어디에도 보이지 않았다. 정원에도 없었고 마부에게 물어보니 말을 타고 나간 것도 아니라고 했다. 앤은 쏟아지는 햇살을 잠깐 올려다보았다. 그리고 주위를 둘러보며 열다섯 난 여자아이가 하루 종일 시간을 보낼 만한 곳을 생각해내려고 애썼다.

그러던 앤의 눈에 스톤 가의 소유지가 내려다보이는 언덕 꼭대기에서 밝은 노란색 천이 빛나는 게 보였다.

'옳지. 거기에 있었구나!'

한숨을 돌린 앤은 양산을 펴들고 잔디밭을 가로질러 휘트니에게로 힘차게 걸어갔다.

휘트니가 자신에게 다가오고 있는 이모를 보았을 때는 이미 달아나기에는 너무 늦어 있었다. 숨기에 더 나은 장소를 찾고 싶었지만 그것도 틀려버렸으니 이제는 말괄량이처럼 보이지 않으면서도 이모에게 좋은 인상을 줄 만한 이야깃거리를 생각해내야만 했다. 옷 이야기는 어떨까? 하지만 휘트니는 패션에 대해서라면 아는 것이 전혀 없을 뿐더러 옷에 대한 관심은 더더구나 없었다. 그리고 휘트니는 어떤 옷을 입어도 맵시가 나지 않을 것 같았다. 하지만 고양이 같은 눈에 머리칼은 진흙빛이고 콧잔등 위에 주근깨가 다닥다닥 난 여자아이가 옷을 잘 입는다고 더 예쁘게 보일까? 게다가 휘트니는 키가 너무 컸고 말라 있었다. 그리고 나이가 나이인 만큼 더 이상 가슴이 부풀어오를 가망도 없어 보였다.

앤은 무릎이 약한 데다 숨이 찰 때면 가슴이 울렁거리는 증상이 있었다. 그래서 가파른 오르막길을 간신히 올라간 앤은 점잔을 빼고 말고 할 것도 없이 휘트니 옆에 깔린 담요 위에 맥없이 주저앉았다.

"하, 한가로이 산책이나 할 생각이었는데……."

앤은 능청스럽게 거짓말을 했다. 한숨을 돌리고 난 앤은 담요 위에 뒤집힌 채 놓여 있는 책의 가죽 표지를 언뜻 보았다. 앤은 대화의 주제로 삼을 생각으로 그 책을 가리키며 말했다.

"로맨스 소설이니?"

"아니에요, 이모."

휘트니는 얌전하게 대답을 하며 이모가 볼 수 없도록 책제목 위에다 손을 얹었다.

"네 나이 때에는 로맨스 소설을 아주 좋아하던데."

앤은 휘트니를 슬쩍 한번 더 떠봤다.

"그래요, 이모. 하지만……."

"나도 그런 소설을 한번 읽어봤지만 마음에 안 들더구나."

앤은 휘트니를 대화로 끌어들일 만한 다른 화제를 찾아보려고 머릿속을 부지런히 뒤지며 말을 이었다.

"난 너무 완벽하거나 걸핏하면 기절해대는 여주인공도 참을 수가 없었단다."

휘트니는 재미없는 일에 열중하지 않는 여자가 자기 말고도 또 있다는 사실을 알고는 너무나 반가웠다. 그런 나머지 말을 짧게 하겠다던 다짐을 잊고 말았다.

"맞아요. 여자 주인공들은 걸핏하면 기절을 하죠. 그렇지 않으면 각성제병을 코에다 대고 누워서는 자기한테 사랑을 고백할 만한 담력조차 없는 데다 자기보다 하찮은 여자에게나 그런 담력을 과시하는 신사 때문에 우울하게 세월을 보내요. 전 제가 사랑하는 남자가 저 아닌 다른 여자와 사랑에 빠져 있는 걸 알게 된다면 절대 가만히 누워 있지는 못할 거예요."

이제 휘트니의 얼굴은 기쁨으로 빛이 났다. 휘트니는 혹시 이모가 충격을 받지 않았는지 살피기 위해 이모를 힐끗 쳐다보았다. 앤은 눈가에 알 듯 말 듯한 미소를 머금은 채 휘트니를 바라보고 있었다.

"이모! 이모는 무릎을 꿇고 '오, 클라라벨! 그대의 입술은 장미꽃잎처럼 붉고 그대의 두 눈은 하늘에서 떨어진 별과 같다오.'라고 말하는 남자를 정말로 좋아할 수 있어요?"

휘트니는 코웃음을 치며 말을 이었다.

"만약 어떤 남자가 저한테 그렇게 한다면 저는 얼른 각성제를 찾아 달려갈 거예요!"

"아마 나도 그렇게 할 걸."

앤이 깔깔깔 웃으며 맞장구를 쳤다.

"그런데 넌 재미없고 지겨운 로맨스가 아니라면 무슨 책을 읽는 거니?"

앤은 휘트니가 손으로 가리고 있는, 금색으로 새겨진 책의 제목을 빤히 쳐다보았다.

"《일리아드》를 읽고 있는 거니?"

앤은 놀라워하면서 물었다. 불어오는 산들바람에 책장이 펄럭펄럭 넘어갔다. 앤이 휘트니의 긴장한 얼굴을 바라보며 다시 물었다.

"이건 그리스어잖니! 설마 네가 그리스어를 읽는 건 아니겠지?"

고개를 끄덕이는 휘트니의 얼굴이 붉게 물들었다. 이제 이모는 자신을 블루스타킹(18세기 런던에서 문예 애호가들이 청색 양말을 신은 데서 유래한 말로 학식을 뽐내는 여자, 학자인 체하는 여자, 문학병에 걸린 여자를 뜻하는 속어)이라고 생각할 게 분명했다. 벌점이 하나 더 늘었다.

"저어, 사실은 그리스어뿐만 아니라 라틴어, 이탈리아어, 프랑스어도 읽어요. 독일어도 어느 정도는 읽을 수 있고요."

휘트니는 다 털어놓았다.

"세상에! 그 많은 외국어를 도대체 어떻게 배웠니?"

앤이 숨을 고르면서 물었다.

"이모! 전 엉뚱하긴 하지만 아버지가 생각하는 것처럼 멍청하지는 않아요. 그래서 언어와 역사를 가르치는 가정교사를 구해주실 때까지 막 떼를 쓰며 아버지를 괴롭혔어요."

휘트니는 한때 자신이 공부에 전념해서 사내아이처럼 될 수 있다면 아버지가 사랑해주시리라고 믿었던 것을 기억해내고는 침묵에 빠져들었다.

"휘트니, 넌 스스로 자랑스럽게 여겨야 할 일을 부끄러운 일처럼 말하는구나."

휘트니는 저 아래 계곡에 자리 잡고 있는 집을 물끄러미 바라보며 말했다.

"이모도 분명 아실 테죠. 모든 사람들이 여자가 이런 교육을 받는 것은 시간 낭비라고 생각한다는 걸요. 게다가 저는 여성다운 소양이라고는 하나도 갖추질 못했어요. 바느질을 해도 마치 눈을 가리고 한 것 같아요. 그리고 노래를 부르면 마구간에 매어둔 개들이 짖어대기 시작해요. 우리 마을 음악 선생님이 아버지한테 말씀하시기를 제가 피아노 치는 소리는 벌 떼들이 와글거리는 소리 같대요. 저는 여자라면 마땅히 해야 할 일을 할 줄 아는 게 아무것도 없어요. 그런 일을 하고 싶지도 않구요."

휘트니는 다른 모든 사람들이 그랬듯 이제 이모가 자신을 지독히 싫어할 거라고 생각했다. 하지만 차라리 그게 더 나았다. 적어도 뻔한 결과를 두고 걱정하지 않아도 되니까 말이다. 휘트니는 비취빛 눈을 동그랗게 뜨고서 이모를 쳐다보았다.

"아버지는 분명 저에 대한 모든 걸 이모한테 말씀하셨을 거예요. 아버지한테 저는 실망덩어리일 뿐이죠. 아버지는 제가 엘리자베스처럼 우아하고 얌전하고 조용하기를 바라세요. 저도 노력은 하지만 그렇게 되지는 못할 것 같아요."

앤은 언니가 낳은, 사랑스럽고 생기발랄하고 엉뚱한 조카가 가없어졌다. 그래서 휘트니의 뺨을 어루만지며 말했다.

"네 아버지는 가냘프고 창백한, 인형 같은 딸을 원하시는 모양이구나. 자기가 가진 보석의 진귀한 가치를 알아보고 잘 닦아서 빛나게 할 생각은 못하고 그 보석 같은 딸을 평범한 인형으로 만들려고 애쓰고 있어."

자신을 사고뭉치로 생각하고 있던 휘트니는 이모의 착각을 일깨워주는 대신 잠자코 입을 다물고 있었다. 그리고 이모가 자리를 뜨자 다시 책을 집어들었다. 하지만 폴에 대한 몽상 때문에 책에 집중할 수가 없었다.

그날 저녁 휘트니가 식당에 내려가보니 분위기가 왠지 심상치 않았다. 뿐만 아니라 누구도 휘트니가 식탁으로 천천히 다가오는 것을 알아채지 못했다.

에드워드가 마틴에게 성을 내면서 물었다.

"프랑스로 보내겠다는 형님의 계획을 언제 휘트니에게 알려주실 겁니까? 혹시 우리가 떠나는 날까지 기다렸다가 그 아이를 우리 마차 속에다 그냥 던져넣을 생각은 아니겠죠?"

휘트니는 갑자기 세상이 마구 뒤흔들리는 것 같았다. 그리고 한순간 소름이 끼치면서 앓아눕게 될 것만 같았다. 휘트니는 걸음을 멈추고 떨리는 몸을 진정시키려고 애썼다. 그리고 목구멍에 뜨거운 응어리가 울컥 치밀어오르는 것을 간신히 참았다.

"절 어디로 보내신다구요?"

휘트니는 제 말이 침착하고 무심한 듯 들리도록 애를 쓰며 물었다.

모두가 고개를 돌려 휘트니를 쳐다보았다. 이윽고 마틴이 성가시다는 듯 대꾸를 했다.

"프랑스로 보낼 거다. 거기서 이모하고 이모부와 살게 될 텐데, 두 분은 틀림없이 널 요조숙녀로 길러주실 게다."

휘트니는 아버지의 눈길을 피하며 가만히 의자에 앉았다. 행여 눈이라도 마주치면 당장 울음이 터져나올 것 같아서였다.

"이모님 내외분이 앞으로 감당하셔야 할 엄청난 수난에 대해서는 말씀해드렸나요?"

휘트니는 젖 먹던 힘까지 모아 아버지가 방금 자신의 가슴을 멍들게 한 사실을 깨닫지 못하도록 애쓰며 물었다. 그리고 당혹스러워하는 이모와 이모부의 얼굴을 싸늘하게 쳐다보며 말을 이었다.

"아버진 두 분이 저를 데려가시면 창피스런 꼴을 당할 위험이 있다는 말씀을 깜빡 잊고 안 하신 모양이군요. 아버지가 말씀하시겠지만 저는 심술궂고 못된 아이라 엉뚱한 말썽이나 부릴 줄 알지 교양 있는 대화라고는 조금도 할 줄 몰라요."

앤은 애틋한 연민을 느끼며 조카를 지켜보았다. 하지만 마틴의 얼굴은 돌처럼 무표정했다. 휘트니가 작은 목소리로 띄엄띄엄 말했다.

"아버지, 제가 그렇게도 싫으세요? 아버지 눈에 안 보이는 곳으로 보내버릴 만큼 이 딸이 지긋지긋하세요?"

휘트니는 두 눈 가득 눈물을 글썽이며 자리에서 일어섰다.

"죄송하지만…… 오늘 저녁엔…… 배가 별로 고프지 않아요. 먼저 일어날게요."

자리에서 분연히 일어선 앤이 마틴에게 쏘아붙였다.

"형부, 어떻게 그럴 수가 있어요? 형부처럼 무정하고 냉혹한 사람은 세상에 또 없을 거예요. 휘트니가 정신력이 강하지 않았다면 이렇게 오랫동안 견뎌내지도 못했을 거예요. 나라면 절대 저만큼 잘 참아내지 못했을 걸요."

그 말을 듣고 난 마틴이 쌀쌀맞게 대꾸했다.

"처제, 휘트니의 말을 너무 곧이곧대로 믿는군. 내 장담하지만 저 애가 저렇게 괴로워 보이는 건 나랑 헤어지는 게 슬퍼서가 아냐. 어쨌든 나는 저것이 폴 세버린의 꽁무니를 쫓아다니며 사람들의 웃음거리가 되는 꼴을 더 이상 보고 싶지 않았을 뿐이야."

2

마틴 스톤이 딸 휘트니를 프랑스로 쫓아버린다는 소문은 마른 장작에 불이 붙듯 금세 마을 전체로 퍼졌다. 지방 유지들이 조용하게 지내는 시골 마을에서 휘트니는 다시 한 번 작지만 즐거운 자극을 사람들에게 선물했다.

사람들은 모이기만 하면 휘트니와 관련된 그 마지막 소문을 신이 나서 떠들어댔다. 사람들은 아주 재미있어하며 어린 휘트니가 저지른 온갖 창피하기 짝이 없는 엉뚱한 행동들에 대한 이야기를 장황하게 주고받았다.

추문으로 얼룩진 휘트니의 삶은 여덟 살 되던 해의 어느 일요일, 교회 안에 두꺼비를 풀어놓은 때부터 시작해서 어떤 아가씨와 함께 나무 아래에 앉아 있는 폴 세버린을 몰래 엿보다가 나무에서 떨어진 지난여름에까지 이르렀다.

마을 사람들은 그런 사건들을 상세히 떠올리고서야 마틴 스톤이 마침내 딸을 프랑스로 보내기로 결심한 까닭을 추측했다.

마을 사람들 대부분은 휘트니가 남자들이나 입는 바지를 입고 사람들 앞에 나타났을 때 이미 딸 때문에 시달릴 대로 시달린 가없은 마틴이 크게 상심한 것이라고 생각했다. 그것 말고도 휘트니의 잘못이 너무나 많았기 때문에, 마틴이 할 수 없이 그처럼 갑작스런 결정을 내리게 된 정확한 이유에 대해서는 의견이 분분했다.

하지만 사람들이 한결같이 동의하는 사실이 있었다. 그것은 거추장스러운 꼬마 아가씨한테서 풀려난 폴 세버린이 가장 큰 해방감을 느낄 것이라는 점이었다.

그 후 사흘 동안 마틴의 이웃들은 삼삼오오 휘트니의 집에 몰려들 왔다. 표면상으로 그들은 길버트 경 부처를 방문하고 휘트니에게 작별 인사를 하러 온 것이었다.

세 사람이 프랑스로 떠나기 전날 저녁, 앤은 응접실에 앉아서 그런 사교적인 방문을 참아내고 있었다. 이번에는 중년 부인 셋과 그 딸들이었다. 앤은 성가신 기색을 감추지도 않은 채 여자들의 수다를 듣고 있었다. 그녀들은 휘트니의 행복을 비는 척하면서 휘트니가 저지른, 여자아이들이면 곧잘 저지를 수 있는 잘못들을 자세히 들춰내는 것을 병적으로 즐겼다. 앤은 마지못해 웃으면서 그녀들의 이야기를 듣고 있었다. 애정 어린 관심을 빙자하여 찾아온 여자들은 한결같이 휘트니가 파리에서도 웃음거리가 될 것이며 그로 인해 앤의 건강을 해치고 십중팔구는 에드워드의 외교관 경력에 먹칠을 할 것이라고 떠들어댔다.

앤은 여자들이 마침내 자리를 털고 일어서자 짧고 퉁명스럽게
작별 인사를 했다. 그리고 무너지듯 의자에 주저앉았다. 화가 난
그녀는 굳은 결심을 했다. 형부 마틴은 끊임없이 휘트니의 흠을
잡아 마을 사람들의 조롱거리로 만들었던 게 분명했다. 따라서 앤
자신이 해야 할 일은 단 한 가지, 휘트니를 그 편협하고 악의에
찬 동네에서 한시바삐 파리로 데려가 화사한 요조숙녀로 피어나
도록 하는 것이었다.

그때 응접실 입구에서 집사가 헛기침을 하더니 또 다른 손님의
방문을 알렸다.

"폴 세버린 씨가 오셨습니다, 부인."

"안으로 들어오라고 하세요."

앤은 어린 휘트니의 마음을 사로잡았던 청년이 작별 인사를 하
러 온 뜻밖의 기쁨을 조심스럽게 감추며 집사에게 일렀다. 그러나
세버린이 빼어나게 예쁜, 자그마한 금발 아가씨와 나란히 응접실
로 들어오는 것을 보고는 그만 낙담했다. 마을에 사는 모든 사람
들이 휘트니가 그에게 열렬한 애정을 품고 있다는 사실을 알고
있었으니 세버린도 그 사실을 알고 있으리라. 그래서 앤은 폴 세
버린이 자신을 흠모했던 어린 아가씨에게 작별 인사를 하러 오면
서 젊은 아가씨를 동반한 것은 사려 깊지 않은 처사라고 여겼다.

앤은 응접실을 가로질러 자신에게로 오는 폴을 바라보며 어디
흠잡을 만한 데가 없나 열심히 찾아보았다. 하지만 폴 세버린은
유복하고 훌륭한 가문에서 자란, 시골 신사의 여유 있는 매력을
지닌, 훤칠하고 잘생긴 청년이었다.

"어서 와요, 세버린 군. 휘트니는 정원에 있어요."

앤은 일부러 냉정한 말투로 인사를 했다. 폴은 앤이 그처럼 냉랭한 태도를 보이는 까닭을 짐작한다는 듯 웃으면서 대꾸했다.

"그건 알고 있습니다. 다만 제가 휘트니에게 작별 인사를 하는 동안 부인께서 엘리자베스와 담소를 나눠주셨으면 해서요."

앤은 자신도 모르게 마음이 누그러졌다.

"아주 즐거운 시간이 되겠군요."

그때 휘트니는 그늘진 장미덤불을 멍하니 바라보면서 시무룩한 얼굴을 하고 있었다. 이모는 응접실에 앉아 내가 옛날에 저질렀던 일들과 미래에 대한 불길한 예언을 물리도록 듣고 있을 거야. 휘트니는 그런 생각에 잠겨 있었다.

친구인 에밀리는 부모님과 함께 런던으로 떠났다. 그리고 폴……. 폴은 작별 인사조차 하러 오지 않았다. 그렇다고 휘트니가 정말로 폴의 작별 인사를 기대한 것은 아니었다. 폴은 아마 내가 떠나는 것이 반가워 친구들과 축배를 들고 있을지도 몰라.

그런데 마치 요술을 부린 듯 폴의 굵고 남자다운 목소리가 뒤쪽에서 들려왔다.

"안녕, 귀여운 아가씨."

휘트니는 한쪽으로 몸을 기울여 뒤를 돌아보았다. 폴은 한쪽 어깨를 편안하게 나무에 기댄 채 바로 곁에 서 있었다. 폴의 하얀 셔츠와 넥타이는, 색이 어두워서 거의 보이지 않는 윗도리와 대비되어 달빛에 어렴풋이 빛났다.

"네가 여길 떠날 거라고 하던데?"

폴이 조용하게 말을 꺼냈다.

휘트니는 잠자코 고개만 끄덕였다. 휘트니는 폴의 머리색깔과 달빛에 물든 얼굴 윤곽을 새겨두기 위해 그를 유심히 쳐다보았다.

"날 보고 싶어 할 거예요?"

휘트니가 불쑥 물었다.

"물론 그렇겠지, 꼬마 아가씨. 네가 없으면 참 심심할 거야."

"그렇겠죠. 나도 그렇게 생각해요."

휘트니는 기어들어가는 목소리로 말하며 눈길을 떨궜다.

"내가 떠나고 나면 누가 나무에서 떨어져 오빠의 소풍을 엉망으로 만들거나 다리를 부러뜨리거나 또……."

그때 폴이 휘트니의 말을 끊었다.

"아무도 안 그러겠지."

"날 기다려줄래요?"

휘트니가 폴을 올려다보며 당돌하게 물었다.

"어쨌거나 네가 돌아와도 난 여기 있을 거야."

폴은 모호하게 대꾸를 했다.

"그런 뜻이 아니라는 걸 알잖아요!"

휘트니가 절망적으로 외쳤다.

"내 말은 내가 다시 돌아올 때까지 다른 여자하고 결혼하지 않고 기다려줄 수 있느냐는 뜻이에요."

휘트니는 말끝을 흐리면서 속으로 당황했다. 왜 폴하고는 늘 이런 식일까? 왜 숙녀티가 나는 언니들처럼 냉정하게 굴면서 교태를 부리지 못하는 것일까?

"휘트니, 파리에 가면 나를 잊어. 언젠가는 도대체 왜 나한테 기다려달라고 했는지 의아해할 날이 올 거야."

폴의 말투는 단호했다.

"벌써 의아해하고 있어요."

휘트니가 쓰라린 심정으로 털어놓았다.

폴은 휘트니가 성가시면서도 한편으로는 가엾게 느껴졌다. 그는 휘트니의 턱을 살며시 들어올려 자신을 쳐다보게 했다. 그리고 싱긋이 웃으며 말했다.

"나는 네가 어떤 숙녀로 성장할지 마음을 졸이며 여기서 기다릴 거야."

그 말에 홀린 휘트니는 폴의 흠잡을 데 없는 얼굴을 가만히 올려다보았다.

그러다가 결정적인 실수를 저지르고 말았다. 그만 감정에 이끌려서는 까치발로 선 다음 폴의 목을 껴안고 그의 입술 바로 옆에다 얼른 키스를 한 것이다. 폴은 속으로 욕을 하며 휘트니의 팔을 잡아당겨 억지로 끌어내렸다. 휘트니는 그만 눈물을 글썽였다.

"미안해요. 이, 이러려던 게 아닌데."

"그래. 그러면 안 되는 거였어."

화가 난 폴은 호주머니에 손을 넣더니 작은 상자를 꺼내 격식을 차릴 것도 없이 불쑥 휘트니 손에 쥐어주었다.

"작별 선물이야."

휘트니는 금세 날아오를 것만 같았다.

"작별 선물이라구요?"

상자 뚜껑을 여는 휘트니의 손가락은 가늘게 떨렸다. 그리고 상자를 여는 순간 놀랍고 기쁜 표정으로 가는 금줄에 매달린 작은 조가비 펜던트를 바라보았다.

"폴! 너무 예쁘고 멋져요. 영원히 간직할게요."

휘트니가 눈을 빛내며 속삭이자 폴이 조심스럽게 말했다.

"그저 작별 선물일 뿐이야. 그 이상의 의미는 없어."

휘트니는 조가비 펜던트를 기쁜 마음으로 매만지느라 폴의 말을 제대로 듣지도 못했다.

"이걸 내게 주려고 직접 골랐어요?"

폴은 잠시 머뭇거렸다. 사실 그는 그날 아침 엘리자베스에게 줄 고상하고 값비싼 장신구를 고르기 위해 읍내엘 갔었다. 그런데 가게 주인이 웃으면서 말했다.

"휘트니가 프랑스로 떠난다니 얼마나 홀가분하십니까? 자축이라도 하고 싶으시죠?"

사실 폴의 심정은 그랬다. 그래서 별 생각 없이 주인에게 열다섯 살짜리 소녀에게 어울릴 만한 뭔가를 골라달라고 부탁했다.

폴은 휘트니가 그 상자를 열 때까지 안에 무엇이 들어 있는지도 몰랐다. 하지만 휘트니에게 사실을 털어놓는 것이 무슨 의미가 있을까? 운이 좋으면 길버트 부부가 조카와 결혼할 프랑스 남자를, 그것도 휘트니의 거친 행동에도 불평하지 않을 남자를 찾아줄지도 모를 일이었다. 홀가분해진 폴은 휘트니에게 손을 내밀어 프랑스에서 만나는 기회들을 제대로 살려보라고 설득하려다 그만두었다. 대신 폴은 두 손을 옆에 붙이고 이렇게 말했다.

"내가 직접 고른 거야. 친구가 친구에게 주는 선물로."

휘트니는 감정이 부풀어올랐지만 내색을 하지는 않았다.

"뭐 지금으로서는, 오빠 친구가 되는 것도 괜찮을 거예요."

휘트니가 힘없이 말하자 폴은 익살스러운 표정을 지었다.

"그렇다면 두 친구가 작별의 키스를 나누는 것도 괜찮겠지?"

휘트니는 환히 웃으며 눈을 꼭 감고 입술을 오므려 쭉 내밀었다. 하지만 폴의 입은 휘트니의 뺨을 가볍게 스쳤을 뿐이다. 휘트니가 눈을 떴을 때 폴은 벌써 성큼성큼 걸어서 정원을 떠나고 있었다.

"폴 세버린, 프랑스에서 난 완전히 다른 여자가 될 거예요. 그래서 고향에 돌아오면 오빠와 결혼할 거예요"

휘트니는 낮지만 단호하게 혼잣말을 했다.

세 사람을 태운 정기 여객선이 파도치는 영국해협을 가로질러 프랑스로 향했다. 난간에 선 휘트니는 멀어지는 영국해안에서 눈을 떼지 못했다. 보닛(턱 밑에서 끈을 매는 챙이 넓은 모자)이 바람에 날려 끈만 목에 매달린 채 달랑거렸다. 그러자 바람에 날린 머리카락이 뺨에 부딪쳐왔다. 휘트니는 고국을 뚫어지게 바라보며 다시 이 해협을 건널 때 고향 마을이 어떻게 달라질 것인지 상상해보았다. 물론 신문에는 자신이 돌아온다는 소식이 실릴 터였다. 그리고 그 신문의 머리기사는 다음과 같을 것이다.

'근래 파리에서 가장 아름다운 미인으로 손꼽히는 휘트니 스톤 양, 이번 주 고국인 영국으로 돌아오다.'

보일락 말락 한 미소가 휘트니의 입가를 스쳐갔다. 파리에서 제일가는 미인이라…… 휘트니는 얼굴에 달라붙은 헝클어진 머리칼을 떼어내 어린아이가 쓰는 것처럼 작은 모자 속으로 밀어넣으며 결연히 영국을 등지고 돌아섰다.

휘트니가 갑판을 가로질러 씩씩하게 걸어가 프랑스 쪽을 바라보니 해협마저 잔잔해진 듯싶었다. 휘트니 앞에 펼쳐진 미래도…….

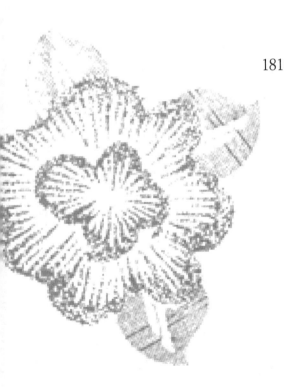

1816~1820년 프랑스

3

앞쪽에 연철로 된 철문이 세워진, 길버트 경의 파리식 저택은 당당하면서도 아기자기한 건물이었다. 커다란 아치형의 창을 통해 햇빛이 넓은 방들로 비춰들었다. 그 덕분에 응접실에서부터 2층에 있는 침실까지 온갖 물건들이 엷고 부드러운 색채를 띠어 전체적으로 밝고 고상해 보였다.

"휘트니, 이곳이 네가 쓸 방이다."

앤이 엷고 푸른색 카펫이 깔린 방으로 들어서며 말했다.

문지방에 선 휘트니는 입이 딱 벌어질 만큼 놀라서 침대 위에 덮인 멋진 공단 이불을 동경의 눈빛으로 바라보았다. 침대보에는 라벤더와 핑크, 푸른색 꽃무늬가 잔잔히 흩뿌려져 있었다. 예쁘장한 등받이 의자에는 침대보와 조화를 이루는 천이 씌워져 있었다.

그리고 우아한 자기 꽃병엔 꽃들이 한 아름 꽂혀 있었다. 휘트니는 눈물까지 글썽이며 앤 쪽으로 몸을 돌렸다.

"이모, 이렇게 행복하다고 느껴본 적은 처음이에요. 하지만 저한테는 너무 과분한 방이에요. 이 방보다 덜 예쁘고 덜 망가지기 쉬운 방을 마련해주셨으면 훨씬 더 좋았을 텐데."

앤이 놀라운 표정을 짓자 휘트니가 설명을 했다.

"바닥에 뭐라도 떨어뜨리지나 않을까 겁이 나서요."

앤은 휘트니의 무거운 짐 가방을 어깨에 메고 있는 하인에게 일렀다.

"여기다 내려놔요."

"이모, 제가 분명히 경고를 했다는 걸 기억해주세요."

휘트니는 모자를 벗고 꽃무늬로 장식된 의자에 조심스럽게 앉았다. 그리고 파리는 천국과도 같은 곳일 거라는 생각을 했다.

휘트니가 이모의 집에 도착한 지 사흘이 지났을 때부터 방문객들이 줄을 잇기 시작했다. 앤의 전속 의상디자이너가 생긋생긋 미소를 띤 여자 재봉사 셋을 대동하고 맨 처음으로 도착했다. 디자이너는 쉬지도 않고 드레스의 스타일과 천에 대해 이야기하고 난 뒤 휘트니의 치수를 재고 또 쟀다.

30분이 지나 의상디자이너 일행이 떠난 뒤 휘트니는 자신의 걸음걸이를 유심히 살펴보고 있는 포동포동한 여자 앞에서 머리 위에 책을 올려놓고 걷는 연습을 하고 있었다. 앤은 그 여자에게 '사교계의 예의범절'을 휘트니에게 가르치는, 만만찮은 임무를 맡겼던 것이다.

"프로싸르 부인, 저는 세련미라고는 눈을 씻고 찾아봐도 없는 애라구요."

머리 위에 올려놓은 책이 세 번째 바닥으로 떨어지자 휘트니가 얼굴을 붉히면서 한 말이었다.

"아니, 그렇지 않아요!"

프로싸르가 공들여 매만진 은발을 흔들며 말했다.

"스톤 양한테는 타고난 우아함이 있어요. 맵시도 뛰어나구요. 말을 타듯 걷지 말고 좀 더 얌전히 걷는 법만 배우면 돼요."

휘트니는 프로싸르가 떠난 뒤 곧이어 도착한 댄스 교사의 손에 이끌려 상상 속에서 흐르는 왈츠에 박자를 맞춰가며 방을 빙글빙글 돌았다. 그 일이 끝난 뒤 댄스 교사의 평가를 들었다.

"연습을 한다면 전혀 가망이 없지는 않겠군요."

차 마시는 시간에 도착한 불어 선생은 앤에게 휘트니를 이렇게 평가했다.

"레이디 길버트, 불어는 도리어 제가 스톤 양에게서 배워야 할 것 같군요."

몇 달 동안 프로싸르는 휘트니에게 상류 사회의 예의범절을 가르치기 위해 매주 다섯 차례, 두 시간씩 방문했다. 휘트니는 프로싸르의 엄격하고 정확한 지도를 받으며 폴의 마음에 들지도 모를 것들을 배우려고 부지런히 애를 썼다.

"네가 프로싸르 부인에게 배우는 게 정확히 뭐니?"

어느 날 저녁을 먹고 있을 때 에드워드가 휘트니에게 물었다.

휘트니는 잠깐 수줍은 표정을 짓고는 대답했다.

"프로싸르 부인은 제게 말처럼 겅중겅중 뛰어다니는 대신 한가롭게 거니는 법을 가르쳐주고 계세요."

휘트니는 당연히 쓸데없는 시간 낭비라는 소리를 들으리라 예상하고 이모부의 반응을 기다렸다. 그런데 뜻밖에도 이모부는 빙그레 웃어 보였다. 휘트니는 묘한 행복감을 느끼며 이모부에게 역시 미소로 답한 뒤 장난스럽게 한마디 덧붙였다.

"그런데 제가 한때는 제대로 걷기 위해 필요한 건 튼튼한 두 다리뿐이라고 생각했다는 게 믿어지세요?"

그날 밤 이후로 휘트니가 날마다 들려주는 예의범절과 관련된 이야기들은 저녁 식사시간마다 빼놓을 수 없는 의식이 되었다.

"이모부, 옷자락이 길게 끌리는 왕실 예복을 입고 몸을 돌리는 데도 기술이 있다는 걸 알고 계세요?"

어느 날 휘트니가 에드워드에게 명랑하게 물었다.

"나한테는 그런 기술이 필요 없는데?"

에드워드가 농담으로 조카의 말을 받았다. 그러자 휘트니가 짐짓 엄숙하게 대답했다.

"만일 제대로 돌지 않으면 사람들 발에 밟혀 금세 옷자락에 휘감기게 될 걸요."

한 달이 지난 뒤 휘트니는 미끄러지듯 살며시 식탁 의자에 앉아 사색에 젖은 눈으로 이모부를 주목하면서 비단 부채를 흔들었다.

"휘트니, 오늘 날씨가 덥니?"

에드워드가 물었다.

"이모부, 부채는 바람을 일으키기 위해서만 필요한 물건은 아니에요."

이모부에게 조언을 하던 휘트니가 지나치게 교태를 부리며 긴 속눈썹을 깜박거리자 앤이 웃음을 터뜨렸다.

"부채는 남자들과 시시덕거릴 때도 필요해요. 또 부채를 들고 있으면 손을 우아한 자세로 유지할 수도 있고요. 그리고 신사가 너무 가까이 다가오면 그 신사의 팔을 찰싹 때리기에도 좋거든요."

그 말을 들은 에드워드의 얼굴에서는 웃음기가 사라졌다.

"어떤 신사가 너한테 그렇게 바짝 다가왔니?"

에드워드가 무뚝뚝하게 물었다.

"으음, 아직은 아무도 안 그랬어요. 저는 아직 아는 신사가 없거든요."

남편과 조카를 지켜보던 앤은 기뻐서 활짝 미소를 지었다. 휘트니가 이제 자신의 가슴뿐 아니라 에드워드의 가슴도 차지했기 때문이다. 마치 두 사람의 친딸처럼 말이다.

휘트니의 공식적인 사교계 데뷔를 한 달 앞둔 이듬해 5월이었다. 어느 날 저녁, 에드워드는 오페라 티켓 세 장을 내놓았다. 그런 다음 짐짓 무관심한 척하느라 티켓을 가볍게 던지며 한 가지 제안을 했다.

"휘트니, 만약 네 일정이 괜찮다면 우리와 함께 사관 전용 특별석에 즐거운 시간을 보내지 않겠니?"

휘트니가 만약 1년 전에 그런 말을 들었다면 미친 듯이 기뻐하며 방안을 빙빙 돌았을 것이다. 하지만 휘트니는 이제 예전의 말괄량이가 아니었다. 그녀는 기뻐 날뛰는 대신 기쁨으로 빛나는 눈으로 이모부를 쳐다보며 짧게 대답했다.

"일정은 괜찮아요. 꼭 가보고 싶어요, 이모부."

휘트니가 어렸을 때부터 시중을 들어오던 클라리사가 휘트니의 빗질한 머리칼을 정수리로 빗어올린 다음 머리칼을 곱슬곱슬하게 매만지고 있었다. 그동안 휘트니는 잠자코 거울 앞에 앉아 자신의 모습을 비쳐보았다. 새로 맞춘 하얀 드레스는 웨이스트라인에 엷은 청록색 벨벳 리본이 달려 있고 밑단은 주름장식이 되어 있었다. 머리 손질을 끝낸 휘트니는 드레스를 조심스럽게 입었다. 리본과 색을 맞춰 지은 엷은 청록색 공단 망토가 완벽한 조화를 이루었다. 휘트니는 거울 앞에 서서 동그랗게 뜬 눈을 빛내며 자신의 모습을 말끄러미 바라보았다. 잠시 후 연습 삼아 왼발을 뒤로 빼고 무릎을 굽혀 몸을 약간 숙이며 절을 해보았다. 휘트니는 완벽한 각도로 머리를 숙였다.

"휘트니 스톤 양을 소개합니다."

휘트니는 위엄 있는 목소리로 중얼거렸다.

"파리에서 가장 아름다운 숙녀랍니다."

가늘고 차가운 안개비가 내리는 가운데 파리의 거리가 달빛 속에서 어슴푸레 빛났다. 마차 창문 밖으로 종종걸음을 치는 수많은 인파를 내다보던 휘트니는 뺨에 닿는 공단의 감촉을 기분 좋게 느꼈다. 그러면서 망토의 주름 속으로 몸을 더 깊이 묻었다.

극장 밖에 서 있는 사람들은 축축한 안개비 같은 것은 아랑곳하지 않고 삼삼오오 모여들고 있었다. 예복차림의 신사들이 보석으로 화려하게 멋을 낸 숙녀들에게 절을 하거나 고개를 끄덕였다.

마차에서 내린 휘트니는 상기된 표정으로 눈부신 숙녀들을 바라보았다. 그녀들은 태연하고 자신만만하게 신사들과 이야기를 나누고 있었다. 휘트니는 그 숙녀들이 세상에서 가장 아름다운 여자들이라고 단정 지었다. 그러자 언젠가는 '파리에서 가장 아름다운 미인'이 되겠다는 자신의 희망은 물거품처럼 사라지는 것 같았다. 하지만 휘트니는 그게 별로 섭섭하지는 않았다. 그저 자신이 그런 미인들 속에 있는 것만으로도 영광스럽고 즐거웠던 것이다.

휘트니는 이윽고 이모 내외를 따라 극장으로 들어갔다. 그동안 오직 앤만이 휘트니를 흘끔흘끔 쳐다보는 젊은 신사들을 눈여겨보았다. 신사들은 무심코 지나쳤던 눈길을 돌려 휘트니를 좀 더 주의 깊게 살펴보곤 했다. 사실 휘트니의 얼굴은 이제 막 피어나고 있었다. 휘트니의 생기 넘치는 얼굴과 혈색은 그녀가 좀 더 성숙하면 훨씬 더 아름다워지라는 사실을 예고하고 있었다. 휘트니에게서는 넘치는 활기와 삶에 대한 열정, 그리고 오랫동안 역경과 정면으로 부딪치면서 몸에 밴 당당하고 침착한 광채가 느껴졌다.

휘트니는 영사관 전용 객석에 망토를 벗어놓고 상아빛 부채를 꺼내들었다. 그러고는 프로싸르 부인이 가르쳐준 대로 계속 손에 들고 있었다. 그때 휘트니는 폴과 아버지를 기쁘게 하기 위해서 배워야 할 것이 믿을 수 없을 정도로 간단하다는 사실을 깨닫고는 혼자 쓴웃음을 지었다. 그녀는 언어와 수학을 배우는 데 수많은 시간을 쏟았던 자신이 어리석게 느껴졌다. 손에 들고 있는 부채가 그리스어보다 훨씬 더 쓸모가 있다니!

주위에서 수많은 여성들이 머리를 숙여 절을 하거나 고개를 가볍게 끄덕였고 그럴 때마다 정교한 머리장식에서 깃털이 나부꼈다. 어떤 신사가 동행하던 숙녀에게-장난기가 섞이긴 했지만-부채로 찰싹 맞는 것을 보았다. 휘트니는 그 신사가 숙녀에게 무슨 버릇없는 말을 속삭였을까 궁금해하면서 그곳에 모든 여성들에게 동지애를 느꼈다.

오페라가 시작되자 휘트니는 곧 다른 모든 것을 잊고 음악에 빠져들었다. 음악은 그녀의 어지러운 몽상을 완전히 잊게 했다. 무대 배경을 바꾸기 위해 묵직한 커튼이 내려질 무렵에서야 휘트니는 연극이 아닌 현실 세계로 다시 돌아왔다. 뒤쪽에서는 이모와 이모부의 친구들이 전용 객석으로 몰려와 귀가 멍멍할 정도로 시끄럽게 웃으며 떠들어댔다.

"휘트니."

앤이 휘트니의 어깨에 손을 얹으며 말했다.

"좀 돌아볼래? 우리 소중한 친구들한테 널 소개하고 싶구나."

공손하게 일어서서 뒤를 돌아본 휘트니는 뒤비에 부부에게 소개되었다. 뒤비에 부부는 휘트니를 따뜻한 웃음으로 환대해주었다. 하지만 그들의 옆에 있던 휘트니 또래의 매력적인 금발 아가씨는 휘트니를 빤히 쳐다보기만 했다. 뒤비에 부부의 딸인 테레즈가 날카로운 눈길로 휘트니를 쳐다보자 휘트니는 방금 전까지의 자신감이 슬그머니 사라지는 듯했다. 휘트니는 또래들과는 어떻게 이야기를 해야 하는지 전혀 알지 못했다. 그래서 영국을 떠나온 이래 처음으로 어색하고 불편한 기분을 느꼈다.

"오, 오페라 재미있니?"

휘트니가 간신히 용기를 내어 물어보았다.

"아니. 알아들을 수가 있어야지."

테레즈가 귀여운 표정을 지으며 대답했다.

"휘트니는 알아들을 수 있단다."

에드워드가 자랑스럽다는 듯이 말했다.

"휘트니는 이탈리아어, 그리스어, 라틴어를 능숙하게 읽고 쓴단다. 거기다 독일어도 웬만큼은 한단다!"

휘트니는 쥐구멍이라도 있으면 숨고 싶었다. 이모부의 자랑 때문에 뒤비에 씨 가족들에게 블루스타킹이라는 인상을 주었을 것이라고 생각했기 때문이다. 하지만 휘트니는 할 수 없이 테레즈의 얼굴을 마주보았다.

"게다가 피아노도 잘 치고 노래도 잘 부르는 건 아니겠지?"

한동안 놀랍다는 표정을 짓던 테레즈가 귀엽게 입을 내밀며 물었다.

"오, 아냐! 난 그 두 가지 다 못해."

휘트니가 얼른 힘주어 말했다. 그 말을 들은 테레즈는 환하게 웃으며 소리를 쳤다.

"그럼 됐어!"

테레즈가 휘트니의 옆에 있는 의자에 앉으며 말을 이었다.

"피아노 치고 노래하는 거, 난 그 두 가지밖에 잘하는 게 없거든. 그런데 넌 정식으로 사교계에 데뷔하는 걸 기다리고 있니?"

테레즈는 휘트니의 얼굴에 나타난 동경의 표정을 훑어보고는 생기발랄하게 이야기를 계속했다.

"아니, 별로."

휘트니는 솔직하게 시인했다.

"그래? 나는 기대가 돼. 비록 내겐 형식에 불과한 일이지만. 난 벌써 3년 전에 정혼을 했거든. 얼마나 다행이니? 덕분에 네가 신랑감을 찾는 걸 여유 있게 도와줄 수 있으니 말이야. 어떤 신사가 결혼상대로 바람직하고 어떤 신사는 그저 잘생기기만 했는지를 내가 말해줄게. 돈도 없고 성공할 가망도 없는 신랑감도 많거든. 그래서 네가 멋진 결혼을 하게 되면 네 결혼식에 가서 모든 사람들한테 말하는 거야. 내가 널 중매한 장본인이라구!"

말을 마친 테레즈는 웃음을 주체하지 못했다.

휘트니는 스스럼없이 친구를 하자고 제안하는 테레즈의 태도에 약간 어리벙벙했지만 겉으로는 웃어 보였다. 휘트니의 미소에 고무된 테레즈 뒤비에는 신이 나서 수다를 늘어놓기 시작했다.

"우리 언니들은 모두 괜찮은 신랑감을 만나 결혼했어. 남은 건 나하고 오빠 니콜라뿐이야."

휘트니는 니콜라 뒤비에가 '바람직한' 신사인지 '그저 잘생기기만 한' 신사인지 장난 삼아 묻고 싶은 것을 꾹 참았다. 하지만 물을 필요도 없었다. 테레즈가 바로 휘트니의 궁금증을 해결해주었기 때문이다.

"니키(니콜라의 애칭)는 절대 바람직한 신랑감은 아냐. 음, 오빠는 있지, 부자인 데다 굉장히 잘생겼거든. 그러니까 니키 오빠는 '차지할 수 없는 남자'라는 뜻이야. 그게 우리 가족들한테는 정말 유감스러운 일이자 절망이지. 니키 오빠는 우리 집안의 유일한 남자 상속자인 데다 우리 5남매 중 맏이거든."

휘트니는 니콜라 뒤비에란 남자가 어떤 인물인지 몹시 궁금했지만 용케 호기심을 누르고, 뒤비에 씨가 그 일로 고민하지 않기를 바란다고만 말했다.

"오빠는 그런 일로 고민 같은 거 안 해."

테레즈가 음악 소리처럼 깔깔거리며 대꾸했다.

"지나친 권태와 오만을 고민이라고 생각하지 않는 한은. 하긴, 여자들이 그렇게 끊임없이 오빠 꽁무니를 따라다니니까 오빠가 오만하게 굴 만도 해. 엄마가 그러시는데 앞으로 청혼할 여자들까지 합치면 오빠가 우리 네 자매가 받은 청혼을 합한 수보다 더 많은 청혼을 받을 거래!"

그 말에 가까스로 호기심을 누르며 얌전을 빼던 휘트니가 드디어 본색을 드러내고 말았다.

"나는 도저히 상상이 안 가는데. 그리고 네 말로라면 지독히 밉살스러운 남자 같구나."

휘트니가 웃으며 말하자 테레즈는 정색을 하고 대꾸했다.

"밉살스럽다니? 매력이 있지. 니키 오빠한테는 매력이 있다구."

테레즈는 생각에 잠긴 듯 잠깐 말이 없다가 다시 입을 열었다.

"하지만 오빠가 너무 까다롭다는 게 유감이야. 만약 오빠가 우리 데뷔 파티에 참석해서 너한테 특별한 관심을 보인다면 순식간에 사람들의 이목이 너한테 집중될 텐데."

그러면서 테레즈는 한숨을 내쉬었다.

"물론, 오빠는 세상이 두 쪽이 난다고 해도 어린 아가씨들이 사교계에 처음 모습을 드러내는 파티 따위에는 참석하지 않을 거야. 오빠는 그런 파티가 괴로워 못 견딜 만큼 지루하대. 하지만 오빠한테 네 얘길 해볼게. 어쩌면 오빠가 도움이 될지도 몰라."

휘트니는 네 오빠처럼 오만한 신사는 절대 만나고 싶지 않다고 말해주고 싶은 걸 간신히 참았다.

4

휘트니가 사교계에 정식으로 데뷔하기 바로 전날 에밀리 윌리엄즈가 보낸 편지가 도착했다. 휘트니는 그 편지를 읽고는 한시름 놓을 수 있었다. 폴이 바하마 제도에 땅을 좀 사서 1년 동안 그곳에서 머물 계획이라는 이야기가 쓰여 있었기 때문이다.

휘트니는 폴이 햇볕에 그을린 식민지 여자와 사랑에 빠지리라고는 상상할 수 없었다. 그러니 폴이 섬에서 1년 동안 보낸다는 것은 휘트니에게 마음 편히 집으로 돌아갈 준비를 할 기간이 1년쯤 생겼다는 것을 뜻했다. 1년 동안은 폴이 다른 여자와 결혼하면 어쩌나 하는 걱정을 하지 않아도 되니까 말이다.

휘트니는 이튿날 저녁에 있을 데뷔 파티에 대한 긴장감을 누그러뜨리려고 응접실에 있는 꽃무늬 공단 의자 위에 웅크리고 앉아

≪예절교본≫ 속에 감춰둔 에밀리의 편지를 흐뭇한 마음으로 다시 읽고 있었다. 그런데 편지를 읽는 데 열중한 나머지 누군가 자신을 지켜보고 있다는 사실을 알아채지 못했다.

니콜라 뒤비에가 누이동생의 편지를 손에 들고 응접실 입구에 서 있었다. 테레즈는 무슨 일이 있어도 니콜라가 직접 편지를 휘트니에게 전해야 한다고 우겼다. 테레즈는 지난달에만 해도 휘트니를 제 오빠와 대면하게 하려고 10여 가지 책략들을 써보았다. 그래서 니콜라는 그 편지를 전하는 것도 틀림없이 두 예비숙녀들이 꾸민 장난이라고 생각했다. 테레즈가 들떠 있는 제 친구들에게 오빠인 자신이 관심을 쏟게 하려고 애쓴 건 이번이 처음은 아니었다. 니콜라는 이제까지의 경험을 통해 자신을 두고 휘트니 스톤이 세웠던 계획을 처음부터 소용없게 만드는 방법을 알고 있었다. 그것은 휘트니가 자신이 떠나는 것을 보고 안도할 정도로까지 그녀를 당혹스럽고 겁먹게 하는 것이었다.

니콜라는 차가운 눈길로 휘트니가 자신에게 예쁘게 보이려고 미리 연출한 것이 분명한 매혹적인 장면을 바라보았다. 휘트니 바로 옆에 있는 창문에서는 햇살이 흘러들었다. 그렇게 흘러든 햇살에 윤기가 흐르는 길고 풍성한 적갈색 머리카락을 내맡기고, 둘째 손가락으로 머리카락을 돌돌 말아 꼬며 독서에 열중하는 체하는 모습이 한껏 돋보였다. 노란 평상복은 우아하게 주름이 잡혀 있고 두 발은 부끄러운 듯 옷자락 밑에 반쯤 가려져 있었다. 긴 속눈썹을 살짝 내리깔고 붉은 입술 언저리에 살풋 미소를 머금은 휘트니의 옆모습은 참으로 평온해 보였다. 휘트니의 빤히 들여다보이는 수작을 더 이상 참고 볼 수가 없게 된 니콜라는 응접실 안으로 걸음을 옮겼다.

"아주 아름다운 모습이군요, 마드모아젤. 부디 제 찬사를 받아주시지요."

니콜라가 오만하게 점잔을 빼며 입을 열었다.

고개를 번쩍 든 휘트니는 의자에서 일어서며 에밀리의 편지가 들어 있는 《예절교본》을 덮어 옆에다 놓았다. 니콜라를 처음 보는 휘트니는 당당한 표정으로 자신을 차갑게 내려다보는 20대 후반의 남자를 말똥말똥 쳐다보았다. 그는 검은색 머리카락에 날카로운 눈이 매력적인, 더할 나위 없이 잘생긴 남자였다.

"품성을 닦고 계신가요, 마드모아젤?"

니콜라가 무뚝뚝하게 물었다.

휘트니는 자신이 그의 얼굴을 빤히 쳐다보고 있었다는 사실을 깨닫고는 얼른 눈길을 돌렸다. 그리고 그의 손에 들린 편지를 보면서 말했다.

"제 이모를 뵈러 오셨군요?"

니콜라가 응접실로 어슬렁어슬렁 걸어들어와 휘트니에게 편지를 내밀자 휘트니는 무슨 영문인지 몰라 어리둥절해졌다.

"나는 니콜라 뒤비에요. 집사한테서 아가씨가 나를 기다리고 있다는 말을 이미 들었소. 그러니까 부끄럽고 놀라운 척은 안 해도 될 것 같은데, 어떻소?"

휘트니는 남자가, 뻣뻣하게 굳다시피 한 자신의 몸을 머리끝에서부터 발끝까지 훑어보자 기가 막혔다. 정말로 남자의 눈길이 내 가슴에 머물렀던가, 아니면 내 혼란스런 상상 때문에 그렇게 보인 것인가? 정면에서 휘트니를 면밀히 살피고 난 니콜라 뒤비에는 휘트니가 마치 팔려고 내놓은 말이라도 되듯 느릿느릿 한 바퀴 돌며 모든 각도에서 휘트니를 살펴보았다.

"일부러 읽어볼 것 없소."

신경질적으로 편지를 여는 휘트니를 보고 니콜라 뒤비에가 입을 열었다.

"편지에는 테레즈가 여기다 팔찌를 두고 갔다고 써 있지만 당신은 그게 우리 두 사람을 만나게 하려는 구실에 불과하다는 걸 알고 있으니까."

휘트니는 당혹과 어리둥절함, 흥미와 모욕감을 동시에 느꼈다. 테레즈에게서 오빠가 오만하다는 말은 들었지만 이 정도로 심할 줄은 상상도 못했던 것이다.

니콜라가 다시 앞으로 돌아와 휘트니를 마주보며 말했다.

"사실 아가씨는 내가 기대했던 바와는 전혀 다르군."

그 말투에는 휘트니가 꽤 괜찮은 여성이라는 사실을 마지못해 시인한다는 느낌이 실려 있었다.

"니콜라!"

바로 그때 앤이 나타나 우아하게 니콜라를 반기는 덕분에 휘트니는 니콜라에게 대꾸하지 않아도 되었다.

"이렇게 반가울 수가! 그렇지 않아도 기다리고 있던 참이에요. 하녀가 소파 쿠션 밑에서 테레즈의 팔찌를 찾아냈어요. 고리가 부러졌던데. 가서 가져올 테니 기다려요."

앤은 서둘러 응접실에서 나갔다.

니콜라는 깜짝 놀라서 휘트니를 쳐다보았다. 그를 향해 섬세한 눈썹을 치켜올리는 휘트니의 미소 띤 입가가 파르르 떨렸다. 니콜라가 당황해하는 것을 고소하게 여기는 게 분명했다. 니콜라는 좀 전에 보였던 무례함을 생각하고는 좀 정중한 대화를 할 필요가 있다고 느꼈다. 그는 몸을 굽혀 에밀리가 보낸 편지가 들어 있는 ≪예절교본≫을 집어들고는 제목을 힐끗 쳐다보았다. 그러고는 휘트니에게 말을 건넸다.

"예의범절을 배우는 모양이군요?"

"맞아요. 그 책을 빌려드릴까요?"

휘트니는 눈을 반짝이며 웃음을 참았다.

휘트니의 재치 있는 응수에 감탄한 니콜라는 매력적인 미소를 천천히 지어 보이며 말했다.

"좀 전에 내가 보인 행동에 대해 어떻게든 보상을 하는 게 옳을 것 같군요, 마드모아젤. 내일 밤 저와 춤을 출 수 있는 영광을 베풀어주시겠습니까?"

니콜라는 웃음이 터져나올 만큼 진지하게 제안을 했다.

휘트니는 니콜라가 미소를 지으며 정중한 태도를 보이는 데 놀라서 순간적으로 대답을 망설이고 말았다.

휘트니의 침묵을, 새침 떠는 것으로 오해한 니콜라가 어깨를 으쓱해 보이며 말했다.

"대답을 망설이는 걸 보니 춤 예약이 이미 다 끝난 모양이군요. 그럼 다음 기회를 기약하지요."

니콜라가 재미있다는 듯 빈정댈 때는 다정하던 미소가 어느새 싸늘한 표정으로 변해 있었다.

휘트니는 니콜라가 춤 신청을 취소하고 있다는 사실을 깨닫고는 그를 처음 생각한 대로 거만하고 괴팍한 남자라고 단정했다.

"전 아직 아무하고도 춤 출 약속을 하지 않았답니다. 뒤비에 씨가 파리에서 처음 만난 '신사'분이라서요"

휘트니가 신사라는 말에 일부러 힘을 주어 말한 것을 니콜라는 놓치지 않았다. 그는 돌연 고개를 젖히더니 껄껄껄 웃었다.

"여기 팔찌를 가져왔어요."

그때 앤이 서둘러 응접실로 들어오며 말했다.

"니콜라! 테레즈에게 고리가 부러졌다는 걸 꼭 알려줘요."

니콜라는 여동생의 팔찌를 받아들고 떠났다. 마차에 올라탄 그는 마부에게 어머니 집으로 데려다달라고 이른 뒤, 가죽 쿠션에 등을 기대고 긴장을 풀었다. 마차는 봄꽃들이 흐드러지게 피어 있는 길을 따라 공원을 지나갔다. 니콜라가 아는 예쁘장한 두 아가씨가 손을 들어 인사를 보내왔다. 하지만 그의 눈에는 게인즈버(18세기 영국의 가장 뛰어난 초상화가이자 풍경화가로 초상화의 모델은 주로 상류층 사람들이었음)의 풍경화에 나오는 듯한 장면은 거의 눈에 들어오지 않았다. 그의 머릿속은 방금 만난 어린 영국 아가씨 생각으로 꽉 차 있었다.

니콜라는 아무리 생각해봐도 휘트니 스톤과 멍청한 수다쟁이인 제 여동생이 어떻게 그처럼 스스럼없는 친구가 되었는지 이해가 가지 않았다. 두 사람은 레모네이드와 프랑스 와인만큼이나 비슷한 구석이 전혀 없었기 때문이다. 테레즈는 예쁘고 레모네이드처럼 상큼하지만 적어도 오라비의 눈으로 볼 때 남자, 특히 평범한 것을 싫어하는 자신과 같은 남자의 흥미를 끌 만한 깊은 맛이라고는 눈을 씻고 찾아봐도 없었다.

반대로 독하고 맛 좋은 부르고뉴산 적포도주처럼 거품이 이는 휘트니 스톤은 장차 숱한 남자들의 애를 태울 신비로운 여인이 될 징후를 보이고 있었다. 휘트니는 열일곱이란 어린 나이에 비해 놀랄 만큼 침착하게 거드름을 피울 줄 알았다. 니콜라는 몇 년 안에 휘트니가 매혹적인 여인으로 성숙하리라고 단정했다. ≪예절교본≫을 읽고 있느냐는 자신의 질문에 그 책을 빌려보겠느냐는 휘트니의 제안은 얼마나 교묘한 응수였던가! 그 생각을 하니 싱그러운 웃음이 가슴속 깊은 곳에서부터 절로 솟아 나왔다.

니콜라는 휘트니처럼 진귀한 보석이 단지 프랑스에 알려지지 않았다는 이유로 사교계에 첫발을 내딛는 혼잡한 파티에서 홀대를 받는 것은 애석한 일이라고 생각했다.

거대한 무도회장의 벽면은 화려한 벽걸이로 장식되어 있었고 화려한 샹들리에에서 뿜어나오는 빛이 실내를 밝게 비추고 있었다. 휘트니는 긴장한 채 거울에 비친 자신의 모습을 자세히 살펴보았다. 하얀 실크 드레스는 넓은 스캘럽(깃이나 소매 등에 대는 조가비 모양의 장식)으로 장식이 되어 있었고, 실크로 만든 장미꽃들이 정수리에서 돌돌 말린 숱 많은 머리칼과 조화를 이루며 매달려 있었다. 속으로 느끼는 긴장감에 비하면 겉모습은 훨씬 더 차분해 보였다.

"모든 일이 멋지게 풀릴 거다, 두고 보렴."

앤이 휘트니에게 속삭였다.

그러나 휘트니는 모든 일이 잘 풀릴 것 같다는 생각이 전혀 들지 않았다. 눈부신 금발과 붉은 머리의 미인들, 그리고 새침을 떠는 깜찍한 브루넷(피부와 머리칼과 눈이 거무스름한 사람) 여자들과 겨룰 가망은 아무래도 없어 보였던 것이다. 무도회장을 채운 그런 미인들은 검은색 예복 속에 실크와 공단 조끼를 받쳐입고 미소를 짓고 있는 젊은 남자들과 편안하게 이야기를 나누고 있었다. 휘트니는 시시한 파티처럼 하찮은 일에는 조금도 관심이 없다고 스스로 말했지만 사실은 그렇지 않았다. 휘트니는 파티에 무척 관심이 많았다.

악사들이 첫 곡을 연주하려고 악기를 들어올릴 때 테레즈 뒤비에 모녀가 무도회장에 도착했다.

"굉장한 소식이 있어."

테레즈가 숨을 헐떡이며 속삭였다. 하얀 레이스 드레스 차림에 빛나는 금발을 우아하게 머리 위로 말아올린 데다 두 뺨이 상기된 테레즈는 마치 달콤한 사탕과자처럼 보였다.

"내 하녀가 니키 오빠의 시종과 사촌간이거든. 그런데 그 시종 말이 니키 오빠가 이 파티에 온다는 거야. 그것도 친구를 셋이나 데리고서. 오빠가 그 친구들에게 5백 프랑을 걸고 어젯밤 두 시간 동안 주사위 던지기를 했는데 친구들 셋이 모두 오빠한테 졌대. 그 벌로 친구들은 파티에 와서 너랑 춤을 춰야 한대……."

테레즈는 거기서 말을 멈추고 미안하다는 듯 어깨를 으쓱해 보였다. 그런 뒤 자신에게 춤을 신청하러 온 젊은 남자에게 무릎을 굽히고 우아하게 절을 했다.

휘트니는 악사들이 처음 한 곡을 다 연주할 때까지도 여전히 테레즈가 전한 소식 때문에 속이 울렁거렸다. 처음 사교계에 모습을 나타내는 여성들은 각자 파트너의 에스코트를 받아 플로어로 나갔다. 그렇지만 사교계에 처음 나선 모든 여성이 그런 것은 아니었다. 힘없이 앤 이모를 쳐다보는 휘트니는 빨간 얼굴이 더 빨개지는 것 같았다. 휘트니도 처음에는 춤 신청을 받지 못할 수도 있다는 짐작은 하고 있었다. 하지만 춤 신청을 받지 못해서 이모와 뒤비에 부인과 선 채로 남겨진다는 것이 그처럼 비참하게 느껴질 줄은 미처 예상하지 못했다. 그 느낌은 영국에 있을 때, 드물게 열리는 파티에 참석해 웃음거리가 되거나 무시당했던 것과 별반 다르지 않았다.

테레즈는 두 번째는 물론 세 번째 곡에도 춤 신청을 받아 플로어로 나갔다. 하지만 휘트니는 그때까지도 춤 신청을 받지 못했다. 네 번째 곡이 연주될 시간이 되어서도 신사들이 그냥 지나쳐 가자 그 굴욕감은 휘트니의 인내의 한계를 넘어섰다.

휘트니가 앤 이모에게 기댄 채 가서 좀 쉴 곳이 없는지 물으려고 입을 떼려는 순간이었다. 무도회장 입구에서 소란스러운 소리가 들렸다. 휘트니 역시 궁금해서 다른 손님들의 시선을 따라 눈길을 돌렸다.

니콜라 뒤비에와 신사 세 명이 무도회장 입구, 아치 모양의 현관 아래 서 있었다. 그들은 쏟아지는 사람들의 관심 어린 눈길 같은 것은 조금도 개의치 않은 채, 여유 있고 침착하게 군중을 둘러보았다. 마침내 휘트니를 발견한 그가 머리를 살짝 숙여 인사를 해왔다. 그러고는 곧장 친구 셋까지 데리고 휘트니 앞으로 다가오기 시작했다.

휘트니는 벽에다 등을 기대고 어린아이처럼 벽과 이모 사이로 비집고 들어가 숨고만 싶었다. 니콜라 뒤비에와 다시 마주치는 모험을 하고 싶지 않았기 때문이다. 어제는 당황한 나머지 겁먹을 새도 없었다. 하지만 지금 이 순간 휘트니의 자존심과 자신감은 누더기처럼 너덜너덜해진 상태였다. 그런데 그것이 전부가 아니었다. 검은 야회복 차림의 니콜라는 너무도 세련되고 잘생겨 보였던 것이다.

휘트니는 지켜보는 군중 속을 헤치고 자신을 향해 똑바로 걸어오는 남자들을 지켜보았다. 그런데 휘트니는 얼어붙을 것 같은 공포 속에서도 니콜라 뒤비에 일행이 무도회장 안에 있는 다른 신사들에 비해 단연 돋보인다는 것을 깨달았다. 그들은 아주 어린 아가씨들에게조차 헤프게 비위를 맞추는 대부분의 젊은이들보다 서너 살 연상일 뿐 아니라 지적인 분위기를 풍겨서 다른 남자들과 확실하게 구분이 되었다.

한편으로는 놀라고 또 한편으로는 기뻤던 뒤비에 부인은 환한 얼굴로 아들을 맞았다.

"니키, 악마가 걸어들어왔다고 해도 이보다 더 놀라지는 않았을 게다!"

"반갑게 맞아주셔서 고맙습니다, 어머니."

니콜라는 낮은 목소리로 인사를 한 다음 돌연 휘트니 쪽으로 눈길을 던졌다. 그러고는 휘트니의 차가운 손을 잡으며 싱긋 웃었다. 그는 휘트니의 손을 들어올려 정식 입맞춤을 하고는 싱글거리며 말했다.

"내 관심의 대상이 됐다고 그렇게 놀란 얼굴로 쳐다보지 말아요, 마드모아젤. 오히려 이런 일을 당연히 예상했던 것처럼 행동해야 돼요."

휘트니는 니콜라의 조언을 모욕으로 받아들여야 할지 아니면 고마워해야 할지 마음을 정하지 못한 채 눈을 동그랗게 뜨고 그를 빤히 쳐다보았다.

· 니콜라는 휘트니가 무슨 생각을 하고 있는지 다 알고 있다는 듯 알궂게 눈썹을 치켜올리더니 몸을 돌려 세 친구를 소개해주었다.

니콜라는 새로운 음악이 시작되자 물어볼 것도 없이 휘트니의 손을 잡아 제 팔 위에 올려놓고 플로어로 이끌고 갔다. 그는 힘들이지 않고 휘트니를 리드해가며 왈츠를 추었다. 한편 휘트니는 댄스 교사에게 배운 스텝을 따라가는 데 온정신을 집중했다.

"마드모아젤."

니콜라가 익살스럽게 목소리를 낮추어 휘트니를 불렀다.

"날 한번 올려다봐요. 그럼 어리둥절해하며 우리를 지켜보는 관객들처럼 나 역시 온화하고 감탄하는 얼굴로 그대를 내려다보고 있다는 걸 알게 될 거요. 하지만 그렇게 계속 내 넥타이의 주름 수만 세고 있다면 나는 그대에게 도취된 표정 대신 아주 지루하고 따분한 표정을 지을 겁니다. 만약 내가 그렇게 하면 그대는 오늘 밤, 사교계로 진출하는 대신 월 플라워(무도회에서 춤 신청을 받지 못해서 벽 앞에 서 있는 여자)로 남게 될 겁니다. 자, 나를 올려다보고 웃어봐요."

"월 플라워라구요?"

화들짝 놀란 휘트니는 얼른 고개를 들어 니콜라의 눈을 바라보았다. 휘트니는 니콜라의 눈 속에서 유머를 읽었다. 그러자 분하던 마음이 씻은 듯 가셨다.

"대단한 인물이 된 기분이에요."

휘트니가 솔직한 심정을 털어놓았다.

"이 방에 있는 사람들이 모두 우리를 지켜보고 있는 것 같아요. 그리고……."

"사람들은 우리를 쳐다보고 있지 않아요."

니콜라가 웃으며 휘트니의 말을 부인했다.

"사람들은 나를 지켜보고 있어요. 그러면서 그대가 나를 고결하고 천진난만한 젊은이들이 모인, 이 재미없는 곳으로 불러들인 인물인지 아닌지 알아내려고 애쓰고 있는 중이랍니다."

"그리고 뒤비에 씨의 고약하고 타락한 평소 취미는 어디다 두고 왔을까 궁금해들 하겠죠?"

휘트니는 약오르지 하는 표정으로 니콜라를 골려주었다.

"흠, 바로 맞췄군."

니콜라가 웃으며 동의했다.

"그렇다면 평판이란 걸 얻어보기도 전에 이 왈츠가 제 평판을 망치지는 않을까요?"

휘트니가 웃음기 섞인 목소리로 물었다.

"아니오. 하지만 내 평판은 엉망이 될 수도 있지요."

그 말에 휘트니가 놀란 얼굴을 하자 니콜라가 설명했다.

"마드모아젤, 사교계에 처음 발을 들여놓는 어린 아가씨들을 위한 파티에 모습을 드러내는 건 나하고는 전혀 어울리는 일이 아니랍니다. 그리고 내가 이렇게 사람들 앞으로 나서서 실제로 아가씨 또래의 어리고 버릇이 덜 든 아가씨들과 춤을 추며 즐기는 것은 처음 있는 일이랍니다."

휘트니는 니콜라 뒤비에의 윤곽이 뚜렷한 얼굴에서 시선을 거두고 산뜻한 공단 조끼로 멋을 낸 젊은 신사들을 둘러보았다. 그들은 언짢은 표정을 숨기지 않은 채 니콜라를 노려보고 있었다. 헌데 그건 너무도 당연한 반응이었다! 니콜라의 나무랄 데 없는 야회복과 세련된 도시풍의 태도에 비하면 그들은 옷차림도 촌스러웠고 한결같이 애송이들처럼 보였던 것이다.

"사람들이 아직도 우리를 쳐다보나요?"

니콜라가 놀리듯 물었다.

휘트니는 이미 눈가에서부터 시작된 웃음을 참으려고 입술을 지그시 깨물며 고개를 들어 니콜라를 쳐다보았다.

"그래요. 하지만 전 정말이지 사람들을 비난할 수 없어요. 뒤비에 씨는 카나리아로 가득 찬 방안에 있는 한 마리 독수리 같으니까요."

니콜라는 잠시 경탄하는 듯한 미소를 짓고는 대꾸했다.

"맞아요. 나는 독수리요."

그런 다음 한마디 덧붙였다.

"그대의 미소는 참으로 매력적이오, 쉐리(사랑하는 사람을 부르는 프랑스어)."

휘트니는 니콜라의 미소가 멋지다고 생각하고 있던 중이었다. 그런데 니콜라가 돌연 웃음을 거두더니 얼굴을 찌푸렸다.

"뭐, 뭐가 잘못됐나요?"

휘트니가 걱정스럽게 물었다.

"그렇소."

니콜라가 퉁명스럽게 대꾸했다.

"약혼자가 아닌 남자가 당신을 '쉐리'라고 부르게 해서는 안 되는 법이오."

"만약 앞으로 그러는 남자가 있으면 무안해할 때까지 빤히 노려볼게요."

휘트니는 즉시 약속을 했다.

"당연한 말씀."

이렇게 칭찬을 하고 난 니콜라가 대담하게 불렀다.

"……쉐리."

음악이 끝나자 니콜라는 휘트니를 이모에게 데려다주었다. 그러고도 휘트니의 말을 열심히 듣고 있는 것처럼 그녀를 향해 계속 머리를 숙이고 있었다. 니콜라는 휘트니가 제 친구들과 차례로 춤을 추는 동안 휘트니에게서 거의 눈을 떼지 않았다.

휘트니는 쉬지 않고 춤을 추느라 좀 어지럽긴 했지만 기분은 이루 말할 수 없이 좋았다. 아무것도 두려울 게 없을 것 같았다. 많은 신사들이 휘트니에게 인사를 시켜달라고 청을 해왔다. 휘트니는 그것이 니콜라 뒤비에와 그 친구들에게서 받았던 엄청난 관심 때문이라는 것을 알고 있었다. 하지만 긴장이 풀리고 기분이 날아오를 것 같은 휘트니에게 그런 것은 아무래도 좋았다.

니콜라와 함께 온 금발의 잘생긴 남자, 끌로드 들라크르와는 휘트니가 말을 좋아한다는 사실을 금세 알아냈다. 그리고 두 사람이 특정한 종마가 다른 말에 비해 지닌 장점에 완전히 의견이 일치하자 무척 유쾌해했다. 그는 조만간 함께 승마를 즐기자고 권하기도 했다. 끌로드의 그런 행동은 분명 니콜라가 부추긴 게 아니었다. 휘트니는 기분이 좋고 우쭐해져서 그가 이모에게 데려다줄 때까지 웃고 있었다.

다음 춤을 청하는 니콜라는 기분이 좋아 보이지 않았다.

"끌로드 들라크르와는 훌륭하고 유서 깊은 집안의 좋은 친구지. 탁월한 승마실력을 갖춘 뛰어난 노름꾼이기도 하구. 하지만 저 친구는 당신에게는 어울리지 않는 친구라오. 저 친구를 적절한 구혼자로 생각해서도 안 되고. 여성의 마음을 사로잡는 데는 클로드를 따라갈 남자가 없지. 하지만 너무 빨리 관심을 잃어서……."

니콜라는 휘트니를 감싸안은 채 무뚝뚝하게 제 친구에 대한 이야기를 들려주었다.

"숙녀를 비탄에 잠기게 하는군요?"

휘트니는 짐짓 심각한 척하며 니콜라를 은근히 떠보았다.

"바로 맞췄소"

니콜라가 진지하게 대꾸를 했다.

이미 온 마음을 폴에게 주어버려 바람둥이 때문에 상심할 위험이 없는 휘트니가 생긋이 웃으며 말했다.

"단단히 주의를 기울여서 저 친구분 때문에 상심하는 일이 없도록 할게요."

니콜라의 시선이 휘트니의 부드럽고 유혹적인 입술에서 떠나기 아쉬운 듯 머물다가 반짝이는 비취색 눈으로 옮아갔다. 그런 그가 자조적인 냄새를 풍기며 한숨을 쉬었다. 하지만 휘트니는 그가 왜 그러는지 이해할 수가 없었다.

"어쩌면 당신이 아니라 클로드에게 마음의 상처를 입지 않도록 조심하라는 경고를 해야 될지도 모르겠소. 그대가 좀 더 나이가 들었다면 반드시 그렇게 했을 거요."

니콜라가 휘트니를 에스코트해 앤에게로 돌아와보니 열 명도 넘는 신사들이 휘트니와 춤을 추기 위해 기다리고 있었다. 니콜라는 휘트니의 팔을 잡고 맨 끝에 서 있는 젊은이를 향해 고개를 끄덕이더니 이렇게 말했다.

"앙드레 루소라면 그대에게 훌륭한 신랑감이 될 거요."

휘트니는 니콜라에게 웃어 보이면서도 화난 표정을 지었다.

"그런 말은 정말 해서는 안 되는 거예요."

"알고 있소. 자, 이젠 어제의 무례한 행동을 용서받은 거요?"

니콜라가 싱긋이 웃으며 물었다. 휘트니가 유쾌하게 고개를 끄덕이며 대답했다.

"영국의 배처럼이나 아름답게 막 '항구를 떠나 항해에 나선' 기분이에요."

니콜라는 휘트니의 손을 제 입술에 갖다 대며 다정함이 듬뿍 담긴 미소를 지었다.

"즐거운 항해가 되기를, 쉐리"

그 인사를 끝으로 니콜라는 무도회장을 떠났다.

다음 날 아침, 휘트니는 이모부의 말을 타기 위해 응접실로 내려가면서 문득 전날 밤에 있었던 일을 떠올리고는 혼자 살그머니 웃었다. 그때 웅성거리는 남자들 목소리가 응접실 쪽에서 들려왔다. 휘트니가 응접실을 막 지나가려고 하는데 앤이 응접실 입구에 모습을 드러냈다. 앤은 환하게 웃고 있었다.

"너를 데리러 막 올라가려던 참이다. 너를 보러 온 손님들이 있단다."

앤은 조카에게 바싹 다가가 속삭였다.

"손님들이라구요?"

당황한 휘트니가 물었다. 손님들 중 일부는 지난밤 춤을 추는 동안 약속한, 평범하고 상투적인 인사치레를 하러 온 축들이고 나머지 사람들은 전적으로 휘트니에게 매료되어 이른 아침부터 방문을 한 축들이었다.

"도대체 저 사람들한테 뭐라고 말해야 하죠? 어떻게 해야 하죠?"

"어떻게 하다니?"

앤이 웃으며 조카 옆으로 다가와 휘트니의 작은 등을 토닥토닥 두드려주며 말했다.

"평소처럼 자연스럽게 행동하면 되는 거야."

휘트니는 머뭇거리며 응접실로 들어섰다.

"전 막 말을 타려던 중이었어요. 공원에서요."

휘트니가 방문객들에게 설명을 하자 찾아온 젊은이들 중 셋이 후닥닥 일어서더니 휘트니에게 꽃다발을 내밀었다. 휘트니는 저도 모르게 남자들이 들고 있는 꽃다발로 눈길을 돌리며 살포시 웃었다.

"세 분은 막 공원에서 오신 것 같군요."

공원 꽃밭에서 꽃을 몰래 꺾어왔다고 놀리는 휘트니의 말을 마음에 새기기라도 하려는 듯 세 남자는 눈을 깜빡이며 휘트니를 바라보았다. 그러더니 놀랍게도 누가 휘트니와 공원으로 함께 가는 영광을 안아야 하는가 하는 문제를 두고 조용하게 논의를 하는 것이었다.

휘트니는 공평하게 세 사람 모두 동행하도록 흔쾌히 허락했다.

그해 휘트니 스톤은 '개성 있는 인물'이라는 평가를 받았다. 젊은 여자들은 자고로 가냘프고 허약하며 부끄럼을 타는 듯 교태를 부리는 게 당연하게 여겨지던 때에 휘트니는 마음이 가는 대로 쾌활하게 행동했던 것이다. 또래의 다른 젊은 여자들은 새침하게 내숭을 떨었지만 휘트니는 솔직하고 개성이 강했다.

그 다음 한 해 동안, 앤은 4년 전 휘트니를 처음 보았을 때 예상한 대로 눈부시도록 아름답게 성숙해가는 조카의 모습을 지켜보았다. 우아한 아치 모양의 짙은 눈썹과 그 밑에 자리한 비취빛을 띤, 표정 풍부한 눈매가 아름다웠다. 윤기가 흐르는 적갈색 머리칼은 부드러운 듯 진한 입술과 크림색 공단처럼 매끄러운 피부와 어우러져 정교하게 조각한 듯한 매혹적인 얼굴을 만들어냈다. 휘트니의 몸은 여전히 날씬했다. 하지만 이제 무르익을 대로 무르익어 들고나는 곡선이 우아하게 변해서 사람들의 눈을 끌었다. 그해는 그녀가 '견줄 상대가 없는 여성'으로 평가를 받은 해였다.

남자들은 휘트니에게 '황홀하게 아름다우며 혼을 빼앗길 만큼 사랑스럽다'고 하면서 그녀가 꿈속에도 자주 나타난다고 했다. 휘트니는 남자들이 늘어놓는 그런 황홀한 찬사와 영원히 헌신하겠다는 열정적인 맹세에 귀를 기울였다. 한편으로는 그 이야기들이 믿어지지 않아서 재미있고 다른 한편으로는 그들의 따뜻한 마음이 진정으로 고마워서 미소를 띤 채로.

앤은 휘트니를 보고 있노라면 자기 자신의 매력에 놀라고 기뻐하는, 쉽게 손에 잡히지 않는 열대 지방의 어느 새가 떠올랐다. 그 새는 살며시 땅으로 내려왔다가는 사람들이 손을 뻗어 잡으려고 하면 날아가버린다.

휘트니가 아름다운 것은 분명했다. 그런데 남자들이 휘트니 주위로 떼를 짓다시피 몰려드는 까닭은 아름다운 여자들이 곁에 없어서가 아니었다. 휘트니 주위를 얼쩡거리는 남자들 대부분은 휘트니만큼이나 아름다운 다른 여자들 곁을 떠나 휘트니 주위로 모여들었다. 그것은 휘트니를 둘러싸고 있는 유쾌한 분위기와 장난을 좋아하는 편안한 태도에 이끌렸기 때문이다.

휘트니는 사교계에 데뷔한 지 3년째 되던 해부터 좀 더 세속적이고 닳고닳은 남자들의 도전을 받게 되었다. 그 남자들은 단지 다른 사람들이 얻지 못한 휘트니의 마음을 얻을 수 있다는 사실을 입증해 보이려고 휘트니에게 접근했다. 하지만 결과는 도리어 그들이 자신들의 감정을 몰라주는 젊은 여인의 매력에 깊숙이 빠져들고 말았다. 사람들은 휘트니가 곧 결혼을 해야 한다는 사실을 알고 있었다. 무엇보다 휘트니의 나이가 꽉 찬 열아홉 살이 되었기 때문이다. 이모부인 길버트 경조차 조카의 결혼을 두고 염려하기 시작했다. 그래서 아내에게 휘트니가 남자를 너무 까다롭게 고른다고 말하자 앤은 그저 웃기만 했다.

앤의 눈에는 최근 휘트니가 니콜라 뒤비에를 차츰 남다른 감정을 가지고 대하는 것으로 보였다.

5

휘트니는 10분 안에 세 번이나 자신이 대화의 흐름을 놓쳐버렸다는 사실을 깨달았다. 그래서 자신을 찾아온 여자들을 미안한 마음으로 힐끗 쳐다보았다. 다행히 그네들은 기혼 여성이 된 테레즈의 새 생활에 대한 열정적인 묘사에 빠져들어 휘트니의 관심이 다른 곳을 헤매고 있다는 사실을 눈치 채지 못한 것 같았다.

휘트니는 조바심을 내며 조금 전 건네받은 에밀리의 편지를 만지작거렸다. 언제나처럼 폴이 신부감을 골랐다는 끔찍한 소식을 전하는 내용인지 아닌지를 궁금해하며. 더 이상 불안감을 견딜 수 없게 된 휘트니는 편지 봉투를 뜯었다. 편지를 읽기 시작하자 그렇지 않아도 빠르게 뛰고 있던 가슴이 두 배는 더 빠르게 뛰었다.

'보고 싶은 휘트니에게'

에밀리의 필체는 늘 그랬던 것처럼 깔끔하고 정확했다.

'이제부터는 내게 편지를 보낼 때는 '레이디 에밀리, 아치볼드 남작 부인, 세상에서 가장 행복한 여인에게'라고 써주기 바래. 그리고 이 다음에 우리 부부를 만나게 되면 허리를 굽히고 오른발을 뒤로 뺀 다음 조심스럽게 인사해주기 바래. 그래야 내가 결혼했다는 사실을 정말로 믿을 수 있을 거 같아.'

다음 두 페이지는 남편에 대한 놀랄 만한 찬사와 특별한 인가를 받고 치러진 결혼에 대한 상세한 설명으로 채워져 있었다.

'네가 프랑스에 대해서 말한 것은 영국에도 해당되는 얘기야. 아무리 이상한 사람이라도 작위가 있으면 훌륭한 결혼상대로 고려를 하게 되지. 하지만 장담하는데 내 남편을 만나보면 그 사람은 작위가 없어도 멋지다는 사실에 너도 틀림없이 동의할 거야.'

아무리 남작이라는 작위가 있더라도 에밀리가 남편을 사랑하지 않았다면 절대 결혼하지 않았으리라는 것을 아는 휘트니는 편지를 읽으며 빙그레 웃었다.

'내 얘기는 이만큼 했으면 충분한 것 같고, 알려줄 이야기가 있어. 지난번 편지에 쓴다고 하다가 잊어버린 건데, 우리 고향 친구들 여섯 명이 런던에서 열린 사교 모임에 자리를 함께 했었어. 그런데 거기서 여주인이 신사 한 사람을 소개했는데 당장에 모든 숙녀들의 관심을 끌었어. 그럴 만도 했지. 프랑스 명문가 출신에 훤칠하니 잘생긴 신사였거든. 휘트니, 그 신사가 바로 니콜라 뒤비에 씨였어! 나는 그 신사가 네가 편지에서 말한 바로 그 신사일 거라고 확신했지. 그래서 뒤비에 씨에게 휘트니 널 알고 있는지 물었어. 뒤비에 씨가 그렇다고 대답하니까 마거릿 메리튼하고 다른 애들이 '동정'을 표하려고 뒤비에 씨를 둘러싸고 모여들었단다 네가 있었다면 얼마나 고소했을까 몰라? 뒤비에 씨가 싸늘한 눈길로 애들을 쳐다보고 나더니 네게 구혼자들이 밀려드는 얘기랑 네가 파리 남자들의 애정을 독차지하고 있다는 얘기를 들려줘서 애들 코를 납작하게 해줬거든. 그뿐인 줄 아니? 뒤비에 씨는 본인이 네게 관심을 갖고 있다는 사실까지 넌지시 내비쳤어. 그랬더니 애들 얼굴이 질투 때문에 납빛이 되더라. 뒤비에 씨가 말한 게 사실이니? 그런데 내게는 '파리가 네 발 밑에 있다'는 말을 왜 안 써 보냈니?'

휘트니는 빙그레 웃었다. 니콜라는 런던에서 에밀리를 만났다는 얘기는 했지만 어렸을 적 얄밉게 굴었던 마거릿 메리튼과 다른 애들에 대해서는 아무 말도 비치지 않았었다. 그렇지만 니콜라가 진정으로 친구 이상의 관계를 원할지도 모른다는 생각이 들자 그가 자신을 방어해주고 있다는 기쁨과 든든함은 사라졌다. 휘트니에게 지난 3년 동안의 니콜라라는 존재는 예고도 없이 사교계 데뷔 파티에 나타나 춤을 추자고 신청한 뒤 많은 구애자들 중 한 사람을 장래 신랑감으로 지목하며 그녀를 놀린 적이 있는 환상에 지나지 않았다. 그 일이 있은 뒤로 간혹 본 적이 있긴 했지만 그때마다 그는 팔에 매달린 아름다운 여성과 사라져버리곤 했던 것이다.

그런데 몇 달 전 갑자기 상황이 돌변했다. 극장에서 우연히 만난 니콜라가 뜻밖에 오페라에 동행하자고 제안해왔다. 그 일이 있은 뒤 니콜라는 이제 휘트니가 어디를 가든, 파티나 큰 무도회에 가든 뮤지컬과 연극을 보러 가든 그림자처럼 그녀와 함께했다. 휘트니가 알고 있는 모든 남자들 중에서 니콜라 뒤비에는 함께 있기에 가장 좋은 사람이었다. 하지만 휘트니는 니콜라가 심각하게 자신과 결혼할 마음을 품고 있을지 모른다는 생각은 정말이지 하고 싶지 않았다.

휘트니는 멍한 눈으로 편지를 쳐다보았다. 두 눈이 슬픔 때문에 몽롱해왔다. 만약 니콜라가 청혼을 한다면, 그리고 그 청혼을 거절해야 한다면-그녀는 니콜라의 청혼을 거절할 터였다-테레즈와의 우정과 이모 내외가 뒤비에 씨와 맺고 있는 우정, 그리고 그녀에게 깊은 의미가 있는 니콜라와의 우정, 그 모든 것들이 위태로울 게 분명했다. 휘트니는 억지로 에밀리의 편지로 다시 주의를 기울였다. 편지 말미에 폴에 대한 소식이 있었다.

'엘리자베스는 잠시 런던에 와 있어. 그런데 사람들은 엘리자베스가 집으로 돌아가면 폴이 청혼하리라고 생각하고 있어. 엘리자베스의 부모님은 이제 딸의 결혼 적령기가 지났다고 느끼시거든.'

에밀리의 반가운 소식을 접하고 기쁨으로 가슴이 터질 듯하던 휘트니는 이제 가슴이 터지도록 울고 싶었다. 그동안 숙녀의 모습을 갖추려고 피나는 연습을 했고 또 많은 계획도 세웠다. 그리하여 마침내 폴의 사랑을 얻을 준비가 되었는데 막상 아버지는 고향으로 돌아가게 해달라는 딸의 간청을 무시하고 계속 프랑스에 머물도록 했다.

휘트니는 친구들을 배웅하자마자 아버지에게 편지를 쓰기 위해 방으로 올라갔다. 이번에는 아버지가 다른 편지처럼 무시해버릴 수 없는 편지를 쓸 생각이었다. 휘트니는 고향으로 돌아가고 싶었다. 아니, 당장 돌아가야 했다. 휘트니는 생각을 깊이 한 뒤 편지를 썼다. 이번 편지에서는 아버지의 상처 난 자존심과 체면에 호소했다. 고향으로 돌아가 이제는 아버지가 자랑스러워할 만한 딸이 되었다는 사실을 증명해 보일 날을 얼마나 고대하고 있는지에 대해 썼다. 그리고 끝으로 아버지를 몹시 보고 싶어 한다고 쓰는 것을 잊지 않았다. 그런 다음 에밀리에게 답장을 썼다.

휘트니는 사람을 시켜 편지를 부치게 하려고 아래층으로 내려왔다. 그런데 하인이 방금 도착한 뒤비에 씨가 속히 뵙고자 한다는 말을 전해왔다. 니콜라의 긴급한 부름에 어리둥절해진 휘트니는 현관을 지나 이모부의 서재로 갔다.

"안녕 니키, 날씨가 참 좋죠? 안 그래요?"

"그렇소?"

등을 돌리고 서 있던 니콜라가 몸을 돌리며 쌀쌀하게 되물었다. 반듯한 어깨나 다부진 턱선은 언제나처럼 그대로였다.

"음, 내 말은 청명하고 따스하다는 뜻이었어요."

"이름난 경마대회에 참가한 정확한 이유가 뭐요?"

니콜라는 휘트니가 건네는 인사를 들은 체 만 체 하고 다짜고짜 다그쳐 물었다.

"그 대회는 전혀 유명한 대회가 아니었어요."

휘트니는 니콜라의 격렬한 말투에 깜짝 놀라며 대꾸했다.

"유명한 대회가 아니라구? 그렇다면 그 사실이 어떻게 오늘 신문에 실렸는지 설명해주겠어?"

"난 모르는 일이에요."

휘트니가 한숨을 내쉬며 대답했다.

"아마 사람들이 말을 옮겼겠죠. 이 사람이 저 사람에게, 저 사람은 또 다른 사람에게. 원래 소문이란 게 그렇게 퍼지지 않나요?"

휘트니는 귀엽게 머리를 쳐들면서 자랑스럽게 말했다.

"어쨌든 내가 폰 오토 남작을 제치고 우승했어요."

그러자 니콜라가 쩌렁쩌렁 울리는 목소리로 경고했다.

"당신이 다시는 그 같은 일을 하도록 그냥 놔두지 않을 거요!"

니콜라는 휘트니의 몸이 뻣뻣하게 굳어지는 것을 보고는 숨을 깊이 들이쉰 다음 입을 열었다.

"쉐리, 내 말투가 좀 거칠었소. 사과하지. 오늘 저녁 아르망 가의 가면무도회에서 봅시다. 당신 마음이 변하지 않아서 내가 에스코트하도록 허락한다면 말이오."

휘트니는 니콜라의 사과를 미소 띤 얼굴로 받아들였다. 하지만 자신을 가면무도회에 에스코트하겠다는 제안에는 고개를 저었다.

"이모, 이모부하고 함께 가서 만나는 게 좋을 것 같아요. 그렇지 않아도 요즘 들어 제가 뒤비에 씨의 관심을 독차지한다고 다른 숙녀들의 원망이 자자해서요."

순간 니콜라는 휘트니에게 마음을 빼앗긴 자신을 저주했다. 그는 3년 가까이 자신의 현명한 판단에 따라 휘트니를 멀리해왔다. 그런데 4개월 전이었다. 한때는 자신을 즐겁게 해주었으나 당시에는 낙지처럼 찰싹 들러붙어 지루함을 느끼게 하던 여자와 몹시 불쾌한 시간을 보낸 뒤 극장에서 우연히 휘트니를 만났다. 그때 니콜라는 충동적으로 휘트니에게 오페라에 함께 가자고 청했다.

그날 밤이 다 갈 무렵 니콜라는 휘트니에게 완전히 매료되었다. 미모와 유머, 사람을 기분 좋게 하는 총명함과 애교 넘치는 분별이 어우러진 휘트니의 매력은 그의 넋을 빼놓았다. 게다가 휘트니는 도대체 알 수 없는 여자였다! 손에 잡힐 듯 잡힐 듯 하면서도 잡히지 않는 묘한 여자였던 것이다!

니콜라는 휘트니를 쳐다보았다. 그녀의 감각적인 입술은 살포시 곡선을 그리며 장래의 남편이 아니라 살가운 오라비를 대하는 듯한 미소를 짓고 있었다. 그는 휘트니가 자신의 의도를 알아채기 전에 그녀의 팔을 잡아 끌어안고는 과감하게 입술을 아래로 향했다.

"니키, 이러지 말아요. 난……."

니콜라는 자신의 입술로 휘트니의 입술을 덮어 휘트니를 침묵시켰다. 그러고는 자극적으로 천천히 입술을 움직이며 휘트니의 입술을 맛보는 동시에 그녀의 반응을 이끌어내려고 애썼다. 지난날 열정만 지나친, 재치 없는 구혼자들이 키스를 하려고 했지만 그들은 목적을 이루지 못했다. 헌데 니콜라의 키스는 너무도 자극적이어서 그녀 내부에서 어떤 감응을 일으켰다. 휘트니는 움직이거나 아무런 반응도 보이지 않고 니콜라의 키스를 용케 참아냈다. 그러나 니콜라의 팔이 풀리는 순간 그녀는 얼른 뒤로 물러섰다. 그러고는 짐짓 침착한 척하며 입을 열었다.

"무례를 범했으니 당신 뺨을 쳐야겠지요?"

휘트니가 자신의 키스를 받고도 뻔뻔스러울 정도로 아무렇지도 않은 듯 보이자 니콜라는 화가 치밀었다. 그는 휘트니의 부드러운 입술과 제 가슴에 눌리던 젖가슴의 감촉에 예기치 않게 마음이 흔들렸던 것이다.

"내 뺨을 치겠다구?"

니콜라가 빈정거렸다.

"왜, 그렇게 하시지? 나는 당신 입술을 훔친 첫 남자, 아니 백 번째 남자가 되고도 남을 걸."

"진심으로 하는 말인가요?"

얼른 이렇게 되묻는 휘트니는 자신이 남자들과 쉽게 사귀고 헤프게 행동할 것이라는 니콜라의 암시에 마음이 몹시 상했다.

"그런데 저는 방금 당신의 '첫 번째' 키스 상대라는 영예를 누린 것 같군요."

휘트니는 그 말을 끝내기도 전에 니콜라의 얼굴이 굳어진 것을 보았다. 순간 그녀는 자신이 니콜라의 남성으로서의 매력을 모욕함으로써 심각한 실수를 저질렀음을 깨달았다.

"니키……."

휘트니는 경고를 하듯 조심스럽게 뒤로 물러서서 그의 손아귀를 빠져나갔다. 니콜라는 휘트니가 있는 쪽으로 계속 다가갔다. 그러자 휘트니는 이모부의 책상 뒤로 얼른 피한 다음 책상을 가운데 두고 니콜라와 마주한 채 책상을 짚고 섰다. 휘트니가 한쪽으로 움직일 때마다 그는 역습을 했다. 책상을 사이에 두고 교전을 벌이는 두 사람은 상대가 움직이기만을 기다리며 서 있었다. 문득 휘트니는 그런 상황이 유치하다는 생각이 들어 깔깔깔 웃기 시작했다.

"니키, 날 잡아서 어떻게 할 건지 생각이나 해봤어요?"

니콜라는 휘트니를 붙잡아서 하고 싶은 멋진 일이 있었다. 하지만 그 역시 두 사람이 벌이고 있는 행동이 유치하다는 사실을 느꼈다. 니콜라는 똑바로 서서는 화난 표정을 거두었다.

"책상 뒤에서 나와요. 내 신사답게 행동하겠다고 약속할게."

싱글거리는 니콜라의 얼굴을 가만히 들여다본 휘트니는 그 말이 진실임을 확신하고는 순순히 책상 뒤에서 나왔다. 휘트니는 니콜라와 팔짱을 끼고 문까지 배웅을 나가 작별 인사를 했다.

"오늘밤 가면무도회에서 봐요."

6

에드워드는 충격과 혐오감에 싸인 표정으로 응접실 거울 앞에 서 있었다. 그는 아내가 아르망 가의 가면무도회에 입고 가라고 골라준 비늘 달린 악어 복장을 입은, 거울 속 자신의 모습을 빤히 들여다보았다.

에드워드는 불쾌한 시선으로, 사나운 입을 쩍 벌리고 있는 데다 기괴한 머리 꼭대기부터 발톱처럼 생긴 파충류의 발까지를 죽 훑어보았다. 그런 다음 뒤쪽으로 눈길을 돌려 육중한 꼬리를 내려다보았다. 정확히 악어의 미끄러운 녹색 몸통이어야 할 곳 한가운데에 자신의 복부가 위풍당당하게 솟아올라 있었다. 이번에는 몸을 돌려 어깨너머로 거울을 들여다보았다. 그리고 시험삼아 엉덩이를 흔들어보았다. 그랬더니 악어 꼬리가 좌우로 움직였다. 에드워드는 그 모습을 소름끼치는 기분으로 지켜보다가 씩씩거렸다.

"에이, 구역질 나!"

그 순간 앤과 휘트니가 응접실로 들어섰다. 에드워드가 아내를 향해 버럭 화를 냈다.

"이렇게 불쾌한 경우는 처음이오!"

에드워드는 악어의 머리부분을 잡아 빼더니 아내를 향해 어기적어기적 걸어갔다. 그러면서 악어의 머리를 아내에게 흔들어 보이며 따져 물었다.

"이걸 입고 도대체 어떻게 담배를 피우란 말이오? 대답 좀 해주시지!"

앤은 본인에게 상의도 하지 않고 고른 남편의 악어 의상을 찬찬히 바라보며 웃었다.

"당신이 좋아하는 헨리 8세의 의상은 구할 수가 없었어요. 그렇다고 당신이 코끼리로 분장하는 것은 이 악어 분장보다 더 싫어할 거라는 생각이 들었죠."

"코끼리?"

에드워드는 아내를 노려보며 냅다 소리를 질렀다.

"왜 코끼리 의상을 사주지 않으셨는지 놀랍구려. 내가 몸통을 흔들어대며 네 발로 기어다니다가 엄니로 사람들 엉덩이를 찌르게 하시지 그랬소? 내게는 지켜야 할 평판과 체면이 있단 말이오!"

"진정하세요, 여보. 먼저 휘트니 생각은 어떤지 들어봐요."

앤이 애정 어린 목소리로 에드워드를 달랬다.

"휘트니가 어떻게 생각하는지는 내가 말해보리다. 휘트니한테는 이 이모부가 바보처럼 보이겠지. 휘트니뿐 아니라 모든 사람들 눈에 내가 바보처럼 보일 게 분명하단 말이오!"

에드워드는 휘트니 쪽으로 고개를 돌리고 말했다.

"휘트니, 말해보렴. 네 이모부가 바보처럼 보인다고 말이다!"

휘트니는 다정스레 웃으면서 입을 열었다.

"아주 멋지고 독창적이에요, 이모부."

그런 다음 휘트니는 에드워드가 평생 맞수로 생각하는 사람의 이름을 언급함으로써 이모부의 생각을 완전히 바꾸어놓았다.

"제가 확실히 들은 얘긴데요, 허버트 그린빌 씨는 말로 분장할 거래요."

"뭐라구? 그게 정말이냐?"

금세 기분이 좋아진 에드워드가 휘트니에게 거듭 물었다.

"뭣 때문에 말로 분장을 했다고 하던?"

휘트니는 눈을 깜빡이며 이모부를 쳐다보다가 대답했다.

"물어본다는 걸 그만 잊었어요."

에드워드가 킬킬거리고 나더니 말했다.

"그건 그렇고, 네가 누구로 분한 건지 내 맞춰보마."

휘트니는 이모부를 위해 빙 돌아 보였다. 하늘하늘한 흰색 실크로 만든 그리스풍의 드레스는 왼쪽 어깨 위에서 자수정 브로치로 고정되어 있었다. 매끄럽고 보드라운 오른쪽 어깨는 맨살이 보일 듯 말 듯 했다. 드레스의 얇고 섬세한 주름은 부풀어오를 대로 부풀어오른 젖가슴과 가는 허리에 육감적으로 달라붙었다가는 우아하게 바닥으로 내려뜨려져 있었다. 윤기가 흐르는 숱 많은 머리채는 싱싱한 미나리아재비와 바이올렛으로 묶여 있었다.

"비너스로구나."

에드워드가 단정하듯 말했다. 하지만 휘트니가 고개를 저으며 대꾸했다.

"여기, 이걸 보고 잘 생각해보세요."

그러면서 휘트니는 어깨에 걸친 자줏빛 공단 망토를 빙 돌려 보인 다음 기대에 찬 눈으로 이모부의 답을 기다렸다.

"비너스가 분명해."

에드워드는 좀 전과 똑같은 결론을 내렸다. 그것도 더욱 단호하게.

"아니, 틀리셨어요."

휘트니는 이모부 뺨에 입을 맞추며 말했다.

"사실 디자이너는 그리스 신화에 나오는 의상으로 개조하려고 했어요. 저는 페르세포네(제우스와 곡식의 여신 데메테르의 딸)로 분하려고 했는데, 디자이너는 언제나 단순하고 소녀 같은 디자인으로 옷을 짓거든요."

"누구로 분장했다구?"

에드워드가 물었다.

"봄의 여신 페르세포네요. 기억나세요? 페르세포네는 항상 머리를 바이올렛과 미나리아재비로 장식하고 이것처럼 자주색 망토를 걸친 모습으로 등장하잖아요."

에드워드가 아직도 무슨 소리인지 모르는 것처럼 보이자 휘트니가 덧붙였다.

"꽃을 따 모으고 있던 페르세포네를 지하세계의 왕 하데스가 납치해서 아내로 삼았잖아요."

"그런 짓을 하다니 고얀 놈이로구나."

에드워드는 아직도 영문을 모르는 채 대꾸를 했다.

"어쨌거나 네 의상은 마음에 든다. 하지만 사람들은 네가 누구로 분장했는지 알고 싶어 애 좀 쓰겠구나. 그러니 살찐 악어가 누군지 궁금해할 시간 같은 건 아예 없을 게다."

에드워드는 휘트니에게 한쪽 팔을 내밀고 반대쪽 팔은 중세의 여왕으로 분한 아내에게 내밀었다. 앤의 의상은 원뿔 모양의 머리 장식에서부터 베일까지 중세 여왕의 모습을 완벽하게 재현하고 있었다.

초만원을 이룬 아르망 가의 가면무도회장은 여기저기서 터져 나오는 웃음소리로 왁자지껄해서 음악을 연주하려는 악사들의 노력을 무색하게 했다. 시간이 지나자 웃음소리가 차츰 잦아들더니 파도와 같은 대화소리가 끊임없이 뒤를 이었다. 사람들로 넘쳐나는 플로어 위에는 기발한 의상을 입은 손님들이 들릴락 말락 하는 음악에 맞춰 춤 출 공간을 확보하려고 애를 쓰고 있었다.

구애자들에게 둘러싸여 플로어 바깥쪽에 서 있던 휘트니는 조용히 웃고 있었다. 휘트니는 니콜라가 도착하는 모습을 지켜보았다. 제 어머니에게 고개를 까딱해 보인 니콜라는 하얀 가면을 쓰고 있는데도 불구하고 휘트니를 바로 알아보고는 곧장 그녀에게로 걸어오기 시작했다. 그는 다른 파티에서 오는 길이라 가면무도회에 어울리는 특별한 의상을 입고 있지 않았다. 휘트니는 내심 기뻐하며 그를 자세히 살펴보았다. 그녀는 우아하게 옷을 입는 법에서 세련된 지성미까지, 니콜라에 대해서라면 무엇이든 감탄했다. 휘트니는 한순간 그의 입술이 자신의 입술 위에 닿았을 때의 감촉이 떠오르자 자신도 모르게 몸을 떨었다.

가까이 다가온 니콜라가 침착한 눈빛으로 휘트니를 둘러싸고 있는 남자들을 바라보았다. 그러자 그들은 마치 명령이라도 받은 듯 서로 떨어지며 니콜라가 들어설 자리를 마련해 주었다. 니콜라는 늑대처럼 이를 드러내고 싱긋 웃으며 휘트니의 그리스풍 드레스와 자줏빛 망토, 풍성한 머리채를 휘감은 바이올렛과 미나리아재비를 살펴보았다. 니콜라는 휘트니의 손을 들어 올려 입을 맞춘 다음 목청을 돋우고 큰 소리로 말했다.

"오늘밤 그대는 황홀하기 그지없소, 비너스."

"정말 그렇군요!"

휘트니 일행을 헤치고 지나가려고 버둥거리던 거구의 코미디언이 니콜라의 말에 동의를 표했다.

기사로 분한 남자가 갑옷의 면갑을 벗어올리고 휘트니를 찬찬히 바라보더니 외쳤다.

"이토록 사랑스러울 수가!"

니콜라가 두 사람을 차갑게 노려보는 동안 휘트니는 부채를 들어올려 새침을 떨었다. 그러나 휘트니는 얇은 실크 가면 뒤에서 활짝 미소를 지었다. 이것이 바로 휘트니의 세계였다. 휘트니는 이제 안정감을 느끼며 그 세계에 빠져들었다. 프랑스에서는 휘트니가 색다른 것을 말하더라도 불만에 차서 씨근거리거나 모욕감 때문에 숨 막혀 하는 이들이 없었다. 그러기는커녕 오히려 '재치 있고 생기가 넘친다'고 평했으며 심지어는 휘트니가 했던 말을 인용하기까지 했다. 분명 고향에 돌아가면 거기서도 그럴 것이다. 어렸을 때는 아주 지독한 실수를 저질렀지만 이제 휘트니도 더 많은 것을 알게 되었으니 다시는 자신을 웃음거리로 만들지는 않을 터였다.

휘트니는 니콜라가 감탄 어린 시선으로 자신의 실크 드레스를 훑어보고 있음을 느꼈다. 하지만 휘트니는 자신이 비너스로 분장한 게 아니라는 걸 일깨워서 니콜라를 실망시키고 싶지 않았다. 가면무도회에 참석한 이들은 모두 비너스 말고는 그리스 로마 신화에 등장하는 다른 여성에 대해서는 전혀 들어본 적이 없는 것 같았다. 자주색 망토와 머리에 꽂은 바이올렛과 미나리아재비가 그들에게는 아무런 단서도 되지 못했던 것이다. 휘트니는 진작에 자신이 누구로 분했는지 설명하기를 포기했다.

휘트니가 펀치(레몬 즙, 설탕, 포도주 같은 것을 섞은 혼합 음료)를 더 가져다줄 영예를 누구에게 안겨줘야 할지 결정할 시점이었다. 때마침 누구보다 열정적으로 휘트니를 숭배하는 앙드레 루소가 휘트니의 잔이 비었음을 알아보았다.

"이런 일이 있어서는 안 되지요, 마드모아젤."

앙드레 루소는 연극의 대사라도 읊듯 감정을 듬뿍 실어 말했다.

"스톤 양의 잔이 비어 있다는 사실을 미처 깨닫지 못했습니다. 잔을 주시겠습니까?"

앙드레 루소가 적절한 관심을 받지 못해 토라진 휘트니의 잔으로 손을 뻗으며 말했다.

휘트니가 앙드레에게 잔을 건네주자 그는 고개를 숙여 절을 했다.

"영광입니다, 마드모아젤."

앙드레 루소는 의기양양한 눈길로 경쟁자들을 쳐다보며 펀치가 끊임없이 콸콸 흘러내리는 거대한 크리스털 분수를 향해 출발했다.

폴은 지금 내게 펀치를 가져다주는 것을 영광이라고 생각할까? 공상에 젖은 휘트니는 그것이 궁금했다. 폴이 자신을 위해 심부름을 하게 되는 상상을 하던 휘트니는 너무 우스운 나머지 혼자 빙그레 웃었다. 폴이 이곳 파리에서 사랑을 얻으려고 애쓰는 구애자들에게 둘러싸인 내 모습을 볼 수만 있다면 얼마나 좋을까.

머리끝에서 발끝까지 새까맣게 차려입고 무도회장을 가로질러 가는 한 남자를 자신이 무심코 쳐다보고 있었다는 사실을 깨달은 휘트니는 얼른 폴에 대한 생각을 떨쳐버리고 현실로 돌아왔다. 검은 가면 아래로 보이는 남자의 대범하게 생긴 입 언저리에는 재미있다는 듯한 미소가 걸려 있었다. 남자는 휘트니를 향해 머리를 약간 숙여 보였다.

쳐다보고 있는 것을 당사자에게 들켜버려 얼굴이 달아오른 휘트니가 너무 급작스럽게 몸을 돌리는 바람에 앙드레 루소의 손에 들린 유리잔을 칠 뻔했다.

"펀치를 대령했습니다, 마드모아젤."

앙드레 루소는 한 줌의 다이아몬드를 바치듯 정성스럽게 휘트니에게 잔을 내밀었다. 휘트니가 감사를 표하며 잔을 받아들자 그는 비참한 얼굴로 펀치가 튀어 얼룩이 져버린 자주색 공단 조끼를 힐끗 내려다보았다. 휘트니가 옷이 젖어서 어쩌면 좋으냐고 물었다. 그러자 앙드레 루소는 펀치를 가져오는 과정에서 일어났던 여러 가지 위험을 진지하고도 상세하게 들려주었다.

"군중을 뚫고 나아간다는 것은 더없이 위험한 일입니다. 스톤 양의 곁을 떠나 있던 짧은 시간 동안 저는 술에 취한 사자한테 밟혔는가 하면 비틀거리며 걷는다고 제게 저주를 퍼부은 악어의 꼬리에 걸려 넘어졌답니다."

"너, 너무 미안해요, 앙드레."

휘트니는 앙드레 루소가 악어 애길 꺼내자 깔깔깔 웃고 싶은 것을 간신히 참고는 유감스럽다는 뜻을 전했다.

"끔찍했겠네요."

"별것도 아니었습니다."

앙드레 루소는 감정을 듬뿍 실어 부인했다. 그의 말투는 마치 펀치를 가져온 일이 정말로 중요한 임무라도 되는 것처럼 들렸다.

"스톤 양을 위해서라면 전 무슨 일이든 할 수 있습니다. 스톤 양을 위해서라면 아무리 어려운 일이라도 해낼 수 있습니다. 뗏목을 타고 영국해협이라도 건너고 가슴을 열고 심장이라도……."

"그럼 펀치를 가지러 한 번 더 다녀올 수도 있겠군요?"

휘트니가 재미있다는 듯 앙드레를 놀렸다.

그러자 앙드레는 어떤 위험도 불사하고 기필코 다녀오겠노라고 엄숙하게 선언을 하는 것이었다.

니콜라는 동정과 흥미와 혐오가 뒤섞인 감정을 느끼며 앙드레 루소를 바라보았다.

"쉐리."

니콜라는 휘트니의 손을 직각으로 굽힌 자신의 팔꿈치에 끼어 넣도록 했다. 그리고 휘트니를 스페인 가옥에 딸린 테라스로 통하는 프랑스풍 창문 쪽으로 데리고 갔다.

"앙드레와 결혼을 하든지 아니면 길게 줄지어 선 저 가엾은 사람들을 잘라버리든지 하시오. 당신이 그렇게 하지 않으면 언젠가는 앙드레가 진짜로 위험한 일을 당신에게 해 보이고 말 거요. 이를테면 거리를 무단으로 횡단한다든가 하는 일 말이오."

"아무래도 앙드레와 결혼해야 할까봐요."

휘트니가 능청을 떨었다.

"앙드레가 훌륭한 남편감이라고 말한 건 당신이었죠. 내가 사교계에 첫발을 내딛던 날 밤, 나와 춤을 춘 뒤에 그랬잖아요."

니콜라는 테라스로 나올 때까지 입을 다물고 있었다.

"당신이 앙드레와 결혼한다면 큰 실수를 저지르는 것이오. 앙드레 가족과 우리 가족은 오래 전부터 잘 알고 지내는 사인데, 내가 루소 가문의 외아들을 죽여서 당신을 과부로 만든다면 두 집안 간의 우정에 크게 금이 갈 테니 말이오."

니콜라의 협박에 놀란 휘트니가 얼른 고개를 들어 상대를 바라보았다. 니콜라도 그녀를 내려다보며 싱긋이 웃고 있었다.

"그런 말을 하다니 당신은 아주 고약한 사람이군요. 나는 앙드레도 좋아하고 당신도 좋아해요. 우린 모두 친구잖아요?"

"친구? 나 같으면 당신과 내가 친구 이상의 관계라고 말할 거요."

"그럼 절친한 친구라고 하죠."

휘트니는 난처해하며 좀 더 상냥하게 니콜라의 말을 받아넘겼다.

두 사람은 테라스를 한가로이 거닐었다. 그러다 지인들이 지나가면 이야기를 나누며 안뜰에 그대로 있었다. 휘트니는 몇 달 전까지 두 사람이 즐겼던, 이성(異性)으로서의 감정이 섞여들지 않았던 니콜라와의 우정을 회복할 방법을 생각해내려고 애썼다. 그때 니콜라가 갑자기 물었다.

"영국 여자들 결혼 적령기는 몇 살이오?"

질문을 받은 휘트니는 비틀거릴 정도로 깜짝 놀랐다.

"서른다섯을 넘기면 안 돼요."

"농담은 그만둬요. 진지하게 묻는 거니까."

"좋아요. 스물다섯 살을 넘기면 안 돼요."

"그렇다면 당신도 결혼을 생각해야 할 때가 됐군."

"전 춤을 생각하는 게 훨씬 더 좋아요."

니콜라는 입씨름을 벌이기 직전 잠시 생각을 가다듬고는 휘트니에게 팔을 내밀었다.

"그럼 우리 춤이나 춥시다."

그러나 니콜라는 휘트니와 춤마저 마음대로 출 수가 없었다. 그들 뒤에 있는 어둠 속에서 갑자기 튀어나온 듯한 저음의 목소리로 누군가 이렇게 말했던 것이다.

"유감이지만 스톤 양은 이번 춤을 저와 함께 추기로 약속했답니다."

어둠 속에서 난데없이 검은 망토를 걸친 사람이 불쑥 나타나자 휘트니는 깜짝 놀랐다. 악마로 분장한 의상이 아니었더라도 사람을 희롱하는 듯한 미소는 알아볼 수 있었다. 그 미소는 휘트니가 무심코 그와 마주쳤을 때 무도회장을 가로질러 가며 보였던 미소와 똑같았기 때문이다.

"이번 춤을 저와 함께 추시겠다고 약속하셨죠, 스톤 양?"

휘트니가 머뭇머뭇하는 것을 보고 악마로 분한 남자가 물었다.

휘트니는 정체를 밝히지 않은 그 남자가 누구인지 전혀 알 수가 없었다. 하지만 니콜라와 결혼에 대한 이야기를 피하고 싶은 마음은 간절했다.

"죄, 죄송하지만 저는 오늘밤 누구와도 춤을 추겠다는 약속을 한 기억이 없는데요."

휘트니가 우물우물 대꾸했다.

"몇 달 전에 했던 약속입니다."

악마로 분한 남자의 대답이었다. 그는 다짜고짜 휘트니의 팔꿈치를 꽉 그러쥐고는 무도회장을 향해 걸음을 옮겼다.

남자의 거칠고 대담한 행동에 미소가 싹 가셔버린 휘트니는 어깨너머로 니콜라를 쳐다보며 공손히 양해를 구했다. 하지만 휘트니는 발걸음을 옮길 때마다 자신의 뒷모습을 노려보는 니콜라의 차가운 눈길을 느낄 수 있었다.

그러나 악마로 분한 남자의 손에 이끌려 무도회장으로 옮기는 사이 휘트니는 니콜라를 잊었다. 그리고 조금 뒤에는 왈츠를 천 번 이상 추어본 사람의 여유와 기품을 갖춘 듯한 그 남자의 손에 이끌려 왈츠를 추고 있었다. 휘트니가 더 이상 궁금증을 참을 수 없게 될 때까지 두 사람은 돌고 또 돌며 춤을 추었다.

"제가 정말 오늘밤 댁하고 춤을 추겠다고 약속했나요?"

휘트니가 물었다.

"아니, 그런 적은 없습니다."

남자의 무뚝뚝한 대답에 휘트니는 웃음을 터뜨렸다.

"댁은 누구시죠?"

휘트니는 밀담을 나누는 공모자들의 말투로 남자에게 물었다.

남자는 햇볕에 탄 얼굴로 싱긋 웃었다.

"친구라고나 할까요?"

남자가 성량이 풍부한 저음으로 대답했다.

휘트니는 그 목소리의 정체를 전혀 알아볼 수가 없었다.

"아뇨 댁은 그저 아는 사람이지 친구는 아니에요."

"제가 친구라는 사실을 증명해야 하겠군요."

남자는 아주 자신감 있게 응수했다.

휘트니는 남자의 오만한 자기 과신에 흠집을 내주고 싶은 욕망을 느꼈다.

"그건 불가능할 것 같은데요. 저한테는 이미 처치 곤란할 만큼 많은 친구들이 있으니까요. 그리고 그 친구들은 하나같이 죽을 때까지 제게 성실하겠다고 맹세를 했죠."

"사정이 그렇다면 아마 그 친구들 중 한 사람이 뜻밖의 화를 당하겠군요. 제가 일조를 하겠지만 말입니다."

휘트니는 미소를 거둘 수가 없었다. 남자의 마지막 말은 전혀 협박이 아니었기 때문이다. 그는 단지 그녀와 입으로 체스를 두고 있을 뿐이었다. 그런데 상대방 말의 움직임을 받아치려고 애쓰는 것도 재미있었다.

"제 친구들의 죽음을 재촉하다니 댁은 아주 고약한 분이군요. 그런데 제 친구들은 평판이 좋지 않아서 마지막 목적지의 기후가 쾌적하지 않을지도 몰라요."

"더울까요?"

남자가 장단을 맞췄다.

휘트니는 안타까운 척 한숨을 내쉬며 고개를 끄덕였다.

"아마 그럴 거예요."

그러자 남자는 낮으면서도, 남들로 하여금 따라 웃고 싶게 만드는 웃음을 터뜨렸다. 그의 눈이 갑자기 대담하고 사색적인 빛을 띠고 휘트니를 보는 듯했다. 그 눈이 동요하고 있음을 알아본 휘트니는 상대를 유심히 바라보며 그의 정체를 알아내려고 애를 썼다. 테라스에서 그는 완벽한 불어를 썼다. 그런데 플로어에서는 불어만큼이나 완벽한 영어를 구사했으며 지방색을 나타내는 특별한 억양도 없었다. 검은 가면 아래로 드러나 보이는 부분의 얼굴은 황갈색의 건강한 피부를 지니고 있었다. 이른 봄의 파리에서는 볼 수 없는 피부였다. 그것은 영국에서도 마찬가지였다.

그 남자를 지난 2년 동안 소개받은 수백 명이 넘는 남자들 한 사람 한 사람에 대입해보는 것은 만만찮은 일이었다. 하지만 휘트니는 그래도 그런 식으로 애를 써봤다. 그녀는 마음속으로, 알고 있는 남자들을 하나 하나 떠올리며 그 남자만큼 키가 크지 않거나 그의 눈처럼 보기 드문 회색 눈빛을 지니지 않은 남자들을 하나씩 지워나갔다. 185센티미터는 넘어 보이는 큰 키는 그의 외모 중에서 가장 두드러진 특징이었다. 휘트니는 그 두 가지 단서를 가지고 기억을 더듬어보았지만 그의 정체는 여전히 오리무중이었다. 하지만 남자는 가면을 쓰고 있으면서도 금세 알아볼 만큼 자신을 잘 알고 있었다. 왈츠의 선율이 잦아들었지만 그의 정체를 알 수 없기는 춤이 시작되었을 때와 마찬가지였다.

휘트니는 그에게서 뒤로 물러나 플로어 가장자리에 서 있는 니콜라 쪽으로 몸을 반쯤 틀었다. 그러나 남자는 그녀의 손을 꽉 잡아 제 팔 밑으로 밀어넣더니 반대 방향, 곧 저택의 남쪽으로 열려 있는 문으로 이끌고 가서는 바깥 정원으로 데리고 나갔다. 문 밖으로 몇 발짝 내디딘 휘트니는 아직 정체도 알지 못하는 남자에게 이끌려 어둠 속에 발을 들여놓은 것이 분별 있는 행동인지 망설여졌다. 휘트니가 더 나가고 싶지 않다고 말하려는 찰나, 등불이 켜진 정원을 따라 구불구불하게 난 보도 위 여기저기에 적어도 스무 명이 넘는 사람들이 흩어져 있는 게 보였다. 만약 남자가 비신사적인 행동을 한다면 누구라도 그녀를 도우러 달려올 터였다. 그렇다고 휘트니가 실제로 그 남자가 정말 신사인지 아닌지 의심했던 것은 아니다. 아르망 가문은 파티참석자들을 매우 신중하게 고르기로 유명했기 때문이다.

밖으로 나선 휘트니는 손을 머리 뒤로 돌려 가면의 리본을 풀어 손가락에 달랑달랑 걸고는 봄밤의 꽃내음을 깊이 들이마셨다. 두 사람은 하얀 장식용 철제 테이블과 의자가 있는 곳까지 왔다. 저택과 다른 손님들이 충분히 보이는 거리였다. 남자가 휘트니를 위해 의자를 끌어당겨주었다.

"아니, 그냥 서 있고 싶어요."

휘트니는 시끌벅적한 무도회장에 비해 상대적으로 고요한 분위기와 구름 사이로 언뜻언뜻 드러나는 아름다운 달빛에 취해서 말했다.

"그런데 페르세포네, 당신이 현재 사귀고 있는 친구들 중 가까운 장래에 죽어서 내게 빈 자리를 내줄 사람이 아무도 없다면 어떻게 우리의 우정을 제대로 유지할 수 있을까요?"

휘트니는 환하게 웃었다. 무도회에 참석한 사람들 중 적어도 한 사람만큼은 페르세포네를 비너스로 착각하지 않아서 기뻤던 것이다.

"내가 누군지 어떻게 알았죠?"

휘트니는 자신을 페스세포네로 알아본 것을 두고 물었는데 질문을 오해한 남자가 어깨를 으쓱하더니 이렇게 말했다.

"뒤비에는 가면을 쓰지 않아서 누군지 알았고, 들리는 소문에 의하면 뒤비에와 당신 두 사람이 떨어질 수 없는 사이라 하더군요. 그래서 뒤비에와 같이 있는 것을 보고 당신이 누군지 알게 된 겁니다."

자신과 니콜라가 한 데 묶여 사람들 입에 오르내린다는 반갑지 않은 소식을 접한 휘트니는 이마를 찌푸렸다.

"내 대답이 마음에 안 드나본데, 좀 더 솔직하게 말할 걸 그랬군요."

남자가 건조하게 말했다.

"당신에게는 뭐랄까, 어떤 분위기가 있지요. 그래서 가면으로 얼굴을 가리고 있어도 당신을 쉽게 알아봤답니다. 뒤비에가 도착하기 전에 말입니다."

맙소사! 휘트니가 보니 남자는 자신의 온몸을 눈으로 더듬고 있었다. 아니면 단지 상상이었을까? 그가 몸을 뒤로 젖히고 철제 테이블에 걸터앉자 휘트니는 갑자기 거북해졌다.

"당신은 대체 누구죠?"

휘트니가 단호하게 물었다.

"친굽니다."

"절대 내 친구는 아니에요! 내가 아는 사람 중에는 당신처럼 큰 키에 당신 같은 눈빛을 지닌 사람이 없어요. 게다가 당신처럼 그런 불손한 태도를 보이는 사람은, 더더구나 그런 뻔뻔한 영국인은 없어요."

휘트니는 잠시 말을 멈추고 확신 없는 얼굴로 그를 자세히 쳐다보았다.

"영국인인가요?"

남자는 탐색하는 듯한 휘트니의 눈을 내려다보며 껄껄껄 웃었다.

"내가 조심을 덜 했군요. '허허'나 '당치 않습니다'나 '바로 그렇습니다,' 이런 말들을 썼어야 하는 건데 말이죠. 그래야 당신이 내 정체를 금방 알았을 텐데 말입니다."

남자의 유머는 사람을 끌어당기는 묘한 구석이 있었다. 그래서 휘트니는 웃지 않을 수가 없었다.

"좋아요. 이제 영국인이라고 인정을 했으니 당신이 누군지 말해보세요."

"내가 누구였으면 좋겠습니까, 귀여운 아가씨? 여성들은 늘 귀족 작위가 있는 남자를 동경하기 마련이지요…… 내가 공작이라고 말했으면 좋겠습니까?"

그러자 휘트니가 웃음을 터뜨렸다.

"노상강도나 해적은 아니구요?"

휘트니는 눈을 반짝반짝 빛내며 남자를 쳐다보았다. 그리고 똑부러지게 말했다.

"내가 공작 부인이 아니듯 댁도 공작은 아니에요."

남자의 얼굴에서 즐거운 기색이 싹 가셨다. 대신 야릇하면서도 어리둥절한 표정을 지었다.

"내가 공작이 아니라는 걸 그렇게 확신하는 이유가 뭐죠?"

이제까지 공작을 한 명밖에 보지 못한 휘트니는 그 공작의 모습을 떠올리며 무례하게도 남자를 머리꼭대기부터 발끝까지 자세히 살펴보았다. 일부러 조금 전 받았던 남자의 시선을 되갚아주면서 말이다.

"가장 명백한 사실부터 시작하죠. 만약 댁이 공작이라면 외알 안경을 쓰고 있을 거예요."

"가면을 쓰고 어떻게 외알 안경을 끼나요?"

남자가 신기하다는 듯 반박을 해왔다.

"잘 모르시겠지만 공작은 눈이 좋지 않아서 외알 안경을 쓰는 게 아니거든요. 그저 장식품에 불과하죠. 공작은 안경을 눈에 대고 무도회에 참석한 숙녀들을 자세히 관찰하는 거예요. 그것 말고도 댁이 도저히 공작이 될 수 없는 여러 가지 이유들이 있어요."

휘트니는 중간에서 끊을 수 없을 만큼 사랑스럽게 말을 이어갔다.

"댁은 지팡이에 의지해 걷지도 않고, 숨이 차서 씨근거리거나 코방귀를 뀌지도 않아요. 그리고 솔직히 말하자면 댁은 조금도 통풍 환자처럼 보이지도 않잖아요."

"통풍 환자라!"

남자가 숨이 넘어갈 듯 웃어댔다.

휘트니가 고개를 끄덕이며 말을 이었다.

"지팡이도 없고 통풍 환자도 아니고 씨근거리거나 코방귀를 뀌지도 않으니 댁은 누구에게도 자신이 공작이라는 걸 확신시킬 가망이 없어요. 다른 작위를 고를 생각은 없나요? 댁이 만약 약간의 사시에다 안짱다리라면 백작인 체할 수는 있겠군요."

남자는 다시 머리를 뒤로 젖히고 껄껄껄 웃음을 터뜨렸다. 그러고 나서 머리를 흔들더니 사려 깊으면서도 애정 어린 눈빛으로 휘트니를 바라보았다. 그리고 조용히 입을 열었다.

"스톤 양, 귀족 작위는 비웃는 게 아니라 존경해야 하는 것이라고 아무도 가르쳐주지 않던가요?"

"가르쳐주었죠."

휘트니가 웃는 낯으로 인정했다.

"그런데요?"

"그런데 댁도 알겠지만 귀족들은 존경받을 만한 사람들이 아니거든요."

남자는 한참 동안 휘트니의 발갛게 달아오른 얼굴을 쳐다보다가 그녀의 황홀한 비취빛 눈을 들여다보았다.

"그렇지만 내가 공작이 아니라는 첫 단서는 외알 안경을 지니고 있지 않다는 것 아니었습니까?"

남자가 얼마간 넋을 잃은 상태로 물었다.

휘트니는 가면의 끈을 만지작거리더니 고개를 끄덕이며 빙그레 웃었다.

"댁이 공작이라면 항상 안경을 지니고 있을 거예요."

"말을 타고 사냥을 하러 갈 때도 말이오?"

남자도 쉽게 물러서지 않았다.

휘트니가 어깨를 살짝 치켜올리더니 대답했다.

"댁이 공작이라면 말을 탈 수 없을 만큼 살이 쪘을 거예요."

그는 우연인 것처럼 휘트니의 엉덩이가 자신의 단단한 허벅지에 닿도록 휘트니의 허리를 잡아 끌어당겼다. 그런 뒤 나직하게 물었다.

"그럼 침대에서도 그걸 껴야 할까요?"

남자의 예상치 못한 말과 행동에 너무도 놀란 휘트니는 그의 손을 홱 잡아 뗀 다음 차가운 눈길로 노려보았다. 입속에서는 수십 가지 가차없는 독설이 맴돌았다.

하지만 휘트니가 막 입을 떼려는 순간 남자가 탁자에서 일어섰다. 마치 커다란 사람이 그녀 앞에 불쑥 나타난 듯했다.

"샴페인 한 잔 가져다 드릴까요, 스톤 양?"

화가 난 휘트니를 달래듯 그가 다정하게 물었다.

"당신 같은 인간은 이 길로 곧장……."

휘트니는 남자의 위압적으로 큰 키와 힘센 두 어깨를 보고는 가까스로 고개를 끄덕였다.

"그래주세요."

휘트니는 말은 그렇게 했지만 분노 때문에 거의 숨이 막힐 지경이었다.

남자는 침착한 회색 눈으로 휘트니의 분노에 찬 비취빛 눈을 자세히 들여다보며 잠시 그대로 서 있었다. 그런 다음 그녀에게 샴페인을 가져다주기 위해 저택 안으로 성큼성큼 걸어들어갔다.

남자가 아치를 지나 복도로 걸어가는 것을 보던 휘트니는 안도의 한숨을 길게 내쉬었다. 그런 다음 서둘러 잔디밭을 가로질러 반대편에 있는 무도회장 입구로 들어갔다.

그 시간 이후로 휘트니의 저녁 시간은 시들어갔다. 신경이 예민해진 휘트니는 줄곧 긴장하고 있었다. 악마로 분한 검은 망토의 인물이 무도회장에 있는 자신에게 다가와 말을 걸어주었으면 하는 기대가 마음 한 구석을 차지하고 있었다. 비록 그가 자신과는 멀리 떨어져 사람들에게 둘러싸인 채 이야기를 나누고 있었지만 말이다.

휘트니는 이모 내외와 함께 무도회의 주인에게 작별 인사를 하려고 줄을 서 있었다. 그러는 동안 저 앞쪽에 줄지어 선 채 떠나는 손님들을 따라 움직이는 남자의 훤칠한 모습을 남몰래 지켜보았다. 그는 얼굴을 낮게 숙이고 금발 여자의 말에 귀를 기울이더니 미소를 지었다. 휘트니는 정원에서 자신과 함께 웃던 그의 모습을 떠올리며 얼굴을 붉혔다. 휘트니는 남자의 얼굴이 보고 싶어 그가 가면을 벗기를 애타게 바랐으며 함께 있는 금발 여자가 누구인지도 알고 싶었다. 휘트니는 여자가 남자의 정부일 거라고 단정 지었다. 그는 어떤 여자든 그런 역할을 기꺼이 하지 않는 한, 절대 한순간도 여자와 헛되이 시간을 보내지 않을 것처럼 보였기 때문이다. 단 하룻밤도 말이다!

남자가 예고도 없이 몸을 돌리는 바람에 휘트니는 그날 저녁 두 번째로 그와 눈길을 마주치고 말았다. 휘트니는 무안함을 애써 감추려고 턱을 오만하게 들어올렸다. 그러자 남자는 알 듯 모를 듯 야릇한 미소를 지으며 휘트니를 향해 머리를 살짝 기울였다. 화가 난 휘트니는 얼른 시선을 거두었다. 오만하고 우쭐대는……. 하지만 그 남자에게 어울릴 만큼 지독한 독설들은 더 이상 생각해낼 수가 없었다.

"대체 왜 그러니, 휘트니?"

옆에 서 있던 앤이 작은 목소리로 물었다.

휘트니는 움찔했다. 남자는 이제 금발머리 여자의 어깨에 우아한 망토를 걸쳐주고 있었다. 휘트니는 그가 있는 정문 쪽으로 조심스럽게 고개를 돌리며 앤에게 물었다.

"이모, 저 사람이 누군지 아세요?"

앤은 잠깐 동안 두 사람을 자세히 보더니 모르겠다는 듯 고개를 저었다. 그런데 금발의 여자가 가면을 벗고 나자 앤이 갑자기 입을 열었다.

"저 여자는 마리 생 알레망이라고 유명한 가수란다. 확실해."

앤이 나직이 속삭였다. 휘트니는 검은 망토를 입은 남자를 뚫어지게 바라보는 이모의 얼굴에 뜻밖에도 두려운 표정이 떠오르는 것을 보았다.

"그런데 저 여자가 생 알레망이라면 저 남자는…… 세상에! 정말 그 사람이구나!"

앤은 얼른 조카를 쳐다보았다. 휘트니는 남자가 여자를 정문 밖으로 안내해 나가며 손으로 그녀의 등을 가볍게 어루만지는 양을 지켜보고 있었다. 그러다가 그가 자신을 끌어당겨 얼굴을 붉히게 했던 기억을 더듬었다.

"그런데 저 남자에 대해서는 왜 묻니?"

앤은 굳은 얼굴로 휘트니를 바라보며 물었다.

휘트니는 설령 이모라 하더라도 자신이 처음 만난 남자를 따라 정원으로 나갈 만큼 어리석었다는 사실을 털어놓고 싶지는 않았다.

"저 남자를 제가 알고 있는 사람으로 생각했거든요. 하지만 이제 보니 그게 아니었군요."

휘트니는 이모가 그 남자에 대한 이야기를 더 할 마음이 없는 것 같아 마음이 놓였다.

사실 앤은 그 화제를 더 이상 끌지 않게 돼서 얼마나 기뻤는지 몰랐다. 앤은 휘트니가 그저 클레이모어 공작이 정복한 수많은 여자 가운데 하나가 되는 것을 두고 볼 수가 없었다. 마리 생 알레망은 1년 가까이 공작의 애인이었다. 그리고 소문에 따르면 공작은 생 알레망이 2개월 전 왕명에 따라 왕과 여왕 앞에서 노래를 부를 때 그녀와 동행하기도 했었다.

공작은 지난 몇 년 동안 유럽에 있는, 어울릴 만한 가문의 숱한 미모의 규수들과 염문을 뿌리고 다녔다. 하지만 누구에게도 청혼은 하지 않았다.

그 잘생긴 남자 뒤에는 실연의 상처로 가슴 아파하고 결혼에 대한 꿈이 산산조각 나버린 젊은 여성들이 줄을 설 만큼 많이 있었다. 그래서 미혼 여성을 친척으로 두고 있는 현명한 여성들은 공작을 보면 몸서리를 쳤다. 앤에게 있어 공작은 유럽 대륙에 있는 남자들 중에서 휘트니가 절대 관심을 보이지 않았으면 하는 남자였다. 유럽만이 아니라 아주 세상 천지에 없었으면 하는 남자였던 것이다!

7

아르망 가에서 가면무도회가 있은 지 꼭 4주 뒤, 매튜 베넷은 사무실을 떠나 클레이모어의 공작 웨스트모어랜드의 금빛 문장(紋章)이 새겨진 화려한 마차에 발을 올려놓았다. 그는 휘트니 앨리슨 스톤에 대한 조사보고서가 담긴 서류가방을 옆자리에 놓고는 긴 다리를 쭉 뻗었다.

매튜의 선조들은 1세기 가까이 웨스트모어랜드 가문의 비공식적인 법적 문제를 맡아 처리해왔다. 하지만 클레이튼 웨스트모어랜드의 주요 거처들이 영국에 있었기 때문에 공작과 직접 대면하는 사람은 회사의 런던 지사에 있는 매튜의 아버지였다. 지금까지 매튜는 서신을 통해서만 현재의 클레이모어 공작과 접촉해왔다. 그래서 그는 이번 기회에 공작에게 특별히 좋은 인상을 남기기를 몹시 바라고 있다.

마차가 들꽃이 흐드러지게 피어 있는 언덕길을 굽이굽이 돌아 쉬지 않고 올라가자 마침내 프랑스 시골에 자리 잡은 공작의 저택이 눈에 들어왔다. 매튜는 놀라서 입을 딱 벌린 채 저택을 바라보았다. 초록빛 언덕 위에 자리 잡은 공작의 저택은 돌과 유리로 지은, 앞이 탁 트인 2층짜리 건물이었다. 그 건축물은 사방이 바깥 풍경을 내다볼 수 있는 테라스로 둘러싸여 있었다.

저택 정면에 마차가 섰다. 매튜는 서류가방을 집어들고 돌계단을 천천히 걸어올라갔다. 정복을 입은 집사에게 명함을 보여주자 곧장 넓은 서재로 안내해주었다. 서재의 벽면에 오목하게 들어간 벽감(서양 건축에서, 벽에 오목하게 파놓은 부분)에는 책들이 빼곡하게 들어차 있었다.

잠시 혼자 있게 된 매튜는 경외감에 휩싸인 채 반짝이는 장미나무 탁자 위에 놓여 있는, 값을 매길 수 없는 예술품들을 바라보았다. 격조 높은 렘브란트의 그림이 대리석 벽난로 위에 걸려 있었고 한 벽면의 일부는 웅장하고 화려한 렘브란트의 판화작품들로 덮여 있다시피 했다. 긴 벽 하나는 벽면 전체가 두 짝 여닫이문이 달린 커다란 창유리로 되어 있었다. 그 문은 아름다운 주변의 시골 정경을 바라볼 수 있는 널찍한 석조 테라스와 면해 있었다.

서재의 반대쪽 끝에는 육중한 오크나무 책상이 창문을 향하도록 각도를 맞춰 놓여 있었다. 책상 가장자리에는 복잡하게 뒤얽힌 나뭇잎과 줄기가 조각되어 있었다. 매튜는 그 책상이 16세기말에 만들어진 것이며 조각 솜씨로 볼 때 아마 왕궁을 장식했던 것이리라 추측했다.

두꺼운 페르시아 양탄자를 가로질러 간 그는 등이 높은 가죽 의자에 앉은 다음 서류가방을 내려놓았다.

곧 서재의 문이 열렸다. 매튜는 얼른 일어서서 자신의 미래를 좌우할 검은머리의 남자를 재빨리 훔쳐보았다. 클레이튼 웨스트 모어랜드는 30대 초반으로 키가 훤칠한 데다 눈에 띄는 미남이었다. 활동적이고 스포츠맨다운 생활을 말해주는, 보폭이 넓고 빠른 걸음에서는 박력과 단호함이 엿보였다. 한마디로 공작에게서는 함부로 범접하기 어려운 권위와 강인함이 느껴졌다. 사람을 꿰뚫어볼 것 같은 공작의 날카로운 회색 눈이 매튜를 겨냥했다. 공작이 책상 뒤로 돌아가 자리에 앉자 매튜는 침을 꿀꺽 삼켰다. 공작은 매튜를 향해 고갯짓을 하고는 침착하고 위엄 있게 입을 열었다.

"시작해볼까, 베넷?"

"예, 각하."

매튜는 목청을 가다듬었다.

"지시하신 대로 그 아가씨의 가문과 배경을 조사했습니다. 스톤 양은 수전 스톤과 마틴 앨버트 스톤의 따님입니다. 어머니 수전 스톤은 스톤 양이 다섯 살 때 사망했고 아버지는 현재 생존해 있습니다. 스톤 양은 1800년 6월 13일, 런던에서 대략 일곱 시간 걸리는 모샴 마을 근처에 있는 집에서 태어났습니다.

스톤 가의 영지는 규모는 작지만 비옥했고, 마틴 스톤은 토지를 소유한 다른 귀족들처럼 평범하게 살았습니다. 그런데 약 4년 전, 재정 상황이 완전히 달라졌습니다. 기억하고 계시는지 모르지만 그때는 영국이 몇 주일 동안 내린 비로 큰 홍수를 겪었을 때입니다. 스톤의 토지처럼 적절한 배수시설을 갖추지 못한 토지들이 큰 피해를 입었고 스톤은 다른 지주들보다 더 큰 피해를 입었습니다. 땅에서 거둬들이는 수입을 대체할 수 있는 가축과 같은 것들이 전혀 없었기 때문입니다. 보고서에 따르면 당시 스톤은 여러 투기적인 사업에 극히 많은 액수의 돈을 무분별하게 투자했습니다. 그리고 그 사업들에서 실패를 보자 비슷한 성격의 더 많은 모험적 사업에 두 배, 세 배로 투자를 했습니다. 분명 손해 본 것을 되찾으려는 희망에서였을 겁니다. 그 사업들로 막대한 피해를 본 스톤은 2년 전 토지를 담보로 잡히고 상당한 자금을 마련한 다음 위험한 사업에 마지막으로 손을 댔습니다. 가장 큰 규모로 말입니다. 스톤은 모든 돈을 한 식민지 해운회사에 투자했습니다. 그런데 불행히도 그 투자에서마저 실패를 보았습니다. 이때 저당 잡힌 물건이 너무 많아서 스톤은 큰 빚더미에 올라앉게 되었습니다. 런던에 있는 은행들은 물론이고 지방의 가게 주인들한테까지 빚을 졌습니다. 땅은 금세 황폐해졌고 지금은 최소한의 하인들만 남아 있는 형편입니다."

매튜는 서류가방에서 종이 한 다발을 꺼냈다.

"이건 마틴 스톤의 채권자 명단입니다. 조사 기간이 짧아서 그렇지 찾아내지 못한 채권자가 더 있을 것으로 추정됩니다."

매튜는 서류를 잘 꾸민 책상 위에 내려놓은 다음 클레이튼의 반응을 기다렸다.

의자에 등을 기댄 채 채권자 명단을 꼼꼼하게 들여다보는 클레이튼 웨스트모어랜드의 표정에는 아무런 변화가 없었다.

"상태가 얼마나 심각한가?"

클레이튼이 마지막 페이지까지 읽고 나서 물었다.

"전부 합해서 약 10만 파운드의 빚을 지고 있습니다."

클레이튼은 그 경이로운 금액을 듣고도 미동조차 하지 않았다. 그는 매튜에게 서류를 건네주더니 얼른 화제를 돌렸다.

"그 아가씨에 대해서는 알아낸 게 있나?"

매튜는 곧 '휘트니 스톤'이라는 이름이 적힌 서류철을 꺼내면서 연인이 될 여자에 대해서 공작 자신보다 더 많은 걸 알고 있는 사람이 과연 있을지 의아해했다. 비록 공작이 그런 말을 하지는 않았지만 매튜는 이미 공작이 그 젊은 아가씨를 자신의 연인으로 만들 생각을 했고 그녀에게 안락한 집과 그녀만의 수입을 제공하려 한다는 걸 짐작하고 있었다. 매튜는 공작이 그 아가씨의 가족적 배경에 관심을 두는 것은 만약 그녀의 가족이 반대를 할 경우에 대한 대비책을 마련하기 위해서라고 이해했다.

매튜의 법률적인 사고방식으로는 마틴 스톤이 처한 기겁할 정도의 부채로 미루어볼 때 이미 그 문제에 대한 결론은 내려졌다고 보았다. 스톤은 딸을 부양할 책임을 클레이튼 웨스트모어랜드에게 넘기라는 제안을 받아들여야만 할 터였다. 스톤에게는 선택의 여지가 없었다. 그의 처지로는 더 이상 딸을 부양하거나 상류 사회의 일원으로 지내게 할 수가 없었다. 사실 스톤은 딸에 대한 세상 사람들의 입방아를 걱정할 형편이 아니었다. 자신의 평판은 그보다 훨씬 더 위태로웠기 때문이다. 일단 채권자들이 그가 처해 있는 지독한 상황을 알아챈다면-그럴 가능성은 당장이라도 있다-망신을 당하는 것은 물론, 경우에 따라선 감옥에 갇힐 수도 있었다.

자신이 아무 말도 없이 휘트니 스톤의 신상을 조사한 서류철을 빤히 들여다보고 있음을 깨닫고 얼굴이 화끈 달아오른 매튜가 얼른 입을 열었다.

"불필요한 의심을 사지 않으려다 보니 개인적인 성품에 대해서는 많은 것을 알아내지 못했습니다. 저희가 알아낸 바에 따르면 스톤 양은 다소 다루기가 힘든 소녀였다고 합니다. 그러니까…… 저어…… 어떤 행동을 할지 예측할 수 없는 성향을 보였다는 말씀입니다. 스톤 양은 책을 무척 많이 읽었고 꽤 많은 가정교사들한테서 교육을 아주 잘 받았습니다. 불어를 유창하게 구사하는 것은 물론 그리스어도 능숙해서 가끔 이모부가 직무상 그리스 외교관과 만나게 될 때에는 옆에서 통역을 해줄 때도 있습니다. 그뿐 아니라 이탈리아어와 라틴어, 그리고 독일어도 읽을 줄 압니다. 그러니 아마 쓸 수도 있을 겁니다. 하지만 저희가 거기까지는 확실하게 알아내지 못했습니다."

매튜는 잠깐 머뭇거렸다. 공작도 분명히 알고 있을 얘기들을 읊어대자니 몹시 거북했던 것이다.

"계속하게."

공작이 눈에 띄게 쩔쩔매는 매튜를 보고 보일 듯 말 듯 미소를 지으며 말했다.

매튜는 어색하게 고개를 끄덕이고는 보고를 계속했다.

"저희가 접촉한 많은 이들의 말로는 부녀 사이에 상당한 불화가 있었다고 합니다. 아버지 탓을 하는 이들이 몇 사람 있기는 했지만 대부분은 반항적이고 말 안 듣는 자식을 둔 불쌍한 아버지라고 마틴 스톤을 동정했습니다. 스톤 양은 열네 살 때, 저어……
폴 세버린이라는 신사에게 꽤 깊이 빠져 있었습니다. 세버린은 스
톤 양보다 열 살 연상으로 스톤 양의 아버지만큼이나 그녀의 어
린애 같은 애정공세를 달가워하지 않았습니다. 그 때문에, 다시
말해 어떤 방법으로도 딸을 다룰 수가 없었기 때문에 마틴 스톤
은 결국 열다섯 된 딸을 프랑스에 사는 처제인 레이디 길버트에
게 보냈습니다. 그리고 레이디 길버트는 관례에 따라 조카를 프랑
스 사교계에 데뷔시켰습니다. 그때 스톤 양의 나이 열일곱이었습
니다. 저희 정보원에 따르면 그 이후로 스톤 양은 프랑스 사교계
에서 놀랄 만한 인기를 누렸습니다. 물론 만일 스톤의 재정 상태
와 그로 인해 결혼 지참금을 마련할 수 없다는 사실이 알려진다
면 상황은 180도 변하겠지만 말입니다."

매튜는 자신의 추측을 큰 소리로 말했다가 송구한 듯 공작을
힐끗 쳐다보고는 얼른 보고를 계속했다.

"스톤 양은 셀 수 없이 많은 청혼을 받았지만 구혼자들이 청혼
의 뜻을 분명히 하는 즉시 거절했답니다. 그리고 이모부인 에드워
드 길버트 경도 자신에게 휘트니와 결혼하겠다는 뜻을 전했던 신
사들에게도 아버지인 마틴 스톤을 대신하여 퇴짜를 놓았답니다.
스톤 양의 절도 있는 몸가짐은 더할 나위 없이 훌륭하다고 사교
계에 정평이 나 있습니다. 비록 유별나기는 하지만 말입니다. 뭐
잘못된 거라도 있습니까?"

공작이 느닷없이 웃음을 터뜨리자 매튜가 물었다.

"아니, 잘못된 거 없네."

클레이튼은 껄껄껄 웃으며 말을 이었다.

"당신이 수집한 정보는 아주 정확한 것 같소."

그의 기억 속에는 휘트니가 귀족의 작위를 비웃을 때 웃음으로 빛나던 비취빛 눈이 아직도 선했다.

"다른 건 없나?"

공작이 끝으로 물었다.

"몇 마디 드릴 말씀이 더 있습니다, 각하. 스톤 양의 이모부 에드워드 길버트 경은 각하께서 이미 알고 계신 대로 이곳 프랑스 주재 영국 영사관에 근무하고 있는데 평판이 좋습니다. 소문에 따르면 스톤 양은 이모는 물론 이모부와도 사이가 무척 좋다고 합니다. 또 항간의 일치된 소문에 따르면 니콜라 뒤비에가 곧 스톤 양에게 청혼을 할 거라고 합니다. 그것은 길버트 경이 의심할 여지없이, 가장 마음에 들어 할 청혼이죠. 뒤비에 가문은 각하께서도 알고 계시리라고 믿습니다만 프랑스에서 손꼽히는 가문이고 니콜라는 그 가문의 종손이자 상속자입니다."

매튜가 서류철을 닫았다.

"이것이 저희가 각하께서 분부하신 시간 안에 알아낼 수 있었던 전부입니다."

클레이튼은 매튜가 무슨 생각을 하든 내버려두고 자리에서 일어섰다. 그리고 앞이 탁 트여, 구불구불 굽이진 파란 언덕이 내다보이는 창가로 걸어갔다. 팔짱을 끼고 어깨를 창틀에 기댄 채 창밖에 펼쳐진 장관을 바라보며 생각에 잠겼다. 그러다가 당장이라도 지시만 내리면 현실화시킬 수 있는 계획을 마지막으로 되새겨보았다.

클레이모어 공작 클레이튼은 프랑스에 머물면서 휘트니를 볼 때마다 매번 마음이 끌렸다. 그리고 그녀가 지겹도록 매달리는 구혼자들에게 퇴짜를 놓는 것을 보고는 속으로 웃었다.

그와 휘트니는 두 번이나 정식으로 인사를 나눴었다. 처음에는 휘트니가 너무 어렸기에 클레이튼 쪽에서 관심을 가지고 자세히 살펴보지 않았고 두 번째는 휘트니가 그녀의 관심을 얻기 위해 서로 실력을 겨루는 멋쟁이들에게 둘러싸여 있었기 때문에 제대로 인사를 나눌 수가 없었다. 그때는 휘트니 쪽에서 그를 제대로 쳐다보지도, 그의 이름에 귀를 기울이지도 않았다. 다만 그가 서 있는 쪽으로 초점이 없는 시선을 잠시 던졌을 뿐이었다.

그 뒤로 클레이튼은 휘트니와 더 이상의 접촉을 피했다. 그녀를 유혹하려면 상당한 시간과 전략이 필요하다고 느꼈기 때문이다. 시간, 그것은 클레이튼에게는 너무나도 부족한 것이었다. 구애 작전으로 말하자면 공작은 성인이 된 뒤로 어떤 여자에게도 적극적으로 구애를 할 필요가 없었다. 사실 그동안 사귄 여자들은 한결같이 여자 쪽에서 먼저, 그리고 너무나도 열심히 구애를 했었다.

그런데 4주 전 클레이튼은 불손한 웃음을 터뜨리는 휘트니의 부드럽고 고혹적인 입술에 끝없이 입을 맞추고 그녀를 어둠 속으로 데려가 사랑을 나누고 싶은, 미칠 듯한 충동을 억제하며 그녀 앞에서 술잔을 들고 아르망 가의 정원에 서 있었다.

휘트니의 미소는 천사의 미소와도 같았고 몸매는 날씬하면서도 요염한 것이 마치 여신처럼 고혹적이었다. 휘트니는 머릿속에 떠올릴 때마다 싱긋이 웃음이 나오는, 때묻지 않은 매력을 지닌 매혹적이고 도발적인 아가씨였다. 게다가 유머 감각까지 갖췄고 불경스럽게도 우스꽝스러운 귀족들을 비웃었다.·그것은 바로 클레이튼 자신의 성향이기도 했다.

클레이튼은 자신이 바야흐로 취하려 하는 조처에 대한 동기를 이성적으로 생각하는 걸 포기했다. 그는 무엇보다 휘트니를 원했다. 그것으로 이유는 충분했다. 그녀는 마음씨 따뜻하고 재치가 있으며 쉽게 손에 잡히지 않는 나비처럼 뭐라 정의하기 어려운 여자였다. 그녀는 절대 자신을 다른 여자들처럼 생각하지 않을 것이다. 그것은 클레이튼이 몇 년 동안 여자들과 함께하며 얻은 경험으로 미루어 알 수 있었다.

마음을 굳힌 클레이튼은 몸을 돌려 책상으로 힘차게 걸어갔다.

"서류를 좀 준비해야 할 걸세. 그리고 마틴 스톤이 내 제안을 받아들이게 되면 상당한 액수의 자금도 필요할 걸세."

"만약 마틴 스톤이 각하의 제안을 받아들일 경우에 그렇다는 말씀이시죠?"

매튜는 무의식중에 공작의 말을 수정하고 말았다.

클레이튼은 눈썹을 치켜올려 재미있다는 표정을 지으며 자신 있게 단정을 내렸다.

"받아들일 것이오."

그날 매튜 베넷은 바짝 긴장한 상태였지만 고객의 미묘한 문제를 다루면서 감정을 드러내지 않도록 단련된 법률 고문답게 처신을 잘했다. 그럼에도 불구하고 공작이 마틴 스톤에게 어마어마한 금액을 제시하는 문서를 만들도록 하자 입을 다물지 못했다.

창가에 선 클레이튼은 매튜 베넷을 태우고 파리로 돌아가는 마차가 산허리를 굽이굽이 돌아가는 것을 물끄러미 지켜보았다. 클레이튼은 서둘러 모든 것을 마무리 짓고 싶어서 조바심이 났다. 그는 휘트니를 품에 안고 싶었다-그것도 당장에. 하지만 프랑스에서 다른 구애자들 틈에 끼어 바보처럼 허리를 굽혀 구애를 하느니 차라리 벼락을 맞아 죽어버리는 편이 나으리라. 클레이튼은 어떤 여자에게도, 그 여자가 제아무리 휘트니 스톤이라고 하더라도 그런 짓은 하지 않을 터였다. 게다가 그는 이미 영국을 너무 오랫동안 떠나 있었다. 사업상 업무를 처리하기 위해서라도 런던 가까이 있어야 했다.

스톤 가의 영지가 런던에서 일곱 시간 정도 걸리는 거리에 있으니 클레이튼은 사업상 볼일을 보면서도 휘트니 집 가까운 곳 어딘가에서 아주 품위 있게 구애를 할 수 있을 터였다. 클레이튼은 마틴 스톤이 서류에 서명을 하고 그에게 돈을 건네자마자 그에게 딸을 영국으로 불러들이도록 해야겠다고 마음먹었다.

클레이튼은 단 한순간도 마틴 스톤이 자신의 제안을 거절하리라고 생각지 않았다. 그리고 자신의 능력으로 휘트니를 유혹하지 못하리라는 의심 역시 조금도 하지 않았다.

그가 염려하는 것은 휘트니와 아버지 사이의 불화였다. 자신과 마틴 스톤이 맺은 계약을 너무 일찍 알아버릴 경우 휘트니가 단지 아버지와 맞서려는 생각에서 그 계약에 반대하고 나설 가능성이 전혀 없지 않았기 때문이다. 클레이튼은 만약 상황이 그렇게 된다면 휘트니는 어리기는 하지만 결코 만만찮은 적수가 되리라는 점을 본능적으로 알 수 있었다. 그런데 그는 휘트니와 싸우고 싶지 않았다. 그는 휘트니와 사랑을 나누는 것을 원했다.

그런데 또 하나 복잡한 문제가 있었다. 자신의 정체와 그 정체에 꼬리표처럼 붙어다니는 악평이 그것이었다. 그는 어느 정도 즐겁고 낭만적이며 전원풍의 구애를 머리에 그리고 있었다. 하지만 모든 사람들이 굽실거리며 거리를 두려고 애쓰는데 어떻게 그런 즐겁고 낭만적인 구애를 할 수 있단 말인가. 게다가 신문은 그가 런던에서 멀리 떨어진 시골에서 살고 있다는 사실을 발견하는 순간, 그가 그곳에서 무엇을 하고 있는지를 두고 온갖 추측과 낭설을 퍼뜨릴 터였다. 그러면 마을 사람들은 광적인 호기심을 가지고 자신의 일거일동을 지켜볼 것이며, 휘트니에게 관심을 쏟기 시작하면서부터는 더욱이나 그럴 터였다.

휘트니는 귀족에 대해 별로 좋은 인상을 갖고 있지 않았다. 그것도 공작에 대해서는 더욱 그랬다. 때문에 클레이튼은 만약 그녀의 아버지인 마틴 스톤과 맺은 계약은 물론 자신의 정체도 휘트니의 애정을 얻을 때까지 비밀로 하는 게 현명할 것이라고 생각했다.

7일 뒤 매튜는 프랑스에 있는 공작의 시골 저택을 다시 방문했다. 매튜는 공작이 앉아 있는 넓은 베란다로 안내되었다.

"브랜디 한 잔 같이 들겠나, 매튜?"

클레이튼은 들여다보던 서류에서 눈도 떼지 않고 물었다.

"감사합니다, 각하."

매튜는 공작이 자신을 성이 아니라 이름으로 불러주고 다정스레 브랜디까지 권하자 감격해서 대답했다. 공작이 어깨 너머로 석조 난간 부근에서 어슬렁거리고 있던 하인을 아무 말도 없이 힐끗 쳐다보기만 했는데 조금 뒤 하인이 술을 내왔다. 몇 분 뒤 공작은 서류를 옆으로 밀어놓고 테이블 맞은편에 앉은 매튜를 바라보았다.

매튜는 조금 전 술을 내온 하인처럼 지시를 받지 않고도 가방에서 서류를 꺼내어 공작에게 건넸다.

"요청하신 대로 스톤 양의 재정적인 책임을 각하께서 지실 거라는 조항을 포함시켰습니다. 최고 금액을 정할 걸 그랬나요?"

"아니네. 그 아가씨에 대해선 '전적으로' 책임질 생각이네."

클레이튼은 건네받은 서류를 훑어보느라 건성으로 나직하게 대꾸했다. 얼마 후 공작은 서류를 옆으로 치워놓더니 매튜에게 물었다.

"자, 자네 생각은 어떤가?"

"스톤 양이 어떻게 생각하느냐가 문제겠죠."

매튜도 싱긋이 웃어 보이며 대꾸했다.

"스톤 양이 어떻게 생각하는지는 당분간 알 수 없겠지. 이번 일은 물론 나에 대해서는 아무것도 모르고 있을 테니."

매튜는 맛 좋은 브랜디를 마시면서 충격을 감췄다.

"그렇다면 마틴 스톤과 그 젊은 숙녀분이 각하의 제안을 받아들이기를 기원하겠습니다."

클레이튼은 행운을 빌어주겠다는 매튜의 제안에 그럴 필요는 없다는 듯이 손을 내저었다. 그런 다음 의자에 등을 바짝 기대고 입을 열었다.

"난 마틴 스톤과 이 문제를 의논하러 이번 주 안에 영국으로 떠날 예정이네. 마틴 스톤이 동의를 할 경우 근처에 내가 머물 곳이 필요할 텐데, 런던에 있는 당신 부친한테 연락해서 내가 머물 거처를 마련해주게. 수수한 곳으로."

공작이 수수한 곳이라고 강조하자 매튜는 더욱 놀랐다.

"가능하면 마틴 스톤의 영지까지 말을 타고 가는 데 30분이 넘지 않는 곳이면 좋겠네. 난 이 문제를 매듭짓는 데 필요 이상의 시간을 보내고 싶지 않네. 마틴 스톤의 집과 내 거처를 왔다 갔다 하면서 시간을 허비할 생각도 전혀 없고."

"그러니까 스톤의 집에서 마차로 30분 거리 안에 있는 수수한 곳이란 말씀이시죠?"

어안이 벙벙해진 매튜가 공작의 지시사항을 확인했다.

클레이튼은 매튜가 눈에 띄게 당황하는 모습을 보고는 재미있어했다.

"그렇다네. 그리고 임대 계약을 할 때 웨스트모어랜드가 아니라 웨스트랜드라는 이름으로 해주게. 일단 부릴 하인들하고 내가 자리를 잡고 나면 얼마 동안은 되도록 집 안에 틀어박혀 있을 작정이네. 그리고 나는 클레이튼 웨스트랜드라는 새 이웃 행세를 할 걸세."

"설마 스톤 양한테도 그러시는 건 아니겠지요?"

"스톤 양한테는 더더군다나 그렇지."

클레이튼이 껄껄 웃으며 대답했다.

8

그로부터 한 달 뒤, 길버트 가의 집사인 윌슨은 에드워드의 서재로 내려가 주인에게 우편물을 건넸다. 그 우편물 다발 맨 위에는 영국에서 온 편지가 있었다. 5분 뒤 에드워드가 서재의 문을 벌컥 열더니 큰 소리로 집사를 불렀다.

"마님한테 가서 당장 여기로 내려오시라 전하게! 어서 달려가게. 서두르란 말일세."

에드워드는 벌써 검은 옷자락을 휘날리며 복도를 전속력으로 달려가고 있는 초조한 집사 뒤에 대고 소리를 질렀다.

"여보, 무슨 일이에요?"

남편의 긴급한 호출에 응해 날다시피 서재로 달려온 앤이 물었다.

"이것 좀 보오!"

에드워드는 마틴 스톤에게서 온 편지를 집어던지다시피 아내 손에 쥐어주었다. 앤은 남편의 하얗게 질린 얼굴에서 눈길을 돌려 그의 손에 들린 봉투 위에 적힌 서명을 내려다보았다.

"형부가 휘트니를 보내라고 썼던가요?"

앤이 고통스런 목소리로 물었다.

"내가 계산서를 보내는 즉시 지난 4년 동안 휘트니한테 들였던 비용을 갚겠다는구려."

에드워드가 미친 듯이 말했다.

"게다가 편지와 함께 빌어먹을 돈까지 동봉했소. 휘트니를 돌려보내기 전에 '옷과 장신구'를 사는 데 쓰라고 말이오. 이 사람 도대체 자기가 누구라고 생각하는 거요? 지난 4년 동안 휘트니에게 쓰라고 일전 한 푼 보낸 적이 없는 사람 아니오? 인간쓰레기 같으니! 내 이 작자한테 계산서를 보내나봐라. 이 작자의 돈이 아니라 내 돈으로 휘트니를 당당한 모습으로 돌아가게 할 거요."

"휘트니가 집으로 돌아가게 되는군요."

충격 때문에 온몸에 힘이 빠진 앤은 조그만 소리로 더듬거리더니 의자에 무너지듯 주저앉았다.

"나, 나는 형부가 휘트니를 잊어버렸을 거라고 생각했어요. 그게 착각이었군요."

하지만 앤의 표정은 갑자기 밝아졌다.

"좋은 수가 있어요! 다, 당장 형부에게 편지를 써서 휘트니가 니콜라 뒤비에와 결혼할 거라는 암시를 주는 거예요. 그렇게 해서 시간을 버는 거예요."

"아니, 편지부터 읽어봐요. 그 위인은 어떤 핑계도 소용없으니 오늘부터 한 달 뒤에 휘트니를 고향에 도착하게 하라고, 더할 수 없이 노골적이고 무례하게 썼소."

에드워드의 말이 끝나기도 전에 앤은 편지를 꼼꼼히 읽어내려 갔다.

"휘트니가 남은 시간을 친구들에게 작별 인사를 나누고 의상실과 모자 가게를 찾아다니며 보내게 하라고 썼군요."

앤은 아무렇지도 않은 것처럼 보이려고 애썼다.

"지난 4년 동안 사람이 변한 게 틀림없어요. 형부는 휘트니가 유행의 첨단을 걷는 파리에서 옷을 주문할 시간이 필요하다는 생각을 할 사람이 절대 아니에요. 혹시 휘트니가 어렸을 때 그렇게 흠모했던 그 젊은이가 휘트니한테 청혼을 한 건 아닐까요?"

"청혼 같은 건 받지도 않았을 거야."

에드워드가 얼른 아내의 말을 받았다.

"청혼을 받았다면 이 같잖은 편지에다 득의양양하게 그 얘길 써 보냈겠지. 우리가 받지 못한 청혼을 자신이 받아냈다고 생각하면서 말이오."

에드워드는 아내에게 등을 돌리고 돌아섰다.

"당신은 휘트니한테 당장 이 얘기를 들려주고 어떻게 할 건지 매듭을 짓는 게 나을 것 같소. 나는 좀 뒤에 올라가리다."

휘트니는 그토록 고대하던 소식을 듣고 이모와 비슷한 반응을 보이려고 애쓰며 마비된 사람처럼 아무 말도 않고 서 있었다.

"저, 저는 집으로 돌아가게 돼서 기뻐요, 이모."

휘트니가 간신히 입을 떼었다.

"그건 그냥……."

휘트니의 목소리는 점점 작아졌다.

집으로 돌아가게 돼서 기쁘다고? 집으로 돌아가는 건 무서워! 바야흐로 그렇게도 기다렸던 기회가 주어지려고 하는데 실패하면 어떻게 될지 무서워. 휘트니는 제 비위를 맞추려고 아첨을 떠는 남자들에게 둘러싸인 채 파리에서 속절없이 시들어가는 것도 무서웠지만 집으로 가서 폴이 다른 남자들처럼 자신을 쳐다보게 만들 자신도 없었다. 고향에는 사사건건 부딪치게 될 아버지가 있고 마거릿 메리튼이 있으며 자신을 항상 벌레보다 못하다고 느끼게 했던 나이 든 여자들이 있었다. 하지만 파리에는 자신을 진정으로 사랑하는 이모와 이모부가 계셨다. 두 사람 덕분에 지난 4년 동안의 생활은 따뜻하고 행복했다.

앤이 창문 쪽으로 얼굴을 돌리고 있을 때 휘트니는 이모의 뺨을 타고 내리는 눈물을 보았다. 휘트니는 입술을 깨물었다. 만일 앤 이모가 자신이 영국으로 돌아가는 것 때문에 염려를 한다면 그것은 분명 자신이 너무 일찍 돌아가서일 것이다. 휘트니는 아직 누구와도 대면할 준비가 되어 있지 않았다. 그녀는 제 모습에서 자신감을 발견할 수 있기를 바라며 거울 쪽으로 돌아섰다.

파리에서는 문벌 좋고 사회적 지위도 높은 남자들이 입을 모아 날 보고 아름답다고 했지. 폴도 그렇게 생각할까? 거울은 즉각 그런 가당찮은 생각은 하지도 말라고 충고했다! 휘트니는 공포를 느끼며 그런 징후들이 벌써 나타나고 있음을 깨달았다. 휘트니는 떠나기도 전에 외모가 여위어가는 것을 느낄 수 있었다. 아무리 봐도 자신은 못생기고 꼴사납고 키만 껑충했다. 심지어는 손가락까지 가만히 있지를 않고 예전처럼 신경질적으로 떨렸다. 게다가 콧잔등 위에는 지긋지긋하게 싫어했던 주근깨의 흔적이 아직도 희미하게나마 보였다. 젠장! 휘트니는 갑자기 자기 자신이 참을 수 없을 정도로 싫어졌다.

하지만 주근깨는 사람들 눈에는 다시 띄지 않아. 손가락을 안절부절못하며 주무를 필요도 없어. 무엇보다 사람들이 내 흠과 단점에 대해 쑥덕거리지 못하게 할 거야. 기필코!

미친 듯이 울렁거리던 위가 가라앉자 휘트니의 마음속에서 무언가 다른 것이 꼬물대기 시작했다. 바로 희망이었다. 그녀는 예쁜 입술로 부드럽게 웃으며 생각했다. 집으로 가는 거야. 폴에게 가는 거라구. 모든 사람들에게 내가 얼마나 변했는지 보여주기 위해 고향으로 가는 거야. 내가 정말로 집엘 가는 거야!

하지만 집으로 돌아가려면 사랑하는 이모와 이모부를 떠나야 했다.

휘트니는 거울 속에서 등을 돌린 채 소리 없이 흐느끼고 있는 이모의 떨리는 어깨를 보았다.

"가슴이 미어질 것 같구나."

앤이 가까스로 입을 열었다.

"사랑해요, 이모."

휘트니가 속삭였다. 어느새 그녀의 눈에서도 눈물이 솟더니 볼을 타고 흘러내렸다.

"이모를 너무너무 사랑해요."

앤이 팔을 벌리자 휘트니가 그 품속으로 뛰어들었다. 두 사람은 부둥켜안은 채 한동안 서로를 위로했다.

휘트니의 방 밖에 멈춰선 에드워드는 어깨를 펴고 억지로 밝게 웃으려고 했다. 그런 다음 뒷짐을 진 채 어슬렁거리며 방으로 들어섰다.

"두 숙녀께서 즐거운 시간을 보내고 계신가봅니다?"

에드워드는 흐느끼고 있는 두 여인을 차례로 쳐다보며 억지로 쾌활한 척했다. 얼굴이 온통 눈물로 얼룩진 두 여자가 어이가 없다는 표정으로 그를 멍하니 바라보았다.

"즐거운 시간을 보낸다구요?"

앤이 남편에게 되물었다. 앤은 휘트니를, 휘트니는 앤을 쳐다보았다. 갑자기 두 여자가 킬킬거리기 시작하더니 곧 발작이라도 일으킨 듯 큰 소리로 웃어대기 시작했다.

"그, 그렇소. 즐거워 보인다구. 즐거워하는 모습을 보니 기쁘군 그래."

에드워드는 아내와 조카가 지나치게 불안정한 반응을 보이자 기어들어가는 목소리로 답했다. 그런 다음 무슨 말을 하려는지 헛기침을 했다.

"네가 몹시도 그리울 게다, 휘트니. 넌 우리 부부에겐 축복이자 기쁨이었다."

그 말을 듣고 난 휘트니의 얼굴에선 웃음기가 오간 데 없이 사라지고 두 눈은 다시 눈물로 그렁그렁해졌다. 그녀는 더듬거리며 말했다.

"오, 이모부. 세상 어떤 남자도 절대, 절대 이모부만큼 사랑하지 않을 거예요."

에드워드는 당혹스럽게도 눈이 흐려지는 것을 느꼈다. 그가 팔을 넓게 벌리자 휘트니가 그 품속으로 안겨들었다. 드디어 격정이 가라앉자 세 사람은 수줍어하며 서로를 쳐다보았다. 얼마 후 에드워드가 먼저 입을 열었다.

"휘트니, 영국이 세상의 끝은 아니잖니?"

"그렇다고 바로 옆집도 아니죠."

휘트니가 손수건으로 눈물을 찍어내며 대꾸했다.

"거기에도 친구들이 있잖아. 게다가 물론 네가 그토록 흠모하는 젊은 친구도 있고. 보석을 코앞에 두고도 못 알아볼 만큼 둔한 그 금발 친구 말이다. 그 친구 이름이 뭐였더라?"

"폴이에요."

휘트니가 눈물이 그렁그렁한 얼굴로 웃으며 대답했다.

"멍청한 친구 같으니. 진작에 너를 낚아챘어야지."

에드워드는 잠시 말을 멈췄다. 그러고는 조카를 아주 찬찬히 쳐다보며 말했다.

"그 친구 이제는 그럴 게다."

"그렇게만 된다면 얼마나 좋을까요?"

"두고 보렴. 틀림없이 그럴 거야."

에드워드는 내가 그렇다고 하지 않았소, 하는 눈으로 아내를 쳐다보았다.

"사실 이모부는 가끔 궁금했단다. 네가 파리의 그 많은 구혼자들 중에서 신랑감을 고르지 않는 이유가 항상 영국으로 돌아가 그 친구와 과감하게 대적하고 싶어서 그런 게 아닌가 하고 말이다. 그게 네 계획이었지?"

"그럴 생각이에요."

휘트니는 이모부가 갑작스레 장난기 넘치는 소년 같은 모습을 보이자 어리둥절해하면서도 고개를 끄덕였다.

"사정이 그렇다면 눈이 내리기 전에 네 약혼 소식을 듣게 될지도 모르겠구나."

"그럴 수 있다면요."

휘트니가 진지하게 대답했다.

에드워드는 바지 주머니에 손을 찔러넣고는 무언가를 골똘히 생각하는 것 같았다.

"그런 중요한 때를 맞는 젊은 아가씨에게는 조언을 해줄 경험 많은 여성이 필요하다고 보는데? 그런 느림보 청년을 유혹하려면 계획을 짤 일이 많을지 모르거든. 그 친구 이름이 뭐라고 했더라……?"

"폴이에요."

휘트니가 숨이 가쁠 만큼 얼른 대답했다.

"그래, 폴이라고 그랬지. 휘트니, 네 이모가 동행하는 걸 네가 좋아할지 모르겠구나."

에드워드는 조심스럽게 얘기를 꺼내놓고는 안경 너머로 휘트니를 가만히 쳐다보았다.

"어때, 좋지 않니?"

"그럼요. 좋구 말구요!"

휘트니는 좋아서 어쩔 줄 몰라 하며 소리를 질렀다.

에드워드는 기뻐서 펄쩍펄쩍 뛰는 조카를 포옹한 채, 조카의 어깨 너머로 기쁨에 겨워 웃고 있는 아내를 바라보았다. 그에게는 아내가 고마워서 지어 보이는 미소가 그의 희생을 보상해주고도 남았다.

"스페인 여행을 연기해놓고 있던 중이란다. 두 사람이 떠날 무렵에 나는 공무 때문에 스페인에 있을 게다. 도중에 한두 곳을 들른 다음 너와 약혼하게 될 그 청년을 축하해주러 영국으로 갔다가 네 이모랑 같이 집으로 돌아오마."

이제 아내 앤을 휘트니와 함께 딸려보냄으로써 휘트니의 순조로운 시작을 확실히 해주는 동시에 속 시원하게도 손위 동서인 마틴의 허를 찌르게 되자 에드워드는 마틴이 휘트니를 위해 쓰라고 보낸 엄청난 액수의 돈을 한 푼도 건드리지 않고 돌려보내겠다던 애초의 결심을 바꾸었다. 그 결정에 따라 앤과 휘트니는 한바퀴 쇼핑에 나섰다. 오전에 시작된 쇼핑은 휘트니가 저녁에 있을 파티를 위해 옷을 갈아입을 시간만 간신히 남겨두고 끝이 났다. 앤은 너무 지친 나머지 그대로 침대에 쓰러졌다.

뒤비에 부부는 앤과 휘트니가 떠나기 전날 밤 휘트니를 위해 풍성한 파티를 열어주었다. 저녁 내내 휘트니는 니콜라에게 작별 인사를 할 일을 두려워했다. 하지만 시간이 되자 니콜라가 작별 인사를 비교적 편하게 하도록 배려해주었다.

두 사람은 니콜라의 부모가 사는 넓은 저택의 한 곁방에서 남들의 눈을 피해 둘이서만 잠깐 동안 이야기를 나눴다. 니콜라는 한쪽 어깨를 벽난로에 기댄 채 하릴없이 손에 들고 있는 술잔만 잠자코 내려다보고 있었다.

"보고 싶을 거예요, 니키."

침묵을 견딜 수 없었던 휘트니가 먼저 입을 열었다.

니콜라가 재미있다는 표정을 지으며 고개를 들었다.

"날 보고 싶어 할 거라고, 쉐리?"

휘트니가 대답을 하기 전에 그가 얼른 덧붙여 말했다.

"난 너무 오랫동안 당신을 기다리고 싶지는 않아."

휘트니는 너무 놀란 나머지 입술을 바르르 떨며 갑작스럽게 터져나오려는 웃음을 참았다.

"그렇게 비신사적인 말이 어디 있어요? 기사도 정신이 전혀 없군요!"

"기사도는 풋내기 젊은이들하고 노인들한테나 어울리는 거요."

니콜라는 놀리듯이 휘트니의 말을 받아넘겼다.

"그렇지만 난 오랫동안 당신을 그리워하지는 않을 거요. 몇 달 안에 영국으로 갈 생각이니까."

그 말에 휘트니가 고개를 저으며 간청을 했다.

"니키, 그곳엔 다른 사람이 있어요. 고향에 말이에요. 적어도 나는 그렇게 생각해요. 이름은 폴이라고 해요. 그리고……."

니콜라가 흥분하지도 않고 그저 싱긋이 웃기만 하자 휘트니는 말끝을 흐렸다.

"그 친구가 당신을 보기 위해 한번이라도 프랑스에 온 적이 있었나?"

니콜라가 조심스럽게 물었다.

"아뇨. 그런 생각은 하지도 않았을 거예요. 프랑스로 오기 전의 난 지금과는 아주 달랐거든요. 그러니까 한마디로 유치했어요. 그래서 그 사람은 나를 무모하고 제멋대로 행동하는 어린 여자아이로만 기억할 거예요…… 왜 그렇게 싱글거려요?"

"기뻐서."

니콜라가 빙그레 웃으며 대답했다.

"오랫동안 내 경쟁자가 누굴까 궁금했었는데 지금 보니 내 라이벌이 지난 4년 동안 당신을 한번도 보지 못한 것은 물론 당신이 어떤 여자가 될지 내다볼 만한 안목도 없는 바보라는 걸 알게 됐으니 말이오. 고향으로 가요, 쉐리."

그는 술잔을 내려놓고 휘트니를 바싹 끌어당겼다.

"당신은 추억이라는 옷을 입으면 모든 게 아름다워 보인다는 사실을 곧 알게 될 거요. 애정 문제라면 더구나 그렇겠지. 그러니 몇 달 후에 내가 영국에 가면 당신은 내가 하려는 말을 귀 기울여 듣게 될 거요."

휘트니는 지금 그 문제를 논하는 것이 쓸데없는 일임을 알고 있는 것과 마찬가지로 니콜라가 자기 소신을 밝히고 싶어 한다는 사실도 알고 있었다. 어쨌든 그녀의 추억이 현실보다 낫다고 밝혀지는 일은 없을 터였다. 좋은 추억이라고는 하나도 없었으니까. 하지만 휘트니는 자신의 행동이 얼마나 충격적이었는지, 또 왜 폴이 자신이 교양 있고 점잖은 여성으로 변하리라고 도저히 상상할 수 없었는지를 니콜라에게 일일이 설명하고 싶지 않았다.

게다가 니콜라는 그런 소리에는 귀도 기울이지 않았을 것이다. 어느새 그는 휘트니의 입술에 길고도 격렬하며 달콤한 키스를 하려고 머리를 숙이고 있었기 때문이다.

1820년 영국

9

9월의 어느 날, 짙어가는 저녁 어스름 속에서 휘트니는 마차 창문 너머로 가슴이 아릴 듯 눈에 익은 풍경을 내다보았다. 이제 몇 킬로미터만 달려가면 집이었다.

에드워드는 아내와 조카가 화려하고 당당하게 여행해야 한다고 한사코 고집을 부렸다. 그 결과 두 사람은 자신들이 탄 마차 외에도 크고 작은 여행용 가방을 가득 실은 마차 두 대와 앤의 하녀와 휘트니의 하녀인 클라리사를 태운 또 다른 마차까지, 전부 네대의 마차행렬을 이끌고 영국으로 향했다. 뿐만 아니라 마부 네명 외에도 행렬을 인도하는 기마 수행원 셋과 행렬을 뒤따라가는 기마 수행원 셋을 대동케 했다. 그렇게 많은 마차와 짐, 수행원이한 데 어울리자 그 모습은 그야말로 사막을 횡단하는 대상의 행럴처럼 장관이었다. 휘트니는 그토록 위풍당당하게 귀향하는 자신의 모습을 폴이 볼 수 있기를 바랐다.

휘트니 일행이 저택에 이르는 사설도로를 향해 북쪽으로 방향을 틀자 마차가 흔들렸다. 더없이 완벽한 숙녀의 모습으로 아버지와 대면할 생각을 하자 휘트니는 장갑을 끼던 손이 떨리는 걸 느꼈다.

"긴장되니?"

조카를 지켜보던 앤이 웃으면서 물었다.

"네, 긴장돼요. 제 모습이 어때요, 이모?"

앤은 풍성한 적갈색 머리가 이마로 흘러내리지 않도록 앞머리를 빗어올려 장식핀을 꽂은 머리 꼭대기부터 약간 상기된 얼굴을 지나, 최신 유행하는 엷은 자줏빛 여행복에 이르기까지 조카를 꼼꼼하게 살펴보고는 대답했다.

"흠잡을 데 하나 없이 완벽해."

앤 역시 휘트니만큼 긴장감을 느끼며 장갑을 꼈다. 에드워드는 아내가 휘트니를 고향까지 데려가는 것을 마틴이 반대할지 모른다고 생각해 두 사람이 불시에 도착할 수 있도록 사람들 눈길이 많지 않은 노정을 골라주었다. 마틴이 처제를 반갑게 맞아들이지 않을 수 없도록 말이다. 그때 앤은 남편의 판단이 현명하다고 생각했었다. 하지만 마틴과 대면할 시간이 다가올수록 앤은 초대받지 않은 손님 노릇을 해야 한다는 사실에 마음이 무거워졌다.

이윽고 마차 네 대가 저택의 계단 앞에 멈춰 섰다. 하인이 마차 문을 열어주고 디딤판을 내려놓았다. 두 여자는 마차를 향해 근엄하게 다가오는 마틴을 지켜보았다. 휘트니는 디딤판을 내려

가면서 발에 밟히지 않도록 스커트를 모아쥐고는 이모를 뒤돌아보았다.

앤은 형부 마틴이 가까이 다가와 눈부시고 우아한 숙녀를 마주하는 모습을 마차 안에 앉아 진지하게 지켜보았다. 마틴은 뻣뻣하고 자의식이 강한 말투로 4년 만에 처음 보는 딸에게 인사를 건넸다.

"휘트니, 그 사이에 키가 더 컸구나."

"제가 더 컸거나 아버지 키가 줄어들었거나 둘 중 하나겠죠."

휘트니는 아버지가 건네는 인사에 진지하게 답했다.

앤은 소리를 죽여 웃는 것으로 자신이 마차에 있음을 마틴에게 알렸다. 그리고 마지못해 마차에서 내려 마틴과 대면했다. 앤은 열정적이고 진심 어린 환대를 받으리라는 기대는 애초에 하지도 않았다. 마틴은 절대 열정적이지 않았으며 따뜻한 태도를 보이는 일도 드문 사람이었다. 앤은 마틴이 자신을 쳐다보지도 않으리라고 생각했다. 처제의 모습을 본 마틴은 얼굴 표정이 차츰 짜증스럽게 바뀌었다.

"휘트니를 여기까지 데려다주다니 고맙군, 처제."

마틴은 간신히 앤의 뜻밖의 출현 때문에 일었던 마음의 동요를 가라앉히며 다분히 형식적인 인사를 건넸다.

"언제 떠날 계획이지?"

그러자 휘트니가 얼른 중간에 끼어들었다.

"이모는 저와 함께 두세 달 머무실 거예요. 제가 다시 자리를 잡을 때까지요. 이모는 정말로 인정이 넘치는 분이시죠?"

"그렇구나."

마틴은 딸의 말에 맞장구를 치긴 했지만 처제의 출현을 달가워 하지 않았다.

"저녁을 들기 전에 두 사람은 푹 좀 쉬거나 아니면 짐 푸는 일을 감독하지 그래. 나는 편지를 쓸 게 있어서……. 그럼 나중에 보자."

마틴은 말을 마치기가 무섭게 집 쪽으로 잰걸음을 떼어놓았다.

휘트니는 아버지가 이모를 대하는 야박한 태도와 그리워하던 집으로 다시 돌아왔다는 기쁨 사이에서 감정의 균형을 잡기가 무척 힘들었다. 그녀는 계단을 올라가면서 오래되어 부드럽고 매끄러운, 오크나무로 두른 벽들을 눈으로 더듬었다. 벽에는 영국의 풍경이나 조상들의 초상화가 담긴 액자가 빽빽이 들어차 있었다. 그녀가 가장 좋아하던 그림은 발코니 위쪽, 곡선이 많고 장식적인 문양이 새겨진 가구 사이에 걸려 있었다. 그 그림은 시원한 아침 안개 속에서 활기차게 사냥을 하는 장면을 담고 있었다. 모든 것이 예전 그대로이면서도 왠지 달랐다. 전보다 하인들이 세 배는 늘어난 것 같았고 반짝반짝 윤이 나는 집은 지금 보이는 하인들보다 더 많은 일손들이 필요했음을 말해주고 있었다. 마룻바닥과 널빤지로 두른 벽은 빈틈 한 곳 없이 새로 윤을 내서 반짝거렸다. 현관을 가득 채운 샹들리에는 번쩍번쩍 빛을 냈고 카펫도 새것이 었다.

예전에 쓰던 침실 문간에 선 휘트니는 발을 멈추고 숨을 죽였다. 침실은 주인이 비워둔 사이 완전히 다시 꾸며져 있었다. 휘트니는 침대와 침대의 천개(의자나 침대에 붙이는 지붕 모양의 장식), 금색과 엷은 오렌지색 실로 수를 놓은 아이보리색 공단 이불을 보고는 환하게 웃었다.

"클라리사, 방이 너무 근사하지 않아요?"

휘트니는 소리를 지르며 하녀 클라리사에게 몸을 돌렸다. 그러나 포동포동하게 살이 찌고 머리가 희끗희끗한 클라리사는 마차에서 여행 가방을 옮겨오는 하인들에게 지시를 내리느라 여념이 없었다. 휘트니는 너무 흥분이 돼서 가만히 쉴 수가 없었다. 그래서 클라리사와 새로운 하녀들을 도와 함께 짐을 풀었다.

휘트니가 목욕을 끝내고 옷을 갈아입은 뒤에도 하녀들은 여전히 짐을 풀고 있었다. 휘트니는 복도를 따라 걸어가 이모가 머물 방으로 갔다. 커다란 손님용 방은 다시 꾸미지도 않은 데다 저택의 다른 곳과 비교해볼 때 초라하기 그지없었다. 휘트니는 그 때문에 이모에게 사과를 하려고 했다. 하지만 앤은 속 깊은 미소를 지어 보이며 휘트니를 말렸다.

"그런 건 아무래도 상관없단다, 휘트니."

두 사람은 다정스럽게 팔짱을 끼고 계단을 내려왔다.

마틴이 식당에서 두 사람을 기다리고 있었다. 휘트니는 식탁에 있는 의자들이 창문 양쪽으로 걸어놓은, 술이 풍성하게 달린 새 커튼과 조화를 이루는 장밋빛 우단으로 겉을 씌웠다는 것을 알아보았다. 티 하나 없이 말끔하게 제복을 차려입은 두 하인이 찬장 옆을 어슬렁거리고 있었고 또 다른 하인이 주방에서 내온 음식으로 그득한 은색 손수레를 밀며 들어왔다.

"집에 새로운 하인이 많아진 것 같아요."

휘트니가 정중하게 의자를 당겨 앤을 식탁에 앉게 하는 아버지를 보며 말했다.

"언제나 필요했던 사람들이지."

마틴이 무뚝뚝하게 대꾸했다.

"집이 낡아가는 것 같더구나."

누군가 그런 투로 자신에게 말하는 것을 들어본 것이 4년 전이었다. 휘트니는 당황해서 아버지를 빤히 쳐다보았다. 식탁 위에 달린 샹들리에의 밝은 불빛이 아버지의 머리 위를 비추고 있었다. 휘트니는 자신이 집을 비운 사이 아버지의 머리가 검은색에서 회색으로 변했고 이마에는 주름이 깊게 파였으며 입가와 눈가에 잔주름이 잡힌 것을 알아보았다. 아버지가 4년 사이에 10년은 늙어버린 것처럼 보였다. 그러자 가슴을 에는 듯한 아픔이 느껴졌다.

"왜 아비를 그렇게 뚫어져라 쳐다보는 게냐?"

마틴이 퉁명스럽게 물었다.

아버지는 예전에도 늘 이렇게 퉁명스러우셨지, 하고 휘트니는 지난날을 떠올렸다. 하긴 그때는 그럴 만한 이유가 있었어. 하지만 이제 내가 다른 사람이 돼서 돌아왔으니 아버지와도 예전처럼 으르렁거리고 싶지 않아. 지난 기억을 더듬으며 잠자코 있던 휘트니가 부드럽게 대답했다.

"아버지 머리칼이 회색으로 변한 걸 보고 있던 중이에요."

"그게 그렇게 놀랍더냐?"

마틴이 약간 누그러진 투로 물었다.

휘트니는 아주 조심스럽게 아버지에게 미소를 지어 보였다. 그때 문득 전에는 한번도 아버지에게 웃음을 보인 적이 없다는 생각이 들었다.

"네, 놀라워요."

휘트니가 눈을 빛내며 대답했다.

"제가 속을 썩여드려서 아버지 머리를 세게 하지 않았더라도, 4년이라는 짧은 세월 동안 아버지 머리색깔이 이렇게 바뀔 수 있다는 사실에 놀랐을 거예요."

마틴은 휘트니가 웃으면서 대답을 하자 놀란 것 같았다. 그렇다고 그의 무뚝뚝한 태도가 달라진 것은 전혀 아니었다.

"네 친구 에밀리가 결혼한 건 알고 있겠지?"

휘트니가 고개를 끄덕이자 마틴이 말을 이었다.

"그 애는 결혼 적령기를 3년이나 넘겨서 시집을 갔다. 그 애 아버지가 그러는데 딸내미를 적당한 짝과 결혼시킬 희망을 거의 포기했었다고 하더구나. 하지만 이젠 온 동네가 그 애 결혼 소식 애기로 난리란다!"

마틴은 책망하는 눈길로 앤을 쳐다보며 휘트니에게 적당한 배필을 찾아주지 않은 것을 나무랐다.

앤이 거북해하자 휘트니는 얼른 장난기 섞인 목소리로 중재에 나섰다.

"설마 아버지도 제가 어울리는 남자를 만나 결혼하는 걸 포기하진 않으셨겠죠?"

"아니, 포기했다."

마틴이 무뚝뚝하게 내뱉었다.

휘트니의 자존심은 이모부 에드워드를 통해 들어온, 열 번도 넘는 훌륭한 청혼에 대한 이야기를 어서 아버지께 들려드리라고 충동질을 했다. 하지만 그녀의 이성은 손아래 동서가 자신과 한마디 상의도 없이 딸에게 들어온 청혼들을 거절했다는 사실을 알게 되면 아버지가 노발대발할 거라고 경고했다. 왜 아버지는 저렇게 냉정하고 가까이하기가 어려운 걸까? 휘트니는 서글픈 느낌에 젖어 그 사실을 궁금해했다. 아버지와 이모부 내외 사이에 파인 깊은 감정의 골을 메울 가망은 도저히 없을까? 휘트니는 입에 대고 있던 컵을 내려놓으며 아버지에게 말을 건넸다.

"혹시 제가 결혼 적령기를 4년이나 넘긴 것을 걱정스러워하실까봐 드리는 말씀인데요, 저는 준남작 두 사람을 포함해 백작과 공작, 왕자의 청혼까지 거절한 적이 있다고 소문낼 수 있어요!"

"처제, 이 애 말이 사실인가?"

마틴이 얼른 앤을 쳐다보며 물었다.

"그렇다면 왜 나한테 알리지 않았지?"

"물론 사실이 아니니까요."

앤이 조용히 대꾸하자 휘트니는 얼굴에서 미소가 가시지 않도록 애쓰며 다시 한 번 중재를 시도했다.

"진짜 공작 한 명하고 사기꾼 한 명을 만난 게 다예요. 그런데 전 두 사람 모두를 지독히 싫어했어요. 또 러시아 왕자를 분명히 만나긴 했지만 그는 벌써 공주한테 청혼을 받았더군요. 그래서 전 그녀가 왕자를 포기하지는 않을까 기다리고 있어요. 그래야 제가 에밀리를 이길 수 있잖아요?"

마틴은 한동안 딸을 빤히 쳐다보더니 불쑥 말했다.

"휘트니, 내일 밤엔 너를 위해 조촐한 파티를 열 생각이다."

휘트니는 마음이 설레는 것을 느꼈다. 그 설렘은 마틴이 방금 전의 이야기를 고쳐서 말했음에도 가시지 않았다.

"사실 조촐한 파티는 아니다. 인근 마을에 사는 모든 청년들이 참석하는 떠들썩한 파티가 될 거야. 오케스트라도 부르고 춤도 추는, 뭐 그런 파티다!"

"멋지겠……네요."

휘트니는 웃음을 참기 위해 눈을 내리간 채 간신히 대꾸했다.

"에밀리도 새신랑하고 런던에서 올 게다. 너를 아는 모든 사람들이 빠짐없이 참석할 게다."

아버지의 생각을 도저히 예측할 수가 없었던 휘트니는 식탁에 있는 동안 신중하게 침묵을 지켰다. 후식을 거의 다 먹어갈 때 마틴이 다시 입을 열었다. 그의 목소리가 부자연스러울 정도로 커서 휘트니는 그만 깜짝 놀랐다.

"그리고 우리에게 새 이웃이 생겼다."

그 소리는 거의 대포소리처럼 컸다. 마틴은 목소리를 낮추고 헛기침을 하더니 좀 전보다는 자연스럽게 말을 이어갔다.

"그 사람도 내일 파티에 올 게다. 난 네가 그 사람을 만나봤으면 싶구나. 잘생긴 총각이란다. 게다가 일전에 말을 타는 걸 보았는데 말도 잘 타더구나."

아버지가 무슨 말을 하는지 깨닫게 된 휘트니는 그만 웃음을 터뜨렸다. 그리고 길고 빛나는 머리칼을 흔들며 말했다.

"오, 아버지. 아버지가 중매쟁이로 나설 필요까지는 없어요. 전 시집 좀 가게 해달라고 두 손 모아 기도를 드려야 할 처지는 아직 아니라구요."

휘트니는 아버지의 얼굴에 나타난 반응을 보고는 아버지가 아직 자신의 유머를 이해하지 못했다고 판단했다. 그러자 휘트니는 적당히 엄숙하게 보이려고 애쓰며 새 이웃의 이름을 물어보았다.

"클레이튼 웨스트모어…… 아니, 클레이튼 웨스트랜드다."

그 말을 듣던 앤은 숟가락을 접시에 떨어뜨렸다. 앤은 눈을 가늘게 뜨고 마틴을 쳐다보았다. 그러자 마틴도 지지 않고 앤을 노려보았다. 그의 얼굴은 갑작스레 붉게 변했다. 순간 휘트니는 이모를 곤경에서 구해야겠다고 생각했다. 그녀는 얼른 숟가락을 내려놓고 자리에서 일어서며 입을 열었다.

"아버지, 이모랑 저는 긴 여행을 한 뒤라 일찍 쉬고 싶어요."

그런데 놀랍게도 앤이 고개를 저었다.

"휘트니, 나는 아버지와 좀 더 이야기를 나누고 싶구나. 먼저 올라가서 쉬렴."

마틴도 같은 말을 했다.

"그래, 어서 자거라. 이모와 난 좀 더 대화를 나눌 테니."

휘트니가 자리를 뜨자 마틴은 퉁명스런 태도로 하인들을 내보냈다. 그런 다음 앤을 똑바로 바라보며 입을 열었다.

"처제, 내 이웃의 이름을 듣고 몹시 이상한 반응을 보이더군."

앤은 고개를 삐딱하게 기울이고는 마틴을 쏘아보았다.

"내 반응이 이상한지 아닌지는 그 이웃이란 남자의 이름이 클레이튼 웨스트랜드인지, 아니면 클레이튼 웨스트모어랜드인지에 달려 있지요. 경고하지만 만약 그 남자가 웨스트모어랜드라면 나는 그 사람을 보는 순간 알아볼 수 있어요. 인사를 나눈 적은 한 번도 없지만 말이에요."

"그렇게 말하니까 사실을 밝히지만 웨스트모어랜드가 맞아."

마틴은 앤이 대꾸를 하기 전에 덧붙여 말했다.

"그분이 여기 머물게 된 데는 이유가 있지. 이따금 생기는 병

144

으로 기력이 딸려서 요양을 하는 중이라더군."

앤은 마틴의 설명을 가소롭게 여기며 목청을 높였다.

"형부, 농담은 그만둬요!"

"젠장! 내가 농담을 하는 걸로 보이나?"

마틴이 노발대발 소리를 질렀다.

"형부는 정말로 그 허무맹랑한 말을 믿어요?"

앤은 그렇게 소리를 질렀지만 마틴이 그 말을 믿고 있는지 여부는 확신할 수가 없었다.

"클레이모어 공작이 갈 곳은 세상 천지에 널려 있어요. 공작이 정말로 휴식을 취할 필요가 있다면요. 방금 생각한 건데 전 겨울이 올 때까지 이곳에 있어야겠어요."

"그게 사실인지 아닌지는 모르지만 나는 그분의 말씀을 사실대로 전한 거야. 공작 각하는 삶의 압박감에서 벗어날 필요가 있다고 했지. 그리고 그럴 만한 곳으로 이곳을 선택했을 뿐이야. 이제 그분의 정체를 아는 것은 나와 처제 둘뿐이야. 나는 물론이지만 처제도 그분의 정체를 발설하여 각하의 은거 생활을 방해하지 않았으면 좋겠어. 그렇게 믿을게."

얼마 후 자신의 방으로 들어간 앤은 치밀어오르는 화를 가라앉히기 위해 어금니를 깨물었다. 앤은 휘트니가 회색 눈에 키가 큰 남자에 대해 물었던 아르망 가의 가면무도회를 돌이켜보았다. 앤은 그 남자가 웨스트모어랜드 공작이라고 절대적으로 확신했다. 눈부신 미모를 자랑하는 생 알레망이 그의 연인이며, 그녀가 다른 남자와는 절대 동행하지 않는다는 것은 공공연한 사실이었기 때

145

문이다. 물론 공작은 생 알레망에게만 관심을 두고 있는 게 아니어서 그녀가 유럽을 여행 중일 때는 다른 아름다운 여성들과 동행하는 모습이 자주 목격되었다.

앤은 생 알레망에 대한 생각은 접어두었다. 그런 다음 클레이모어 공작 클레이튼 웨스트모어랜드가 그 가면무도회에 참석했고 휘트니가 당시 그에 대해 물은 사실에 생각을 집중했다. 하지만 두 사람이 잠깐이라도 함께 있었을 리가 없었다. 그랬다면 휘트니가 그 남자의 정체를 물어보지도 않았을 테니까 말이다. 또 공작이 휘트니를 따라 이곳으로 올 필요도 없는 데다 사실은 공작이 먼저 이곳에 와 있었다. 그러므로 휘트니가 아르망 가의 가면무도회에서 그에 대해 물은 것은 단순한 우연의 일치임에 틀림없었다. 그리고 그는 지금 조용히 요양 중이었다.

그렇게 생각을 정리하고 나자 앤의 마음은 훨씬 가뿐해졌다. 그러나 그건 잠시 동안에 불과했다. 이제 하루만 지나면 클레이튼 웨스트모어랜드와 휘트니는 서로 소개를 받게 될 것이다. 휘트니는 그를 단번에 사로잡을 것이다. 앤은 그 점을 전혀 의심하지 않았다. 공작이 휘트니 뒤를 쫓아다니면 어떻게 하지?

그런 생각이 들자 앤은 몸서리를 치며 자리에서 일어섰다. 그리고 결연하게 이를 악물었다. 앤은 권세가 대단한 클레이모어 공작의 정체를 밝혀 그를 적으로 만들고 싶지는 않았다. 하지만 휘트니가 전설이 되다시피 한 공작의 매력과 잘생긴 외모에 빠져 그의 희생양이 될지도 모른다는 의심이 들면 그 즉시 조카에게 공작의 정체뿐만 아니라 과거의 행실까지도 낱낱이 밝힐 터였다!

앤은 클리이모어가 휘트니에게 정신없이 빠져들어 그의 기준에서 볼 때 부유하지도 않고 집안이 좋은 것도 아닌 그녀에게 청혼을 하리라는 헛된 희망은 단 한순간도 품지 않았다. 정말이지 그것은 말도 안 되는 얘기였다! 어리석게도 클레이모어 공작과 결혼하리라는 희망을 품었다가 인생을 망치고 비탄에 잠긴 딸을 둔 가엾은 어머니들은 수백 명도 넘었다.

앤은 잠옷으로 갈아입고 침대에 들었다. 그렇지만 가까운 곳에 클레이튼 웨스트모어랜드가 있다는 생각이 들자 몇 시간을 뜬눈으로 누워 있었다.

휘트니도 잠을 못 이루긴 마찬가지였다. 휘트니는 이튿날 밤에 열릴 파티를 머릿속에 그려보고 있었다. 그 자리에서 폴은 우아한 옷차림에 여자답게 성숙한 자신을 처음으로 보게 될 터였다.

그 시간, 클레이튼의 임시 거처에서는 클레이튼과 폴이 카드 게임을 마치고 함께 술잔을 부딪치고 있었다. 폴은 벽난로 쪽으로 다리를 뻗으며 술잔을 천천히 기울였다.

"내일 밤 스톤 가에서 열리는 파티에 참석할 계획이십니까?"

폴이 물었다. 클레이튼의 얼굴에는 경계의 빛이 어렸다.

"그렇습니다."

"저도 빠지고 싶지 않습니다."

폴이 껄껄 웃으며 말했다.

"휘트니가 완전히 변하지 않았다면 내일 저녁은 재미있는 저녁이 될 겁니다."

"휘트니라, 흔한 이름은 아니군요."

클레이튼은 손님인 폴이 이야기를 계속하게 하려고 적당한 호기심을 보이며 장단을 맞춰주었다.

"그건 스톤 가에서 즐겨 짓는 이름입니다. 제가 알기로 휘트니의 아버지는 사내아이를 두고 싶어 했습니다. 그래서 휘트니가 태어나자 그 이름을 지어주었죠. 거의 소원대로 된 셈이죠. 휘트니는 물고기만큼이나 수영도 잘하고 원숭이처럼 나무도 잘 타며 세상에 있는 어떤 여자보다 말을 더 잘 다룬답니다. 어느 날은 남자들이나 입는 승마바지를 입고 사람들 앞에 나타나기도 했고, 또 어느 날인가는 모험 삼아 미국까지 배를 타고 항해를 하겠다며 뗏목을 타기도 했으니까요."

"그래서 어떻게 됐습니까?"

"연못의 반대편까지는 갔지요."

폴이 싱글거리며 대답했다.

"기특하게도 그 맹랑한 꼬마 아가씨의 눈은 정말 한번 바라볼 만하답니다. 웨스트랜드 씨가 평생토록 보게 될 눈 중에서 가장 아름다운 초록빛 눈이지요."

폴은 잠시 옛 생각에 잠긴 채 벽난로의 불을 바라보았다.

"4년 전 휘트니는 프랑스로 떠날 때 저한테 기다려 달라고 부탁했답니다. 제가 받아본 첫 프러포즈였지요."

공작이 짙은 눈썹을 치켜올리며 물었다.

"그 프러포즈를 받아들이셨나요?"

"무슨 그런 말씀을!"

폴은 껄껄껄 웃고는 브랜디를 한 모금 들이켰다.

"휘트니는 간신히 사교계에 데뷔해서는 엘리자베스 애쉬튼과 겨뤄보겠다고 마음을 먹었답니다. 엘리자베스가 감기를 앓으면 휘트니는 독감을 앓고 싶어 했지요. 세상에! 휘트니는 머리도 제대로 안 빗는 말괄량이에다 예의범절이란 건 단 한 번도 제대로 지켜본 적이 없는 아이였답니다."

그 말을 끝으로 폴은 입을 다물었다. 그리고 휘트니가 프랑스로 떠나기 전날, 그녀에게 작은 펜던트를 선물했던 기억을 머리에 떠올렸다.

'난 그냥 친구가 되고 싶지는 않아요.'

휘트니는 절망적이다싶을 정도로 그렇게 애원했었다. 그 생각이 나자 폴의 얼굴에서 미소가 사라졌다.

"자기 아버지를 위해서라도 휘트니가 변했으면 좋겠군요."

폴은 안타까운 듯 말했다.

클레이튼은 재미있어하며 폴을 쳐다보았다. 하지만 절대, 한 마디도 대꾸를 하지 않았다.

손님이 떠나자 클레이튼은 의자에 편안하게 앉아 술잔 속의 브랜디를 흔들며 생각에 빠져들었다. 그에게 이 가면무도회는 위험한 모험에 불과했다. 많은 사람들과 접촉하면 할수록 자신의 정체가 드러날 가능성이 더욱 커지기 때문이다.

어제 클레이튼은 휘트니의 절친한 친구라고 했던 에밀리가 자신의 먼 지인과 결혼했다는 사실을 알고 충격을 받았다. 하지만 그 문제는 에밀리의 남편인 마이클 아치볼드와 잠깐 동안 사적으로 만난 뒤 해결되었다. 클레이튼은 아치볼드 남작이 '휴식이 필요하다'는 자신의 설명을 조금도 믿지 않는다는 사실을 눈치 챘다. 하지만 아치볼드 남작은 명예를 존중할 줄 아는 진정한 신사로 남의 비밀을 꼬치꼬치 캐묻는 인물이 아니었다. 또 클레이튼의 정체를 비밀로 해줄 만큼의 아량을 지닌 훌륭한 인격자였다.

그런데 휘트니와 함께 도착한 앤 길버트는 예기치 못한 또 다른 골칫거리였다. 하지만 마틴이 그날 두 번째로 보내온 편지에 따르면 앤은 클레이튼이 휴양을 위해 이곳에 왔다는 마틴의 설명에 수긍했다고 했다.

클레이튼은 자리에서 일어서며 그런 부수적인 사건들에 대한 생각을 떨쳐버렸다. 만약 자신의 정체가 드러나면 평범한 시골 귀족으로서 휘트니를 쫓아다니는 즐거움은 맛보지 못할 것이다. 하지만 마틴 스톤이 이미 합법적인 계약서에 서명을 했고, 그는 덥석 받아간 돈을 손에 넣자마자 써대느라고 바빴다. 그러므로 클레이튼의 궁극적인 목표는 확실히 보장되어 있었다.

10

휘트니는 창문을 열어젖히고 맑은 시골 공기를 방안으로 들였다. 클라리사의 도움을 받아가며 멋진 하늘색 승마복을 입는 동안 마음속으로는 내내 폴의 집을 방문할 것인지를 두고 망설였다. 그러나 방문하고 싶은 마음이 들 때마다 결연하게 그 생각을 떨쳐버렸다. 대신 말을 타고 에밀리를 만나기로 마음먹었다.

휘트니의 집에서 오솔길을 따라 내려가다 보면 왼쪽으로 비껴선 곳에 자리 잡은 마구간은 커다란 회양목 울타리를 경계로 저택의 본 건물과는 구분이 되어 있었다. 건물 양쪽으로 길게 줄지어 늘어선 마구간에는 스무 개의 칸이 있었다. 앞으로 쑥 내민 넓은 지붕이 말을 보호해주기도 하고 그늘도 되어주었다. 휘트니는 마구간으로 향하던 걸음을 멈추고 눈에 익은 풍경을 감상하였다.

하얀 페인트로 새 단장을 한 울타리가 말의 경주로와 경계를 지으며 넓은 경주로를 따라 뻗어 있었다. 휘트니의 할아버지는 그 경주로에서 경주에 내보낼 말을 결정하기 전에 속력을 시험해보곤 했다. 경주로 바로 뒤로는 완만한 곡선을 그리는 낮은 언덕들이 있었다. 그 다음에는 오크나무와 무화과나무가 군데군데 한 그루씩 심어진 가파른 언덕들이 이어졌고 끝으로는 경사가 더 심한 사유지 북쪽 경계를 따라 나무가 우거진 높은 산이 나타났다.

마구간에 가까이 다가간 휘트니는 마구간의 칸마다 말들이 빠짐없이 들어찬 것을 보고 눈이 휘둥그레졌다. 놋쇠로 만든 이름표가 문마다 붙어 있었다. 휘트니는 구석에 있는 마지막 칸 앞에 멈춰 서서 이름표에 적힌 이름을 힐끗 쳐다보았다.

"네가 바로 '패싱 팬시(스쳐가는 환상)'구나."

휘트니는 적갈색 암말의 매끈매끈한 목을 쓰다듬으며 속삭였다.

"이름이 참 예쁘구나."

"여전히 말과 이야기를 하시는군요, 아가씨."

뒤에서 누군가 껄껄거리며 말을 걸어왔다.

휘트니는 몸을 돌려 마부장인 토마스를 보고 밝게 웃었다. 토마스는 어린 시절 휘트니가 비밀 얘기를 털어놓을 수 있었던 절친한 친구였다. 그리고 휘트니가 가슴에 쌓인 분노와 불만을 터뜨려버리는 속 깊은 이웃 아저씨 같은 존재이기도 했다.

"이렇게 마구간이 다 차다니 정말 놀라워요."

두 사람이 인사를 나눈 뒤 휘트니가 처음 꺼낸 말이었다.

"도대체 이렇게 많은 말들을 모두 어디에 쓰죠?"

"주로 훈련을 시킨답니다. 밖에 서 계시지 말고 이쪽으로 들어오세요. 보여드릴 게 있답니다."

휘트니는 마구간으로 발을 들여놓았다. 그런 다음 희미한 불빛에 적응하기 위해 눈을 깜박거리고 있자니 아주 좋은 기름과 가죽 냄새가 환영이라도 하듯 코로 스며들었다. 복도 끝에서 마부 둘이 검은 종마(種馬)를 진정시키려고 애쓰는 중이었다. 그러는 사이 다른 마부는 종마의 발굽을 깎아 다듬기 위해 애쓰고 있었다. 그 종마는 머리를 사방으로 흔들어대기도 하고 자신을 묶은 밧줄의 길이만큼 몇 걸음씩 앞뒤로 버티기도 하며 소란을 피워댔다.

"'데인저 크로싱(위험한 잡종)'라고 합니다."

토마스가 자랑스럽게 종마의 이름을 알려주었다.

"이 놈에게 딱 어울리는 이름이지요."

휘트니는 벌써 말이 관절을 구부리는 모습에서 힘찬 근육의 힘을 느낄 수 있었다.

"달리다가 다치지는 않나요?"

"가끔은요."

토마스가 껄껄껄 웃으면서 대답했다.

"그렇지만 대개는 제 등에 올라 탄 사람을 다치게 하려고 애쓰지요. 세상에서 제일 변덕스러운 녀석이랍니다. 아가씨가 요 녀석이 이제는 내 말을 알아듣는구나 하고 생각한 바로 다음 날 몸을 흔들어대서 아가씨를 울타리 위에다 떨어뜨리려고 할 겁니다. 누가 건드리지 않아도 뭔가를 보고 흥분이라도 하면 제가 무슨 황소라도 된 것처럼 덤벼들죠."

토마스는 승마용 채찍을 들고 마구간의 다른 칸을 가리켰다.

그러자 데인저는 발작을 일으키듯 사납게 발버둥을 쳤다.

"워워! 자 진정해. 진정하라구."

날뛰는 말을 진정시키려고 애쓰는 어린 마부가 숨을 헐떡이며 말했다.

"마부장님, 그 채찍 좀 뒤로 감춰주시겠어요?"

토마스는 어린 마부에게 미안하다는 눈길을 보내며 채찍을 얼른 뒤로 감췄다. 그런 다음 휘트니에게 설명했다.

"이 녀석은 채찍을 보면 질색을 한답니다. 지난주 조지가 채찍을 들고 이 녀석을 달래며 울타리를 넘으려고 했다가 잘못해서 저세상으로 갈 뻔했답니다. 대신 다른 녀석을 보여드리겠습니다."

토마스는 휘트니를 마구간의 반대쪽 입구로 안내해 갔다. 어린 마부 하나가 그곳으로 밤색 거세마를 끌고 가고 있었다. 아니, 정확히 말하자면 어린 마부가 말에게 질질 끌려가는 중이었다.

"칸이에요?"

휘트니가 작은 소리로 물었다. 토마스가 대답하기도 전에 밤색 말은 제 옛 주인에게 엉덩이를 비벼대며 망아지 시절 자신에게 줄 맛있는 것이 담겨 있던 휘트니의 호주머니를 찾았다.

"요 녀석 봐라!"

휘트니는 깔깔깔 웃었다. 그리고 어깨너머로 토마스를 쳐다보며 빙그레 웃었다.

"이 녀석은 어때요? 내가 떠날 때는 너무 어려서 안장을 얹지도 못했었는데."

"아가씨가 직접 타고 나가서 알아보시지 그러세요?"

휘트니에게는 그 말 이외의 격려가 필요 없었다. 휘트니는 채찍을 입에 물고 머리를 묶었던 하늘색 리본을 단단하게 다시 맸다. 그때 데인저가 마부들에게 뒷발질을 하고 성깔을 부리며 뒤로 돌진했다.

"채찍을 감추세요!"

토마스가 재빨리 경고하자 휘트니는 얼른 채찍을 감췄다.

칸은 의기양양하게 밖으로 걸어나갔다. 토마스가 한쪽 다리를 내밀어 말 등에 오르도록 도와주자 휘트니는 여성용 안장에 우아하게 올라앉았다. 열린 문 쪽으로 말머리를 돌린 휘트니가 말했다.

"말을 타 본 지가 좀 오래됐어요. 칸이 나 없이 혼자 돌아오거든 내가 여기서부터 에밀리의 아버지 댁 사이 어디쯤 있으려니 하세요."

칸이 에밀리네 집의 사설도로로 빠르게 달려들어가자 넓은 창문에 드리워진 커튼이 양쪽으로 걷혔다. 조금 뒤, 정문이 열리더니 에밀리가 용수철처럼 밖으로 뛰어나왔다.

"휘트니!"

에밀리가 소리를 지르며 두 팔을 뻗어 친구를 꼭 안았다.

"오, 휘트니! 어디 좀 보자."

에밀리는 여전히 휘트니의 손을 잡은 채 몸을 뒤로 젖히며 웃었다.

"너 정말 예뻐졌구나!"

"정말 근사해 보이는 건 너야."

휘트니가 최신 유행에 따라 짧게 자른 머리를 리본으로 이리저리 꼬아 장식한 에밀리의 엷은 갈색 머리칼을 바라보며 말했다.

"내가 근사해 보이는 건 예뻐서가 아니라 행복해서야."

에밀리의 말이었다.

두 여자는 나란히 팔짱을 끼고 천천히 응접실로 걸어들어갔다. 응접실에는 엷은 갈색머리에 체격이 호리호리한 20대 후반의 남자가 서 있었다. 에밀리가 숨을 헐떡이며 휘트니에게 미소를 짓고 있는 남편을 소개했다.

"휘트니, 내 남편이야."

"마이클 아치볼드입니다."

마이클은 자신의 작위가 두 사람 사이를 어색하게 할까싶어 아내가 작위를 언급하기 전에 스스로 소개를 마쳤다. 그것은 터놓고 우정을 나누자는 소박하고 꾸밈없는 의사표시였다. 기쁨에 넘쳐서 환하게 웃고 있는 자신의 아내처럼 말이다.

인사를 나누고 얼마 지나지 않아 마이클은 두 여자가 마음껏 이야기를 나누도록 자리를 비켜주었다. 그 덕분에 휘트니와 에밀리는 두 시간 동안 진지하게 이야기를 나눴다.

"폴이 오늘 아침 여길 다녀갔어."

휘트니가 아쉬워하며 마지못해 일어설 때가 돼서야 에밀리는 폴 이야기를 꺼냈다.

"아버지하고 뭔가 나눌 얘기가 있어서 왔어."

미안해하는 듯한 미소가 에밀리의 예쁜 얼굴을 설핏 스쳐갔다.

"나, 난 그러니까…… 난 그게 네 맘을 상하게 하리라고는 생각을 못하고…… 뒤비에 씨가 네가 프랑스에서 얼마나 인기가 있는지 말한 것 중 일부를 그냥 아무 생각 없이 말해 버렸어."

에밀리의 얼굴에서 미소가 사라졌다.

"뒤비에 씨가 마거릿 앞에서 네 칭찬을 한 게 과연 잘한 일인지 모르겠다. 그 사람은 네가 많은 남자들의 사랑을 얻은 얘기들을 수없이 들려줘서 마거릿의 코를 납작하게 해줬어. 그래서 이젠 그 애가 너를 예전보다 훨씬 더 미워해."

"마거릿은 왜 그렇게 날 미워할까?"

휘트니가 홀을 걸어나오면서 물었다.

"왜 마거릿이 널 항상 미워했냐는 말이지? 내 생각에는 우리들 중에서 너희 집이 제일 부자였기 때문일 거야. 비록 지금은 새로 생긴 네 이웃한테 마음을 빼앗겼으니 어쩌면 너한테 친절하게 굴지도 모르지만."

휘트니가 무슨 소리인지 못 알아듣고 어리둥절해하자 에밀리가 설명을 했다.

"웨스트랜드 씨라고 네 새 이웃 말야. 엘리자베스가 어제 내게 말해줬는데 마거릿은 그 사람을 자기 남자로 생각하고 있대."

"엘리자베스는 어떻게 지내니?"

휘트니는 폴을 두고 연적 관계에 있는 엘리자베스 얘기가 나오자 마거릿을 완전히 잊었다.

"그 어느 때보다 예쁘고 사랑스럽지. 그리고 너도 알고 있는 게 좋을 거야. 폴은 어디를 가든지 엘리자베스를 달고 다니거든."

휘트니는 아무것도 심어져 있지 않은, 에밀리 아버지 소유의 밭을 가로질러 달려가며 엘리자베스를 생각했다. 엘리자베스 애쉬튼은 언제나 휘트니가 되고 싶은 모든 것이었다. 숙녀답고 새침하고 상냥한 데다 금발에 작고 날씬했다.

느슨해진 벨벳 리본에서 비어져나온 머리카락이 바람에 흩날렸다. 놀라운 속력으로 질주하는 칸의 근육이 부풀었다 수축했다 하는 것이 느껴졌다. 비로소 휘트니는 칸의 속력을 늦춰 숨을 돌리도록 해주었다. 그런 다음 이제는 추억 속에 남아 있는 숲으로 들어가면서 칸을 천천히 걷도록 했다. 휘트니와 칸이 빽빽한 숲 속을 이리저리 헤치며 나아가자 덤불 속에 있던 토끼들과 다람쥐들이 놀라 달아나곤 했다. 몇 분 뒤 언덕 꼭대기에 올라선 휘트니는 칸을 가파른 경사지로 조심스럽게 몰고 내려갔다. 그 경사지에는 작은 규모의 목초지가 아버지의 소유지 북쪽 구역을 가로질러 흐르는 넓은 개울과 면해 있었다.

언덕을 내려선 휘트니는 칸의 고삐를 튼튼한 떡갈나무 둥치에 매었다. 그런 다음 칸이 조용히 서 있을지 확인하기 위해 한동안 기다렸다가 녀석의 목을 쓰다듬어주고는 목초지를 가로질러 개울 쪽으로 걸어갔다. 개울로 걸어가는 휘트니는 이따금 주위를 둘러보며 늦여름에 피는 들꽃과 갓 돋아난 토끼풀 냄새를 한껏 들이켰다. 그러나 고개를 들어 어깨 너머를 쳐다볼 생각은 미처 하지 못했다. 그래서 언덕 위에 서 있는 커다란 밤색 종마 위에 올라앉아 꼼짝도 하지 않은 채 자신의 일거일동을 지켜보고 있는 남자의 존재를 알아차리지 못했다.

클레이튼은 휘트니가 겉옷을 벗어서 오른쪽 어깨에 걸치는 것을 보고는 싱긋이 웃었다. 파리 사교계의 속박에서 벗어난 휘트니의 걸음새는 여유 있으면서도 씩씩하고 생기발랄하며 유혹적이었다. 개울을 향해 한가로이 걸어갈 때는 풍성하고 긴 머리카락이 찰랑거렸다. 휘트니는 개울 쪽으로 비탈져 있는, 경사가 급하지 않은 둔덕으로 천천히 올라가 승마용 부츠를 벗었다. 그리고 스타킹마저 벗어 부츠 위에다 던졌다.

클레이튼이 사냥감에게 다가갈 것인지를 망설이는 동안 그가 타고 있던 말은 쉬지 않고 앞으로 나아갔다. 휘트니가 스커트를 걷어올리고 시냇물 속으로 들어갔을 때야 마음을 정한 그는 말머리를 떡갈나무 쪽으로 돌려 숲을 지나 목초지로 내려갔다.

휘트니는 개울물 속을 걷는 것이 기억 속에서처럼 그렇게 즐거운 것이 아님을 곧 깨달았다. 우선 물이 소름이 돋을 정도로 차가웠다. 게다가 발에 밟히는 돌들은 뾰족하면서도 미끄러웠다. 휘트니는 아주 조심스럽게 둑으로 되돌아나와서는 풀밭 위에 몸을 눕혔다. 잠시 후 그녀는 몸을 뒤집어 엎드린 다음 팔꿈치를 세워 손바닥으로 턱을 받쳤다. 그러고는 물에 젖은 종아리를 들어올려 한가로이 흔들었다. 그런 자세로 엎드려 있자니 머리카락이 제멋대로 흐트러져서 여울이 이는 개울물 표면에 둥둥 떴다. 휘트니는 그날 밤 폴이 처음으로 자신을 보게 될 순간을 머리에 떠올리며 얕은 물 속에서 재빠르게 움직이는 작은 물고기들을 지켜보고 있었다. 그때 왼쪽에 있는 무화과나무 근처에서 어떤 기척이 느껴지자 가만히 주의를 기울였다.

그녀는 고개를 돌리지 않은 채 눈동자만 돌려 옆을 흘끗 쳐다보았다. 거울처럼 반질반질 윤이 나는 값비싼 갈색 승마용 부츠가 눈에 들어왔다. 깜짝 놀란 휘트니는 얼른 몸을 일으켜 앉은 뒤 무릎을 세워 가슴께로 당겼다. 그리고 물에 젖은 스커트 자락을 끌어내려 맨살이 드러난 발목을 가렸다.

남자는 한쪽 어깨를 무화과나무에 기댄 채 헐겁게 팔짱을 끼고 있었다.

"물고기를 잡으시나요?"

클레이튼은 눈으로 휘트니의 몸을 더듬다가 잠깐 동안 젖은 치맛단 아래로 살짝 드러난 발가락에 시선을 고정했다. 그런 다음 위쪽으로 시선을 옮겨 휘트니의 몸매를 다시 찬찬히 살펴보았다. 그녀는 마치 자신이 실오라기 하나 걸치지 않은 것처럼 느껴졌다.

이윽고 휘트니가 쌀쌀맞게 받아쳤다.

"몰래 훔쳐보는 게 취미신가요?"

클레이튼은 대답 같은 건 필요 없다는 듯 휘트니를 빤히 쳐다보았다. 휘트니도 턱을 치켜올리고 도도하게 그의 눈길을 마주 바라봤다. 그는 185센티미터는 족히 될 정도로 키가 컸고 말랐지만 체격은 다부져 보였다. 단단해 보이는 턱의 윤곽이 조각처럼 아름다웠고 콧날은 반듯했다. 산들바람에 숱 많은 머리카락이 살짝 헝클어져 있었다. 짙은 눈썹과 회색 눈을 가진 그는 깔끔하게 면도까지 하여 무척 잘생겨 보였다. 대담한 눈길에서는 사나이다운 기상이 엿보였으며 칼로 깎은 듯 반듯한 턱에서는 타협을 모르는 권위와 거만함이 느껴졌다. 하지만 그런 얼굴은 휘트니가 바라던 신사의 모습과는 거리가 멀었다.

"아뇨, 낚시에는 관심 없어요. 혼자 있고 싶었을 뿐이에요, 성함이……?"

"웨스트랜드입니다."

클레이튼은 풍만한 휘트니의 가슴을 슬그머니 훔쳐보며 대답했다. 하늘하늘 속이 비치는 흰색 블라우스를 입고 있어 가슴의 윤곽이 고스란히 드러난다는 것을 깨달은 그녀는 얼른 팔짱을 끼어 가슴을 가렸다. 휘트니가 왜 그러는지 눈치를 챈 클레이튼은 더욱 활짝 웃었다.

"웨스트랜드 씨!"

화가 난 휘트니가 대뜸 소리를 질렀다.

"댁의 방향 감각은 매너만큼이나 형편없군요!"

클레이튼은 휘트니의 가시 돋친 비난에도 불구하고 당장이라도
웃음을 터뜨리고만 싶었다.

"정말입니까? 왜 그렇게 생각하시죠, 아가씨?"

"댁이 지금 뻔뻔스럽게 행동하고 있잖아요!"

클레이튼이 그래도 자리를 뜰 기미나 사과할 의향이 없어 보이
자 휘트니는 자신이 먼저 자리를 떠날 생각이었다. 휘트니는 얼마
전에 벗어놓았던 스타킹과 부츠를 정나미가 떨어지는 눈으로 보
았다. 그때 클레이튼이 휘트니에게 다가섰다. 그러고는 손을 내밀
었다.

"도와드릴까요?"

"저를 도와주실 일이 확실히 하나 있어요."

휘트니는 일부러 차갑게 웃으며 내뱉듯 말했다.

"그게 뭔가요?"

"당장 말을 타고 사라져주세요."

클레이튼의 눈에서 뭔가 날카로운 것이 잠깐 어른거렸다가 금
세 사라졌다. 하지만 그는 여전히 미소를 짓고 있었으며 손도 내
뻗은 채였다.

"여기 제 손을 잡으시죠."

그러나 휘트니는 그가 내민 손을 일부러 무시한 채 혼자 힘으
로 일어섰다. 그러나 스타킹을 신으려면 자신을 빤히 지켜보고 있

는 남자에게 다리를 내보일 수밖에 없었다. 휘트니는 할 수 없이 겉옷 호주머니에 스타킹을 쑤셔넣고는 맨발에 부츠를 신었다.

재걸음으로 칸에게 걸어간 휘트니는 채찍을 집어들고 쓰러진 나무그루터기를 밟고서 안장에 올라앉았다. 근육이 더할 나위 없이 보기 좋게 발달한 클레이튼의 밤색 말이 칸과 나란히 매어 있었다. 휘트니는 클레이튼의 말이 놀라서 숲으로 뛰어들게 할 작정으로 두 말이 부딪치게끔 공간적인 여유를 거의 두지 않고 아슬아슬하게 말머리를 돌렸다.

"다시 만나 즐거웠습니다, 스톤 양."

클레이튼이 큰 소리로 웃으며 혼잣말을 했다. 그러고는 감상하는 듯한 말투로 덧붙였다.

"귀여운 악녀 같으니라구."

클레이튼의 눈에서 벗어난 휘트니는 칸을 천천히 달리게 했다. 휘트니는 방금 마주쳤던 웨스트랜드가 아버지가 그렇게 높이 평가한 이웃이라는 사실이 좀처럼 믿어지지 않았다. 휘트니는 그가 오늘밤 열리는 파티에 온다는 생각이 들자 저절로 얼굴이 찌푸려졌다. 쳇, 저 인간은 못 참아줄 만큼 무례하고 터무니없이 뻔뻔스럽고 분해서 미칠 정도로 오만해! 아버지는 어떻게 저런 사람을 좋아하실까?

휘트니는 정처도 없이 거닐다가 침방으로 들어가 이모 옆에 앉을 때까지도 여전히 그 생각을 하고 있었다.

"이모, 제가 방금 누굴 만나고 왔는지 아세요?"

그때 스톤 가에서 오랫동안 일해온 집사 스웰이 조심성 있게 헛기침을 하고는 큰 소리로 알렸다.

"레에디 아멜리아 유뱅크께서 아가씨를 보자고 하십니다."

"나를요? 세상에, 무슨 일로요?"

그때 앤이 신기한 듯 휘트니를 살펴보며 집사에게 일렀다.

"레이디 유뱅크를 응접실로 모시세요, 스웰."

휘트니는 숨을 곳을 찾아 방안을 정신없이 둘러보고 있었다.

"휘트니, 무엇 때문에 겁을 내고 있는 거니?"

"이모는 레이디 유뱅크를 몰라서 그래요. 그분은 제가 어렸을 때 걸핏하면 야단을 치시곤 하셨어요."

"음, 그렇다면 적어도 그분은 네 행동을 바로잡아주실 만큼 네게 관심이 많으셨구나. 이 마을에는 누구도 그분 이상으로 네게 관심을 보인 사람이 없었는데 말이다."

"하지만 다른 곳도 아니고 교회 안에서 그러셨다구요!"

휘트니가 절망적으로 소리를 질렀다.

앤의 조카를 이해하겠다는 미소를 보이면서도 단호하게 덧붙였다.

"레이디 유뱅크는 귀가 약간 어둡기는 하지만 아주 솔직하신 분이라는 점을 인정해야 할 게다. 그분은 4년 전 네 이웃들이 너를 송별하기 위해 찾아왔을 때 너에 대해서 따뜻한 말을 해준, 유일한 분이란다. 그분이 그러셨지. 휘트니 네게는 활기가 있다고. 그리고 그분에겐 인근에 사는 모든 사람들을 움직이는 대단한 힘이 있으시잖니?"

"그건 사람들이 모두 레이디 유뱅크를 끔찍이 두려워하기 때문이죠."

휘트니는 말을 끝낸 뒤 길게 한숨을 내쉬었다.

앤과 휘트니가 응접실로 들어갔을 때 귀족 미망인인 유뱅크는 꿩 모양으로 빚은 도자기를 감상하고 있었다. 그녀는 마음에 들지 않는다는 듯 얼굴을 찡그린 채 도자기를 벽난로 위의 제자리에 올려놓으며 휘트니에게 말을 건넸다.

"저 흉물은 분명히 네 아버지의 애장품일 게다. 네 엄마라면 저런 건 절대 집안에 들여놓지 않았을 거야."

휘트니는 무슨 말인가를 해야겠기에 입을 벌렸지만 뭐라고 대답해야 할지 생각이 나지 않았다. 유뱅크는 풍만한 가슴 위에 검은색 끈으로 매단 외알 안경을 눈에다 갖다 대고는 휘트니를 머리끝에서 발끝까지 찬찬히 뜯어보았다. 그런 다음 이렇게 물었다.

"음, 아가씨. 아무 할 말이 없나요?"

휘트니는 어린아이처럼 손을 비비고 싶은 충동을 억누르며 공손하게 대답했다.

"이렇게 오랜만에 뵙게 되어 반갑습니다."

"그런 시시한 소릴랑 그만두고! 넌 아직도 손톱을 물어뜯니?"

휘트니는 놀라서 눈망울을 굴리려다 간신히 참고 대답했다.

"아뇨, 지금은 그러지 않습니다."

"아무렴 그래야지. 몸매가 아름답구나, 얼굴도 예뻐졌구. 이제 본론으로 들어가서 내가 찾아온 이유를 말하마. 아직도 폴 세버린을 차지하고 싶은 마음이 있는 게냐?"

"제가, 제가 누굴 차지한다고요?"

"휘트니, 날 귀머거리 취급일랑 말아라. 네게 아직도 폴 세버린을 차지하고 싶은 마음이 있는 건지 물었다. 그럴 마음이 있는 게냐, 없는 게냐?"

휘트니는 어떻게 대답해야 할지 열심히 머리를 굴렸다. 그러나 유뱅크가 마음에 들어 할 만한 대답은 좀체 떠오르지 않았다. 휘트니는 도와달라는 눈길로 이모를 쳐다보았다. 그런데 앤은 재미있어 죽겠다는 표정을 지어 보일 뿐이었다. 마침내 휘트니는 손을 등 뒤에서 꽉 쥐고는 레이디 유뱅크를 똑바로 쳐다보며 대답했다.

"차지하고 싶어요. 그럴 수만 있다면요."

"하! 내 그럴 줄 알았지!"

노부인이 유쾌하게 소리를 질렀다. 그러고는 눈을 가늘게 뜨더니 덧붙였다.

"너는 새침을 떨거나 억지웃음을 웃는 애가 아니야, 그렇지 않니? 네가 새침을 떨고 억지로 웃는다면 프랑스로 돌아가는 편이 나을 게다. 엘리자베스는 네가 없는 4년 동안이나 그렇게 새침을 떨고 억지웃음을 지으면서 세버린의 마음을 사로잡으려고 애썼지. 그런데 아직도 세버린을 손에 넣지 못하고 있단다. 내 충고를 귀담아듣거라. 그 젊은이한테 경쟁의 맛을 보게 해라! 세버린한테 필요한 건 질투란다. 세버린은 모든 숙녀들이 저를 좋아한다고 지나칠 정도로 확신하고 있거든. 언제나 말이다."

유뱅크는 몸을 돌려 앤에게 말을 건넸다.

"지난 15년 동안 나는 내 이웃 사람들이 휘트니의 장래가 비참하리라고 떠들어대는 소리를 신물 나게 들었답니다, 부인. 하지만 나는 늘 휘트니에게 희망이 있다고 믿었지요."

노부인은 흡족한 듯 웃으며 말을 이었다.

"이제 나는 팔짱이나 끼고 앉아서 휘트니가 세버린을 덥석 낚아채는 걸 지켜보며 배꼽이 빠지도록 웃어볼 생각입니다."

유뱅크는 안경을 눈에 갖다대고 휘트니를 다시 한 번 살펴보았다. 그러더니 고개를 끄덕이며 대뜸 한마디 던졌다.

"날 실망시키지 말아요, 아가씨?"

마침내 그 노부인이 가버리자 휘트니는 믿을 수 없다는 듯 텅 빈 현관을 뚫어져라 쳐다보았다.

"아무래도 저 분 정신이 온전하지 않으신가봐요."

앤이 보일 듯 말 듯 미소를 지으며 대꾸했다.

"내가 뵙기에는 여우처럼 꾀가 많으신 분 같구나. 그러니까 저 노부인의 충고를 가슴 깊이 새겨두는 게 좋을 거야."

휘트니는 보는 이의 넋을 빼어놓을 만큼 매혹적인 모습으로 화장대 앞에 앉아서 클라리사가 풍성한 머리를 다이아몬드 체인으로 솜씨 좋게 말아올리는 것을 지켜보고 있었다. 그 다이아몬드 체인은 귀국하기 전 아버지가 보낸 돈으로 구입한 마지막 물건이자 가장 호화로운 물건이었다.

클라리사가 결이 부드럽고 구불구불한 머리를 빗어올릴 때 밤바람이 커튼을 살랑살랑 흔들며 들어와서는 휘트니의 팔에 부딪쳤다. 밤이 철답지 않게 서늘했다. 그런 날씨가 휘트니에게는 안성맞춤이었다. 우단으로 만든 드레스를 입고 싶었기 때문이다.

클라리사가 드레스를 등 뒤에서 바짝 조이고 있을 때 사설도로를 따라 저택으로 들어오는 마차의 소리와 멀지만 또렷한 웃음소리가 창문으로 메아리처럼 흘러들어왔다. 사람들이 내가 예전에 벌였던 엉뚱한 짓들을 비웃고 있는 것일까? 아니면 마거릿 메리튼이나 다른 여자 애들이 내가 저지르고 다닌 부끄러운 행동을 들추어내며 소리 죽여 낄낄거리는 것일까?

이런저런 생각에 빠진 휘트니는 클라리사가 머리손질을 끝내고 조용히 방을 나가는 것도 알아채지 못했다. 왠지 온몸이 싸늘해지며 두려워지기 시작했다. 그리고 평생 이처럼 고통스러울 정도로 자신감이 없었던 적은 처음인 것 같이 느껴졌다. 프랑스에서 지내는 동안 한시도 잊지 않고 그토록 열심히 연습하며 꿈꿔온 바로 그 밤이 바야흐로 다가오고 있었다.

휘트니는 그날 밤 엘리자베스가 과연 어떤 옷을 입고 나타날까 심란해져서 천천히 창가로 걸어갔다. 틀림없이 연하고 부드러운 색상의 옷감을 골랐을 것이다. 그리고 얌전을 빼며 사람들의 눈길을 끌 것이다. 휘트니는 아이보리와 금색이 섞인 커튼을 열어젖히고 넓은 차도를 따라 다가오는 마차들의 불빛을 내려다보았다. 놀랄 만큼 많은 마차가 잇달아 달려와서는 계단 앞에 멈춰 섰다. 휘트니는 초조해하며 아버지가 인근에 사는 사람들의 절반 정도를 초대한 것이 틀림없다고 생각했다. 물론 초대받은 사람들 중에서 초대를 거절한 사람은 단 한 명도 없었을 것이다. 그리고 그들은 하나같이 자신을 요모조모 뜯어보며 어디 흠잡을 데는 없나, 또 제멋대로 굴던 예전의 말괄량이 여자 애의 흔적이 혹시 남아 있지는 않나 눈에 불을 켜고 살필 것이다.

휘트니의 방으로 들어서던 앤이 그 자리에 우뚝 섰다. 느긋하고 환한 미소가 앤의 얼굴을 스쳐지나갔다. 휘트니의 조각상 같은 옆모습은 사람의 모습이라고 믿기 어려울 정도로 너무도 사랑스러웠다. 앤은 조카의 모습을 꼼꼼히 뜯어보았다. 선명한 우윳빛 피부 위에 그늘을 드리우는 짙은 속눈썹에서부터 구불구불 말아올린 윤기 흐르는 갈색머리, 귓가에서 반짝반짝 빛나는 다이아몬드까지. 곡선미가 뛰어난 휘트니의 몸매를 에메랄드빛 벨벳 드레스가 우아하게 감싸고 있었다. 드레스의 보디스(여성복의 몸통 부분)는 젖가슴에 꼭 맞게 지어져서 사각의 목둘레선 위로 젖가슴 위쪽이 대담하게 드러나 있었다. 지나치게 가슴을 노출한 점을 감안한 듯 소매는 어깨에서 손목에 이르기까지 맨살이 조금도 드러나지 않도록 디자인되어 있었다. 벨벳 주름이 드리워진 드레스의 뒷모습 역시 앞모습처럼 단순하면서도 우아했다.

마차 한 대가 섰다. 휘트니는 기운차게 내려 한쪽 손을 아름다운 금발 여자에게 내미는 훤칠한 금발의 남자를 지켜보았다. 폴이 도착한 것이다. 그리고 그는 엘리자베스와 함께였다. 창가에서 얼른 물러서던 휘트니는 이모를 보고 소스라치게 놀랐다.

"너무도 황홀하구나!"

앤이 속삭이듯 말했다.

"정말 마음에 드세요? 그러니까 제 말은 이 드레스 말이에요."

휘트니의 목소리는 불안정했고 점점 쌓여가는 긴장으로 팽팽했다. 앤이 활짝 웃으며 되물었다.

"드레스가 마음에 드느냐구? 휘트니, 이게 너란다! 당당하고 우아하고 특별한, 바로 네 모습이라구."

앤은 달랑달랑 손에 들고 있던 에메랄드 펜던트를 휘트니에게 내밀었다.

"오늘 아침 아버지가 네 드레스 색깔을 묻더니 방금 전 이걸 네게 주라고 가져오셨더구나. 네 어머니 유품이란다."

휘트니는 펜던트를 뚫어져라 바라보았다. 에메랄드는 족히 3센

티미터는 되는 사각형 모양으로, 반짝거리는 다이아몬드가 가장
자리에 줄지어 박혀 있었다. 그것은 어머니의 유품이 아니었다.
휘트니는 오래 전 어머니의 보석 상자에 들어 있던 작은 보석들
과 자질구레한 장신구들을 사랑스럽다는 듯 만지며 몇 시간이고
보냈었다. 그렇지만 신경이 너무 예민해 있었기 때문에 그것이 어
머니의 유품이냐 아니냐를 따질 마음의 여유가 없었다. 휘트니는
이모가 펜던트를 달아주는 동안 엄숙할 정도로 가만히 있었다.

"완벽해!"

앤은 휘트니의 두 젖가슴 사이로 오목하게 파인 부분에 자리잡
은 에메랄드가 전체적인 분위기에 미치는 효과를 보고는 기쁨에
겨웠다. 그녀는 조카와 팔짱을 끼고 아래층으로 걸음을 떼며 말
했다.

"가자, 휘트니! 네가 두 번째로 공식적인 사교무대에 데뷔할 시
간이 된 거야."

휘트니는 니콜라 뒤비에가 그 자리에 참석하여 이번 데뷔 역시
도와주기를 진심으로 바랐다.

마틴은 딸을 무도회장으로 에스코트해 들어가려고 층계참에서
초조하게 서성이고 있었다. 딸이 계단을 내려오는 모습을 본 그는
서성이던 발걸음을 멈추었다. 그는 딸의 황홀한 모습에 놀란 듯
어리벙벙한 표정이었다. 휘트니는 그런 아버지를 보고 꺾여가던
자신감을 되찾기 시작했다.

무도회장으로 통하는 넓은 아치모양의 입구 아래에서 마틴 스
톤은 걸음을 멈추고 멀리 있는 벽감에 자리잡은 악사들에게 고개
를 끄덕여 보였다. 그러자 돌연 음악소리가 멈췄다. 휘트니는 사

람들이 자신을 향해 눈을 돌리는 것은 물론 와자한 목소리들이 점점 잦아드는 것도 의식할 수 있었다. 휘트니는 사람들의 머리 쪽으로 눈길을 고정한 채 천천히 계단을 밟고 내려갔다. 그런 다음 아버지가 이끄는 대로 무도회장의 한가운데로 나아갔다.

사람들은 하나같이 입을 다물고 휘트니를 주의 깊게 쳐다보았다. 그 순간 휘트니는, 만약 그럴 힘이 있었다면 드레스자락을 치켜들고 달아났을 것이다. 그녀는 다시 니콜라 뒤비에의 기억에 매달렸다. 그의 자부심 강하고 유쾌하면서도 점잖은 몸가짐과 자신을 이끌어주던 여유 있는 태도가 자꾸 떠올랐다. 그가 곁에 있다면 상체를 굽히고 내게 이렇게 속삭여주었을 거야.

"쉐리, 이 사람들은 편협한 시골사람들일 뿐이오! 그러니 당당하게 고개를 들어요."

머리색이 붉은 신사가 사람들을 헤치고 휘트니에게 다가가자 군중은 양쪽으로 갈라졌다. 그는 어렸을 때 휘트니를 지독하게도 놀려댔지만, 그래도 몇 안 되던 친구이기도 했던 피터 레드펀이었다. 그는 스물다섯 나이에 벌써 이마가 약간 벗겨져 있었다. 하지만 그 나이를 먹었어도 여전히 천진난만했다.

"세상에!"

휘트니 바로 앞에 선 그는 놀랍다는 듯 소리를 질렀다.

"정말 너구나, 요 귀여운 깡패! 주근깨는 다 어떻게 했니?"

이렇게 품위 없는 환영을 받은 휘트니는 너무 놀라 터져나오려는 웃음을 간신히 삼키고 피터가 내민 손을 잡았다.

"피터, 머리카락은 다 어떻게 했어?"

휘트니는 품위 없는 환영에 맞게 품위 없이 응수해주었다.

그 말에 피터가 웃음을 터뜨렸다. 그러자 마술처럼 침묵의 주문이 풀렸다. 모든 사람들이 당장 이야기를 시작했고 휘트니를 에워싸고 인사말들이 오갔다.

폴과 대면하리라는 기대와 긴장이 급속히 커져갔다. 그렇지만 휘트니는 똑같은 대답-네, 저는 파리에서 즐거운 시간을 보냈어요. 네, 이모부 에드워드 길버트 경은 잘 계십니다. 네, 이런저런 파티에 참석하면 즐거울 거예요-을 기계적으로 되풀이하면서 몸을 돌려 폴을 찾아보고 싶은 충동을 억눌렀다.

피터는 그 뒤로도 휘트니가 약제사의 아내와 이야기를 나누는 약 15분 동안 곁에 있어 주었다. 시골 여자들과 그네들의 남편들이 오른쪽에 모여들 서 있었다. 휘트니는 그들한테 이야기를 하고 있는 마거릿 메리튼의 귀에 익고 악의 섞인 목소리를 들었다.

"내가 듣기로 휘트니는 파리에서 남의 웃음거리가 되는 행동을 했대요. 그래서 상류사회에서는 거의 기피인물로 통한대요."

마거릿의 말을 듣고 난 피터가 휘트니를 보고 싱긋이 웃으며 말했다.

"이제 메리튼 양과 마주칠 시간이 됐어. 마거릿을 영원히 피할 수는 없잖니? 게다가 어떻게 해서인지는 모르지만 마거릿은 네가 아직 만나본 적도 없는 어떤 남자와 함께 있어."

휘트니는 마지못해 어렸을 적의 앙숙과 대면하기 위해 몸을 돌렸다.

마거릿 메리튼은 클레이튼 웨스트랜드의 자홍색 소매 위에 손을 올려놓고 있었다. 휘트니는 그날 오후의 일로 세상의 누구보다 웨스트랜드를 싫어하리라고 맹세했을 정도였다. 헌데 그가 마거릿과 같이 있는 것을 보고 또 그가 마거릿의 독설에 귀를 기울이는 것을 보고는, 그저 싫다고 느꼈던 단순한 감정에서 이제는 강한 혐오감으로 그에 대한 감정의 골이 더욱 깊어졌다.

"네가 프랑스에서 남편감을 찾지 못했다니 너무 실망스러워, 휘트니."

마거릿이 악의를 가득 담아 인사를 건넸다.

휘트니는 차가운 경멸을 담은 눈으로 마거릿을 바라보며 응수했다.

"마거릿, 나는 네가 입을 열 때마다 어떤 험담이 나올까 항상 기대가 돼."

그런 다음 휘트니는 스커트를 살짝 들어올리고는 에밀리 쪽으로 몸을 돌렸다. 그런데 피터가 팔꿈치를 붙들었다.

"휘트니, 웨스트랜드 씨를 소개할게. 햇지 가의 별장을 임대하신 분인데 프랑스에서 막 돌아오셨어."

마거릿의 독설로 심란해졌던 휘트니는 클레이튼 웨스트랜드가 프랑스에서 막 돌아왔다면 틀림없이 그가 마거릿에게 휘트니 자신의 험담을 퍼뜨린 장본인이라는 결론을 내렸다.

"시골에서 사시는 게 어떤가요, 웨스트랜드 씨?"

휘트니가 따분하다는 듯 물었다.

"대부분은 무척 친절하게 대해주시지요."

클레이튼이 뼈 있는 말로 응수했다.

"분명 그랬을 거예요."

휘트니는 개울에서 그랬던 것처럼 클레이튼의 눈이 제 알몸을 훑어보는 것 같은 느낌을 받았다.

"아마 그 중 한 사람은 웨스트랜드 씨에게 댁의 소유지 경계가 어딘지 안내할 정도로 '친절할' 거예요. 그래서 댁은 저희 집안의 사유지에 침입하고도 전혀 무안해하지 않았죠. 아까 낮에 그러셨던 것처럼 말이에요."

모여 있던 사람들은 놀라서 입을 다물었다. 클레이튼의 얼굴에서 재미있어하던 표정이 사라졌다.

"스톤 양."

클레이튼은 불쾌함을 간신히 참아내며 입을 열었다.

"우리 두 사람은 순조롭지 않게 관계를 시작한 것 같군요."

클레이튼이 머리를 플로어 쪽으로 돌리며 말을 이었다.

"혹시라도 함께 춤을 출 수 있는 영광을 베풀어주신다면……."

만약 클레이튼이 말을 더 했을지라도 휘트니는 그 말을 듣지 못했을 것이다. 뒤쪽, 그녀와 아주 가까운 곳에서 가슴이 저리도록 귀에 익은 낮고 굵은 음성이 들렸기 때문이다.

"실례합니다만 휘트니 스톤 양이 오늘밤 여기 있다고 들었는데 알아볼 수가 없어서요."

폴이 능청을 떨면서 휘트니의 팔꿈치를 잡았다. 폴이 천천히 그녀를 돌려세워 서로 얼굴을 마주하게 되자 휘트니의 가슴은 사정없이 쿵쾅거렸다.

휘트니는 눈을 들어 이 세상에서 가장 파란 눈을 올려다보았다. 저도 모르게 두 손을 뻗어 폴의 강하고 따스한 손을 잡고 그 손의 감촉을 느꼈다. 휘트니는 지난 4년 동안 이런 순간이 다가오면 하려고 준비했던 수십 가지 말들을 생각해내려고 했다. 하지만 지금 폴의 잘생긴 얼굴을 올려다보니 생각나는 말이라고는 '안녕,

폴'이 전부였다.

휘트니의 손을 구부려 제 팔꿈치 안에 집어넣는 폴의 얼굴에 휘트니의 진가를 인정하겠다는 듯한 가벼운 미소가 스쳐지나갔다.

"함께 춤출래?"

폴은 이렇게만 말했다.

휘트니는 떨리는 마음으로 폴에게 매달리다시피 그의 팔을 꼭 잡았다. 그러면서 폴의 손이 미끄러지듯 등을 타고 내려가 허리를 감은 다음 바짝 끌어안는 것을 느꼈다. 손가락 끝에 닿는 폴의 멋진 검푸른색 재킷의 감촉이 마치 살아 있는 것처럼 느껴져 휘트니는 그것을 어루만지고 싶은 충동을 간신히 억눌렀다. 이제 휘트니는 파리에서처럼 침착하고 쾌활한 자신으로 돌아갈 시간이 왔음을 알았다.

하지만 휘트니의 머릿속은 혼란스럽고 산만했다. 마치 자신의 일부가 다시 열다섯 살 소녀가 된 듯 말이다. 그녀는 오직 '당신을 사랑해요. 전 언제나 당신을 사랑했어요. 이제는 당신도 나를 원하나요? 나를 원할 만큼 내가 충분히 변했나요?'하고 묻고 싶었다.

"내가 보고 싶었나?"

폴이 물었다.

폴의 자신감에 찬 말을 들은 휘트니의 머릿속에서는 경고의 벨이 울렸다. 그녀는 본능적으로 도발적인 웃음을 지으면서 대답했다.

"지독히 보고 싶었어요."

휘트니는 그 말이 심한 과장인 것처럼 들리도록 하기 위해 지나칠 정도로 힘을 주어 말했다.

"얼마나 지독히?"

폴이 집요하게 물었다.

"난 몹시 외로웠거든요. 사실 당신을 그리워하느라 바싹바싹 여위었어요."

휘트니는 폴을 골려주었다.

"요 거짓말쟁이 같으니."

폴은 휘트니의 허리를 꽉 조이면서 싱글싱글 웃었다.

"그건 오늘 아침에 들은 얘기하고는 영 딴판인데. 분명히 말해봐. 어떤 프랑스 귀족을 두고 그 자의 자만심에 감명을 받은 만큼 그 자의 작위가 마음에 들었다면 그의 제안을 받아들이고 싶었다는 말을 했어, 안 했어?"

천천히 고개를 주억거리는 휘트니의 입술이 씰룩거렸다.

"그렇게 말했죠."

"그 사람의 제안이 어떤 거였는지 물어도 될까?"

"아뇨, 안 돼요."

"그럼 내가 그 자에게 결투라도 신청해야 하나?"

휘트니는 마치 교수형을 당해 밧줄에 대롱대롱 매달린 기분이 들었다. 폴이 그 사람에게 결투를 신청한다고? 폴은 지금 나와 장난삼아 시시덕거리고 있어!

"엘리자베스는 어떻게 지내죠?"

휘트니는 속으로 자신을 저주한 뒤 화제를 돌리기 위해 엘리자베스 이야기를 꺼냈다. 만족스런 미소가 폴의 얼굴을 스쳐지나가는 것을 본 휘트니는 제 발을 밟고 싶은 심정이었다.

"엘리자베스를 찾아서 이리 데려올 테니 네 눈으로 직접 봐."

폴은 휘트니의 마음을 다 알고 있다는 듯 느긋하게 대꾸했다. 무도회장을 흐르던 음악이 썰물 빠지듯 차츰 잦아들고 있었다.

그녀가 폴 앞에서 지독한 실수를 저지른 충격에서 아직 벗어나지 못하고 있을 때였다. 폴이 클레이튼 웨스트랜드 일행이 있는 곳으로 휘트니를 안내했다. 그때까지도 휘트니는 클레이튼이 춤 신청을 했을 때 그에게 등을 돌리고 폴과 함께 그 일행을 떠나왔다는 사실을 까맣게 잊고 있었다.

"클레이튼, 당신이 막 춤을 신청하려는 찰나에 제가 스톤 양을 빼앗아간 꼴이 됐군요."

폴이 사과하듯 클레이튼에게 말을 건넸다.

앞서 저지른 무례를 생각하면 이제는 아무리 못 견딜 만큼 싫은 이웃이더라도 함께 춤을 추지 않을 수 없었다. 할 수 없이 휘트니는 클레이튼이 다시 춤을 신청해오기를 기다렸다. 그러나 그는 그럴 생각이 전혀 없는 것 같았다. 모든 사람들이 휘트니가 분노로 떠는 모습을 지켜보고 있는 가운데 클레이튼은 휘트니가 얼굴이 빨개질 때까지 그대로 세워두었다. 한참을 그렇게 한 다음 클레이튼이 팔을 내밀며 따분하고 시큰둥하게 입을 열었다.

"스톤 양."

"고맙지만 사양하겠어요, 웨스트랜드 씨. 저는 춤추는 걸 좋아하지 않거든요."

휘트니는 뒤돌아서 무도회장의 반대쪽 끝을 향해 걸음을 옮겼다. 그 촌스러운 무리와 되도록 멀리 떨어진 휘트니는 앤 이모가 속해 있는 사람들 속으로 끼어들었다. 거기서 겨우 5분쯤 서 있을 때였다. 가까이 있던 마틴이 휘트니의 팔목을 잡아끌었다.

"네가 만나봤으면 싶은 사람이 있다."

휘트니는 아버지의 무뚝뚝한 말투에도 불구하고 아버지가 오늘 밤에는 자신을 몹시 자랑스러워한다는 사실을 느낄 수 있었다. 휘트니는 기꺼운 마음으로 아버지와 나란히 무도회장 둘레를 돌았다. 아버지가 자신을 어디로 데려가고 있는지 깨달을 때까지는 말이다. 바로 앞쪽에 클레이튼 웨스트랜드가 에밀리 내외와 웃으면서 이야기를 나누고 있었다. 마거릿 메리튼은 여전히 클레이튼의 팔에 매달려 있었다.

"아버지, 전 저 사람이 싫어요."

휘트니는 뒤로 물러서며 다급하게 속삭였다.

"어리석게 굴지 마라!"

마틴은 대뜸 짜증을 부리더니 클레이튼이 있는 곳까지 딸을 억지로 끌고 갔다.

"내 여식인 휘트니올시다."

마틴 스톤은 쩌렁쩌렁 울리는 목소리로 클레이튼에게 딸을 소개했다. 그런 다음 휘트니에게 몸을 돌리더니 딸이 마치 아홉 살짜리 어린애이기라도 하듯 타일렀다.

"휘트니, 숙녀답게 공손히 절을 올리고 처음 뵙겠습니다, 하고 우리 이웃인 클레이튼 웨스트랜드 씨께 인사를 드려라."

"저와 따님은 구면입니다."

클레이튼이 메마른 목소리로 말했다.

"그래요. 만난 적이 있다구요."

휘트니가 힘없이 클레이튼의 말을 확인해주었다. 휘트니는 클레이튼의 조롱 섞인 눈길을 견디느라 뺨이 발갛게 달아올랐다. 휘트니는 만약 그가 아버지 면전에서 자신을 당혹스럽게 하는 말이나 행동을 한다면 그를 죽여버리겠다고 다짐했다. 세상에 태어나 처음으로, 아버지는 딸인 자신을 한 인간으로 대접했으며 무엇보다 자신을 자랑스러워하고 있었다.

"그거 잘됐군요. 잘됐어."

마틴 스톤이 눈을 빛내며 두 사람을 번갈아 쳐다보며 말했다.

"그럼 둘이서 춤을 추면 좋겠군요. 이 곡에 맞춰서……."

휘트니는 아버지의 말이 끝나기도 전에 두 사람이 춤을 추지 않으리라는 걸 깨달았다. 클레이튼의 무관심한 표정은 누군가 총으로 협박하더라도 휘트니에게 춤을 신청하지 않으리라는 걸 드러내고 있었다. 휘트니는 자신을 비참하게 여기면서도 애원하는 눈빛으로 그를 바라본 다음 플로어로 눈길을 돌렸다. 그런 행동은 명백하게 클레이튼에게 춤을 신청하는 제스처였다.

클레이튼은 재미있다는 듯 눈썹을 치켜올렸다. 그 끔찍한 순간 휘트니는 그가 자신의 신청을 묵살하려 한다고 생각했다. 그런데 그는 어깨를 으쓱해 보이더니 휘트니에게 팔을 내밀기는커녕 혼자 플로어로 어슬렁어슬렁 걸어갔다. 따라오든지 그대로 서 있든지 마음대로 하라는 듯한 태도였다.

휘트니는 클레이튼을 뒤따라갔다. 한 걸음 한 걸음 뗄 때마다 휘트니는 그에게 진저리를 쳤다. 힘없이 걸어가면서 휘트니는 자주색 윗도리를 입은 클레이튼의 등을 노려보았다. 그런데 휘트니는 클레이튼이 자신을 향해 돌아설 때쯤 그가 웃고 있다는 사실을 알게 되었다. 이 인간은 내 치욕을 비웃고 있었던 거야!

휘트니는 클레이튼을 향해 걸어갔다. 그러나 털끝만큼의 망설임도 없이 그의 앞을 그냥 지나쳐갔다. 휘트니는 그를 춤추는 사람들 한가운데다 멀뚱히 세워놓을 작정이었다.

클레이튼이 얼른 팔을 뻗어 휘트니의 팔꿈치를 붙잡았다.

"엉뚱한 생각은 그만 두시지!"

클레이튼이 벌컥 소리를 지르더니 곧 웃는 낯으로 휘트니를 끌어당겼다. 그리고 왈츠를 추기 위해 얼굴을 마주하고 섰다.

"제게 춤을 신청해주시다니 분에 넘치게 친절하시군요."

휘트니가 마지못해 그의 품에 안기며 빈정거렸다.

"당신이 원하던 바 아니었소?"

그는 아무것도 모르는 척 응수를 했다. 그러고는 휘트니가 대꾸도 하기 전에 덧붙였다.

"당신이 신청을 받는 것보다 신청하는 걸 더 좋아한다는 것을 진작 알았다면 두 번씩이나 당신에게 춤을 신청하지는 않았을 텐데."

"꼴사납게 우쭐대는 위인들 중에서도 무례하고……."

바로 그때 아버지의 근심 어린 시선과 마주친 휘트니는 자신이 무척 즐거운 시간을 보내고 있다는 듯 클레이튼을 보고 환하게 웃어주었다. 그 순간 클레이튼은 눈길을 다른 데로 돌렸다. 휘트니는 그런 그를 사납게 노려보며 좀 전에 중단했던 독설을 계속 퍼부었다.

"……차마 입에 올리기도 싫은, 비위에 거슬릴 정도로 역겨운……."

클레이튼이 어깨를 흔들며 웃기 시작했다. 그 모습을 본 휘트니는 분노가 치밀어서 숨이 막힐 지경이었다.

"어디 더 들어봅시다."

그는 이를 활짝 내보이며 싱글거렸다.

"어렸을 때 이후로는 그처럼 호된 꾸지람은 처음 들어보는군. 그런데 어디까지 하셨더라? '차마 입에 올리기도 싫고 비위에 거슬릴 정도로 역겹고?'"

"말도 못하게 뻔뻔스러워요."

휘트니는 불같이 화를 내며 쏘아붙였다. 그리고 더 좋은 말이 생각나지 않자 끝으로 이렇게 덧붙였다.

"……게다가 야비해요!"

그러자 클레이튼이 휘트니를 가볍게 놀렸다.

"그렇게 말하면 내 처지가 아주 곤란해지지요. 스톤 양이 내게 보인 행동이 결코 숙녀답지 못했다고 지적하는 것 말고는 항변할 여지를 남겨주지 않았으니 말이오."

"좀 웃어보세요. 아버지가 우리를 지켜보고 계시잖아요."

휘트니는 클레이튼에게 이렇게 부탁하고는 자신도 억지로 웃어보였다.

클레이튼은 당장 휘트니의 말에 따랐다. 여유 있게 싱긋 웃을 때 드러나는 그의 치아가 하얗게 빛났다. 하지만 시선은 그녀의 부드러운 입술에 꽂혀 있었다. 클레이튼의 품에 뻣뻣하게 안긴 휘트니는 그가 제 입술을 쳐다보고 있다는 사실을 깨달았다.

"웨스트랜드 씨, 이 유쾌하지 못한 만남은 충분히 길었던 것 같군요!"

휘트니는 그렇게 쏘아붙이고 등을 돌리려 했지만 클레이튼이 꽉 잡고 있었기 때문에 그의 품에서 좀체 벗어날 수가 없었다. 그 때 클레이튼이 따끔하게 한마디 했다.

"귀여운 아가씨, 나는 우리 두 사람 모두 사람들의 웃음거리가 되게 하고 싶은 생각은 전혀 없소."

휘트니에게는 클레이튼이 이끄는 대로 움직이는 것 외에는 다른 선택의 여지가 없었다. 휘트니는 그의 같잖은 친절은 무시해버리고 어깨를 으쓱했다. 그러고는 얼굴을 돌려버렸다.

"감미로운 밤이야, 그렇지 않소?"

잠시 후 클레이튼은 다른 사람들도 들을 수 있도록 큰 소리로 덧붙였다.

"아버님께서 다시 우리를 지켜보고 계시는군요."

"감미로운 밤이었어요."

휘트니는 클레이튼의 말에 대꾸를 한 뒤 다시 그의 반응을 기다렸다. 그런데 몇 초가 지나도 아무런 대꾸가 없자 그를 힐긋 올려다보았다. 그때 클레이튼은 휘트니를 골똘하게 지켜보고 있었다. 하지만 그는 그녀의 비웃음에 대해 어떤 적의도 보이지 않았다. 문득 휘트니는 자신이 바보 같고 성질이 고약한 여자처럼 느껴졌다. 그날 오후, 개울에서 만났을 때 클레이튼이 괘씸하게 행동한 것은 사실이었다. 하지만 그날 밤 자신이 그에게 보인 언행을 곰곰이 생각해볼 때 자신도 잘한 것은 없었다. 휘트니는 비취빛 눈을 반짝이며 그를 쳐다보았다.

"이젠 당신이 나한테 무례하게 굴 차례인 것 같군요. 내가 잘못 생각했나요?"

휘트니가 갑자기 태도를 바꾸자 클레이튼도 웃으며 대답했다.

"내가 보기엔 무승부 같군."

클레이튼의 낮고 굵은 목소리와 왈츠를 출 때 보였던 여유 있는 태도에서 느껴지는 뭔가가 휘트니의 어렴풋한 기억을 들쑤셨다. 휘트니는 클레이튼을 가만히 바라보면서 마음 한구석에서 자꾸만 신경이 쓰이는 것이 무엇인지 알아내려고 애를 써보았다.

"웨스트랜드 씨, 혹시 우리가 전에 만난 적이 있던가요?"

"만약 그랬다면 스톤 양이 그 사실을 잊었다는 게 몹시 유감스러웠을 겁니다."

"그래요. 전에 만난 분이라면 내가 분명히 기억했을 거예요."

휘트니는 얼른 그 생각을 떨쳐버렸다.

폴은 약속을 충실하게 지켜 클레이튼과 휘트니가 플로어 밖으로 천천히 걸어나올 때 엘리자베스를 데려왔다. 휘트니는 절망적인 기분으로 엘리자베스 애쉬튼을 보았다. 엘리자베스는 아름답고 부서지기 쉬운 도자기인형처럼 보였다. 엘리자베스는 핑크색 뺨과 빛나는 금빛 머리를 더욱 돋보이게 해주는, 엷은 청색 공단 드레스를 입고 있었다. 그때 엘리자베스가 놀라움과 감탄이 섞인 목소리로 인사를 건네왔다.

"네가 정말 휘트니? 믿어지지가 않아."

물론 엘리자베스의 칭찬에는 예전의 휘트니가 볼품없었다는 암시가 담겨 있었다. 하지만 휘트니는 엘리자베스가 자신을 모욕하려고 했다는 생각은 전혀 하지 못했다.

휘트니는 엘리자베스가 클레이튼 웨스트랜드와 춤을 추고 있었기 때문에 폴이 자신에게 다시 춤을 신청해주리라 기대하고 있었다. 그런데 폴은 춤을 신청하는 대신 퉁명스럽게 물었다.

"파리에서는 방금 소개받은 남녀가 춤을 추면서 서로의 눈을 뚫어지게 쳐다보는 것이 예사로운 일이야?"

깜짝 놀란 휘트니가 더듬거리며 대꾸를 했다.

"나, 난 웨스트랜드 씨의 눈을 뚫어져라 바라보진 않았어요. 단지 저 사람이 눈에 익었을 뿐이죠. 하지만 나는 클레이튼을 전혀 몰라요. 폴, 당신은 그런 적이 한번도 없었나요?"

"오늘밤 그런 경험을 했지. 난 내가 널 잘 알고 있다고 생각했어. 그런데 이제는 정말 그런 것인지 도대체 확신이 안 서."

폴은 자신의 말이 끝나기도 전에 휙 돌아서서 휘트니로부터 멀어지고 있었다. 휘트니는 폴의 등을 쳐다보며 가만히 서 있었다. 옛날 같았으면 당장 뒤쫓아가서 "난 오직 당신만 원할 뿐이에요. 클레이튼 웨스트랜드는 내게 아무 의미도 없는 사람이라구요." 하고 폴을 안심시켰을 것이다. 하지만 지금은 옛날이 아니었다. 게다가 휘트니는 그때보다 훨씬 현명해져 있었다. 휘트니는 혼자 웃으며 폴과 반대 방향으로 몸을 돌렸다.

비록 폴이 다시는 자신에게 가까이 오지 않았지만 휘트니는 시골 젊은이들과 춤을 추며 그 밤을 무척 행복하게 보냈다. 자신만만한 폴과 쌀쌀하고 질투심에 불타는 폴 중에서 휘트니는 단연코 후자가 더 좋았다. 휘트니는 레이디 유뱅크가 옳았다는 사실을 깨달았다. 폴에게 필요한 것은 경쟁심, 곧 질투였던 것이다.

다음 날 휘트니는 정오가 다 돼서야 눈을 떴다. 휘트니는 폴이 찾아오리라고 철석같이 믿었다. 그러나 폴은 오지 않았다. 대신 다른 이웃들 여러 명이 찾아왔다. 휘트니는 무척 즐겁고 명랑하게 보이려고 애쓰며 오후를 보냈다. 그러는 동안 그녀의 기분은 지는 해를 따라 가라앉기 시작했다.

그날 밤 휘트니는 잠을 자러 가면서 이튿날에는 폴이 분명히 찾아올 것이라고 스스로를 위로했다. 그러나 폴이 방문할 기미도 보이지 않은 채 그 이튿날이 밝았다가는 저물고 말았다.

그 다음 날이 돼서야 휘트니는 폴을-그것도 순전히 우연하게-보았다. 휘트니와 에밀리가 마차를 타고 읍내에서 돌아올 때였다.

"웨스트랜드 씨가 네 귀향 환영파티가 있던 다음 날 사업차 런던으로 떠난 거 알고 있니?"

에밀리가 물었다.

"아버지가 말씀해주셨어."

마음이 온통 폴에게 가 있던 휘트니가 건성으로 대꾸를 했다.

"내일 돌아오는 걸로 알고 있는데, 왜?"

"마거릿 엄마가 그러시는데 마거릿은 그 사람 돌아오기를 손가락을 꼽으며 기다리고 있대. 마거릿은 그 사람한테 완전히 반한 게 분명해. 그래서……"

에밀리가 하던 말을 그쳤다. 그런 다음 눈을 가늘게 뜨고 길 아래쪽을 내려다보고는 천천히 하던 말을 계속 이었다.

"내가 잘못 본 게 아니라면 조금 있으면 네 사냥감과 마주치겠구나."

휘트니는 몸을 앞으로 기울이고 쏜살같이 마차를 몰았다. 그녀는 시간이 없어서 승마용 스커트만 가까스로 매만지고 폴을 마주했다. 폴은 마차를 세우고 휘트니에게 정중히 인사를 했다. 그러고는 모든 관심을 에밀리에게 쏟으며 정중한 말로 찬사를 늘어놓았다. 에밀리가 웃으면서 자신은 이제 남편이 있는 여자이니 그만 추켜세우라고 할 때까지 그의 찬사는 계속되었다.

휘트니의 말, 칸은 폴의 검은 말에게 당장 거부감을 드러냈다. 그러자 휘트니는 칸을 진정시키려고 애쓰며 두 사람의 대화에 귀를 기울였다.

"내일 열리는 레이디 유뱅크 댁 파티에는 참석할 거니?"

폴이 자신에게 질문을 하고 있다는 걸 깨달은 휘트니는 한동안 가만히 있다가 폴이 자신에게 진짜 관심을 가지고 있는지 살펴보았다.

"내일 열리는 레이디 유뱅크 댁 파티에 참석할 생각이니?"

폴이 같은 질문을 되풀이했다.

고개를 끄덕이는 휘트니의 가슴은 두 배나 빨리 뛰었다.

"잘됐구나. 그럼 내일 거기서 보자."

폴은 다른 말을 할 것도 없이 말고삐를 가볍게 치더니 멀어져 갔고 휘트니와 에밀리가 탄 마차는 가던 길을 따라 내려왔다. 에밀리는 몸을 뒤로 돌리고 폴의 마차가 보이지 않을 때까지 지켜보았다.

"이건 내 평생 처음 있는 가장 멋지고도 우연한 만남이었어!"

에밀리는 의미심장하게 웃으면서 휘트니를 쳐다보았다.

"휘트니, 폴은 널 완전히 무시하려고 애 좀 썼을 거야! 넌 폴의 행동이 이상한 것 같지 않았니?"

에밀리가 흥분해서 물었다.

"전혀. 잘 생각해봐. 폴은 언제나 날 무시했거든."

휘트니가 길게 한숨을 내쉬며 대꾸했다.

"그래, 나도 알아."

에밀리가 부드럽게 웃으며 말을 이었다.

"하지만 예전엔 폴이 너를 무시하는 동안 계속 너를 지켜보지는 않았어. 방금 전 내게 말을 하는 동안 폴은 줄곧 너를 지켜보고 있었단 말야. 그리고 며칠 전의 네 환영파티에서도 폴은 네가 쳐다보지 않을 때 끊임없이 너를 지켜봤어."

휘트니는 칸을 갑자기 세우고 에밀리에게 물었다.

"폴이 정말 그랬단 말이니? 확실해?"

"확실하지, 맹꽁아. 내가 두 눈으로 똑똑히 봤는 걸."

"오, 에밀리. 네가 다음 주에 런던으로 가지 않았으면 좋겠다. 네가 가버리면 어떤 사람이 내가 원하는 얘기를 들려주겠니?"

휘트니는 몸이 흔들릴 정도로 웃어댔다.

11

레이디 유뱅크의 저택에서 파티가 열리는 날까지 휘트니는 연이은 기대와 두려움에 떨고 있었다. 이른 저녁에 준비를 마치고 현관에서 이모를 기다리고 있던 휘트니는 반짝이는 은빛 스팽글이 달린 푸른색 시폰 드레스를 입고 있었다. 귀와 목에서는 다이아몬드와 사파이어가 반짝거렸고 그리스풍으로 우아하게 말아올린 머릿결에서도 빛이 났다.

"이모, 폴이 정말 엘리자베스를 사랑한다고 보세요?"

휘트니가 레이디 유뱅크의 저택으로 가는 마차 안에서 물었다.

"폴이 진정으로 엘리자베스를 사랑했다면 벌써 오래 전에 청혼했을 걸."

마차가 유뱅크의 웅장하고 유서 깊은 저택의 긴 통로로 들어서

자 앤이 장갑을 끼면서 대답했다.

"그리고 네 친구 에밀리가 정말 잘 봤다. 네 환영 파티 때 폴은 계속 너를 지켜보고 있었지. 남의 눈을 피해서 말이다."

"그럼 왜 폴은 마음 끌리는 대로 얼른 행동하지 않을까요?"

"폴의 곤란한 처지를 한번 생각해보렴. 4년 전 그 사람은 너의 강한 집착을 간신히 견뎌냈다. 그 사실은 모든 사람들이 알고 있어. 그런데 이제 와서 태도를 180도 바꿔 네게 사랑을 호소해야 하는 곤란한 상황에 놓였잖니?"

앤은 휘트니의 시무룩한 표정을 바라보며 빙그레 웃었다.

"일을 빨리 진척시키고 싶거든 레이디 유뱅크의 충고를 받아들여서 폴이 질투심을 느끼도록 해야 할 거 같구나."

그로부터 세 시간 뒤 휘트니는 이모의 충고를 따르기 시작했다. 휘트니는 인기가 있었다. 파티에 참석한 괜찮은 남자들은-문제가 되는 한 사람을 빼고는-하나같이 휘트니의 환심을 사려고 야단들이었다.

휘트니가 서 있는 무도회장의 대각선 방향으로 클레이튼이 여러 명의 시골 아가씨들에게 둘러싸여 있었던 것이다. 그는 마거릿 메리튼 쪽으로 고개를 돌린 채로 끊임없이 이어지는 그녀의 수다에 진저리가 나는 것을 미소로 감추고 있었다.

급한 사업상의 업무 때문에 지난 며칠을 런던에서 보낸 클레이튼은 급하게 돌아와 옷을 갈아입고 유뱅크의 조촐한 파티 시간에 아슬아슬하게 도착했다. 그런데 무서운 사람이 아무도 없는 노부인이 저택 입구에서 몸소 그를 맞아들였다. 그러고는 오늘밤 스톤 양에게 각별히 신경을 써서 폴 세버린에게 로맨틱한 경쟁심을 불러 일으켜준다면 고맙겠노라는 부탁을 했다. 따라서 클레이튼의 기분은 썩 좋은 편이 아니었다.

레이디 아멜리아 유뱅크는 외알 안경을 통해 초대받은 손님들을 찬찬히 살펴보았다. 그러다가 그녀의 시선은 클레이튼 웨스트모어 랜드 공작에게 머물렀다. 그는 다투어 그의 관심을 끌어보려고 애 쓰는 시골 아가씨들에게 에워싸여 있었다. 클레이튼은 아가씨들을 즐겁게 해주는 아량을 보이고는 있었다. 하지만 그의 관심은 무도 회장에 있는 여성 중 자신의 매력에 관심을 보이지 않는 오직 한 여성, 바로 휘트니 스톤에게 가 있음을 유뱅크는 알아차렸다.

유뱅크가 안경을 벗자 검은색 끈에 매달린 안경이 풍만한 가슴 위에서 대롱거렸다. 클레이모어 공작은 고인이 된, 유뱅크의 남편 과 먼 인척지간이었다. 그래서 몇 주 전 클레이모어 공작은 그녀 를 방문해 그리 멀지 않은 곳에다 웨스트랜드라는 이름으로 거처 를 정하겠다며 '필요한 휴식을 충분히 취하기 위해서'라고 설명을 했었다. 그때 유뱅크는 선뜻 신중하게 행동하겠다고 약속했다.

그러나 이제는 호기심을 자극하는 어떤 생각이 떠올랐다. 그리 고 휘트니를 지켜보는 공작을 은밀히 살펴보면서 뭔가 위험한 징 조를 감지했다. 유뱅크는 한동안 자신이 꾸민 계획이 비윤리적이 거나 정도를 벗어난 것은 아닌지 생각해보았다. 그런 다음 빙그레 웃으며 당장 휘트니를 데려오라고 하인에게 일렀다. 동시에 클레 이튼에게도 자리를 함께하고 싶다는 뜻을 전하라고 일렀다.

휘트니는 레이디 유뱅크의 하인이 가까이 다가갔을 때 에밀리 의 남편인 마이클 아치볼드와 춤을 추고 있었다. 그녀는 마이클에 게 양해를 구한 다음 유뱅크의 긴급 호출에 응했다. 유뱅크는 휘트니를 보자 성마르게 호통을 쳤다. 그 바람에 휘트니의 불안감은 즉시 놀라움으로 바뀌었다.

"내가 폴 세버린에게 필요한 게 경쟁이라고 말했다만 가장 친한 친구의 남편은 경쟁상대가 아니다. 나는 네가 웨스트랜드 씨에게 접근을 하면 좋겠다싶구나. 그 사람한테서 눈을 떼지 마라. 그렇지 않으면 폴은 쉽게 네 차지가 되지 않을 테니까."

"아뇨, 전 못해요. 정말이에요, 레이디 유뱅크. 차라리……"

"아가씨!"

유뱅크가 엄한 목소리로 휘트니의 말을 잘랐다.

"내가 이 파티를 연 목적은 오직 하나, 아가씨가 세버린을 차지하는 것을 돕기 위함이라는 걸 말해줘야 하나요? 그런데 아가씨가 그 방법을 모르는 것 같아 할 수 없이 내 나서서 간섭하게 되었답니다. 여기서 세버린이 경쟁자로 여길 만한 사람은 클레이튼 웨스트랜드뿐이죠. 그래서 내가 그 사람을 이쪽으로 오도록 했답니다."

유뱅크의 말을 들은 휘트니는 얼굴이 하얗게 변했다. 노부인은 그런 휘트니를 얼굴을 찌푸리며 노려보았다.

"웨스트랜드 씨가 이리 오면 넌 지금 나를 처다보는 그런 표정으로 그 사람을 처다볼 수도 있겠지. 그렇게 되면 아마 그 사람은 너를 의사한테 데려가보라고 할 게다. 대신 네가 방긋 웃으면 그 사람은 너를 발코니로 데리고 갈 거야."

"전 발코니로 나가고 싶지 않아요!"

휘트니가 절망적으로 소리쳤다.

"아니, 너는 발코니로 나가게 될 거야."

유뱅크가 단정적으로 말했다.

"고개를 돌려 엘리자베스 애쉬튼이 얼마나 우아하게 세버린의 팔에 안겨 발코니 쪽으로 가는지 보려무나."

휘트니의 눈에는 정말로 폴과 엘리자베스가 발코니 쪽으로 나란히 걸어가는 모습이 보였다. 휘트니는 레이디 유뱅크가 억지로 클레이튼과 자신을 어울리게 하려는 뜻을 깨달았다. 하지만 그렇다고 유뱅크의 노골적인 계략에 따라 치사하게 행동하자니 영 내키지 않았다. 그렇다고 별 선택의 여지가 있는 것도 아니었다. 교묘한 방법으로 휘트니의 손에서 선택권을 빼앗아간 유뱅크가 희미하게 웃으며 클레이튼에게 말하고 있었다.

"클레이튼 씨, 스톤 양이 춤을 많이 추고 났더니 지나치게 흥분이 된다는군요. 그래서 발코니로 나가 산책이나 즐기고 싶다는 말을 막 하고 있던 참이랍니다."

클레이튼은 발코니로 통하는 문을 힐긋 쳐다보았다. 휘트니는 그의 느긋하던 미소가 한순간에 빈정대는 표정으로 변하는 것을 알아챘다.

"아무렴 그러시겠지요. 가실까요, 스톤 양?"

클레이튼은 휘트니의 팔꿈치를 우악스럽게 잡으면서 말했다.

휘트니는 클레이튼에게 끌려가다시피 뷔페 테이블 주변을 돌아 발코니 쪽으로 걸어갈 수밖에 없었다. 그때 휘트니는 폴에 대한 생각에 사로잡힌 나머지 자신이 폴과 엘리자베스가 있는 발코니와는 정반대 방향의 발코니로 끌려가고 있다는 사실을 눈치 채지 못했다. 문득 정신을 차린 휘트니는 그 쪽으로 갈 경우 발코니의 구석으로 가게 돼서 사람들 눈에도, 폴과 엘리자베스의 눈에도 띄지 않을 것이라는 사실을 깨달았다.

"어디로 가는 거죠?"

깜짝 놀란 휘트니가 뒤로 움찔 물러서며 물었다.

"보다시피 우린 발코니로 나가고 있소."

클레이튼이 무심하게 대꾸했다. 그는 휘트니의 팔꿈치를 잡은 손에 더 힘을 주며 남은 한 손으로 문을 열더니 휘트니를 문 밖으로 밀어냈다. 발코니로 나선 그는 휘트니의 팔을 놓더니 석재 난간으로 어슬렁어슬렁 걸어가 난간에 걸터앉았다. 그리고 잠자코 휘트니를 바라보았다.

휘트니는 레이디 유뱅크의 계획이 수포로 돌아가서 낙심천만이었다. 그런데다 본의는 아니지만 어쨌든 그 계획에 가담했다는 부끄러움 때문에 당혹스럽기도 했다. 하지만 여기까지 온 바에야 어떻게든 그 계획을 밀고 나갈 필요가 있었다.

"반대쪽 발코니로 가볼 수도 있지 않을까요?"

휘트니가 넌지시 클레이튼의 의중을 떠보았다.

"그럴 수도 있겠죠. 하지만 그러고 싶진 않소."

클레이튼의 말투는 날카로웠다. 휘트니가 자신을 미끼로 쓰려고 한다는 사실을 알고 있는 그는 시간이 지날수록 점점 더 화가 치밀었다. 한밤의 미풍에 휘트니의 드레스가 가볍게 날렸다. 드레스에 매달린 은빛 스팽글 위에서 은은히 빛나는 달빛에 반사된 휘트니의 얼굴은 길들지 않은 요부처럼 보였다. 하지만 그녀는 자신의 것이었다. 그는 휘트니가 입고 있는 드레스의 비용까지 지불한 장본인이었다.

클레이튼은 난간에 올라앉은 채 상체를 뒤로 젖히고 반대쪽 발코니 구석을 돌아보았다. 엘리자베스와 폴이 석재 난간에 기대서 있었다. 그는 발코니 구석에서 초조하게 드레스 주름을 만지작거리고 있는 휘트니에게 말했다.

"그런데 스톤 양?"

휘트니는 소스라치게 놀라며 되물었다.

"뭐죠?"

동시에 그녀는 반대쪽 발코니 모퉁이 주위를 슬쩍 엿보며 엘리자베스와 폴의 동정을 살피려고 했다. 그렇지만 휘트니의 그런 의도는 실현되지 않았다. 클레이튼이 갑자기 그녀 쪽으로 성큼 다가서면서 앞을 가로막았기 때문이다. 휘트니는 그의 가슴과 어깨밖에는 아무것도 볼 수가 없었다.

"뭐죠?"

휘트니는 두 사람 사이의 공간을 넓히려고 무의식적으로 뒷걸음치며 했던 질문을 다시 했다. 그러나 무슨 일이 일어날지 깨닫기도 전에 석벽의 짙은 그림자 안으로 들어서게 되었다.

"당신이 원하던 대로 이곳으로 나왔소. 다음엔 뭘 해주길 바라시오?"

"다음이라뇨?"

휘트니가 조심스럽게 되물었다.

"다음의 내 역할 말이요. 이 유치한 게임에서 내가 맡은 역할이 어떤 것인지 정확하게 알고 싶소. 내 짐작으로는 지금 당신에게 키스를 해야 할 것 같은데……. 그래야 세버린이 당신에게 질투를 느끼지 않을까?"

"물에 빠져 죽는 한이 있어도 당신이 내 몸에 손을 대지 못하게 하겠어요! 손끝도 못 대게 할 거라구요!"

휘트니가 앙칼지게 쏘아붙였지만 클레이튼은 그녀의 반응을 완전히 무시하고 말을 이었다.

"내 역할을 불만스럽게 생각하진 않아요. 하지만 그 역할을 기꺼운 마음으로 할 수 있을지는 궁금하군. 당신은 아마추어일까, 아니면 키스하는 방법을 알고 있을 정도로 많은 키스를 해봤을까? 얼마나 많은 키스를 받아봤소?"

"장담하지만 당신은 신사도 아니면서 신사라고 오인 받는 끊임없는 공포 속에서 살게 될 거예요!"

휘트니는 한층 더 쌀쌀맞게 쏘아붙였다. 클레이튼은 두 손으로 휘트니의 팔을 꽉 붙잡고는 제 가슴 쪽으로 끌어당겼다. 휘트니는 저항을 포기한 채 클레이튼을 노려보면서 다시 쏘아붙였다.

"내 몸에서 손 떼요!"

"키스를 너무 많이 해봐서 몇 번을 해봤는지 셀 수가 없는 모양이지? 아니면 그 키스들이 너무 시시해서 기억을 못하시나?"

휘트니는 그만 폭발하고 말 것만 같았다.

"당신 같은 사람한테 배우지 않아도 될 만큼은 경험을 했어요. 그게 당신이 생각하는 거라면!"

클레이튼은 뻣뻣하게 굳은 휘트니의 몸을 두 팔로 감싸며 싱글싱글 웃었다.

"그러니까 그 정도로 자주 키스를 해봤다는 말이오? 귀여운 아가씨?"

휘트니는 클레이튼과 마주치지 않기 위해 그의 가슴을 노려보았다. 비명을 지르는 것은 전혀 불가능했다. 만일 누군가 이런 상황에 처해 있는 나를 본다면 내 평판은 분명 더럽혀질 거야. 휘트니는 그 곤혹스러운 상황이 꿈인지 현실인지 분간할 수가 없었다. 그녀는 울음을 터뜨리거나 클레이튼의 뺨을 후려치고 싶었다. 하지만 가까스로 그런 충동을 억누르며 될 수 있는 한 냉정하게 입을 열었다.

"나를 충분히 겁주고 모욕했다면 이제는 가게 해줘요."

"당신이 지난 경험에서 얼마나 많은 것을 배웠는지 알기 전까지는 안 되겠소."

클레이튼이 나직하게 대꾸했다.

그 말에 휘트니는 고개를 번쩍 들고 독설을 쏟아내려고 했다. 하지만 그때 클레이튼의 입술이 그녀의 말을 삼켜버렸다. 휘트니는 처음에는 바짝 얼어붙었다가 그 다음엔 클레이튼의 입술이 누르는 힘이 너무 강해서 가만히 있을 수밖에 없었다. 휘트니는 비록 키스를 해본 경험은 거의 없었지만 키스를 피해본 경험은 상당히 있었다. 뿐만 아니라 몸부림을 치거나 맞대응하는 방법으로는 격정에 사로잡힌 남자가 미안해하거나 뉘우치지 않는다는 것도 알고 있었다.

헌데 휘트니가 아무런 반응을 보이지 않았음에도 클레이튼은 미안해하거나 뉘우치는 것처럼 보이지 않았다. 대신 그는 싱긋 웃는 낯으로 휘트니를 바라보더니 입을 열었다.

"당신은 아주 형편없는 선생한테서 키스를 배웠든가 아니면 더 많은 가르침을 받아야겠군."

클레이튼이 감싸고 있던 팔을 느슨하게 풀자 휘트니는 얼른 뒤로 물러섰다. 그러고는 몸을 홱 돌리더니 신랄하기 짝이 없는 작별의 말을 내뱉었다.

"적어도 나는 매음굴에서 키스를 배우진 않았어요!"

그 말이 끝나기도 전에 클레이튼은 한쪽 손으로 휘트니의 허리를 안고는 다시 어두운 그림자 속으로 데리고 들어갔다. 너무나 순식간에 일어난 일이라 휘트니는 반응할 여유조차 없었다. 클레이튼이 공포를 느낄 만큼 낮은 목소리로 말했다.

"당신의 문제는 순전히 경험이 부족한 선생들한테서 키스를 배웠다는 것이지."

클레이튼은 휘트니의 입술을 멍이 들 정도로 내리누르며 억지로 입술을 벌리게 했다. 휘트니는 클레이튼의 강철 같은 팔에 안긴 채 몸부림을 쳐봤지만 아무 소용도 없었다. 어떻게 해볼 방법이 전혀 없자 눈물이 볼을 타고 하염없이 흘러내렸다. 휘트니가 몸부림을 치면 칠수록 클레이튼의 키스는 더욱 난폭해졌다. 마침내 휘트니가 몸부림을 멈추고 무너지듯 클레이튼의 품에 안긴 채 덜덜 떨 때까지 키스는 점점 더 징벌의 성격을 띠어갔다.

휘트니가 저항하기를 그친 순간 클레이튼은 그녀의 고개를 들어올리고 두 손으로 얼굴을 떠받쳤다. 그리고 그렁그렁한 눈물로 반짝이는 휘트니의 눈을 가만히 바라보며 조용히 말을 건넸다.

"조금 전 키스가 당신의 첫 레슨이었소, 귀여운 아가씨. 절대, 절대 다시는 나를 가지고 놀 생각은 마시지. 난 벌써 오래 전에 그런 놀이를 실컷 해봤기 때문에 당신 실력으로는 날 절대 이길 수가 없지. 그리고……."

그가 다시 고개를 숙이며 말을 이었다.

"이게 내 두 번째 레슨이요"

휘트니는 급하게 숨을 들이키더니 비명을 지르기 시작했다. 하지만 클레이튼의 입이 그 소리를 틀어막았다. 그런데 이번에는 그의 입맞춤이 어찌나 부드럽던지 그만 정신이 몽롱해진 휘트니는 소리도 내지 않고 몸부림도 치지 않았다. 클레이튼은 한쪽 손으로 휘트니의 목덜미를 어루만졌다. 동시에 반대쪽 손으로는 휘트니의 등을 천천히, 쉬지 않고 쓰다듬으며 휘트니를 더욱 바싹 끌어안았다. 그러는 동안 그의 입술은 휘트니의 입술 위에서 자극적이면서도 부드럽게 움직였다.

클레이튼은 휘트니의 입술에 제 혀를 갖다 대고는 휘트니가 입을 벌리도록 가만가만 달래는 동시에 휘트니에게 격렬한 자극을 쉬지 않고 보냈다. 마침내 휘트니는 손을 뻗어 클레이튼의 목을 껴안고는 그에게 매달려 몸을 지탱했다. 클레이튼은 두 팔로 휘트니의 몸을 보호하듯 단단히 조였다. 그는 벌어진 휘트니의 입속으로 자신의 혀를 밀어넣고는 휘트니의 갈망을 만족시켜주었다. 휘트니의 온몸이 마침내 몽롱하고 나른해질 때까지…….

클레이튼은 더욱 진하게 키스를 했다. 그의 한쪽 손이 휘트니의 등에서 옆구리로 옮겨오더니 미끄러지듯 젖가슴으로 올라갔다. 그는 손을 컵 모양으로 오목하게 오므려 대담하게도 휘트니의 부드럽고 풍만한 가슴을 움켜쥐었다.

휘트니는 클레이튼의 노골적인 애무에 몸을 떨면서도 화가 치밀었다. 그러자 다른 모든 감정들은 온데간데없이 사라져버렸다. 그녀는 어디서 솟았는지 모를 힘으로 미친 듯이 클레이튼의 팔을 떨쳐냈다.

"감히 어떻게 이런 짓을!"

휘트니는 그 말과 함께 손을 들어올려 할 수 있는 한 세게 클레이튼의 뺨을 후려쳤다. 헌데 믿어지지 않게도 클레이튼은 흐뭇한 듯 이를 드러내고 웃었다. 휘트니는 그 모습을 망연자실한 채지켜보았다. 머리끝까지 분노가 치솟은 휘트니는 가까스로 숨을고르고 나서야 입을 열 수가 있었다.

"만약 다시, 다시 한 번 내 몸에 손을 댔다가는 죽여버리고 말테야!"

휘트니의 협박을 받은 클레이튼은 좀 전보다 더 즐거워 보였다.

"죽일 필요까지는 없어요, 아가씨. 난 이미 대가를 치렀으니까."

"그걸로는 어림도 없어요!"

휘트니가 숨을 헐떡이며 소리쳤다.

"내가 남자였다면 당신 머리에 벌써 권총 구멍을 냈을 거예요."

"당신이 남자였다면 그런 보복을 할 필요도 없었을 테지."

휘트니는 제대로 터뜨리지 못한 분노 때문에 몸을 부르르 떨었다. 그러면서도 클레이튼의 냉정하고 태연한 태도를 한 방에 날려버릴 행동이나 말을 간절히 찾고 있었다. 비록 휘트니의 눈물이분노 때문에 솟은 것이기는 했지만 그는 순간 가슴이 쓰렸다.

"눈물을 닦아요. 안에 있는 당신 친구들한테 데려다주리다."

클레이튼은 손수건을 꺼내 휘트니에게 내밀었다. 격렬한 증오와 원한 때문에 내면이 분열될 지경이 된 휘트니는 클레이튼이내민 손수건을 낚아채 바닥에다 내던져버렸다. 그녀는 무도회장으로 혼자서 도도하게 걸어가고 싶을 뿐이었다.

"실례합니다."

엘리자베스를 무도회장으로 들어가는 유리문 쪽으로 에스코트하던 폴이 휘트니와 클레이튼의 곁을 지나치며 그들에게 무뚝뚝하게 말을 건넸다.

"폴은 얼마나 오랫동안 저기 있었죠?"

폴과 엘리자베스가 지나가고 나자 휘트니는 다시 주먹을 움켜쥐고 클레이튼을 노려보았다.

"이 비열하고 치사한…… 당신은 이 모든 일을 폴이 보도록 하기 위해 일부러 저질렀어요, 그렇지 않나요? 당신은 폴이 우리의 행동을 보기를 바랐던 거예요!"

"그건 당신이 원했던 일이 아닌가? 하지만 내가 그런 건 폴 때문이 아니라 나를 위해서였소."

부드럽게 휘트니의 착각을 바로잡아준 클레이튼은 그녀를 유리문 쪽으로 이끌었다.

두 사람이 환하게 불이 밝혀진 저택 안으로 발을 들여놓자 휘트니는 클레이튼의 팔을 뿌리쳤다. 그러고는 클레이튼이 알아들을 만한 목소리로 쏘아붙였다.

"당신은 악마의 아들인 게 분명해요!"

"내 아버지께서 그 말을 들으셨다면 크게 마음이 상하셨겠군."

클레이튼이 껄껄 웃으며 대꾸했다. 그러자 휘트니가 뒤로 물러서며 다시 비웃었다.

"당신 아버지요? 당신의 어머니는 당신 아버지 이름 같은 건 알지도 못할 텐데요!"

클레이튼은 잠시 시간이 지난 뒤에야 자신이 사생아로 불렸다는 사실을 깨달았다. 자신의 출생을 두고 한 휘트니의 고상한 비방을 충분히 이해하고 난 클레이튼이 너털웃음을 터뜨렸다. 그는 분이 채 가시지 않은 휘트니를 데리고 한가로이 거닐며 여전히 싱글싱글 웃었다.

분노를 가누지 못한 휘트니는 이모와 어울리고 있는 중년 부인들 틈으로 뛰어들었다. 그러고는 그들이 무슨 얘기를 나누는지도 모르면서 그들을 열심히 쳐다보았다. 휘트니는 클레이튼 웨스트랜드가 끔찍이도 싫고 혐오스러웠다! 무슨 일이 있어도 오늘밤 일을, 내 몸에 불결하게 손을 댄 일을, 폴 앞에서 내가 매춘부처럼 보이게 한 대가를 톡톡히 치르게 하고 말 거야.

폴이 휘트니의 귀에다 대고 낮고 굵은 음성으로 아주 조용히 말을 걸어온 것은 그로부터 한 시간쯤 지났을 때였다.

"스톤 양의 관심을 얻으려는 신사는 그녀를 발코니로 데리고 나가야 하는 모양이지요?"

폴이 빈정거렸다. 휘트니는 얼른 폴의 눈을 마주 보았다. 그녀는 폴이 얼마 전 발코니에서 목격한 광경 때문에 눈에 띄게 불쾌해하면서도 그렇게 말하는 그의 목소리에 어떤 혐오감도 실려 있지 않다는 걸 깨달았다.

"산책이라도 하면서 시원한 밤공기를 쐬는 건 어떨까요?"

폴이 계속 빈정거렸다.

"그 일을 가지고 자꾸 놀리지 말아요."

휘트니는 간신히 대꾸를 한 뒤 한숨을 푹 내쉬었다.

"긴 밤이었어요. 그리고 난 이제 지칠 대로 지쳤어요."

"그럴 만도 하겠지."

폴이 의미심장하게 대꾸했다. 하지만 휘트니가 얼굴을 붉히자 부드럽게 덧붙였다.

"내일 아침까지는, 그러니까 소풍 갈 시간까지는 지칠 대로 지친 몸의 피로를 풀 수 있을까? 음, 네가 돌아온 것을 환영하는 뜻에서 야유회를 가기로 했거든. 열 명이 함께."

레이디 유뱅크와 앤 이모의 말이 옳았어! 휘트니는 그 사실을 깨닫고는 너무너무 기뻤다.

"정말 가고 싶어요."

휘트니는 환한 미소를 지으며 폴의 제안을 받아들였다.

춤이 끝나자 폴은 비교적 조용한 무도회장 구석으로 휘트니를 데리고 갔다. 그리고 샴페인을 나르는 하인을 불러세워 두 잔을 집어들더니 하나를 휘트니에게 건넨 다음 기둥에 어깨를 기대고 섰다. 그리고 웃는 얼굴로 휘트니를 내려다보면서 물었다.

"웨스트랜드를 초대할까?"

휘트니는 본능적으로 폴의 옷깃을 붙잡고 안 돼요 하고 소리치고 싶었지만, 폴의 자신만만한 웃음을 보고는 좀 더 현명한 길을 택하기로 했다. 휘트니는 억지로 웃으면서 어깨를 으쓱해 보였다.

"그러고 싶다면 그렇게 해요."

"반대하지 않을 거야?"

휘트니는 즉시 무슨 소리인지 모르겠다는 표정으로 폴을 빤히 쳐다보았다.

"내가 왜 반대를 해야 하죠? 그 사람은 아주 잘생기고……."

휘트니는 찡그린 얼굴을 감추려고 술잔을 내려다보았다.

"매력적인 데다……."

"스톤 양."

폴이 휘트니를 뚫어져라 쳐다보며 말을 이었다.

"혹시라도 내가 질투를 느끼라고 그러는 건 아니겠지?"

"질투가 나요?"

휘트니가 성급하게 되물었다.

폴은 아무 대답도 하지 않았지만 휘트니는 폴이 질투를 하고 있다는 걸 확신했다. 폴이 질투를 했든 안 했든, 그날 저녁 휘트니가 누린 인기는 그녀가 늘 꿈꿔왔던 그대로였다. 폴은 그 뒤로 거의 내내 휘트니의 곁에 있었으며 그녀의 곁을 떠나더라도 엘리자베스에게 돌아간 것은 아니었다.

클레이튼은 시종을 물리고 직접 알코올 도수가 약한 브랜디를 따랐다. 그는 그날 밤 자신의 구애가 기묘한 방향으로 급선회한 것을 생각하며 속으로 웃었다. 방탕한 생활에 젖은 자신의 머리로는 전혀 상상하지 못한 사실을 발견한 것이다! 그는 몇 시간 전 아멜리아 유뱅크 저택의 발코니에서 알게 된 사실 때문에 정말로 기뻤다. 휘트니는 프랑스에 있는 구혼자들 중 누구에게도 자신처럼 당돌한 행동을 하도록 내버려두지 않았던 것이다. 휘트니는 자신이 진한 키스를 하자 얼떨떨해했으며 젖가슴을 만지자 격분했다.

세상에, 그녀는 얼마나 매혹적인 여인인가! 이리 보면 천사 같고 저리 보면 성깔 깨나 있는 고집불통 같다. 화려하고도 무르익은 미모를 갖춘 데다 꾸밈없는 세련미를 갖춘 그녀 때문에 클레이튼의 피는 뜨겁게 끓어올랐다.

클레이튼은 낯을 찡그리며 술을 한입에 털어넣었다. 오늘밤엔 휘트니에게 너무 고약하게 굴었어. 내일은 오늘의 무례함을 사과할 수 있는 방법을 찾아야겠어.

12

소풍을 가기로 한 아침이 상쾌한 바람과 함께 밝아왔다.

목욕을 하고 머리를 감은 휘트니는 무엇을 입어야 할지 고민하고 있었다. 폴은 틀림없이 마차를 타고 날 데리러 올 거야. 휘트니는 -예전 두 사람이 이따금 그랬던 것처럼-폴과 나란히 말을 타고 싶은 마음이 간절했다. 그렇게 마음을 정한 휘트니는 옷장에서 노란색 승마복을 꺼냈다.

휘트니가 외출 준비를 마쳤을 때 폴의 마차가 열린 침실 창문 바로 밑에 멈춰서는 소리가 들렸다. 하지만 휘트니는 현관으로 내달려 발코니로 가는 대신 침실의 한쪽 끝에서 반대쪽 끝까지 열 번쯤은 왔다 갔다 했다.

얼마 후 폴은 휘트니가 계단을 내려오는 모습을 지켜보았다.

멋진 노란색 승마복과 앞이 트인 재킷 밖으로 살짝 엿보이는 흰 바탕에 노란 물방울무늬가 들어간 블라우스. 휘트니의 옷차림을 위아래로 훑어보는 그의 잘생긴 얼굴에는 자신이 바라보고 있는 여자가 얼마나 아름다운지 인정하겠다는 마음이 숨김없이 드러났다. 휘트니는 블라우스와 똑같은 천으로 만든 스카프를 목에다 두르고는 옆에서 매듭을 지어 오른쪽 어깨 위에 살짝 늘어뜨렸다.

"어떻게 이른 아침부터 이토록 사랑스럽게 보일 수가 있지?"

휘트니가 윤이 반짝반짝 나는 현관 바닥에 발을 내려놓자 폴이 그녀의 두 손을 맞잡으며 감탄했다.

휘트니는 폴의 품 안으로 달려들고 싶은 충동을 억누르고 대신 상냥하게 대꾸를 했다.

"잘 잤어요? 우리 마차로 가는 대신 말을 타고 가면 어떨까요? 마구간이 말들로 그득해요. 마음에 드는 말을 골라잡기만 하면 되는 거죠."

"하지만 나 없이 말을 타야 할 것 같은데. 말에서 떨어질까 늘 무서워하는 여성들을 에스코트하려면 마차가 있어야 하거든."

폴은 말을 마친 뒤 정문 가까이 있는 검은 그림자 쪽으로 고개를 돌렸다.

"클레이튼이 같이 말을 타고 우리가 있는 곳으로 안내할 거야."

그 말을 들은 휘트니는 그만 목이 콱 메어왔다. 그녀는 폴의 행동을 도저히 믿을 수가 없었다. 폴 본인이 자신을 야유회에 초대한 데다 자신의 귀향을 축하하기 위해 열리는 모임인 만큼 폴이 처음으로 해야 할 임무는 자신을 야유회가 열리는 곳으로 데려가는 것이어야 했다. 게다가 인근에 사는 처녀들 중 말을 무서워하는 이는 단 한 사람, 엘리자베스 애쉬튼밖에 없었다. 폴이 클레이튼 웨스트랜드를 자신을 에스코트할 대리자로 지목한 것은 질투심에 사로잡힌 구혼자 노릇은 할 생각이 없음을 보여주려는 의도가 분명했다. 그 사실을 깨달은 휘트니는 말할 수 없이 참담했다. 폴은 내가 자신의 질투심을 자극한다는 걸 알았던 거야. 그래서 오늘 아침엔 그런 방법이 먹혀들지 않는다는 걸 보여주는 게 틀림없어.

휘트니는 속으로 크게 참으면서 어깨를 가볍게 치켜올렸다.

"그럼 상쾌한 아침 승마는 즐기지 못하겠군요. 갑갑한 마차를 타고 가기엔 날씨가 너무 화창하잖아요?"

"클레이튼이 사람들이 모이는 곳으로 안내해줄 거야."

폴은 조금 전에 했던 말을 되풀이하며 휘트니의 얼굴을 유심히 살펴보았다. 그리고 냉담하게 한마디 덧붙였다.

"내가 듣기로는 클레이튼과 네가 서로의 이름을 부를 정도로 친하게 지내는 사이라며?"

휘트니는 어금니를 질끈 깨물면서 현관 입구에서 어슬렁거리고 있는 길쭉한 사람에게 눈길을 돌렸다.

"클레이튼이 너희 집 말을 타더라도 아버지께서는 반대하지 않으실 거야."

폴은 말이 채 끝나기도 전에 발을 떼어놓고 있었다. 밖으로 나간 그는 계단 위에서 클레이튼 쪽으로 고개를 돌리고 말했다.

"우리 아가씨를 잘 부탁드립니다."

폴은 그 말을 마치기도 전에 뚜벅뚜벅 마차로 걸어가버렸다.

휘트니는 한편으로는 마음이 진정되면서도 몹시 얼떨떨했다.

폴이 클레이튼에게 그녀를 보호하는 일을 맡겼으며 그녀를 부를 때 '우리 아가씨'라고 했기 때문이었다.

멍하니 생각에 빠져 있던 휘트니는 자신이 끔찍이도 싫어하는 목소리를 듣고서야 제 정신으로 돌아왔다.

"안녕하십니까?"

클레이튼이 낮고 굵은 목소리로 인사를 건네왔다. 골이 잔뜩 난 휘트니는 얼른 클레이튼을 바라보았다. 그는 여전히 현관 입구에 서 있었다. 휘트니는 그의 짧은 인사말에 불쾌한 대꾸를 해주고 싶었지만 입술을 깨물어 참았다. 그리고 칼라 부분의 단추를 열어놓은 깨끗한 흰색 셔츠와 회색 승마바지, 또 반들거리는 검은 부츠를 역겹다는 듯 쳐다보았다.

"말은 잘 타시나요?"

휘트니가 쌀쌀맞게 물었다.

"안녕하십니까?"

클레이튼은 여전히 빙그레 웃으면서 좀 전에 했던 인사를 다시 했다.

휘트니는 입을 꽉 다문 채 클레이튼의 곁을 스쳐지나 눈부신 햇살을 받으며 걸어갔다. 뒤따라오든 집에 그대로 남아 있든 마음대로 하라는 듯. 휘트니로서는 아무래도 상관없었다.

휘트니가 오솔길을 걸어내려간 다음 저택 뒤를 돌아 마구간으로 앞장서 가자 클레이튼은 한 걸음 뒤처져 따라갔다. 그런데 어느 정도 갔을 때 그가 휘트니 앞을 가로막고 섰다. 그는 웃으면서 휘트니에게 물었다.

"당신은 당신 입술을 훔친 모든 신사들을 이렇게 적의를 갖고 대하시오? 아니면 유독 내게만 그러는 거요?"

휘트니가 차가운 눈초리로 클레이튼을 쳐다보며 입을 열었다.

"웨스트랜드 씨, 댁을 쌀쌀맞게 대하는 까닭을 말해드리지요. 첫째, 댁은 '신사'가 아니구 둘째, 난 댁을 좋아하지 않아요. 자, 이제 비켜주시겠어요?"

클레이튼은 입을 다문 채 그대로 서서 휘트니의 성난 얼굴을 바라보았다.

"부디 제가 지나가도록 길을 비켜주시죠."

휘트니가 같은 부탁을 되풀이했다.

"내가 사과할 동안만 가만히 있어준다면 지난밤 일을 사과하고 싶소. 사과라는 것을 해본 지가 하도 오래돼서 어색할지도 모르겠지만 말이오."

클레이튼이 침착하게 다시 말문을 열었다.

무례한 행동을 범하고는 몇 마디 미적지근한 사과의 말로 달래려 하다니, 얼마나 오만하고 뻔뻔한 인간이란 말인가! 휘트니는 '가만히 있어'달라는 클레이튼의 말에, 그의 말을 한번 들어보겠다고 순간적으로 먹었던 마음을 완전히 바꾸었다.

"당신이 하는 사과라면 어떤 것도 받아들일 마음이 없어요. 어색하거나 말거나. 그러니까 어서 비켜서란 말이에요!"

클레이튼의 얼굴이 어두워졌다. 그 때문에 그가 노여움을 참으려고 애쓰고 있음을 휘트니도 느낄 수 있었다. 휘트니는 만일 도움을 요청하는 소리를 질렀을 때 누군가 그 소리를 들을 수 있을지 알아보려고 마구간 쪽을 언뜻 쳐다보았다. 마구간에서는 토마스가 성이 나서 펄펄 날뛰는 데인저를 길들이기 위해 땀을 뻘뻘

흘리고 있었다.

성미 사나운 검은 종마 데인저를 보자 휘트니는 클레이튼에게 앙갚음할 구체적인 계획이 떠올랐다. 그러나 휘트니가 화가 난 채서 있는 클레이튼에게 보였던 미소만은 눈부시고 진실했다.

"제 태도 역시 비난을 완전히 면하기는 어렵겠죠?"

휘트니는 웃음을 참으며 후회하고 사과하는 표정을 지으려고 필사적인 노력을 했다.

"좋아요. 사과를 하고 싶다면 기꺼이 받아들일게요."

당장 클레이튼의 얼굴에 의혹의 빛이 어렸다. 그때 휘트니가 얼른 그를 자극했다.

"벌써 마음이 변했나요?"

"아니, 변하지 않았소."

클레이튼이 조용히 대답했다. 그러고는 손을 뻗어 휘트니의 턱을 살짝 들어올리며 덧붙였다.

"지난밤 내가 당신을 놀라게 하고 모욕을 주었다면 진심으로 사과하오. 당신에게 상처를 줄 마음은 전혀 없었거든. 그리고 난 우리가 친구가 되었으면 좋겠소."

휘트니는 턱 끝에 닿은 클레이튼의 손을 쳐내고 싶은 충동을 간신히 참으며 그의 제안을 곰곰이 받아들이려는 것처럼 보이려 애썼다.

"우리가 친구가 되려면 공통된 관심사가 있어야겠죠? 나는 말을 타는 것을 무엇보다 좋아해요. 그런데 웨스트랜드 씨도 말을 잘 다루시나요?"

"잘 다루는 편이오."

클레이튼은 자신 있게 답하며 휘트니를 침착하게 바라보았다.

휘트니는 뚫어지게 쳐다보는 클레이튼의 눈길에서 빨리 벗어나고만 싶었다. 그래서 얼른 뒤로 물러서서는 마구간을 향해 내려가기 시작했다.

"잘됐군요. 웨스트랜드 씨한테 보여줄 말이 있거든요."

휘트니가 어깨너머로 소리를 질렀다. 클레이튼은 저 종마를 타야 할 거야. 그렇지 않으면 저 말을 두려워한다고 인정하는 꼴이 될 테니까. 하지만 어느 쪽을 택하든 터무니없이 지나친 자존심에 커다란 상처를 입게 될 걸. 그는 자신을 기다리고 있는 모든 사태를 감수해야 마땅해.

토마스가 있는 곳에 다다를 무렵, 휘트니는 잰걸음으로 서둘러 걸은 탓에 숨이 차 있었다. 어깨너머로 슬쩍 엿보니 클레이튼이 다섯 발자국 정도 떨어진 채 걸어오고 있었다. 휘트니는 목소리를 낮추고 토마스에게 다급하게 속삭였다.

"토마스, 당장 데인저에게 안장을 얹어요. 웨스트랜드 씨가 데인저를 타겠다고 고집을 부려요."

"뭐라구요?"

토마스는 깜짝 놀라며 물었다.

"확실합니까?"

"물론이에요."

휘트니는 토마스가 마구간 안으로 들어가는 것을 보고 슬그머니 웃으면서 클레이튼 옆으로 둘러쳐진 하얀 울타리로 걸어갔다.

"웨스트랜드 씨가 우리 마구간에서 가장 훌륭한 말을 타시도록 조처해두었어요."

클레이튼이 밝게 웃고 있는 휘트니를 유심히 들여다보았다. 하지만 마구간 안에서 말이 끌려나오는 소리가 나자 그쪽으로 주의를 돌렸다. 두 마부가 퍼부어대는 거친 욕설에 이어 고통 때문에 질러대는 말의 길고 구슬픈 신음 소리가 들려왔다. 곧 데인저가 울로 뛰쳐나오며 마부 한 사람을 울타리에다 내동댕이치고 또 다른 마부는 뒷발로 걷어찼다.

"멋지지 않아요?"

휘트니가 열정적으로 말했다. 그러고는 희생양으로 삼은 클레이튼을 곁눈질로 살피며 즐거워했다. 그 순간 말은 방향을 바꿔 두 사람이 서 있는 울타리 난간을 향해 돌진하다가 마지막 순간 빙 돌아섰다. 말이 우지직 소리가 나도록 울타리를 차버리는 순간 휘트니는 소스라치며 뒤로 물러섰다. 그리고 떨리는 목소리로 설명을 했다.

"데인저는…… 아…… 아주 기운이 세거든요."

"그래 보이는군요."

클레이튼은 그 사나운 종마를 바라보던 침착한 눈길을 휘트니에게로 돌렸다. 그러자 휘트니는 짐짓 아량을 보이며 제안을 했다.

"저 말을 타기가 두려우면 포기해도 괜찮아요. 웨스트랜드 씨가 타실 만한 좀 더 적당한 말을 찾을 수 있을 거예요…… 슈거플럼 같은 순한 말로요."

휘트니는 간신히 웃음을 참으며 목초지에서 풀을 뜯고 있는 늙은 암말을 향해 살짝 고갯짓을 해 보였다. 배가 아래로 축 처진데다 등에는 뼈가 툭 튀어나온 암말이었다. 휘트니의 눈길을 좇던 클레이튼은 극도로 불쾌한 표정을 지었다. 휘트니는 순간, 클레이튼이 늙은 암말을 터벅터벅 타고 들놀이를 나온 사람들이 있는 곳으로 간다면 훨씬 더 재미있을 거라고 생각했다.

휘트니는 즉시 마부장인 토마스를 불렀다.

"토마스! 웨스트랜드 씨께서는 데인저 대신 슈거 플럼을 타기로 하셨어요. 그러니까……."

"아니, 데인저를 타겠소."

클레이튼이 휘트니의 말허리를 자르며 토마스에게 날카롭게 말했다. 그러고는 싸늘한 시선으로 휘트니를 바라보았다.

수세에 몰린 휘트니가 간신히 말했다.

"들놀이가 어디서 열리는지 말씀해주시죠. 제가 앞서 갈게요."

"나는 그럴 생각이 없소. 더군다나 저 종마의 발굽에 밟힌 채 바닥에 누워 있는 내 모습을 보고 싶은 당신의 소원을 들어줄 생각도 없구요."

칸 쪽으로 고개를 돌린 클레이튼이 무뚝뚝하게 말했다.

"당신은 그저 당신이 탄 말이 내가 가는 길에서 벗어나지 않도록 신경을 쓰면 될 거요. 내게 당신을 걱정할 일만 없다면 물구나무를 서서라도 갈 수 있으니까."

클레이튼이 데인저를 탈 수 있다고 오만하게 억지를 부리자 휘트니는 순간적으로 느꼈던 죄책감이 흔적도 없이 사라지는 느낌이었다. 그녀는 칸의 등에 올라 울타리 맨 끝으로 몰고 갔다. 그러고는 칸의 고삐를 이빨로 물고 목에 두른 스카프를 풀러 머리를 묶었다. 구경거리가 생겼다는 걸 알게 된 마부와 마구간지기들, 정원사들이 서둘러 달려와서는 울타리를 빙 둘러싸며 자리를 잡았다.

클레이튼이 종마의 매끄러운 목을 쓰다듬으며 조용히 달래는 동안 토마스와 마부 두 사람은 데인저의 머리를 붙잡고 있었다. 그 모습을 보던 휘트니는 얼굴이 달아올랐다. 클레이튼이 제 가슴을 애무하던 손의 감촉이 떠올랐기 때문이다.

클레이튼은 한쪽 발을 등자에 넣은 다음 몸을 가만히 들어올려 수평을 유지했다. 그리고 조심스럽게 안장 위에 올라앉았다. 클레이튼이 그토록 조심했는데도 불구하고 데인저는 자신을 붙들고 있는 마부들에게 콧김을 내뿜으며 거칠게 대들기 시작했다. 클레이튼이 자신에게 맞도록 안장의 길이를 조절하는 동안 데인저는 등에 있는 반갑지 않은 짐을 떨궈내려는 듯 몸부림을 쳤다. 휘트니는 데인저가 몸을 이리저리 비틀어대는 모습을 보고는 소리 내어 웃었다. 그러면서 당장이라도 클레이튼이 데인저를 포기하고 말에서 내려오기를 바랐다. 하지만 휘트니의 바람과는 상관없이 클레이튼은 데인저의 고삐를 죄었다. 마부들은 데인저를 놓아주고 후닥닥 옆으로 물러들 섰다.

클레이튼은 땀을 흘리고 있는 말에게 모든 주의를 쏟았다.

"자, 자, 진정해."

클레이튼은 고삐를 조금씩 늦춰주며 말을 진정시켰다. 데인저는 머리를 미친 듯이 흔들어대면서 울안 여기저기를 뛰어다녔다. 상체를 들어올려 뒷다리만으로 선 채 위협을 가하는가 하면 갑자기 머리를 숙이고 반항을 하기도 했다.

"자, 진정해…… 진정하라구……"

클레이튼의 나직한 목소리가 데인저의 신경을 안정시키는 듯

했다. 클레이튼은 고삐를 짧게 잡고 말을 단단히 붙잡기는 했지만 데인저를 가혹하게 다루지는 않았다.

데인저가 조금 안달을 하다가 흥분을 가라앉히고 차츰 울안의 한쪽 끝에서 다른 쪽 끝까지 바람같이 빠르게 걷는 것을 본 휘트니는 눈을 동그랗게 뜨고 데인저를 다루는 클레이튼을 유심히 지켜보았다. 귀를 앞쪽으로 쫑긋 세운 데인저는 마치 제 등 위에다 훤칠하고 잘생긴 남자를 태운 걸 자랑이라도 하듯 기분이 좋아 보였다. 그때 클레이튼은 채찍으로 종마의 옆구리를 쓰다듬어주며 천천히 걸으라는 신호를 보냈다. 하지만 데인저는 채찍이 몸에 닿자마자 머리를 흔들어대더니 갑자기 머리를 숙이면서 뒷다리를 들어올렸다.

"웨스트랜드 씨, 채찍 때문에 놀라서 그렇답니다. 채찍을 내려 놓으세요. 그 녀석은 채찍이라면 질색을 합니다. 그것뿐입니다."

토마스가 흐뭇해하며 소리를 질렀다.

이쯤 되자 휘트니는 클레이튼에게 느꼈던 언짢았던 감정들을 모두 떨쳐버렸다. 그녀 역시 말을 제법 다룰 줄 알았기 때문에 클레이튼의 솜씨에 마냥 무관심한 척할 수가 없었다. 데인저를 다루는 클레이튼의 노련한 솜씨에 감복한 휘트니의 내면에서는 어느새 그를 존경하는 마음까지 우러났다. 휘트니는 클레이튼이 데인저를 타고 다가올 때 그런 감정을 애써 숨기려 하지 않았다. 그런데 휘트니가 방긋이 웃으며 클레이튼에게 찬사를 바치려고 할 때였다. 클레이튼이 휘트니의 손을 채찍으로 찰싹 때린 뒤 입을 열었다.

"휘트니, 실망시켜서 유감이군. 이런 유치한 장난이 하고 싶으면 다음번에는 다른 사람을 찾아보시지."

"이 짐승 같으니!"

휘트니는 그렇게 소리를 지르며 쥐고 있던 채찍을 번쩍 들어 올렸다. 곧 채찍은 허공을 갈랐다. 하지만 그 채찍은 클레이튼의 어깨를 살짝 비껴가는가싶더니 그만 데인저의 옆구리를 후려치고 말았다. 데인저는 미친 듯이 날뛰며 공중으로 몸을 던지더니 울타리를 향해 달려들었다. 마치 울타리를 산산조각 내며 뚫기라도 하려는 동작이었다. 그런데 마지막 순간 데인저는 울타리를 부수는 대신 훌쩍 뛰어 넘는 게 아닌가. 데인저는 완전히 통제를 벗어나고 말았다.

"맙소사!"

휘트니가 낮게 중얼거렸다. 그러고는 말과 말을 탄 사람이 낮은 언덕들을 가로질러 쏜살같이 내달리는 모습을 지켜보았다. 휘트니는 뒤늦게 부끄러워하며 고개를 돌렸다. 그때 시뻘게진 얼굴로 울안을 가로질러 온 토마스가 소리를 질렀다.

"이게 아가씨가 프랑스에서 배워 온 겁니까? 낯선 사람에게 상처를 입히는 게? 그런가요? 앞으로는 아무도 저 말을 타지 못할 겁니다. 이 철없는 아가씨 같으니라구!"

토마스는 그 말을 채 끝내기도 전에 데인저가 떠난 울타리 밖으로 내달렸다.

그런 상황에서 휘트니가 할 수 있는 일이라고는 토마스를 쫓아가 클레이튼을 치려고 한 것이지 말을 치려고 한 것은 아니라고 설명하는 게 전부였다. 절대 말을 때릴 의도는 아니었다고 말이다. 왼쪽 저 멀리 보이던 데인저는 순식간에 지평선 위의 한 점으로 작아지고 있었다. 헌데 클레이튼이 아직 말에서 떨어지지 않았더라도 그 말을 전할 방법은 없었다.

휘트니가 주위를 둘러보자 하인들은 하나같이 그녀를 외면하고 있었다.

휘트니는 그 자리에 남아 하인들로부터 쏟아지는 무언의 질책을 견뎌낼 수가 없었다. 그래서 천천히 울타리 밖으로 칸을 몰고 나갔다. 하지만 무턱대고 데인저를 찾아나설 수는 없었기에 한동안 머뭇거렸다. 사실 휘트니는 집에 남아 있다가 자신의 비열한 행동에 따르는 대가를 받아들이는 게 마땅했다. 사람들이 클레이튼을 들것에 실어서 데려오는 건 아닐까? 만약 그렇게 되면 그대로 남아 있다가 자신이 거들 수 있는 일이 있다면 무엇이든 해야만 할 터였다.

휘트니는 마구간으로 말머리를 돌렸다가는 다시 칸을 세웠다. 혹시 클레이튼이 데인저를 타고 돌아올 수 있지는 않을까? 휘트니는 제발 그러기를 바랐다. 하지만 그럴 경우 휘트니는 이곳에 있고 싶지는 않았다. 그가 터뜨릴 분노를 상상만 해도 손이 덜덜 떨렸기 때문이다.

"겁쟁이 같으니!"

스스로를 질책하던 휘트니는 곧 말머리를 돌려 폴의 집으로 출발했다. 거기 가면 들놀이가 어디서 열리는지는 알 수 있을 거라는 생각에서였다.

칸은 어서 달리고 싶다는 듯 머리를 흔들어댔다. 그러나 속력을 내고 싶은 마음이 없는 휘트니는 칸을 계속 천천히 달리게 했다. 한번도, 단 한 번도 그토록 철저하게 기분이 엉망이었던 적은 없었다. 휘트니는 왜 영국에 발을 들여놓은 순간부터 인생이 엉망이 되었을까 알고 싶어 미칠 지경이었다. 그녀는 어렸을 때 탐닉했던 유치한 기분에 빠져든 자신을 증오했다. 그렇게 몇 분 동안 자신을 모질게 책망하고는 다시 현재 처해 있는 곤경을 어떻게 벗어날 것인지를 생각하기 시작했다. 혹시 데인저가 사납게 날뛰다가 다쳐서 총으로 쏘아죽여야 하는 상황이 벌어진 건 아닐까? 말이 상처를 입었든 아니든 아버지는 내 행동을 결코 용서하지 않을 거야.

아버지! 휘트니는 아버지가 처음으로 딸인 자신을 인정하고 있다는 것을 느꼈다. 그런데 공들여 쌓은 탑이 순식간에 무너지게 될 처지였다. 아버지는 데인저에게 못되게 굴었다고 엄청 나무라실 거야. 그리고 말이 아니라 클레이튼을 때리려고 했다는 걸 아시면 훨씬 더 화를 내시겠지? 어떻게 해서든지 이 얘기가 아버지 귀에 들어가는 걸 막아야 해. 하인들은 아무도 아버지에게 그 일을 일러바치지 않을 거야. 그건 확신할 수 있어. 혹시 클레이튼이 말을 할지도 몰라. 하지만 그러지 말라고 빈다면, 아버지한테 그 이야길 하지 말라고 간청을 한다면…….

휘트니가 비참한 기분에 젖어 자신의 행동을 후회하고 있을 때 뒤쪽에서 빠르고 딱딱 끊어지는 말발굽 소리가 들려왔다. 어깨너머로 뒤를 살피던 휘트니는 땀투성이가 된 데인저를 타고 빠르게 달려오고 있는 클레이튼을 멍하니 바라보았다.

휘트니는 순전히 반사적으로 채찍을 들어올려 칸을 앞으로 내달리게 하려다가 팔을 내려놓았다. 적당히 잘못을 부인하면 훨씬 더 나을지도 몰랐지만 휘트니는 거기 그대로 있다가 클레이튼을 대면하고 자신의 잘못을 인정해야 했다.

클레이튼은 데인저를 칸과 나란히 달리게 했다. 휘트니는 그의 검고 위협적인 얼굴을 보자 몸이 오싹해졌다. 우아하고 부드럽게 말에서 내린 클레이튼이 칸의 오른쪽 고삐를 휘트니의 손에서 잡아 뺐다. 그런 다음 고삐를 세게 잡아당겨 두 말을 갑작스럽게 세웠다.

"내 고삐는 놓아도 돼요. 도망가지 않을 테니까요."

휘트니가 다 기어들어가는 목소리로 말했다.

"닥치시오!"

클레이튼이 대뜸 호통을 쳤다. 휘트니는 그가 칸의 고삐를 잡고 데인저를 진정시키는 동안 숨 막힐 듯한 침묵 속에서 적당한 말을 부지런히 생각해보았다. 그러나 생각나는 것이라고는 딱 한 가지, 그가 얼마나 말을 잘 다뤘는지 칭찬하는 것이었다. 하지만 상황이 상황인 만큼 당장은 '잘하셨어요, 웨스트랜드 씨!'라고 말할 때가 아닌 것 같았다.

클레이튼은 두 사람이 처음 만난 개울가에서 얼마 떨어지지 않은 오래된 돌담에 이르자 데인저와 칸을 세우고 땅으로 내려섰다. 빠르고 정확한 손놀림으로 데인저의 고삐를 돌담에 묶어 맨 다음 휘트니에게로 성큼성큼 걸어왔다. 그리고 휘트니의 손에서 칸의 왼쪽 고삐를 잡아채더니 데인저를 매어놓은 반대쪽 돌담에 매었다. 그러고는 휙 돌아서서 휘트니에게 명령을 내리듯 내뱉었다.

"내리시오!"

클레이튼은 둥그런 야산 중턱에 서 있는 늙은 무화과나무를 향해 천천히 걸어올라갔다.

휘트니는 클레이튼의 긴장한 턱과, 보폭이 크고 시원시원한 걸음걸이를 가만히 살펴보았다. 그러자 두려움이 똬리를 틀기 시작했다.

"난 그냥 여기 있을래요."

휘트니는 떨리는 목소리로 대답했다.

클레이튼은 휘트니의 말을 못 들었다는 듯 승마용 장갑을 벗어서 풀밭 위에 던지고 겉옷을 벗어젖혔다. 나무에 등을 기대고 앉은 그는 한쪽 다리를 당겨 무릎을 세우고 그 위에다 팔을 걸쳤다. 채찍을 휘두를 때 나는 소리만큼이나 날카롭게 클레이튼이 말했다.

"말에서 내리라고 했을 텐데."

휘트니는 마지못해 클레이튼이 시키는 대로 칸의 등에서 미끄러지듯 내려와 옆에 있는 둥그런 돌을 디디고 섰다. 그런 다음 아주 조심스럽게 땅으로 내려섰다. 휘트니는 말 옆에 그대로 서서 클레이튼의 차가운 시선을 견뎠다. 휘트니가 보기에 클레이튼은 분노를 삭이려고 무진 애쓰고 있는 것 같았다. 휘트니는 그의 노력이 성공하기를 마음속으로 빌었다.

휘트니를 위아래로 샅샅이 훑어보던 클레이튼의 시선이 오른손 바로 밑에 있는 한 점에 못 박혔다. 그의 시선을 따라간 휘트니는 자신이 여전히 채찍을 쥐고 있음을 깨달았다. 감각을 잃다시피 한 손가락 사이로 채찍이 슬그머니 빠져나갔다.

"보아하니 당신한테는 승마만큼이나 즐기는 일이 몇 가지 더 있는 것 같군."

클레이튼이 빈정대기 시작했다. 휘트니는 신경질적으로 손을 쥐었다 폈다 했다.

"자, 자, 겁먹지 마시오."

클레이튼은 조용하면서도 위협적으로 휘트니를 얼렸다.

"당신은 이것저것 즐기는 게 많은 아가씨요. 우선 당신은 즐겁게 내 콧대를 꺾고 사과를 받아냈지, 그렇지 않소?"

고개를 주억거리던 휘트니는 자신의 대답이 클레이튼의 엄한 얼굴에 불러일으킨 분노의 불꽃을 보고는 그만 움찔했다. 휘트니는 얼른 머리를 흔들어 방금 인정했던 것을 번복하려고 했다.

"아니, 부인하지 마시오. 당신은 그것을 무척이나 즐겼소. 그리고 승마와 채찍을 휘두르는 것 역시 즐긴다고 생각하는데, 맞소?"

이 질문에는 어떻게 대답을 해야 할까? 휘트니는 쥐가 나도록 머리를 굴렸지만 마땅한 말은 생각나지 않고 그저 달아나고 싶은 마음만 굴뚝같았다. 휘트니는 칸을 힐끗 쳐다보았다.

"달아날 생각은 마시오."

클레이튼이 은근하면서도 무섭게 경고했다.

휘트니는 그 자리에 그대로 서 있었다. 달아날 수 있다고 생각지도 않았고 그런 시도를 했다가는 오히려 클레이튼을 더욱 화나게 할 뿐이라는 사실도 알고 있었다. 게다가 지금 그의 분노를 풀어주지 않으면 아버지에게 갈 것이 틀림없었다. 휘트니는 클레이튼의 힐난을 참아내기로 단단히 마음먹었다.

"당신은 우리 두 사람이 친구가 되려면 뭔가 공통적인 것이 있어야 한다고 했지. 우리 두 사람이 똑같은 것을 즐기기를 원했다구, 그렇지 않소?"

휘트니는 저도 모르게 침을 삼키며 고개를 끄덕였다.

"채찍을 집어드시오!"

싸늘한 두려움이 휘트니의 등골을 타고 내려갔다. 맥박이 급격히 빨라졌다. 평생 이처럼 억제되고 결의가 느껴지는 분노와 마주치기는 처음이었던 것이다. 휘트니는 몸을 굽혀 떨리는 손가락으로 채찍을 집어들었다.

"그걸 이리 가져오시오."

클레이튼이 쩌렁쩌렁하게 명령했다. 휘트니는 문득 그의 의도가 무엇인지를 깨닫고는 몸이 얼어붙는 것만 같았다.

그녀는 어떤 선택을 해야 할지 부지런히 이런저런 상황을 두루 생각해보았다. 지독히 경멸하는 사람에게 체벌을 받거나 아버지와의 오랜 적대 관계를 재개하거나, 둘 중 하나를 선택해야 했다. 하지만 그것은 선택이라고 할 수도 없는 선택이었다.

휘트니는 클레이튼이 두려움에 떠는 자신의 모습을 만족스럽게 보는 것이 싫었다. 그래서 턱을 치켜들고 무관심한 체하는, 소녀 시절의 버릇으로 돌아갔다. 휘트니는 거만하게 걸어가서 마치 기사 작위를 하사하는 여왕처럼 클레이튼에게 채찍을 내밀었다. 그리고 클레이튼의 차가운 회색 눈을 경멸스럽다는 듯 쳐다보았다.

"당신은 내 사과를 받아내고 채찍을 휘두르기를 즐겼어. 그러니 그런 즐거움을 나도 함께 누려봐야 하지 않겠소? 자, 이번에는 내가 채찍을 휘두르고 당신은 사과를 할 차례요."

클레이튼은 세운 무릎 위로 고개를 숙였다.

휘트니는 내키지 않는 눈길로 클레이튼의 손에 들려 있는 검은 승마용 채찍을 바라보았다. 그리고 얼른 햇볕에 그을린 그의 얼굴을 쳐다보았다. 하지만 대답은 하지 않았다.

잠시 후 휘트니는 클레이튼을 노려보며 몸을 낮춰 굴욕적인 자세를 취했다. 그의 단단한 허벅지가 울렁거리는 휘트니의 배를 눌렀다. 그런데 딱정벌레 한 마리가 코에서 겨우 한 뼘쯤 떨어진 풀숲을 헤치며 다가오고 있었다. 휘트니는 딱정벌레가 승마복을 뚫고 들어오면 어쩌나 걱정스러워졌다.

"당신이 사과를 하면 처벌을 그만두겠소. 하지만 그 전에는 안돼."

클레이튼은 휘트니가 불쑥 사과의 뜻을 전하기를 기다렸다. 그러나 휘트니는 아무 말도 하지 않았다. 그러자 클레이튼은 그녀의 고집스런 침묵과 오만함에 화가 치밀었다. 드디어 그는 채찍을 쥔 손을 치켜들었다. 클레이튼은 자신이 무슨 짓을 하고 있는지 깨닫기도 전에 채찍으로 허공을 갈랐다. 그러고는 채찍을 얼른 집어 던져버렸다. 하지만 휘트니의 몸은 채찍 소리에 놀라 이미 빳빳하게 굳었고 입에서는 외마디 비명 소리가 새어나왔다. 자기 자신과 휘트니 모두에게 혐오감을 느낀 클레이튼은 휘트니의 어깨를 거칠게 붙잡아 일으켜 팔로 안은 다음 자신의 한쪽 무릎 위에 걸터앉게 했다.

휘트니는 눈물을 글썽이며 흐릿하게 보이는 클레이튼을 노려보았다. 비록 짧은 순간이었지만 그가 채찍을 던져버리기 전에 수치스럽게도 두려운 기색을 드러낸 게 분했기 때문이다.

"당신을 증오해요."

휘트니가 소리쳤다.

"이유가 뭐지?"

클레이튼의 퉁명스러운 물음에 적당한 이유가 떠오르지 않은 그녀는 얼굴을 돌려버렸다. 그러고는 데인저를 뚫어지게 쳐다보았다. 매끄러운 검은색 털이 울타리에서 떨어져나온 판자 부스러기들로 지저분해져 있었다. 그 모습을 보자 죄책감이 일기 시작하는 동시에 분노도 수그러들었다. 데인저가 다치지 않은 것은 기적이었다. 그리고 클레이튼은 사납게 날뛰는 말에서 떨어지지 않고 버틸 만큼 말을 다루는 데 능숙했을 뿐만 아니라, 데인저를 마구간으로 돌려보내는 대신 자신이 있는 데까지 와줄 만큼 속이 깊었다. 말과 기수 둘 다 심각한 상처를 입지 않은 것은 이중의 기적이라 할 만했다. 휘트니는 부끄러움과 안도감을 느끼며 눈가에 맺힌 눈물을 손으로 훔쳐냈다. 클레이튼은 휘트니의 그런 행동이 무엇을 뜻하는지 이해하고 있었다.

"날 봐요."

클레이튼이 한결 상냥해진 목소리로 입을 열었다.

"싫어요! 당신을 보게 된다면 이 손으로 당신의 두 눈을 할퀼지도 모른단 말예요. 그러니까 날 그냥 내버려둬요."

휘트니는 허세를 부리기는 했지만 사과를 하기 전에는 클레이튼이 자신을 놓아주지 않으리라는 사실을 잘 알고 있었다. 그리고 사실 원하는 것이 있다면 클레이튼에게서 벗어나는 것이 전부였으므로, 결국 휘트니는 단조롭기 짝이 없는 억양으로 웅얼웅얼 사과를 했다.

"난 결코 데인저를 칠 의도가 없었어요. 대신 당신을 치려고 했던 거죠. 하지만 어느 쪽이 되었든 유치했고 무책임하며 위험한 행동이라는 걸 인정해요."

"그렇게 말해주니 고맙군."

클레이튼이 나직하게 휘트니의 사과를 받아들였다.

휘트니는 클레이튼의 말투에 승리감도 만족감도 담겨 있지 않다는 느낌을 받았다. 그의 말이 쉽게 믿어지지 않아서 휘트니는 슬그머니 그를 바라보았다. 아버지에게 사과를 할 때마다 아버지는 사과를 다 듣고서는 품행이 나쁘다는 잔소리를 장황하게 늘어놓았었다. 그래서인지 정확한 이유는 모르겠지만 휘트니는 클레이튼 역시 아버지처럼 장광설을 늘어놓으리라고 예상하고 있었던 것이다.

"사과해줘서 고맙소."

클레이튼이 같은 인사를 되풀이했다. 마치 휘트니의 내면에서 일고 있는 혼란을 이해하고 있다는 듯이.

어린 시절, 휘트니는 그릇된 행동을 저지르고도 그것을 후회하거나 용서를 받은 경험이 전혀 없었다. 순간적으로 마음에 사무치는 낯선 감정에 동요를 느낀 그녀는 클레이튼의 얼굴에서 고개를 돌렸다. 그는 협박과 으름장으로 성공하지 못한 것을 이해와 용서를 통해 성취했던 것이다. 휘트니는 다시 눈물을 쏟고 있었다. 숨길 수도, 멈출 수도 없는 눈물이었다.

휘트니는 클레이튼의 무릎 위에서 일어서려고 했다. 하지만 클레이튼은 한 손으로 휘트니의 팔을 단단히 잡더니 그녀의 얼굴을 자신의 가슴에 갖다 대었다. 클레이튼이 마치 어린아이를 달래듯 부드럽게 나오자 휘트니는 훨씬 더 서럽게 울었다. 그리고 눈물이 클레이튼의 셔츠 앞자락을 흠뻑 적시고, 마침내 이랬다 저랬다 하는 감정이 다스려질 때까지 실컷 울었다.

"왜 나를 증오하지, 귀여운 아가씨?"

클레이튼이 휘트니의 서러운 울음소리가 잦아들 무렵 부드럽게 물었다.

그의 부드러운 말투와 따뜻한 애무에 마음의 안정을 찾은 휘트니는 울음이 섞인 퉁명스런 말투로 대답했다.

"당신한테는 나를 미치광이처럼 굴게 만드는 구석이 있어요."

클레이튼은 터져나오는 웃음을 억지로 참으며 휘트니의 얼굴을 들어올려 자신을 바라보게 했다. 휘트니를 보고 빙그레 웃는 그의 회색 눈빛에는 자신에게 그런 면이 있다는 것을 인정하는 따뜻함이 배어 있었다. 그러자 휘트니는 왠지 클레이튼이 더없이 가까운 친구처럼 느껴졌다. 마치 두 사람이 어떤 특별한 끈으로 묶여 있는 듯한 기분이었다. 뜻밖의 감정을 접한 휘트니는 어안이 벙벙해졌다. 그리고 그 감정은 그녀의 가슴 깊이 파고들더니 온몸으로 거침없이 퍼져나갔다.

"데인저를 타도록 강요해서 정말, 정말 미안해요. 그리고……."

"더 이상 말하지 마오."

클레이튼이 부드럽게 휘트니의 말을 잘랐다.

"그 일은 벌써 다 잊었소."

휘트니는 천천히 머리를 숙여오는 클레이튼을 보고는 그가 자신에게 키스를 하려 한다는 사실을 알아차렸다. 하지만 그녀는 몸을 뒤로 빼는 대신 얼굴을 들어 그의 입술을 맞았다. 그러면서 어떻게 해서든 용서의 증거를 찾으려 했다. 클레이튼은 오래도록, 부드럽고 따뜻한 배려가 담긴 키스로 휘트니의 입술을 애무했다.

키스가 점점 진해지고 자신의 입술이 관능적으로 그의 입술과 맞부딪칠 때조차 휘트니는 원하기만 한다면 클레이튼이 자신을 놓아주리라는 사실을 알고 있었다. 하지만 휘트니는 자신이 어떤 행동을 하는지도 깨닫지 못한 상태에서 그의 가슴 위에 손을 갖다 대고 미끄러지듯 더듬어 올라가서는 그의 목을 감싸안았다. 그러자 모든 것이 변했다.

클레이튼은 휘트니의 머리를 묶은 스카프를 풀어 머리카락을 흐트러뜨리고는 두 손으로 부드럽게 휘트니의 얼굴을 감싸안았다. 그런 다음 애수를 자아내는 휘트니의 비취빛 눈을 가만히 들여다보았다.

"당신은 너무 사랑스러워."

클레이튼이 이렇게 속삭이며 유유하게 다시 한 번 제 입술을 휘트니의 입술에 문자 휘트니의 심장 고동은 빨라지기 시작했다. 클레이튼은 휘트니가 키스의 맛에 빠져들자 오래도록 시간을 끌었다. 휘트니는 정신이 아득하고 몽롱해졌다. 처음, 클레이튼은 혀로 휘트니의 입술을 가볍게 간질인 다음 입을 벌리도록 집요하게 입술을 헤집었다. 드디어 휘트니가 입을 벌리자 그는 휘트니의 입 안으로 혀를 밀어넣고 입 안 구석구석을 핥았다. 그러면서 두 손으로 휘트니의 등을 천천히 쓸어내렸다. 그런 다음에는 두 손을 휘트니 엉덩이 밑에 넣어 그녀를 좀 더 바싹 당겨 안았다.

충격과도 같은 격렬한 욕정이 휘트니의 목에서 무릎까지 급속히 퍼졌다. 그러자 그녀는 격렬하게 몸을 떨며 클레이튼의 몸에 착 달라붙었다. 클레이튼이 제 몸을 안아 풀밭에 눕힌 다음 억센 두 팔로 감싸자 휘트니는 세상이 기우뚱하고 흔들리는 것만 같았다. 하지만 그가 상체를 기울여오자 희미한 저항의 표시로 머리를 흔들며 간신히 입을 열었다.

"우린 이러면 안……."

클레이튼은 제 입술로 휘트니의 입술을 세게 눌러 휘트니를 침묵시켰다. 그러고는 격렬하고 열정적인 키스를 퍼부어댔다. 그는 다시 한 번 휘트니의 입을 열게 한 다음 그 안으로 제 혀를 부드럽게 들이밀었다가는 다시 뒤로 빼는 동작을 감질나게 반복하며 휘트니의 애를 태웠다. 마침내 휘트니가 격정에 취해 혀로 그의 입술을 애무하기 시작했다.

클레이튼은 신음 소리를 내며, 단단한 온몸에 더욱 힘을 주어 휘트니를 포옹했다. 그런 다음 휘트니의 혀를 자신의 입 안으로 빨아들였다. 이제 그는 뜨겁게 달뜬 입술로 휘트니의 귀를 애무했다. 그러고는 뺨을 더듬고 내려와 다시 그녀의 입술을 덮었다. 휘트니의 얼굴을 감싸고 있던 한쪽 손이 그녀의 목을 타고 미끄러지듯 내려가 젖가슴을 지났다. 그의 손이 스치는 곳마다 뜨거운 격정이 전해졌다. 그는 이제 휘트니의 얇은 블라우스를 벗기기 시작했다.

클레이튼의 손가락이 맨살에 닿았을 때 격정에 취해 있던 휘트니는 비로소 제 정신을 찾으며 현실로 돌아왔다. 그가 속옷을 벗기려 하자 휘트니는 미친 듯이 고개를 저었다. 그리고 입술을 떼어내려 애쓰며 그가 젖가슴에 손을 대지 못하게 막았다.

"이러지 말아요, 휘트니."

클레이튼이 격정 때문에 떨리는 목소리로 속삭였다. 그러고는 몸을 태워버리고 말 것 같은 격렬한 키스를 퍼부으며 한 손으로 그녀의 젖가슴을 애무했다. 그는 성적 자극에 민감한 젖꼭지가 자신의 손바닥 안에서 꼿꼿이 설 때까지 젖가슴을 애무했다.

그러던 그가 느닷없이 움직임을 멈췄다.

쏟아지는 키스와 애무 때문에 정신이 몽롱해지던 휘트니는 클레이튼의 아쉬운 시선이 자신의 젖가슴을 떠나 얼굴로 옮겨오는 것을 지켜보았다.

클레이튼은 뜻밖에도 팽팽하게 긴장한 목소리로 중얼거렸다.

"이쯤에서 멈추지 않으면 돌이킬 수 없게 될 거요."

그는 머리를 숙여 휘트니의 부드러운 양쪽 젖가슴에 살짝 입술을 대고는 아쉬워하며 속옷을 끌어올려주었다.

클레이튼은 휘트니의 옆에 한쪽 팔을 괴고 누웠다. 그러고는 집게손가락으로 우아하게 굴곡이 진 휘트니의 뺨을 쓰다듬었다. 그는 휘트니의 생기발랄함과 신선미를 무척 좋아했다. 휘트니는 깊은 잠에서 깨어나는 열정 그 자체였다. 누군가 불을 붙여주기만 하면 됐다. 휘트니는 클레이튼 자신이 예상했던 모든 것을 갖추고 있었다. 아니, 그보다 더했다. 고집이 센가 하면 상냥하고 불같은 성미에 제멋대로 굴지만 재기발랄한, 호기심을 불러일으키기에 충분할 만큼 대조적인 기질을 함께 지니고 있는 보물 같은 존재였다. 그것도 다른 누구의 것도 아닌 바로 그 자신의 보물이었다!

클레이튼이 차분하고 나른한 미소를 짓자 휘트니는 손을 뻗어 그의 단단한 가슴에 대었다. 그는 자기 손으로 휘트니의 손을 덮더니 셔츠 아래에서 규칙적으로 고동치는 가슴을 눌렀다.

꿈에 취한 듯 몽롱해진 휘트니는 이른 가을날을 채우는 소리들을 듣고 있었다. 다람쥐 한 마리가 도토리를 물고 재빠르게 나무 위로 달려올라갔다. 겨울을 날 식량을 비축하는 중이리라. 귀뚜라미들은 떠들썩하게 화음을 맞춰 노래를 불렀다. 말 한 마리가 발작적으로 발을 굴렸다. 휘트니는 풀밭에 누워서, 왜 이제까지 클레이튼이 빼어나게 잘생겼다는 사실을 한번도 알아보지 못했는지 의아해했다.

클레이튼이 다시 입을 열고서야 하늘을 둥둥 떠다니던 휘트니의 마음은 땅으로 내려왔다.

"가야 할 시간이오. 그런데 지금 가더라도 모든 사람들이 납득할 수 있는 설명을 준비해야 할 걸."

그는 휘트니가 사랑스런 이마를 찡그리자 싱글싱글 웃었다. 입으로 그녀의 젖가슴 한쪽을 누르고 난 뒤 한마디 했다.

"요 뻔뻔스럽고 귀여운 바람둥이 처녀 같으니!"

"그래요, 난 바람둥이에요."

휘트니는 클레이튼의 말을 인정하며 일어섰다. 그녀는 뻔뻔스런 바람둥이 처녀라고 불리자 얼굴이 달아올랐다. 휘트니는 어색한 손놀림으로 헝클어진 머리를 가지런히 하려고 애쓰며 말했다.

"우, 우린 오래 전에 출발해야 했어요."

클레이튼이 휘트니에게 손을 내밀었다. 그러나 휘트니는 몸을 홱 돌리더니 재빠르게 걸어가버렸다. 그는 말에 오르려는 휘트니의 허리를 등 뒤에서 잡아 제 가슴으로 끌어당긴 다음 두 팔로 감싸안았다.

"귀여운 아가씨."

클레이튼이 싱글거리며 휘트니의 목 뒤쪽을 코로 문질렀다.

"내가 당신을 훨씬 더 오래, 그리고 더 꼭 안아줄 기회는 앞으로 많을 거요. 내 약속하리다."

휘트니는 자신의 귀를 의심하지 않을 수 없었다! 뻔뻔스런 바

람둥이 처녀라고 불러놓고는 자신을 가엾이 여겨 욕정을 만족시
켜주려고 조금 전보다 더 진한 애무를 해주겠다는 말인가? 도대
체 어쩌다가, 그가 도덕 같은 것을 얼마나 우습게 아는지 또 얼마
나 거만한지 잊었단 말인가? 휘트니는 클레이튼의 품에서 빠져
나와 어깨너머로 그를 쳐다보았다. 굴욕감 때문에 당황해버린 휘
트니는 젖 먹던 힘까지 짜내어 할 수 있는 한 경멸에 찬 태도를
보이며 물었다.

"정말 그럴 생각인가요?"

"그렇소. 진심으로 약속하지."

"기대는 말아요."

휘트니는 고개를 돌려 칸의 고삐를 그러쥐었다. 그때 클레이튼
은 휘트니를 번쩍 들어올려 안장 위에 앉혔다. 그러고는 휘트니의
허벅지 위에다 손을 올려놓았다.

"들놀이는 어디서 열리죠?"

그렇게 묻는 휘트니의 목소리는 분노로 부들부들 떨렸다.

"내 집과 세버린 집 사이에 있는 작은 공터요."

클레이튼이 데인저에 가뿐하게 올라타며 대답했다.

휘트니는 무엇보다도 칸을 빨리 달리게 하여 될 수 있는 한 클
레이튼과 멀리 떨어지고 싶었다. 동시에 자신이 얼마나 깊은 상처
를 입었는지 숨기고 싶었던 그녀는 날카로우면서도 쾌활한 목소
리로 말했다.

"그럼 거기서 봐요."

휘트니는 칸의 말머리를 돌려 전속력으로 질주하도록 죄어쳤
다. 그녀의 머리카락은 제멋대로 나부꼈고, 달아오른 얼굴도 바람

에 차츰 식어갔다.

휘트니는 금세라도 울음을 터뜨릴 것만 같았다. 클레이튼은 날 '뻔뻔스럽고 귀여운 바람둥이 처녀'라고 불렀어. 그런데 난 실제로 바람둥이 처녀처럼 굴었어. 그가 그토록 진한 키스를 하도록 내버려두었으니까. 어디 그뿐인가! 순결한 젖가슴을 함부로 주무르고 만지도록 그대로 두었다니……. 그런데 그 뻔뻔하기 짝이 없는 인간은, 선심이라도 쓰듯 더 진한 애무를 해주겠다고 했어. 내 자존심과 분별력은 모두 어디다 팽개치고 그처럼 뻔뻔스런 행동을 하도록 내버려뒀을까? 욕정에 사로잡힌 그 남자와 나란히 누워 있었다니 난 정말이지 지독한 바보였어. 그 남자는 내 기분을 정확히 꿰뚫고 있었어. 클레이튼 웨스트랜드는 여자들을 요리하는 데 도가 튼 위인이 분명해.

저 멀리 앞쪽으로 들놀이를 나온 사람들이 눈에 들어왔다. 그들은 화려하게 차려입은 옷들 때문에 뒤쪽에 있는 낮은 언덕들 위에 찍어놓은 울긋불긋한 점처럼 보였다. 휘트니는 아주 멀리 떨어져 있었지만 폴의 모습을 알아볼 수 있었다. 폴!

휘트니는 방금 전 개울가에서 있었던 일을 폴이 알게 된다면 자신을 얼마나 경멸할까싶어 저절로 한숨이 나왔다. 폴의 눈에 자신은 음탕하고 타락한 여자로 보일 터였다. 아니, 모든 사람들 눈에도 그렇게 보일 것이다.

휘트니가 언뜻 뒤를 돌아보니 클레이튼은 10마신(말의 머리에서 궁둥이까지의 길이. 말과 말 사이의 거리를 나타내는 단위로 쓰임) 정도 뒤에서 따라오고 있었다. 갑자기 격한 분노를 느낀 휘트니는 달아나는 것처럼 보이지 않으면서도 들놀이에 될 수 있는 한 빨리 도착할 생각으로 그에게 소리쳤다.

"한번 달려볼까요?"

"당신에게 승산이 있다고 생각한다면 내가 10마신을 양보하지. 그럼 갑시다."

클레이튼이 껄껄 웃으며 소리쳤다.

휘트니는 핸디캡(실력이 나은 사람에게 불리한 조건을 지우는 것)이 붙은 경주 제안을 거절해야 할지 잠시 생각해보았다. 하지만 클레이튼의 관심이 어디에 있든 가능한 모든 방법을 동원해 이겨야겠다고 결심했다. 그녀는 말의 목 쪽으로 몸을 바짝 기울이고 박차를 가했다. 클레이튼도 이에 뒤질세라 힘차게 내달리기 시작했다.

들놀이를 나온 사람들에게 가까이 다가갈수록 휘트니는 뒤를 힐끗거리며 자신이 얼마나 앞서고 있는지를 확인했다. 휘트니는 한편으로는 놀랐고 한편으로는 혐오감을 느꼈다. 데인저가 속도를 높여 제 뒤를 바짝 추격해오고 있었기 때문이다. 잠깐 동안 그녀는 경주가 자신의 승리로 끝나리라고 생각했다. 하지만 마지막 순간 간격을 좁히고 따라붙은 데인저가 간발의 차이로 칸을 앞질렀다.

마부 한 사람이 달려와 칸과 데인저의 고삐를 잡고 휘트니가 말에서 내리는 것을 도와주었다. 그러는 동안에도 말들은 계속 이리저리 경중거렸다. 휘트니가 클레이튼의 존재를 완전히 무시한 채 스커트를 매만지며 그의 앞을 지나갈 때였다.

클레이튼이 말 위에서 몸을 낮추더니 스스럼없이 휘트니에게 말했다.

"내가 이겼소."

그때 몸을 굽히고 칸의 오른쪽 앞발을 살피던 마부가 공손하게 말했다.

"숙녀분의 말은 발굽에 돌을 끼고 달렸군요."

휘트니가 막 그 사실을 따지고 들려는데 공교롭게도 폴이 다가왔다.

"도대체 이제까지 어디들 있었습니까?"

"데인저에게 문제가 좀 있었습니다."

클레이튼이 말에서 내리며 침착하게 대꾸했다.

온순해진 데인저를 쳐다보던 폴은 고개를 돌려 발갛게 달아오른 휘트니의 얼굴을 쳐다보며 말했다.

"걱정했어."

"그랬어요? 쓸데없는 걱정을 했군요."

휘트니는 속으로 가책을 느끼는 만큼이나 표가 나게 미안한 얼굴을 하고 있었다.

폴은 휘트니를 엷은 하늘색 담요가 깔려 있는 곳으로 데리고 가 에밀리와 마이클 아치볼드 부부 옆에 앉힌 다음 자신도 휘트니 옆에 앉았다. 엘리자베스와 피터 레드펀이 맞은편에 자리하고 있었다.

클레이튼은 하인에게서 와인 잔을 받아들고 사람들이 앉아 있는 곳으로 걸어가더니 마거릿 메리튼과 다른 커플들 옆에 앉았다. 휘트니는 그가 자리에 앉을 때 마거릿이 환한 미소를 지으며 반기는 것을 보았다. 끊임없이 적의를 품고 눈을 가늘게 뜨지만 않는다면 마거릿도 참 예쁜 처녀일 거야, 하고 휘트니는 생각했다. 그런데 그 순간 휘트니 쪽으로 고개를 돌린 마거릿이 빈정거리듯 휘트니에게 물었다.

"경주를 했다면 네가 졌겠지, 휘트니?"

마거릿이 흡족한 듯 웃으며 말했다.

"스톤 양이 졌답니다."

클레이튼이 얼른 마거릿의 추측을 확인해주며 자신의 답변을 부인할 테면 부인해보라는 듯한 미소를 휘트니에게 보냈다.

"나는 칸의 발굽에 돌이 낀 줄 몰랐어. 그런 데다 내가 저 종마를 탔다면 훨씬 더 큰 차이로 이겼을 거야."

휘트니가 마거릿에게 쏘아붙였다.

"만약 스톤 양이 저 종마를 탔다면 우리는 지금 다쳐서 누워 있는 스톤 양을 위해 스톤 양의 친척들을 부르러 다니고 있을 겁니다."

클레이튼이 싱글거리며 말했다.

"웨스트랜드 씨, 난 저 종마를 다룰 수 있을 뿐만 아니라 웨스트랜드 씨보다 더 잘 달릴 수 있어요."

"그렇게 생각한다면 나는 내 말들 중에서 한 마리를 골라 타고 스톤 양은 저 종마를 타고 승마 솜씨를 한번 겨뤄볼 수도 있습니다."

클레이튼이 자신을 놀리며 재미있어하는 데 자극을 받은 휘트니는 승마 장갑을 벗어던져 클레이튼의 도전을 받아들인다는 의사를 밝혔다.

"코스는 평탄해야 해요."

휘트니가 조건을 제시했다.

"장애물을 뛰어넘는 건 안 돼요. 저 말은 아직 장애물을 넘어본 적이 없다구요."

"데인저는 오늘 공터에서 울타리를 몇 차례 넘었답니다. 꽤 잘
넘더군요."

클레이튼이 휘트니의 기억을 되살려주었다.

"그렇지만 원하신다면 그렇게 하지요. 코스는 스톤 양이 정하
시오."

"휘트니, 무리한 대결을 벌이려는 게 아닐까?"

폴이 이마를 찡그리며 휘트니에게 물었다.

휘트니는 클레이튼에게 오만한 눈길을 던지고는 실제로 느끼는
것보다 더욱 자신 있게 대답했다.

"절대 그렇지 않아요. 내가 쉽게 이길 거예요."

"남자용 승마바지를 입고 다리를 벌리고 탈 거니? 아니면 맨발
로 말 등에 올라탈 생각이니?"

그때 마거릿이 빈정거렸다.

그러자 서로 동의라도 하듯 다른 사람들도 이야기를 시작하여
마거릿의 목소리를 압도했다. 하지만 휘트니는 마거릿이 클레이
튼을 비롯해 다른 사람들에게 자신의 흉을 보는 소리를 간간이
듣게 되었다.

"……아버지를 망신시키고…… 마을의 체면을 엉망으로 만들
고……."

하인들이 차가운 닭고기와 햄, 치즈와 과일들이 든 바구니를
골고루 나눠주기 시작했다. 휘트니는 마거릿의 악담을 마음에서
지워내기 위해 에밀리가 남편 마이클과 주고받는 가벼운 농담에
귀를 기울였다.

"휘트니와 난 아주 어렸을 때 내기를 하나 했어요."

에밀리가 마이클에게 하는 말이었다.

"우리 둘 중 먼저 결혼하는 사람이 다른 사람에게 벌금 5파운드를 내기로 했죠."

"맞다! 어쩜 난 까맣게 잊고 있었어."

휘트니가 빙그레 웃으며 끼어들었다.

"에밀리가 결혼을 하도록 영향을 끼친 장본인이 바로 저니까 제가 기꺼이 에밀리의 벌금을 지불해야겠군요."

마이클이 휘트니에게 눈을 깜박이며 말했다. 그 말에 휘트니가 맞장구를 쳤다.

"정말 그렇군요."

"그런데 남작님, 결혼 말고도 에밀리에게 다른 좋은 영향을 많이 끼쳤으면 좋겠어요."

"저 역시 그러기를 바란답니다."

마이클이 너무 진지하게 대답을 하는 바람에 휘트니는 그만 웃음을 터뜨리고 말았다.

그때 폴이 상체를 구부리며 가까이 다가서자 휘트니는 아직 웃음을 완전히 그치지 않은 눈으로 그를 올려다보았다.

"휘트니, 내가 네게 영향을 끼치면 안 될까?"

폴이 물었다.

그 말은 폴이 자신의 의도를 선언한 것이나 마찬가지였기에 휘트니는 자신이 폴의 말을 정확하게 들었는지 쉽게 믿어지지가 않았다.

"그거야 상황에 따라 다르겠죠."

휘트니는 대수롭잖다는 듯 대답을 하고서도 무의식중에 사람을 빨아들이는 폴의 파란 눈에서 시선을 거둘 수가 없었다. 그때 돌풍이 사납게 불어와 휘트니의 머리카락은 얼굴과 어깨 주위로 아무렇게나 흘러내렸다. 휘트니는 머리에 묶여 있어야 할 물방울무늬 스카프를 찾아 무심결에 손을 머리 뒤로 뻗었다.

"이걸 찾고 있나요?"

클레이튼이 느릿느릿 말을 하며 호주머니에서 스카프를 꺼내 휘트니에게 내밀었다. 바로 그 순간 폴은 어금니를 꽉 깨물었다.

휘트니는 얼른 클레이튼의 손에서 스카프를 잡아챘다. 그러면서 클레이튼이 의도적으로 모든 사람들로 하여금 어떻게 자신의 스카프가 그의 호주머니 속으로 들어가게 되었는지, 들놀이에 늦게 도착한 이유는 무엇인지를 궁금하게 여기도록 만들 작정이라는 걸 알아챘다. 휘트니는 뺨이 슬금슬금 달아오르는 것을 느꼈다. 그러나 놀랍게도 클레이튼에게 육체적인 위해(危害)를 가하는 상상을 하자 금세 기분이 좋아졌다. 휘트니는 클레이튼이 칼에 찔리거나 총알을 맞아 머리가 박살나거나 교수대에 대롱대롱 매달려 있는 모습을 상상했다.

날이 저물어 들놀이를 나왔던 사람들이 모두 떠나자 폴은 마부에게 칸을 맡기고 휘트니를 자신의 화려한 마차에 태웠다. 말들은 메마르고 먼지가 뿌얗게 이는 좁은 길을 달려갔다. 그동안 폴은 고삐를 쥔 채 입을 꾹 다물고 있었다.

"폴, 화났어요?"

휘트니가 조심스럽게 물어보았다.

"그래. 내가 왜 화를 내는지 알고 있겠지?"

휘트니는 그 이유를 분명히 알고 있었다. 그래서 한편으로는 걱정스러우면서도 다른 한편으로는 행복했다. 클레이튼 웨스트랜드가 폴에게 지체 없이 사랑을 고백하는 데 필요한 자극을 주었다는 것은 틀림없는 사실이었다. 폴은 온종일 클레이튼에게 질투를 느낀 게 분명했다.

폴은 휘트니 집 앞에 난 사설도로에 도착하자 말고삐를 당겨 마차를 세웠다. 그러고는 한쪽 팔을 휘트니가 앉아 있는 좌석의 등받이에 얹고 입을 열었다.

"오늘 네가 얼마나 아름다웠는지 말한다는 걸 깜빡 잊었어."

"고마워요."

휘트니는 폴의 칭찬을 듣고 나자 날아갈 듯 기뻤다.

"내일 오전 11시에 데리러 올게. 그 이야기는 그때 하자."

"오늘 내가 얼마나 예뻤는지에 대해서요?"

"아니, 내가 왜 화가 났는지에 대해서."

그러자 휘트니는 한숨을 내쉬었다.

"난 내가 얼마나 예쁘게 보였는지 듣고 싶은데."

폴은 휘트니가 마차에서 내리는 것을 도와주면서 대꾸했다.

"물론 그렇겠지."

폴은 이튿날 오전 11시 정각에 휘트니의 집에 도착했다. 응접실 문가에 멈춰선 휘트니는 늘 꿈꾸어온 대로 폴이 자신을 데리러 왔다는 사실을 좀처럼 믿을 수가 없었다. 이모에게 귀를 기울이면서 웃고 있는 그는 믿을 수 없을 정도로 잘생겨 보였다.

"네 남자친구가 마음에 드는구나."

집을 나서는 휘트니에게 앤이 속삭였다.

"폴은 아직 제 남자친구가 아니에요."

이번엔 휘트니가 앤에게 속삭였다. 말은 그렇게 했지만 휘트니의 얼굴은 환히 빛나고 있었다.

하늘은 눈부시게 파랬다. 상쾌한 바람이 불어와 폴의 금발을 헝클어뜨렸다. 두 사람은 마차를 타고 이야기를 나누면서 시골길을 달려갔다. 그러다가 마차를 세우고 길 양쪽으로 펼쳐진 아름다운 풍경을 바라보았다. 성미 급한 나무 몇 그루는 벌써 밝은 금빛과 오렌지 빛깔의 초가을옷으로 갈아입고 있었다. 휘트니에게는 더없이 평온한 날이었다.

폴은 매력적이고 재미있었다. 그는 휘트니가 깨지기 쉬운 도자기라도 되는 양 조심스럽게 대했다. 사람들의 입방아에 오르내릴 우스꽝스러운 일들을 잇달아 저지르고 다니던 예전의 그 천덕꾸러기와는 전혀 다른 여자를 대하듯 했다. 휘트니 역시 폴이 예전에 알던, 어린 말괄량이를 떠올리게 할 말은 한 마디도 입 밖에 내지 않으려고 조심했다. 그녀는 폴의 키스를 받으려고 애를 태웠던 생각을 하자 쥐구멍이라도 있으면 들어가고 싶은 심정이었다.

두 사람은 폴의 어머니와 함께 점심을 먹었다. 처음 휘트니는 폴의 어머니와 함께 식사를 한다는 것이 왠지 두려웠지만 막상 함께 식사를 하고 보니 예상 밖으로 아주 즐거웠다.

식사를 마친 두 사람은 숲 가장자리까지 펼쳐져 있는 잔디밭을 가로지르며 한가로이 산책을 했다. 휘트니는 폴의 제안에 따라 튼실한 떡갈나무 가지에 매어놓은 그네에 앉았다.

"어제는 두 사람이 왜 그렇게 늦게 도착한 거야?"

폴은 에두르지 않고 바로 물었다.

휘트니는 순간 움찔했다가는 어깨를 으쓱해 보였다. 그리고 사실은 전혀 그렇지 않으면서도 어리둥절하고 무관심하게 보이려고 애쓰며 대답했다.

"우리 집 종마 데인저가 말썽을 부렸기 때문이에요."

"휘트니, 그 말은 믿기 힘들어. 난 웨스트랜드와 여러 번 승마를 했는데 그 사람의 말 다루는 솜씨가 보통이 아니거든. 게다가 어제 그 말은 무척 유순하고 얌전하게 보였구."

"누가 유순해 보였다는 거죠? 그 종마 말인가요? 아니면 웨스트랜드 씨 말인가요?"

휘트니는 이렇게 놀려대며 폴의 기분을 풀어주려고 했다.

"난 종마 얘길 한 건데 네가 웨스트랜드 얘길 하니까 그 얘기가 듣고 싶어지는 걸."

"폴, 제발!"

휘트니가 애원하다시피 했다.

"말 중에는 정말 예측할 수 없이 행동하는 말이 있기 마련이고, 아무리 말을 타본 경험이 많은 사람이라도 그런 말들을 다루는 데 애를 먹는다는 사실을 당신도 잘 알잖아요."

"그렇다면 데인저가 그처럼 다루기 힘든 데도 그 말을 타고 웨스트랜드와 경주를 하겠다는 건 뭐지?"

"오, 그거 말이군요. 그 사람이 내가 거절할 수 없도록 나를 조롱하고 몰아붙였기 때문이죠."

휘트니는 폴의 반신반의하는 표정을 훔쳐보았다. 그런 상황에서는 자신이 적당히 분노를 표현하는 것이 현명할지도 모른다고,

아니, 폴이 그런 걸 기대할지도 모른다고 생각했다.

"폴, 난 그 사람의 행동을 참을 수가 없어요. 그리고 이, 이렇게 꼬치꼬치 따지는 당신도 마음에 안 들어요. 이건 옳지 않다구요."

그러자 뜻밖에도 폴이 활짝 웃으며 말했다.

"난 네가 예의범절을 의식하게 되는 날이 오리라고는 꿈에도 생각하지 못했어."

갑자기 폴이 휘트니를 그네에서 일으켜세워 품에 안았다.

"넌 너무 사랑스러워!"

폴이 휘트니의 귀에 대고 속삭였다.

휘트니는 숨을 죽이면서 같은 생각만 되풀이하고 있었다. 폴은 내게 키스를 할 거야! 휘트니는 너무 긴장한 나머지 폴이 고개를 천천히 숙일 때 웃음이 터져나올 것만 같았다. 그러나 폴의 따스하고 부드러운 입술이 제 입술을 한번 스치고 지나가자 터져나오려던 웃음은 안개처럼 사라졌다.

휘트니는 손을 들어 저도 모르는 사이에 폴의 가슴을 더듬으려고 했다. 하지만 키스에 너무 열의를 보이고 격정에 휩싸이면 행여 폴이 불쾌해할까봐 될 수 있는 대로 감정을 자제했다.

그러나 폴은 휘트니가 가만히 있도록 내버려두지 않았다. 그는 팔을 조여 휘트니를 꽉 껴안아 벽과도 같이 탄탄한 제 가슴에 가두고는 능숙하게 키스를 했다. 휘트니의 입술에 자신의 입술을 끈질기게 비벼대며 놀리기라도 하듯 부드럽게 입술을 살짝 간질이다가는 얼른 태도를 바꿔 키스에 굶주린 사람처럼 격렬한 키스를 퍼붓기도 했다. 폴이 꽉 조였던 팔을 풀어줄 무렵 휘트니의 다리는 힘이 쭉 빠져 있었다. 그 와중에도 그녀는 가슴이 철렁했다.

폴이 키스 경험이 무척 많다는 사실을 깨달은 것이다.

폴은 만족스럽고 자신만만한 표정으로 휘트니를 지켜보았다.

"키스를 아주 잘하는군요."

휘트니는 폴에게 자신이 키스를 잘하는지 못하는지 판단할 수 있는 여자처럼 들리기를 바라며 말했다.

"그렇게 말해주니 고맙군. 그건 프랑스에서 겪은 풍부한 경험에 따른 결론인가?"

폴은 약간 화가 난 듯한 얼굴로 대꾸를 했다.

휘트니는 그네에 앉아 폴을 가만히 쳐다보았다. 그러다 슬리퍼 끝으로 땅을 세게 차서 그네를 뒤로 밀었다. 두 번째로 그네를 구를 때 폴이 휘트니의 허리를 잡더니 그네에서 번쩍 들어내려 부둥켜안았다.

"넌 사람을 살살 약 오르게 하는 개구쟁이야."

폴이 싱글거리며 말했다.

"내가 이성을 잃으면 파리에서 거들먹거리는 제비들은 저리 가라 할 정도로 네게 정신없이 빠져들 거야."

"하지만 그 사람들은 거들먹거리는 제비들이 아니었어요."

휘트니가 반박을 하려는데 폴이 입술을 갖다대며 그 반박을 잠재웠다.

"다행이군. 나도 그 형편없는 무리에 속하게 된다면 질색했을 테니까."

휘트니의 가슴은 마구 콩닥거렸다.

"거들먹거린다구요?"

휘트니가 폴의 입술에 대고 속삭였다.

"거들먹거리지."

폴은 휘트니를 안고 있던 팔에 더욱 힘을 주었다. 그런 다음 제 입술을 휘트니의 입술에 포개고 미친 듯이 휘트니의 입술을 탐했다.

"난 이미 너한테 정신없이 빠져버렸어."

두 시간 뒤 휘트니는 날아갈 듯한 기분에 젖어 집으로 돌아왔다. 그녀는 곧 앤 이모를 찾았다. 그런데 스웰이 이모와 아버지, 또 웨스트랜드 씨가 아버지의 서재에 모여 있다고 알려주었다. 휘트니는 조심스럽게 현관 쪽을 흘끔거리며 자신을 본 사람이 아무도 없다는 사실을 확인하고는 얼른 계단을 올라가 제 방으로 가버렸다. 아무것도, 절대 아무것도 자신의 행복한 기분을 방해하게 하고 싶지 않았다. 그 행복한 기분을 망쳐놓을 만한 일이 있다면 클레이튼 웨스트랜드와 마주치는 것뿐이었다. 휘트니는 안도의 한숨을 내쉬며 방문을 닫고는 침대 위에 벌렁 드러누워 오후에 있었던 기억들을 고이고이 가슴에 새겼다.

클레이모어 공작 클레이튼 웨스트모어랜드에게 인사를 하는 앤의 눈에는 눈물이 그렁그렁했다. 공작은 단호한 걸음으로 성큼성큼 돌아서서 서재를 나갔다. 앤은 가슴이 조여드는 고통을 느끼며 그 자리에 멍하니 서 있었다.

마틴이 의자 끄는 소리를 내며 자리에서 일어서서 앤에게 말했다.

"난 아직 처제에게 이 얘기를 할 생각이 없었어. 헌데 공작 각하가 우리가 맺은 계약에 대해 처제에게 알려야 한다고 하시더군.

방금 전의 이야기에 대해 비밀을 지키겠다는 약속을 다시 상기시
켜줄 필요는 없겠지?"

앤은 마틴에게 어떻게 손 써볼 도리가 없는지 물어보려다가 그
만 두었다. 앤의 침묵에 용기를 얻은 마틴이 좀 누그러진 목소리
로 덧붙여 말했다.

"이제야 하는 말이지만 난 처제가 휘트니와 함께 도착했을 때
그다지 반갑지가 않았어. 하지만 처제가 여기 머물고 있는 게 오
히려 큰 도움이 될 수도 있을 거야. 난 처제가 공작에 관한 호의
적인 말을 휘트니에게 들려주길 바래. 휘트니는 처제의 말이라면
귀담아 들을 테니까. 그 애가 공작을 빨리 좋아하게 될수록 우리
모두에게 그만큼 이로울 거야."

드디어 앤이 본래의 목소리를 되찾았다.

"휘트니가 공작을 좋아하게 된다구요?"

앤은 가당치도 않다는 표정을 지었다.

"휘트니는 공작의 입김조차 역겨워해요."

"그건 그 애가 공작을 잘 몰라서 그런 거야."

"공작을 경멸할 만큼은 알고 있어요. 휘트니 입으로 직접 했던
말이라구요."

"그렇다면 공작에 대한 그 애의 판단을 바꾸어 주도록 처제에
게 부탁할게."

"형부는 장님에다 귀까지 먹었나요? 휘트니는 폴 세버린을 사
랑해요."

"폴 세버린은 제 한 몸 건사하기도 힘겨운 친구야, 처제."

마틴은 콧방귀를 뀌고는 하던 말을 계속했다.

"세버린이 휘트니에게 줄 수 있는 거라고는 한낱 가정주부의 삶이 전부야."

"아무리 그렇다고 해도 결혼 상대를 결정하는 건 휘트니 본인 몫이에요."

"당찮은 소릴랑 집어치워! 그 결정은 내가 하는 것이고 나는 이미 결정을 했어. 난 공작의 변호사가 작성한 합법적인 계약서에 서명을 하고 공작한테서 10만 파운드를 받았어. 그리고 널린 빚을 갚느라 그 돈의 반 이상을 벌써 써버렸다구. 반 이상을 말이야."

마틴은 '반 이상'이란 말에 힘을 주었다.

"만약 휘트니가 공작과 맺은 계약을 존중할 뜻이 없다 하더라도 나는 공작한테 받았던 돈을 돌려줄 수가 없는 형편이지. 사정이 그렇게 된다면 공작은 나를 사기 혐의로 고소할 거야. 그리고 그 외에 어떤 처벌이 있을지는 아무도 몰라. 뭐, 처제가 내 이런 딱한 사정에 아무 관심이 없다 해도 할 수 없는 일이지. 하지만 이 문제를 다른 식으로 보면 어떨까. 이 고장 사람들이 아버지가 감옥에서 시들어 죽어간다고 수군거릴 텐데 휘트니가 폴 세버린과 결혼해서 행복하게 살 수 있을까?"

마틴은 협박을 하다시피 앤에게 말하고는 출입문 쪽으로 걸어갔다.

"처제가 이 일에 적극 협조해줄 걸로 믿어. 나를 위해서는 아니더라도 휘트니를 위해서 말이야."

13

휘트니는 클레이튼이 이튿날 저녁에 집에 와서 식사를 함께 하기로 했다는 소식을 듣고는 여러 사람들 앞에서 매질을 당하는 것처럼 고약한 기분이 들었다. 그렇지만 아버지가 좋아하는 사람이라니 아버지를 위해 참아주기로 마음을 먹었다.

저녁 식사는 정각 8시에 있었다. 연분홍 식탁보가 덮인 긴 식탁의 한쪽 끝에는 마틴이 앉고 반대쪽에는 앤이 앉았다. 앤의 오른쪽에 앉은 휘트니는 클레이튼과 얼굴을 마주보게 되었다. 식탁 중앙에 놓인 묵직한 은촛대를 반갑지 않은 손님에 대한 장벽으로 삼은 휘트니는 침착하게 입을 다물고 있었다.

클레이튼은 식사 중 여러 차례나 휘트니를 자극할 만한 말들을 꺼냈다. 그러나 휘트니는 클레이튼이 자신의 화를 돋워서 대화에 끌어들이려 한다는 것을 진작 알아차렸다. 어쨌든 휘트니는 신중한 태도를 지키며 클레이튼의 존재를 무시했다.

휘트니는 아버지와 이모, 클레이튼 세 사람이 자기가 끼어들지 않아도 분위기를 잘 맞춰나가고 있는 데 놀라지 않을 수 없었다. 게다가 세 사람의 대화는 밤이 깊어갈수록 활기를 띠어갔다. 후식 접시가 치워지자 휘트니는 곧 기분이 울적해질 것 같다며 식탁에서 일어났다. 그때 언뜻 클레이튼의 입술이 실룩거리는 듯 했다. 휘트니가 그런 기미를 알아채고 그의 얼굴을 자세히 살펴보았지만 클레이튼은 근심스럽게 그녀를 바라보았을 뿐 아무런 내색도 하지 않았다.

휘트니가 식당을 나간 뒤 마틴이 클레이튼에게 말했다.

"휘트니는 체질이 황소처럼 강하답니다."

그 다음 2주 동안 폴은 하루도 거르지 않고 휘트니를 찾아왔다. 그 덕분에 휘트니의 하루하루는-클레이튼과 자주 저녁 시간을 함께 보내는 것을 참아내야 하는 일만 빼면-꿈결처럼 행복했다. 그러나 휘트니는 아버지를 생각해서 아무 불평 없이 클레이튼과의 만남을 견뎌냈다.

클레이튼이 무슨 말을 하든, 어떤 행동을 하든 휘트니는 흔들림 없이 차분하고 예의 바르고 냉담한 태도를 보였다. 수줍은 듯하면서도 격식을 차리는 태도는 마틴을 기쁘게 했다. 마틴은 휘트니의 그런 행동을 숙녀다운 태도로 오해하고 있었기 때문이다. 반면 착각 같은 것은 절대로 하지 않는 클레이튼은 그런 휘트니를 볼 때마다 애가 탔다. 그런 가운데 휘트니는 왠지 모르게 아버지와 클레이튼이 이모에게 신경을 쓰고 있다는 것을 어렴풋이 알아챌 수 있었다.

사실 휘트니는 근래 들어 이모의 행동이 아주 이상하다는 생각을 하고 있던 중이었다. 앤은 대부분의 시간을 남편이 가 있을지 모르는 유럽 여러 나라의 수도에 편지를 쓰는 일로 보냈다. 그리고 끊임없이 변덕을 부렸다. 불안정하게 활기에 차 있을 때가 있는가 하면 어떤 때는 갑자기 멍한 표정을 짓고 숙연해지기도 했다.

휘트니는 이모가 이상하게 행동하는 것이 이모부가 곁에 없어 느끼는 외로움 때문이라고 추측했다.

"이모가 이모부를 얼마나 그리워하는지 알아요."

휘트니는 2주 뒤 처음으로 클레이튼의 집에서 저녁을 먹기로 되어 있던 날 저녁에 이모를 위로했다.

앤은 휘트니가 입을 드레스를 고르는 데 여념이 없어서 휘트니의 말을 못 들은 것 같았다. 마침내 앤은 근사한 복숭아 빛깔의 주름진 비단 드레스를 골랐다. 목선과 옷단에 조가비 모양의 테를 두른 드레스였다.

"저도 프랑스에 있는 동안 폴이 지독히도 보고 싶었어요. 그래서 이모가 얼마나 이모부를 보고 싶어 하는지 알아요."

그러나 휘트니의 목소리는 클라리사가 드레스를 머리 위에다 뒤집어씌우는 바람에 묻혀버렸다.

"어린 시절의 로맨스는 그 애정의 대상과 헤어지게 되면 그토록 진실하고 영속적으로 보이는 법이란다. 하지만 시간이 지난 뒤 생각해보면 자신이 꿈꾸고 기억했던 것보다 현실이 훨씬 실망스럽다는 것을 알게 된단다."

앤의 말을 듣고 난 휘트니는 긴 머리를 빗기느라 정신이 없는 클라리사 생각은 하지도 않고 몸을 휙 돌렸다.

"이모, 폴은 더 이상 어린 시절의 로맨스 대상이 아니에요. 음, 예전엔 물론 그랬지만 더는 아니에요. 우리는 결혼할 거예요. 제가 항상 꿈꿨던 일이 실현되는 거죠. 그것도 아주 가까운 시일 안에요."

"폴이 결혼을 하자고 하던?"

휘트니가 고개를 저으며 뭔가 말하려고 했지만, 앤이 숨을 깊이 들이쉰 다음 조카의 말을 막았다.

"내 말하지만 폴이 네게 청혼할 의사가 있었다면 지금까지 청혼을 할 시간은 충분했다."

"이모, 확신하지만 폴은 사랑을 고백할 적당한 시간을 기다리고 있는 거예요. 게다가 저는 너무 오랫동안 집을 떠나 있었어요. 돌아온 지 이제 겨우 몇 주밖에 안 지났잖아요."

"휘트니, 폴과 너는 몇 년 동안 서로 알고 지낸 사이다."

앤이 차분히 반박을 했다.

"네가 귀국했던 지난 몇 주 사이에 나는 생전 처음 만난 남녀의 혼담이 성사되는 것도 봤다. 아마 폴 세버린은 그저 지금 최고 인기를 누리고 있는 사랑스런 아가씨를 구슬리는 게 재미있는지도 모르지. 많은 신사들이 그랬던 것처럼 말이다."

휘트니는 자신만만하게 웃으며 앤의 볼에 입을 맞췄다.

"이모는 제 행복을 두고 너무 걱정을 많이 하시는 것 같아요. 폴이 곧 청혼을 할 테니 두고 보세요."

그러나 마차가 덜컹거리며 그늘진 떡갈나무 숲을 지나 클레이튼의 집으로 향할 때 휘트니의 낙관은 흔들리기 시작했다. 그녀는 머리카락 한 올을 만지작거리며 멍하니 앉아 있었다. 폴은 정말로 그저 인근에 널리 알려진 아름다운 여성의 파트너 노릇을 즐기는 걸까? 휘트니는 궁금했다. 잠시 감정에 좌우되지 않고 객관적으로 생각해보았다.

휘트니는 자신이 마을에서 유명한 미인이라는 타이틀을 엘리자베스 애쉬튼 대신 차지했다는 사실을 알고 있었다. 비록 한때 예상했던 것만큼 만족스럽게 획득한 것은 결코 아니지만 말이다. 가까운 이웃에서 열리는 카드 파티와 야회(夜會)에 참석해달라는 초청장이 아부라도 하듯 정기적으로 도착하고 있었다. 그리고 휘트니가 그런 초대에 응할 때마다 폴이 동행을 했다. 그럴 때면 폴은 그녀 옆에서 저녁 시간의 대부분을 보냈다. 사실 인근에서 휘트니의 인기에 견줄 수 있을 만큼 인기를 누리는 이는 오직 한 사람, 클레이튼 웨스트랜드뿐이었다. 그리고 휘트니가 어디를 가든 클레이튼도 그곳에 있었다.

휘트니는 그 기분 나쁜 이웃에 대한 생각을 떨쳐버렸다. 그런데 폴은 왜 여태 청혼을 하지 않는 걸까? 휘트니는 궁금했다. 결혼은 그렇다 치더라도 사랑한다는 말은 왜 한번도 하지 않는 걸까?

마차가 클레이튼의 저택에 당도했을 때까지도 휘트니는 여전히 그런 궁금증에 대한 답을 찾지 못하고 있었다.

등이 꼿꼿한 집사가 정문을 열고 세 사람을 내려다보았다.

"어서들 오십시오. 주인님께서 기다리고 계십니다."

집사가 느리고 또박또박한 소리로 인사를 했다.

휘트니는 집사의 위풍당당한 태도를 보고 처음에는 놀랐지만 곧 속으로 재미있어했다. 휘트니는 집사의 그런 태도를 보며 그가 저명한 인물을 모시는, 위풍당당한 대저택의 집사였다면 훨씬 더 어울릴 것이라고 생각했다.

앤과 마틴이 집사의 도움을 받아 겉옷을 벗고 있을 때 클레이튼이 성큼성큼 홀로 들어왔다. 그는 곧장 휘트니에게로 다가서며 물었다.

"도와드릴까요?"

클레이튼은 휘트니의 등 뒤로 돌아가 긴 손가락을 휘트니의 어깨를 덮고 있는 복숭앗빛 공단 망토 위에 가볍게 올려놓았다.

"고맙습니다."

휘트니도 예의 바르게 인사를 했다. 그런 다음 망토에 달린 넓은 모자를 벗고 목에다 채운 공단 장식 단추를 풀어 할 수 있는 한 빨리 망토를 벗었다. 그녀는 클레이튼의 손길이 몸에 닿자 들놀이가 있던 날 자신을 품에 안고 애무하던 느낌이 되살아났다. 뿐만 아니라 선심이라도 쓰듯 훨씬 더 진하고 훨씬 더 오래 포옹해주겠다고 약속하던 그의 말도 떠올랐다. 오만한 인간 같으니!

클레이튼이 휘트니에게 응접실 겸 서재로 쓰이는 크지도 작지도 않은 방을 보여주는 동안 마틴은 홀에 있는 테이블을 장식한 상아 빛깔의 조각품들을 구경하자며 앤을 붙들었다.

넓은 벽난로 안에서 불꽃이 활활 타오르며 밤의 냉기를 녹여주었다. 또 그 불꽃 덕분에 벽난로 위의 촛불이 더욱 환하게 빛났다. 응접실은 남성 취향에 맞게 숫자는 적지만 격조 높고 당당한 가구들로 채워져 있었다. 한쪽 벽에는 길고 고급스럽게 조각된 오크 장이 자리하고 있었다. 그 오크 장의 양쪽 끝에는 순은제 가지 촛대가 각각 달려 있었다. 그리고 오크 장 상단에는 사각형의 대리석을 박아넣었는데 각각의 대리석 조각 가장자리에는 복잡하게 조각된, 길고 가느다란 나무가 둘러져 있었다. 오크 장 한가운데에는 어마어마하게 많은 찻잔 세트들이 세워져 있었다. 휘트니는 그렇게 많은 찻잔 세트를 본 적이 없었다. 그 찻잔 세트는 너무 많아서 아버지의 집사 스웰은 품위를 지키며 그것을 들고 나르기는커녕 들고 있지도 못할 것 같았다.

한 치의 빈틈도 보이지 않는 스웰이 쟁반의 무게에 눌려 휘청휘청 응접실로 걸어들어오는 모습을 상상하며 휘트니는 보일 듯 말 듯 미소를 지었다.

"그 미소를 나에 대한 불쾌한 감정이 누그러졌다는 뜻으로 받아들여도 될까요?"

클레이튼이 느릿느릿 물었다. 휘트니는 얼른 그를 외면하며 쏘아붙였다.

"난 당신한테 아무 감정도 없어요."

휘트니는 너무도 뻔한 거짓말을 했다.

"당신은 내게 감정이 아주 많소, 스톤 양."

클레이튼은 싱긋이 웃으며 휘트니를 부드러운 자줏빛 가죽을 씌운 편안한 팔걸이 의자에 앉혔다. 그런 다음 자신은 반대편 의자에 앉는 대신 휘트니가 앉은 의자의 한쪽 팔걸이에 걸터앉았다. 그런 다음 자연스럽게 팔을 뻗어 의자 뒤에 올려놓았다.

"앉을 의자가 부족하다면 내가 기꺼이 일어서겠어요."

휘트니가 의자에서 일어서며 한마디 내뱉었다.

클레이튼은 여유만만하게 일어서며 휘트니의 어깨를 눌러 의자에 도로 앉혔다.

"스톤 양."

클레이튼은 이를 드러내고 활짝 웃으면서 말을 이었다.

"당신 혀에는 가시가 돋쳤군요."

"당신의 태도는 야만인과 같군요."

휘트니가 침착하게 응수했다.

그러자 어떤 이유에서인지 클레이튼이 머리를 뒤로 젖히고는 크게 웃어댔다. 그러면서 손을 밑으로 내려 휘트니의 머리 위에서 빛나는 머리카락을 애정이 담긴 손길로 헝클어뜨렸다.

화가 치민 휘트니가 벌떡 일어나 따귀를 때릴까 아니면 정강이를 냅다 걷어찰까 망설이고 있을 때였다. 공교롭게도 마틴과 앤은 아직도 두 남녀가 얼굴을 마주한 채 서 있는 것을 보았다. 클레이튼의 얼굴을 보아하니 뚜렷하게 감탄하는 표정을 짓고 있는 반면 휘트니는 찬바람이 쌩쌩 불 것 같은 침묵 속에서 그를 노려보고 있었다.

"어, 두 사람이 무척 즐거운 얘기를 나누나봅니다."

마틴이 기분 좋은 목소리로 떠들었다. 그 말에 클레이튼은 웃음을 참느라 입술을 씰룩였고 휘트니는 하마터면 웃음을 터뜨릴 뻔했다.

저녁은 왕실 요리사가 직접 요리했다고 착각할 만큼 그야말로 진수성찬이었다. 휘트니는 여주인이라도 된 양 클레이튼을 마주 보며 길쭉한 타원형의 식탁 한쪽 끝에 앉아 있자니 몹시 심기가 불편해졌다. 그래서 가벼운 포도주 소스로 맛을 낸 바닷가재를, 장난감을 가지고 놀듯 깨작거렸다.

클레이튼은 자연스럽고도 정중한 태도로 주인의 역할을 잘해내고 있었다. 썩 내키지는 않았지만 휘트니 역시 그 점에 대해서는 감탄하지 않을 수 없었다. 심지어 이모조차 클레이튼과 활발한 정치적 토론을 벌일 즈음에는 긴장을 완전히 풀었다.

5품 요리(차례로 한 접시씩 나오는 요리로 보통 6품으로 이루어짐)를 먹는 동안 휘트니는 오랜 동안 끌어온, 스스로 고집했던 침묵을 깼다. 클레이튼은 휘트니가 여자들도 남자들과 똑같이 교육을 받아야 한다는 주장을 펴기 위해 대화에 끼어들 때까지 저녁 내내 휘트니를 빈정거리고 자극했다.

"남편을 위해 손수건에 수나 놓으면서 시간을 보내는 여성이 기하학은 배워서 어디에 씁니까?"

클레이튼이 휘트니를 향해 포문을 열었다.

휘트니는 그가 할아버지 시대의 사고방식을 그대로 간직하고 있다며 비난했고 클레이튼은 휘트니를 블루스타킹이라고 부르며 휘트니의 논리를 유쾌하게 받아쳤다. 그러자 휘트니는 재미있다는 듯 웃으며 설명을 곁들였다.

"된서리를 맞고 시들어버린 블루스타킹이라는 말은 웨스트랜드 씨처럼 시대에 뒤처진 생각을 하는 신사들이 본인들 마음에 드는 딱 세 마디 말보다 더 많은 말을 하는 여성들을 지칭하는 말이에요."

"그 세 마디 말이 뭐죠?"

"'예, 여보,' '아뇨, 여보,' '마음대로 하세요, 여보.'"

휘트니는 턱을 들어올리고 말을 계속했다.

"전 대부분의 여성이 갓난아기 때부터 꼭 재치 없는 여자 집사처럼 자라도록 교육을 받는다는 생각을 하면 가슴이 너무 아파요."

"나도 가슴 아프게 생각합니다."

클레이튼이 조용하게 인정했다. 그 말에 놀란 휘트니가 제정신을 찾기 전에 클레이튼이 덧붙였다.

"하지만 그래도 문제는 남습니다. 여성이 아무리 훌륭한 교육을 받더라도 언젠가는 군주이자 주인인 남편의 권위에 복종해야 하니까요."

"제 생각은 달라요."

휘트니는 아버지가 안절부절못하며 그만두라는 눈길을 보내는 것에 아랑곳없이 자기주장을 펴나갔다.

"한마디 덧붙이자면 저는 결코, 어떤 남자도 '군주님'이나 '주인님'이라고 부르지 않을 거예요."

"그게 옳은 일일까요?"

클레이튼이 빈정거렸다.

휘트니가 막 대꾸를 하려는데 마틴이 느닷없이 농장에 물을 대는 일의 이점에 대해 장광설을 늘어놓기 시작했다. 그 갑작스런 훼방에 휘트니는 깜짝 놀랐고, 클레이튼은 눈에 띄게 짜증스런 기색을 보였다.

클레이튼은 후식을 먹는 동안, 휘트니에게 다시 한 번 관심을 돌렸다.

"스톤 양이 저녁 식사 후에 즐기는 특별한 놀이가 있는지 궁금하군요."

클레이튼은 회색빛 눈을 휘트니의 얼굴에 고정시킨 채 웃는 것으로 의사소통을 대신했다. 그런 다음 의미심장하게 한마디 했다.

"우리가 이미 해봤던 시시한 '놀이들' 말고는 없을까요?"

"있어요."

휘트니는 클레이튼의 눈을 똑바로 바라보며 대답했다.

"다트 던지기예요."

클레이튼이 희미하게 웃었다.

"유감스럽게도 다트를 가지고 있지 않습니다만, 내게 다트가 있었더라도 스톤 양을 이기고 싶지 않았을 겁니다."

"제가 여자인 주제에 과한 욕심을 부렸군요, 웨스트랜드 씨."

"그렇게 생각할지 몰라 제가 스톤 양을 이기고 싶지 않은 겁니다."

클레이튼은 휘트니의 말을 날카롭게 받아쳤다. 그런 다음 싱긋 웃으며 휘트니에게 포도주잔을 들어 보였다. 휘트니는 지나칠 정도로 정중하게 고개를 숙이며 불꽃 튀는 설전에 대한 클레이튼의 찬사를 받아들였다. 그러면서 자기도 모르게 클레이튼에게 웃어 보였다.

휘트니를 지켜보는 클레이튼은 마틴 스톤과 앤 길버트를 문밖으로 내쫓아버린 다음 휘트니를 와락 껴안고 싶었다. 그런 다음엔 휘트니가 욕정으로 불타올라 자신에게 매달릴 때까지 키스를 퍼부어 휘트니의 입가에서 어른어른하는 장난기를 몰아내고 싶은 충동에 휩싸였다.

클레이튼은 의자에 등을 기대고 멍하니 포도주잔을 만지작거리면서 드디어 휘트니의 냉담함과 무관심의 벽을 허물어뜨린 사실을 흐뭇해하고 있었다. 하지만 휘트니가 왜 들놀이가 있었던 날부터 자신을 냉담하게 대했는지, 그 정확한 이유에 대해서는 여전히 의문이었다. 언젠가 적당한 시간이 오면 그 까닭을 물어볼 터였다. 다트 던지기라! 클레이튼은 속으로 웃으며 휘트니의 사랑스런 목을 비틀어주고 싶었다.

저녁 식사가 끝나자 한 하인이 마틴과 앤을 식당에서 밖으로 안내해갔다. 그런데 휘트니가 두 사람을 따라 일어서려고 하자 클레이튼이 그녀의 팔목을 잡았다.

"다트 던지기를 해야잖소! 피에 굶주린 요부 같으니라구."

클레이튼이 싱글거리며 말했다. 금세 새빨갛게 얼굴이 달아오른 휘트니가 한마디 쏘아붙였다.

"당신 친구들은 틀림없이 당신의 그 입버릇을 부러워할 테죠?"

클레이튼이 뭐라 대꾸도 하기 전에 휘트니는 덧붙여 말했다.

"내가 당신과 알고 지냈던 짧은 시간 동안 당신은 나를 처음에는 바람둥이 처녀라고 불렀고 지금은 요부라고 불렀어요. 나를 어떻게 생각하든 상관없지만 앞으로는 수고스럽게 그 생각을 나한테까지 알려주지 않는다면 고맙겠군요!"

이윽고 휘트니가 팔을 빼려고 했지만 클레이튼은 더욱 억세게 그녀의 팔을 잡았다.

"도대체 무슨 말을 하는 거요? 설마 내가 당신을 모욕할 생각으로 그렇게 불렀다고 오해하는 건 아니겠지?"

클레이튼은 휘트니가 빨갛게 달아오른, 고통스런 표정을 숨기려는 걸 보면서 부드럽게 말을 이었다.

"세상에 그렇게 생각하고 있었군."

그는 휘트니의 뺨을 억지로 돌려 자신을 쳐다보도록 했다.

"내가 말을 함부로 하는 사람들과 남자들만큼이나 솔직한 여자들 틈 속에서 너무 오랫동안 지냈나보군."

휘트니는 아직 한번도 대담하게 쾌락을 좇는 사람들이 모인 세계를 접해본 적이 없었다. 하지만 클레이튼은 그런 부류의 남자가 분명했다. 휘트니는 그런 부류의 여자들이 놀랄 정도로 거리낌 없이 말을 하고 지나칠 정도로 헤프게 행동하는 것은 물론, 드러내놓고 남자들과 시시덕거리는 것은 물론 애인까지 둔다는 사실을 알고 있었다. 휘트니는 문득 자신이 바보 같고 순진하게 느껴졌다.

"꼭 당신이 그런 식으로 불러서는 아니에요."

휘트니는 순진하게 보이고 싶지 않아서 거짓말을 했다.

"들놀이를 갔던 날 당신의 행동도 그렇고 또……."

두 사람이 주고받은 열정적인 키스에 자신도 자유의지로 기꺼이 참여했다는 생각이 떠오르자 휘트니는 말끝을 흐렸다.

"우리 협정을 맺어요."

조금 뒤 휘트니가 제안을 했다.

"당신은 내가 했던 모든 행동을 잊어버리고 나는 당신이 했던 행동을 잊고 다시 시작하는 거예요. 물론 개울가에서 내게 했던 행동 같은 건 반복하지 않겠다는 약속을 지킨다는 조건에서요."

"지금 채찍을 두고 하는 말이라면 설마……."

"그 얘기가 아니라는 걸 알잖아요."

"무슨 말이오? 그럼 당신한테 키스한 걸 말하는 거요?"

휘트니가 고개를 끄덕이자 클레이튼이 아연실색해서 웃음을 터뜨렸다.

"말해봐요. 설마 내가 당신이 이제까지 만난 여자 중에서 당신의 키스를 받고 싶어 하지 않았던 첫 번째 여자는 아니겠죠?"

클레이튼이 어깨를 살짝 으쓱해 보이며 대꾸했다.

"내가 음…… 내 관심을 얻으려고 애쓰는 여자들과 어울리면서 다소 방탕하게 지낸 점은 인정하지요. 그리고 당신은…….."

여기서 클레이튼은 휘트니가 맛보고 있던 승리감을 단번에 빼앗아버렸다.

"너무 오랫동안 당신 치맛단에 입을 맞추며 당신의 주군이자 주인이 되게 해달라고 빌던 바보들한테 둘러싸여 있었소."

휘트니는 자신만만하면서도 재미있다는 미소를 지었다.

"말하지 않았던가요? 나는 어떤 남자도 내 주군이라고 부르지 않을 거라고 말이에요. 결혼을 하면 착하고 성실한 아내가 되기는 하겠지만 순종적인 하녀처럼 살지는 않을 거예요."

클레이튼은 응접실 문간에 서서 익살스럽게, 회의적인 표정과 전적으로 확신한다는 표정이 뒤섞인 묘한 얼굴을 하고 휘트니를 바라보았다.

"착하고 성실한 아내라. 아니, 아가씨. 유감스럽지만 당신은 그런 아내가 되지 않을 것 같은데."

뭐라 설명할 수는 없지만 찌르는 듯 날카로운 불안감에 동요를 느낀 휘트니는 고개를 돌렸다. 그녀가 보기에 클레이튼에게는 자신을 제압하는 힘이 있는 것처럼 느껴졌다. 개울가에서 자신을 지켜보는 그를 처음 보았던 순간, 또 그곳에서 그가 처음 자신에게 한 말들에서 휘트니는 지금과 같은 불가사의한 느낌을 받았던 것이다. 아마도 그 느낌 때문에 가능하면 그를 피하고 그의 허를 찌르는 것을 그토록 중요하게 여겨졌는지도 모른다. 생각에 잠겼던 휘트니는 그가 말을 하고 있다는 걸 깨닫고는 정신을 차렸다.

"다트 던지기는 제외하고 휘스트놀이(카드놀이의 일종)를 즐길 건지 아니면 달리 더 하고 싶은 놀이가 있는지 물었는데?."

"휘스트놀이가 좋겠어요."

휘트니는 게임을 하고 싶어서라기보다는 예의를 차리기 위해 마지못해 대답했다. 그때 벽난로 위에 있는 체스세트가 휘트니의 눈에 띄었다. 휘트니는 그것을 자세히 살펴보기 위해 벽난로 쪽으로 천천히 걸음을 옮겼다.

"무척 예쁘군요."

휘트니가 속삭이듯 말했다. 체스세트는 반은 번쩍거리는 금으로, 나머지 반은 은으로 만든 것이었다. 말은 거의 휘트니의 손만큼이나 길었다. 묵직한 킹을 집어든 휘트니가 얼른 숨을 죽였다. 휘트니가 집어든 말은 헨리 2세의 형상을 따서 만든 것으로 그 생김새가 매우 정교했다. 휘트니는 속으로 그것을 만들어낸 장인의 솜씨에 탄복했다. 여왕은 헨리 2세의 아내인 아키텐의 엘레오노르였다. 휘트니는 빙그레 웃으며 여왕을 내려놓고 추기경 모양의 말을 집어들었다.

"이건 베케트(토마스 아 베케트. 헨리 2세에게 암살 당한 캔터베리 대주교)겠죠?"

휘트니는 뒤로 얼굴을 돌려 클레이튼을 보고 웃어 보였다.

"가엾은 헨리! 체스 판에서조차 캔터베리 주교한테 괴롭힘을 당하는군요."

휘트니는 조심스럽고 경건하게 말을 내려놓으며 혼잣말을 했다.

"체스를 둘 줄 아오?"

클레이튼이 놀랍다는 듯이 물었다.

휘트니는 당장 그를 부추겨서 자신과 게임을 하도록 만들기로 마음먹었다.

"그렇게 잘하지는 못해요."

휘트니는 눈을 내리깔아 장난기 어린 웃음을 감췄다. 그녀는 영사관에서 가장 노련한 적수들을 부추겨서 집으로 데려와 자신에게 체스를 가르쳐주신 이모부가 고마울 따름이었다.

"체스를 자주 두세요?"

휘트니가 아무런 악의 없이 물었다.

벌써 가죽의자 두 개를 체스 테이블 양쪽으로 끌어오고 있던 클레이튼이 대답했다.

"꽤 자주 두는 편이오."

"잘됐군요."

휘트니는 쾌활하게 웃으며 자리에 앉았다.

"그렇다면 이 게임은 금방 끝나겠군요."

"설마, 나한테 완승을 거둘 생각은 아니겠지?"

클레이튼이 한쪽 눈썹을 치켜올리며 물었다.

"물론 완전히 이겨야죠!"

휘트니는 능란하게 말을 두었다. 그녀에겐 클레이튼을 이길 수 있다는 자신감이 있었지만 그의 능력을 과소평가하지 않고 신중히 말을 움직였다. 처음 클레이튼은 대담하고 민첩하게 말을 두었다. 하지만 45분 정도 지나자 게임의 속도는 상당히 느려졌다.

"내게 했던 협박을 실천할 모양이군."

클레이튼은 휘트니가 자신의 루크(rook)를 잡자 감탄의 눈빛을 감추지 않았다.

"기대했던 만큼 쉽지는 않군요. 하지만 난 당신의 수를 셋이나 앞서 읽었어요. 그것만으로도 당신은 진 거나 다름없어요."

"실망을 드려 죄송하군요."

클레이튼이 놀렸다.

"나를 실망시켜서 즐겁다는 듯이 들리는데요?"

휘트니가 소리 내어 웃으며 말했다. 휘트니가 막 베케트 주교를 적당한 자리에 놓으려고 손을 내뻗을 때였다. 마틴이 안으로 들어서더니 큰 소리로 말했다.

"난 다리의 통풍 때문에 먼저 돌아가려고 합니다. 그러니 체스 게임이 끝나면 웨스트랜드 씨가 휘트니를 집까지 바래다주면 감사하겠군요."

말이 끝나기가 무섭게 마틴은 앤의 손을 움켜쥐고 잡아끌었다. 그러더니 너무도 멀쩡한 두 다리로 현관문을 향해 재빠르게 걸음을 옮겼다.

그러자 휘트니도 따라 일어섰으며, 그녀는 게임을 계속 할 수 없는 것이 섭섭했으면서도 그런 감정을 숨긴 채 서둘러 말했다.

"게임은 다음에 또 하죠."

"쓸데없는 소리!"

마틴이 버럭 소리를 지르며 황급히 되돌아오더니 딸의 이마에다 어색하게 입을 맞추었다. 그러고는 딸을 의자에다 도로 눌러 앉혔다.

"두 사람이 체스 게임을 계속한다고 해서 문제가 될 것은 전혀 없다. 저택 안에는 젊은 여성의 보호자 노릇을 할 하인들이 수두룩하니까 말이다."

그러나 한때 인근에서 조롱과 웃음거리의 대상이었던 휘트니는 체스 게임 같은 사소한 일로 사람들의 입방아에 오르내리고 싶지 않았다.

"아뇨. 그럴 수는 없어요, 아버지."

아버지가 어깨를 내리누르고 있어 일어설 수가 없었던 휘트니는 애원하는 눈길로 이모를 쳐다보았다. 그런데 이모는 어깨만 으쓱해 보이더니 매서운 눈길로 클레이튼을 쳐다보았다.

"저는 웨스트랜드 씨가 신사적인 행동을 잊지 않고 실천하리라 믿습니다."

"제가 스톤 양에게 품고 있는 호의 이상으로 보살피겠습니다."

속으로 신이 난 클레이튼이 차분하게 앤을 안심시켰다.

첫 게임은 수가 막혀 무승부로 끝이 났다. 두 번째 게임이 시작되었다. 휘트니는 아버지와 이모가 떠난 뒤 잠시 마음이 불편했지만 곧 긴장이 풀렸다. 두 번째 게임에 빠져든 두 사람은 미친 듯이 상대를 몰아붙였다.

팔꿈치를 커다란 체스 테이블 위에 올려놓고 두 손으로 턱을 받치고 있던 휘트니는 클레이튼이 기사를 집어들려고 손을 뻗자 충고를 했다.

"그건 무모하기 짝이 없는 수랍니다."

그러자 클레이튼이 얄궂게 웃으며 대꾸했다.

"상대의 전략에 대해 충고할 형편이 아닐 텐데, 스톤 양. 방금처럼 무모한 수를 두신 처지에서는 말이죠."

"그렇다면 내가 경고하지 않았다고 불평하지 말아요."

휘트니는 곰곰이 기사를 움직일 방법을 궁리해보았다. 그러다가 몸을 앞으로 구부려 루크를 제자리에 놓고는 다시 손으로 턱을 고였다.

클레이튼은 휘트니가 체스판 위로 손을 뻗을 때마다 그녀의 조가비 모양으로 된 드레스의 목둘레선 밖으로 비어져나온 풍만한 젖가슴을 훔쳐보았다. 그러나 휘트니는 클레이튼의 그러한 눈길을 알아채지 못했다.

클레이튼은 게임에 집중하기 위해 젖 먹던 힘까지 동원해 자제심을 발휘해야 했다. 벌써 오래 전에 슬리퍼를 벗어던져버린 휘트니는 이제는 다리를 접어올려 엉덩이를 받치고 앉아 있었다. 풍성한 머리카락은 어깨 위로 흘러내려 흐트러졌고 비취빛 두 눈은 장난기로 반짝였다.

그런 휘트니의 모습은 한 폭의 고혹적인 그림이었다. 클레이튼은 두 가지 충동 사이에서 괴로워했다. 하나는 체스테이블을 옆으로 치워두고 휘트니를 끌어당겨 마음껏 만져보고 싶은 욕망이었고, 다른 하나는 그저 의자에 등을 기댄 채 휘트니의 자태를 마음껏 음미하고픈 갈망이었다.

휘트니는 남자의 넋을 빼앗을 정도로 아름다운, 성숙한 여자인 동시에 눈에 띄게 천진난만한 소녀의 두 모습을 지니고 있었다. 휘트니는 호기심을 자극하는 동시에 사람들의 눈을 멀게 하는, 서로 모순되는 측면을 함께 지니고 있는 연구대상이었다. 어느 날 저녁 휘트니는 냉담하고 모멸감을 느끼게 하는 태도로 자신을 대하면서 격렬하게 화를 냈었다. 그런데 지금은 무례하고 건방지긴 하지만 사람을 기분 좋게 하는 태도와 행동으로 자신을 대하고 있다. 무엇보다 두 사람은 서로 어울려 체스 게임에 몰두하는 것

을 무척이나 즐기고 있었다. 게다가 휘트니의 체스 실력은 보통이
아니었다.

휘트니는 대담하게도 가시 돋친 말로 클레이튼을 놀리는가 하
면 긴장을 풀고 사근사근하게 굴더니-두 사람은 늘 이런 것을
즐겼다-클레이튼의 눈을 바라보며 화사하게 웃었다. 그리고 물
었다.

"지금 어떤 말을 어디다 옮길까 고민 중이십니까, 주군님?"

그러자 클레이튼이 킬킬거리며 되물었다.

"당신이 바로 한 시간 전에 어떤 남자도 '나의 주군'이라고 부
르지 않겠다고 단언한 여자가 맞소?"

"당신의 전략을 혼란스럽게 하려고 일부러 그렇게 불렀을 뿐이
에요. 어쨌든 내 질문에 대답을 안 했어요."

"당신이 정 알고 싶다면 말해주겠소."

클레이튼은 곧 예상치 못한 위치로 왕을 옮겨서 휘트니를 공격
했다.

"모든 사람들이 체스는 남성의 뛰어난 논리적 사고가 필요한
게임이라고 믿고 있는데 내가 무엇에 홀려 여성과 체스를 두고
있는지 궁금해하던 참이오."

"오만한 변덕쟁이!"

휘트니는 깔깔거리며 주교에게 가한 클레이튼의 공격을 비켜
갔다.

"난 내가 왜 이렇게 능력이 모자라는 상대와 겨루느라 기술을
낭비하고 있는지 궁금해하고 있어요."

한 시간 뒤, 휘트니는 전략을 성공적으로 마무리하려고 체스판

위로 머리를 숙이고 있었다. 세 수 아니면 네 수만 더 두면 게임은 자신의 승리로 끝날 터였다.

"어쩌면 그렇게 나를 옴짝달싹도 못할 궁지로 몰아넣을 수가 있어요?"

휘트니는 자신이 예상한 대로 클레이튼의 말이 움직이자 쾌재를 부르면서도 겉으로는 괜히 투덜거렸다.

"아니, 내가 당신의 덫에 걸려들었다고 생각하는 것 아닌가? 내 짐작이 맞소?"

클레이튼이 활기차게 되물었다.

그는 휘트니가 다음 수를 어디에 둘까 신중하게 고민하는 동안, 앤과 마틴이 떠난 순간부터 문가에서 주의를 게을리 하지 않고 서 있는 하인에게 고갯짓을 했다.

하인은 그 무언의 명령에 따라 크리스털 병 대여섯 개가 세워져 있는 테이블로 걸어가 그 중 한 병을 골라 내용물을 술잔에 따랐다. 그런 다음 체스를 두고 있는 젊은 여성을 위해서는 어떤 음료를 준비해야 하는지 묻는 얼굴로 공작을 바라보았다. 클레이튼이 손가락 두 개를 펴 보였다. 같은 것으로 두 잔을 가져오라는 뜻이었다. 작은 은쟁반에 브랜디 두 잔을 담아 체스판 옆에 있는 테이블로 가져와 내려놓은 하인은 공작이 그만 물러가라는 뜻으로 고개를 까딱해 보이자 절을 하고는 조용히 문을 닫고 나갔다.

휘트니는 그 모든 일이 일어나는 것을 전혀 알아채지 못하고 있다가 클레이튼이 정중하게 유리잔을 건네고 나서야 고개를 들었다. 휘트니는 미심쩍은 눈길로 유리잔 안에 들어있는 액체와 클레이튼의 얼굴을 번갈아 바라보았다. 평온하고 즐거운 마음으로 그녀를 지켜보던 클레이튼이 설명했다.

"저녁 식사 때 사회가 여성들에게 강요한 금기들에 대해 당신이 너무 설득력 있게 반론을 펴는 것을 보고 당신이 내가 마시는 술을 같이 마시고 싶어 할 거라고 생각했소."

이 남자는 정말이지 사람 약 오르게 하는 데는 도가 텄군. 휘트니는 빙그레 웃음이 나왔다. 갈 수 있는 데까지 밀고 나가기로 마음먹은 휘트니는 유리잔에서 나는 자극적인 냄새를 한번 맡아보았다. 에드워드 이모부가 즐겨 마시는 술이었다.

"브랜디군요. 맛 좋은 시가와 함께라면 금상첨화겠죠?"

휘트니가 클레이튼에게 부드럽게 웃어 보이며 말했다.

"두말하면 잔소리 아니겠소?"

클레이튼이 무표정한 얼굴로 대꾸했다. 옆에 있는 탁자로 손을 뻗어 에나멜 광택이 나는 금속 상자를 들어올린 클레이튼은 엄지손가락으로 뚜껑을 열었다. 그런 다음 상자를 휘트니에게 내밀어 그 안에 들어 있는 시가 중 하나를 골라보라고 권했다.

클레이튼은 정말 아무렇지도 않게 휘트니에게 담배를 권했다. 그러자 냉정하던 태도를 조금 누그러뜨린 휘트니는 불현듯 웃고 싶었다. 심적인 동요 때문에 떨리는 입술을 진정시키려고 아랫입술을 지그시 깨물며 휘트니는 마치 마음에 드는 것을 고르려는 것처럼 시가 하나하나를 세심하게 살펴보았다. 정말로 담배 상자에서 시가를 고르면 클레이튼은 어떻게 나올까? 그야 두말할 것 없이 불을 붙여줄 것이다! 휘트니는 그 생각을 하며 속으로 킬킬거렸다.

"당신 왼쪽에 있는 기다란 시가가 어떻겠소?"

클레이튼이 나직한 목소리로 물었다.

휘트니는 움찔하며 상체를 세우고는 포복절도를 했다.

"아니면 코담배로 하겠소?"

휘트니에게 열심히 담배를 권하던 클레이튼도 웃음을 터뜨리며 물었다.

"당신처럼 취향이 독특한 손님들을 위해 코담배를 항상 준비해 두고 있다오."

"당신은 정말 못 말릴 사람이군요!"

휘트니가 여전히 웃음을 터뜨리며 대꾸했다. 간신히 숨을 고른 그녀는 술잔을 들어올리고 클레이튼이 재미있는 듯 바라보는 가운데 아주 조심스럽게 브랜디 한 모금을 맛보았다. 입에서부터 뱃속까지 화끈거렸다. 두 모금, 세 모금 마시자 처음보다 덜 얼얼하고 덜 화끈거렸다. 몇 모금 더 마시고 난 휘트니는 브랜디를 누구나 한번쯤은 맛보아야 할 알코올로 분류했다. 휘트니는 곧 낯설고 감미로운 흥분이 온몸으로 퍼지는 것을 느꼈다. 그녀는 술잔을 내려놓으며 브랜디 몇 모금이 가진 효능이 대단하다고 생각했다.

"체스는 누구한테서 배웠소?"

"이모부가 가르쳐주셨어요."

휘트니는 왕을 집어들더니 한동안 유심히 살펴보았다.

"모르는 사람들이 보면 이 말들이 진짜로 금과 은으로 만들어졌다고 생각하겠죠?"

그러자 클레이튼은 휘트니가 쥐고 있던 왕을 빼앗아 자세히 보지 못하도록 막으며 침착하게 대꾸했다.

"모르는 사람들이 보면 당신이 좀 더 안전한 위치에 왕을 놓기 위해 연구를 하는 중이라고 생각할 거요."

그 말에 휘트니는 정신이 번쩍 들었다.

"좀 더 안전한 위치라니요? 무슨 말을 하고 있는 거죠? 내 왕은 위태롭지 않단 말이에요!"

클레이튼이 의뭉스럽게 웃기 시작했다. 그러고는 손을 뻗어 주교의 위치를 옮겼다.

"항복하시오!"

"항복하라구요?"

휘트니가 못 믿겠다는 듯이 클레이튼에게 되물었다. 그러고는 체스판을 뚫어져라 쳐다보며 취약한 부분에 말을 재배치하려고 애썼다. 휘트니는 정말로 꼼짝달싹도 못할 처지에 빠져 있었다. 게다가 위치를 바꿀 수 있는 말을 다른 곳으로 놓는다 해도 영락 없이 클레이튼의 공격을 받게 되어 있었다.

그녀는 천천히 클레이튼을 바라보았다. 클레이튼은 휘트니의 매혹적인 얼굴을 보며 드러내놓고 감탄하고 있었다.

"이 속 검고 못 믿을 악당 같으니."

휘트니의 목소리는 부드러우면서도 경외감으로 가득 차 있었다. 부드러운 말투와 그 말투의 내용이 뚜렷한 대조를 이루자 클레이튼이 껄껄 웃었다. 그는 웃음을 그치지 않고 휘트니를 놀렸다.

"당신의 그 부드러운 아첨의 말을 들으니 절로 가슴이 따뜻해지는군."

"당신은 인정이라고는 눈곱만큼도 없는 사람이군요."

휘트니도 화사하게 웃으며 대꾸를 했다.

"당신한테 인정이란 게 있다면 아무것도 모르는 여자를 속여서 자신이 통달한 게임을 하도록 끌어들이는 짓은 절대 하지 않을 테니까요."

"당신이 나를 끌어들인 게 아니라 내가 당신을 끌어들였단 말인가?"

클레이튼은 여전히 싱글거리는 얼굴로 휘트니의 기억을 되살려 주었다.

"자, 이 게임을 끝낼 거요? 아니면 게임이 덜 끝났다며 내 승리를 부인할 생각이오?"

"아뇨, 부인할 생각 없어요. 깨끗이 항복하죠."

휘트니의 말은 뒤따른 침묵 속에서 묘하게도 허공을 떠도는 것 같았다.

"당신이 그래주기를 바라고 있었지."

클레이튼이 부드럽게 말했다.

클레이튼은 저고리의 단추를 풀고 의자에 등을 기댔다. 그런 다음 두 다리를 뻗어 옆에 있는 탁자에 걸쳤다. 긴장이 풀리자 몸과 마음이 다 편안해진 그는 고개를 조금 돌려 벽난로 속에서 타고 있는 불을 가만히 응시했다.

휘트니는 브랜디를 홀짝거리며 클레이튼을 몰래 훔쳐보았다. 그렇게 앉아 있는 모습을 보니 어느 화가가 그린 <휴식을 취하고 있는 신사>라는 초상화 속의 인물처럼 보였다. 그렇지만 휘트니는 긴장을 풀고 느긋하게 쉬고 있는 그의 내면에 강한 힘이 응축되어 있다는 묘한 느낌을 받았다. 만약 자신이 그릇되게 행동하고 실수를 하면 그는 그 힘을 자신에게 휘두를 것이다. 그런 생각이 들자 휘트니는 마음이 심하게 흔들렸다. 자신이 어리석고 변덕스러운 존재로 느껴졌던 것이다.

"이젠 가야겠어요."

휘트니가 조용히 말을 꺼냈다. 그리고 좀 더 있다가 덧붙였다.

"오래 전에 일어났어야 했어요."

불을 바라보고 있던 클레이튼이 휘트니에게로 시선을 돌렸다.

"당신이 다시 아까처럼 웃을 때까지는 안 되오."

휘트니가 고개를 저었다.

"내가 그렇게 속이 시원하도록 유쾌하게 웃어본 적은 열두 살
때 봄맞이 음악회가 있던 날 이후로는 처음이에요."

휘트니가 자세히 설명할 뜻이 없다는 것을 알아차린 클레이튼
이 한 가지 제안을 했다.

"당신은 그 얘기를 내게 들려주고 싶은 마음이 별로 없어 보이
는군. 그렇다면 그 이야기를 내 승리에 대한 보답으로 들려주지
않겠소?"

그러자 휘트니가 웃으면서 대답했다.

"처음 당신은 나를 꼬여서 체스를 두게 했어요. 그러고는 내 허
를 찔렀죠. 그래놓고 이제는 그것도 모자라 대가를 받고 싶어 하
는군요. 그것도 바로 당신한테 허를 찔린 장본인한테서 말이죠.
당신은 인정도 없나요?"

"없소. 그러니 시작해보시오."

"그러죠."

휘트니가 한숨을 내쉬며 말했다.

"하지만 내가 그 이야기를 들려주는 건, 이야기를 하지 않게 해
달라고 비는 것으로써 당신의 허영심을 더 이상 채워주고 싶지

않기 때문이에요."

과거를 되돌아보게 돼서 그런지 휘트니의 목소리는 조금 전보다 훨씬 부드러워졌다.

"아주 오래 전에 있었던 일인데도 왠지 바로 엊그제 일만 같네요. 우리 마을에는 트위츠워디라는 음악 선생님이 계셨어요. 그런데 그분은 어느 날 갑자기 봄맞이 음악회를 열어야겠다고 결심을 하셨죠. 그 선생님한테 음악 지도를 받는 여학생들이 전부 짧은 작품 하나씩을 연주하거나 노래를 하기로 되어 있었죠. 열다섯 명쯤 되는 제자들 중에서 엘리자베스 애쉬튼이 가장 뛰어난 연주자였어요. 그래서 선생님은 엘리자베스의 부모님에게 그 음악회의 주인이라는 영예를 안겨드렸어요. 그런데 나는 음악회에 가는 것조차 싫었어요. 하지만……."

"하지만 트위츠워디 선생은 당신이 참석해야 한다고 우겼군. 당신이 참석하지 않으면 그 음악회가 참담하게 실패할 거라고 하면서. 맞소?"

클레이튼은 맞장구를 쳐주며 이야기를 거들었다.

"웬걸요! 선생님은 내가 참석하지 않았다면 덩실덩실 춤이라도 추셨을 거예요. 선생님이 우리 집에 오셔서 내가 연주하는 피아노 소리를 들을 때면 그분의 눈은 활활 타오르다가는 눈물을 쏟기 시작했어요. 그분이 사람들에게 늘어놓은 불평에 따르면 내 피아노 연주가 너무 귀에 거슬려서 자신도 모르게 눈물을 흘리게 되셨대요."

클레이튼은 그 음악 선생에게 말할 수 없는 분노를 느꼈다.

"그 선생은 틀림없이 바보였을 거요."

"맞아요. 정말 바보였어요."

휘트니가 명랑하게 대꾸했다.

"바보가 아니라면 레슨을 하러 우리 집에 오실 때마다 내가 그의 코담뱃갑에 후추를 뿌려넣은 걸 눈치 채지 못할 리가 없을 테니까요. 어쨌든 음악회가 있던 날 아침에 나는 아버지에게 음악회에 가기 싫다고 애원도 하고 설득도 했죠. 하지만 아버지는 마지막 한 시간이 남았을 때까지도 내가 반드시 연주를 해야 한다고 고집을 부리셨어요. 돌이켜 생각해보면 그때 내가 클라리사에게 부탁해 선생님한테 짧은 편지를 보내려 하지 않았다면 아버지도 나를 측은하게 생각했을 거예요."

클레이튼은 술잔 너머로 휘트니를 바라보며 싱긋 웃었다. 그리고 물었다.

"그 편지에 뭐라고 썼소?"

휘트니가 눈을 반짝이며 설명을 시작했다.

"이렇게 썼어요. '저는 콜레라에 걸려 몸져누워 있어요. 하지만 제가 참석하지 못하더라도 음악회는 그대로 여겨야 해요. 그리고 사람들에게 제가 하루빨리 건강을 회복하도록 기도를 부탁드려주세요.'"

클레이튼이 어깨가 흔들리도록 웃자 휘트니가 얼른 말을 이었다.

"웨스트랜드 씨, 제 이야기의 클라이맥스는 아직 한참 멀었답니다."

클레이튼의 얼굴에서 웃음기가 사라지자 휘트니는 하던 이야기를 계속했다.

"아버지는 클라리사를 호되게 꾸짖으셨어요. 내게 진실에 대한 티끌만큼의 존경심도 심어주지 않았다구요. 클라리사는 얼른 내 옷 중에서 가장 좋은 옷을 가져다 억지로 내게 입혔어요. 그런데 그 옷은 길이가 너무 짧았어요. 내가 음악회에 참가하지 않겠다고 하는 바람에 클라리사는 드레스 아랫자락에 단을 대지 않았거든 요. 아버지는 나를 억지로 걷게 해서는 마차에 태우셨죠. 물론 나는 음악회에서 연주할 곡을 연습하지도 않은 상태였어요. 당연한 일이었죠. 내겐 피아노 앞에 앉아서 건반을 뚱땅거리며 시간을 보낼 만한 참을성이 없었거든요. 아버지에게 집으로 돌아가 악보라도 가져오게 해달라고 간청했지만 아버지는 제 말이 들리지도 않을 만큼 무척 화가 나 계셨어요. 인근에 사는 이웃들이 모두 엘리자베스 집에 있는 뮤직홀에 모여 있었죠. 엘리자베스는 천사처럼 연주를 했어요. 언제나 그랬죠. 그리고 마거릿 메리튼의 연주는 훌륭하다는 평가를 받았어요. 내 차례는 맨 끝이었어요."

휘트니는 생각에 잠긴 듯 침묵에 빠져들었다. 짧은 순간 휘트니는 다시 사람들이 꽉 들어찬 뮤직홀의 셋째 줄, 폴의 바로 뒤에 앉아 있었다. 폴은 엘리자베스의 우아하고 천사 같은 옆모습에서 눈길을 떼지 못하고 있었다. 그리고 엘리자베스가 피아노 연주를 끝내자 다른 사람들과 함께 자리에서 일어나 박수갈채를 보냈다. 그동안 휘트니는 짧고 꼴사나운 분홍색 드레스의 아랫자락을 끌어내리며 비쩍 마른 팔과 다리, 무릎과 팔꿈치만 보이다시피 하는 보기 흉한 제 몰골을 증오했다.

"당신이 마지막으로 연주를 했군."

클레이튼이 비참한 회상에 잠겨 있던 휘트니를 제정신으로 돌아오게 했다.

"그런데 악보도 없이 훌륭하게 연주해서 모든 사람들이 갈채를 보내고 앙코르를 외쳤나?"

"사람들이 보인 반응으로 말하자면 얼떨떨한 나머지 아무 소리도 내지 않았어요."

휘트니는 아무렇지도 않은 듯 이야기를 했지만 그 이야기를 듣는 클레이튼은 재미있다기보다는 가슴을 도려내는 듯 아팠다. 만약 자신이 그 자리에 있었다면 트위츠워디라는 선생부터 휘트니의 어리석은 아버지에 이르기까지, 음악회에 참석한 모든 속 좁은 시골뜨기들의 목을 비틀어주고 말았을 것이다. 클레이튼은 가슴 깊은 곳에서 휘트니를 향한 진정한 애정과 보호본능이 용솟음치는 것을 느꼈다. 예기치 못한 감정에 화들짝 놀라고 혼란스러워진 그는 당혹스런 감정을 들키지 않으려고 술을 마셨다.

클레이튼이 자신에게 안쓰러움을 느낄지도 모른다는 생각이 든 휘트니는 웃으면서 손을 내저었다.

"이제까지 했던 이야기는 배경에 불과해요. 나중에 나를 유쾌하게 한 일은 사람들이 모두 잔디밭으로 나가 가벼운 점심을 먹고 있을 때 일어났죠. 가장 연주를 잘한 사람에게 주는 상은 점심 식사 후에 주기로 되어 있었어요. 엘리자베스 애쉬튼이 그 주인공이었죠. 그런데 불행하게도 상패가 사라져버린 거예요. 그런데 그 상이 잔디밭에 있는 가장 큰 나무 안에 숨겨져 있다는 말이 나돌았어요."

휘트니를 유심히 바라보던 클레이튼이 눈을 빛내며 물었다.

"당신이 그곳에다 상패를 숨겼군?"

휘트니가 얼굴이 발그레해져서 대답했다.

"상패를 숨기진 않았어요. 상패가 나무 위에 숨겨져 있다는 말만 퍼뜨린 거죠. 아무튼 사람들이 막 점심을 먹기 시작했을 때였어요. 느닷없이 엘리자베스가 그 나무에서 식탁 위로 굴러떨어진 거예요. 돌이 떨어지는 것처럼 쿵 소리를 내면서요. 난 엘리자베스가 식탁 가운데 놓인 예쁜 장식물을 손에 넣으려는 줄 알았어요. 어쨌든 엘리자베스는 주름장식이 달린 옷을 입은 채 샌드위치와 푸딩 한가운데 누워 있었죠. 난 그 모습이 하도 재미있어서 깔깔깔 웃기 시작했어요."

휘트니는 그 광경을 회상하며 빙그레 웃었다. 그러고는 엘리자베스를 도우러 달려간 폴이 손수건으로 그녀의 눈물을 닦아주며 자신을 사납게 노려보던 모습을 떠올렸다.

"어른들은 당신이 그 상패를 숨긴 장본인이라고 생각해 당신을 나무랐을 것 같은데?"

"오, 아니에요. 어른들은 음식이 차려진 식탁에서 엘리자베스를 내려오게 하느라고 정신이 없어서 내가 발작하듯 웃고 있는 것도 모르고 있었어요. 하지만 피터 레드펀이 그런 나를 봤어요. 피터는 내가 상을 숨겼거니 짐작했죠. 무엇보다 피터는 내가 자기보다 나무를 더 잘 탄다는 사실을 알고 있었거든요. 피터는 그 자리에서 당장 내 따귀를 때리겠다고 으르렁거렸어요. 그런데 그때 마거릿 메리튼이 피터한테 말하기를 따귀를 때릴 게 아니라 우리 아버지한테 말해 내가 채찍으로 맞게 해야 한다고 부추기더군요."

"그래, 그 둘 중 어떤 벌을 받았소?"

"아무 벌도 안 받았어요."

이렇게 말하면서 까르르 웃는 휘트니의 웃음소리를 듣고 클레이튼은 바람에 흔들리는 종소리를 떠올렸다.

"피터는 너무 화가 난 나머지 마거릿의 말을 들을 정신이 없었어요. 그리고 나는 피터가 감히 나를 때리지 못하리라는 것을 확신하고 있었기 때문에 마지막 순간까지 피할 생각을 하지 못했어요. 나는 아슬아슬하게 피터의 손을 피했고 결국 마거릿이 나 대신 맞았죠."

휘트니는 명랑하게 이야기를 끝맺었다.

"오, 세상에! 마거릿이 잔디밭을 구른 다음 일어나 앉았을 때의 피터의 표정은 결코 잊지 못할 거예요. 성이 날 대로 난 마거릿이, 도저히 상상도 할 수 없을 정도로 무시무시한 눈으로 피터를 노려봤거든요."

벽난로에서 장작이 기분 좋게 타고 있어서 흐뭇한 침묵이 틈틈이 끊어지는 가운데 두 사람은 체스판을 사이에 두고 웃음 섞인 시선을 주고받았다. 얼마 후 클레이튼이 술잔을 내려놓고 자리에서 일어섰다. 휘트니는 방금 전까지 하인이 서 있던 문가를 흘끔 쳐다보았다. 그런데 하인이 서 있던 자리가 비어 있는 게 아닌가.

"너무 늦었군요. 지금 당장 돌아가야겠어요."

클레이튼이 다가오자 휘트니는 그렇게 말하며 서둘러 일어섰다. 클레이튼은 휘트니와 지척의 거리에 서서 그윽한 목소리로 말을 건넸다.

"내 평생 가장 즐거운 저녁 시간을 선사해주어 고맙소."

휘트니는 클레이튼의 눈을 가만히 들여다보았다. 그러자 망치로 두들기듯 가슴이 두근거렸고 위험을 예고하는 경고가 신경을 타고 달리며 비명을 질러댔다.

"너무 가까이 서 있지 말아요. 그렇게 가까이 서 있으면 곧 독수리한테 잡혀먹힐 다람쥐 같은 기분이 들잖아요!"

휘트니가 속삭이다시피 말했다.

클레이튼이 휘트니를 보고 웃었다. 그의 목소리는 조용하고 유혹적이었다.

"떨어져 있으면 당신에게 키스할 수가 없잖소, 귀여운 아가씨."

"날 그렇게 부르지 말아요. 그리고 키스도 하지 말아요! 난 방금 가까스로 지난번 개울가에서 있었던 일을 용서했단 말이에요."

"그렇다면 나를 한번 더 용서해줘야 할 것 같군."

"어림없는 소리 말아요. 다시는 용서하지 않을 거예요."

클레이튼이 경고를 무시하고 그녀를 와락 끌어당겨 품에 안자 휘트니의 목소리는 속삭임으로 잦아들었다.

"이번에는 결코 용서하지 않을 거예요."

"무서운 경고이긴 하지만 그런 위험이라면 감수하겠소."

클레이튼은 그렇게 중얼거리며 탐욕스럽게 휘트니의 입술을 덮쳤다. 두 남녀가 입을 마주치자 전기가 일었다. 클레이튼은 두 손으로 휘트니의 어깨와 등을 어루만지며 자신의 단단한 육체로 점점 더 가까이 끌어당겼다. 그는 철저히, 고집스레, 끝없이 키스를 했다. 휘트니의 떨리는 입술이 돌진해 들어오는 클레이튼의 혀를 받아들일 준비를 했다. 그러자 그는 거침없이 그 속으로 혀를 들이밀고는 천천히 뒤로 뺐다가 다시 넣었다 하기를 여러 차례 반복했다. 그러자 어떤 알 수 없는 격렬하고 자극적인 리듬이 휘트니의 명치에 강렬한 흥분을 일으켰다.

클레이튼의 자극적인 애무와 입술이 포개질 때의 쾌감, 자신의 가녀린 하체를 으스러지도록 눌러오는 그의 묵직한 다리의 힘에 휘트니는 짜릿한 관능으로 전율했다. 휘트니는 클레이튼의 요구에 무력하게 굴복하고 말았다. 그러자 정신이 혼미해지며 모든 사유가 정지되어버렸다. 키스가 오래 계속될수록 휘트니의 육체와 정신은 더욱 멀리 떨어져나갔다. 마치 그녀 속에 도발적이고 순정적인 한 여인과 놀라움에 마비되어버린 또 다른 여인이라는 두 개의 인격이 깃들어 있는 듯했다.

클레이튼이 마침내 키스와 애무를 끝내고 바로 섰을 때 휘트니는 그의 가슴에 이마를 대고 맥이 풀린 두 손을 그의 셔츠 위에 반듯이 놓고 있었다. 자기 자신과 클레이튼 둘 다에게 화가 치민 휘트니는 당혹스럽기도 하고 방향 감각도 잃어버려 꼼짝도 않고 서 있었다.

"지금 용서를 구해도 되겠소, 귀여운 아가씨? 아니면 좀 더 기다려야 할까?"

클레이튼이 휘트니의 턱을 들어올리며 놀렸다. 휘트니가 반항적으로 클레이튼의 눈을 노려보았다.

"기다렸다가 하는 게 나을 것 같군."

클레이튼은 후회라도 하듯 씁쓸히 웃었다. 휘트니의 이마에다 살짝 입을 맞춘 그는 돌아서서 응접실을 나갔다가 조금 뒤 휘트니의 공단 망토를 들고 돌아왔다. 휘트니는 어깨에 망토를 걸쳐주는 클레이튼의 손길이 느껴지자 몸을 파르르 떨었다.

"춥소?"

클레이튼이 휘트니를 등 뒤에서 꼭 껴안으면서 물었.

휘트니는 목이 막혀 한마디 말도 내뱉을 수가 없었다. 수치심과 당혹감, 분노와 자기혐오로 똘똘 뭉쳐 있는 상태였기 때문이다.

"설마 나 때문에 입을 닫고 있는 건 아니겠지?"

클레이튼이 놀리듯 말하자 그의 숨결이 머리칼 위로 훅 하고 느껴졌다.

휘트니가 간신히 입을 열었다. 하지만 목이 꽉 막혀 있는 상태라 모기 소리만큼이나 작았다.

"그만 가게 해줘요."

스톤 가의 저택 측면에 나 있는 아치형 마차 출입구에 두 사람이 탄 마차가 설 때까지 클레이튼은 휘트니에게 일절 말을 걸지 않았다.

그는 휘트니가 문을 열고 집 안으로 들어가려 할 때서야 팔을 잡으며 초조하게 이야기를 했다.

"휘트니, 얘기 좀 하고 싶군. 우리 두 사람이 이해해야만 하는 것들이 있거든."

"지금은 듣고 싶지 않아요. 언젠가 기회가 있겠죠. 하지만 오늘 밤은 아니에요."

그 말에는 아무런 억양도 실려 있지 않았다.

휘트니는 새벽이 밝아오도록 잠들지 못하고 있었다. 그렇게 누워서 클레이튼이 자신의 내면에 불러일으키는, 넋을 잃게 만드는 격렬한 감정의 정체를 이해하려고 애썼다. 그리고 그의 품에 안기기만 하면 왜 폴에 대한 계획과 꿈들, 또 품위와 명예를 지켜야 한다는 생각을 송두리째 잊게 되는지 이해하려고 노력했다.

휘트니는 얼굴을 베개에 묻고 엎드려 누웠다. 앞으로는 그와

단 둘만 있게 되는 상황은 무슨 일이 있어도 피할 거야. 앞으로 그와 무슨 일로 마주치게 되더라도 그 만남은 짧고 공식적인 것이어야 해. 두 사람만이 관련된 사적인 접촉은 안 돼. 오늘 같은 실수는 절대, 절대 저지르지 않을 거야. 오늘 실수를 한 것은 그와 함께 있는 것이 너무 즐거운 나머지, 또 그의 매력에 빠진 나머지 마음을 놓다보니 그만 그를 친구로 생각했기 때문이었어.

친구라고? 휘트니는 씁쓸하게 웃으며 바로 누워 침대 천개(天蓋)를 올려다보았다. 그런 남자를 친구로 삼느니 차라리 뱀을 친구로 두는 편이 나아! 흥, 그 호색한은 교회의 성녀도 유혹하려 들 위인이야. 여자를 정복하기 위해서라면 어떤 짓도 서슴지 않을, 천하에 없는 난봉꾼이라구. 애를 쓰면 쓸수록, 먹잇감을 제 것으로 만드는 일이 어려우면 어려울수록 더욱 기꺼운 마음으로 정복 행위를 즐길 거야.

그런 생각에 이르자 휘트니는 의심의 여지도 없이 자신이 그의 먹이라는 사실을 깨닫게 되었다. 그는 날 유혹해서 범하려는 거야. 그런데 그런 그의 행동을 제지할 게 아무것도 없다니.

휘트니는 자신을 위해서나 폴을 위해서나 두 사람의 약혼을 빨리 발표할수록 좋다고 생각했다. 제아무리 클레이튼이라 할지라도 감히 다른 남자의 약혼녀를 따라다니지는 않을 테니까 말이다. 그것도 눈에 띄는 걸출한 남자의 약혼녀를 말이다.

14

휘트니는 머리를 매만진 뒤 목과 손목 부분에 흰색 주름장식이
달린 부드러운 초록색 드레스를 다시 한 번 꼼꼼하게 살펴보았다.
그 다음에는 머리카락이 늘어지지 않도록 목덜미에 붙들어맨 활
모양의 머리장식을 매만졌다. 뜬눈으로 밤을 새운 탓에 눈 밑에
검은 그림자가 져 있었지만 그것만 빼면 소녀처럼 어리고 예쁘게
보였다. 거울에서 몸을 돌린 휘트니는 억지로 청혼을 받아내기 위
한 거짓말로 폴을 유혹할 작정이었다.

휘트니는 아래층으로 내려가 폴이 기다리고 있는 응접실로 가
면서 마음속으로 짠 계략을 연습했다. 휘트니는 이모부가 이모를
데리러 오면 자신도 이모와 함께 파리로 돌아갈 것처럼 폴이 믿
게 만들 생각이었다. 그렇게 했는데도 폴이 청혼을 하지 않으면

어떤 방법도 소용이 없을 터였다.

휘트니는 응접실 입구에서 주춤거렸다. 폴이 너무 멋지고 잘생겨 보여서 체면이고 뭐고 다 내팽개치고 폴에게 청혼을 하고 싶은 간절한 유혹을 느꼈기 때문이다. 하지만 휘트니는 그 유혹을 물리치고 경쾌하게 인사를 건넸다.

"화사한 오후로군요. 우리 정원 좀 거닐까요?"

활짝 피어난 마지막 장미덩굴에 둘러싸인 울타리가 사람들의 눈을 가려주는 한적한 곳에 다다른 순간이었다. 폴이 휘트니를 껴안고 키스를 했다. 그리고 말했다.

"오랫동안 너를 소홀하게 대했던 일을 반성하려고 애쓰는 중이야."

그것은 바로 휘트니가 기다렸던 말이었다. 뒤로 한 발짝 물러선 휘트니는 화사하게 웃으며 그의 말을 받았다.

"그러면 서둘러야겠군요. 속죄해야 할 세월은 너무 긴데 속죄할 시간은 겨우 몇 주밖에 남지 않았으니까요."

"몇 주밖에 안 남았다니 그게 무슨 뜻이지?"

"이모부 내외분이 프랑스로 돌아가시기 전까지 남은 시간을 말하는 거예요."

휘트니의 설명에 폴이 눈에 띄게 어깨를 늘어뜨렸다. 그리고 순식간에 표정이 침울해졌다.

"프랑스로 돌아간다구? 난 네가 여기서 살 줄 알았는데."

"난 파리에도 집이 있어요, 폴. 어떤 면에서는 이곳보다 더 내 집 같이 느껴지는 곳이죠."

폴이 너무 당황해하자 휘트니는 죄책감을 느꼈다. 하지만 자신이 프랑스로 가는 것을 막기 위해 폴이 할 수 있는 일이 있다면 청혼뿐이었다. 폴도 그 사실을 알고 있을 것이다.

"그렇지만 아버지가 여기 계시잖아. 나도 여기 있고. 그런 것이 네겐 아무 의미도 없니?"

"왜 아무 의미가 없겠어요?"

휘트니는 그렇게 속삭이며 그 사실이 자신에게 얼마나 중요한 의미가 있는지를 들키지 않으려고 고개를 돌렸다. 왜 폴은 그냥 "나와 결혼해 줘."라고 말할 수 없는 걸까? 왜 그렇게 말하지 않는 걸까? 휘트니는 그게 너무도 궁금했다. 휘트니는 고개를 다시 폴 쪽으로 돌리고는 진홍색 장미를 보며 감탄하는 척했다.

그때 폴이 떨리는 목소리로 말했다.

"넌 떠날 수 없어. 내가 널 사랑하고 있는 것 같아."

휘트니의 가슴이 고동을 멈췄다가는 마구 뛰기 시작했다. 그녀는 그냥 폴의 품 안으로 뛰어들어버리고 싶었다. 하지만 그건 너무 성급한 행동이었다. 폴의 사랑 고백이 미적지근한 데다 확정적인 것도 아니었기 때문이다. 휘트니는 오솔길을 따라 걸음을 옮기면서 말했다.

"마음이 정해지면 그때 편지로 알려주세요."

"그건 안 돼. 넌 떠나면 안 된다구!"

폴이 휘트니의 팔을 잡아 뒤로 잡아당겼다.

"자, 스톤 양, 말해보시죠. 나를 사랑해, 사랑하지 않아?"

휘트니는 열정적으로 영원한 사랑을 고백하고 싶었다. 하지만 그 충동을 가까스로 억누르며 대답했다.

"사랑하는 것 같아요."

그러나 폴은 휘트니의 바람대로 사랑 얘기를 계속하는 대신 뜻밖에도 잡았던 팔을 도로 내려놓았다. 그리고 쌀쌀하고 무심한 얼굴로 냉정하게 말했다.

"오늘 오후엔 할 일이 좀 있어."

폴이 그냥 가버리려 한다는 걸 알아챈 휘트니는 충격과 절망을 느꼈다. 폴은 내 의도를 꿰뚫어본 거야. 그런 생각이 들었던 휘트니는 말할 수 없이 끔찍한 자괴감에 휩싸였다.

두 사람은 폴의 말쑥한 새 마차가 세워져 있는 저택의 앞쪽으로 걸어갔다. 폴은 형식적인 키스만 간단히 하고는 마차가 서 있는 곳으로 걸음을 떼기 시작했다. 그런데 몇 발짝 떼더니 뒤를 보고 돌아섰다.

"웨스트랜드 이외에 경쟁자가 정확히 몇 명이나 되는 거지?"

휘트니는 다시 하늘을 날 것만 같았다.

"몇 명이었으면 좋겠어요?"

휘트니가 생글거리며 되물었다.

폴의 눈이 가늘어졌다. 뭐라고 말을 하려고 입을 열던 그는 얼른 마음을 바꾸고는 휙 돌아서서 그냥 가버렸다.

휘트니의 얼굴에서도 미소가 사라졌다. 고통스럽고 비참한 기분으로 폴이 계단을 뛰어내려가는 모습을 지켜보던 휘트니의 가슴에서는, 그가 걸음을 뗄 때마다 장송곡이 울리는 듯했다. 휘트니는 폴에게 마음속에 품고 있는 의도를 드러내도록 강요했고, 이제 그의 의도가 어떤 것인지를 알았다. 폴은 자신과 가볍고 의미도 없는 연애놀음이나 하려고 했던 것이다. 아무런 계획도 없이 말이다. 폴은 4년 전 프랑스로 떠나기 전에도 자신을 원하지 않았고 지금도 마찬가지였다.

마차 옆에서 걸음을 멈추고 마부에게서 고삐를 받아쥔 폴이 조금 뒤에 동작을 멈췄다. 그러고는 휘트니에게 등을 돌린 채 가만히 서 있었다. 휘트니는 그런 폴을 지켜보며 열렬하고 간절한, 뒤죽박죽 순서도 없는 기도를 중얼거리기 시작했다.

팽팽한 침묵 속에서, 희망을 갖는 것을 두려워하면서도 그렇다고 희망을 버리지도 못한 채, 휘트니는 폴이 천천히 돌아서서 자신을 올려다보는 것을, 그런 다음 계단을 되밟아 오기 시작하는 것을 지켜보았다. 휘트니는 폴이 가까이 다가오자 무릎이 어찌나 떨렸던지 간신히 몸을 지탱하고 서 있었다.

"휘트니, 방금 너와 관련해서 내가 할 수 있는 선택이 두 가지밖에 없다는 생각이 들었어. 첫째, 앞으로 너와 마주칠 모든 기회를 피하는 거야. 그렇게 해서 내 고통을 끝내는 거지. 둘째는 그 고통을 오래도록 끌기 위해 너와 결혼하는 거야."

폴의 고백에는 웃음기가 섞여 있었다.

폴의 장난기 도는 파란 눈을 들여다본 휘트니는 그가 이미 선택을 끝냈음을 알아차렸다. 폴을 보고 화사하게 웃어주려고 애썼지만 오히려 큰 시름을 놓고 나자 밀려오는 기쁨과 안도감 때문에 울음이 나왔다. 그래서 휘트니는 울먹이며 입을 열었다.

"비겁하게 내뺐다면 결코 당신 자신을 용서할 수 없으리라는 사실을 깨달았군요."

폴이 웃음을 터뜨리며 두 팔을 벌렸다. 그러자 휘트니가 그의 가슴으로 무너지듯 안겨들었다. 휘트니는 규칙적으로 고동치는 폴의 가슴에 뺨을 대고 자신을 꼭 안아주는 힘센 팔의 느낌에 빠져들었다.

휘트니는 마치 금빛 안개 속에 묻혀 있는 듯한 포근한 기분을 느꼈다. 방금 폴이 사랑이라는 값진 선물을 주었기 때문이다. 휘트니는 너무 고마운 나머지 털썩 무릎을 꿇고 앉아 눈물을 흘릴 것만 같았다. 폴은 나를 사랑하고 나와 결혼하고 싶어 해. 이건 내가 파리에서 진정으로 새롭게 태어났다는 객관적이고 부정할 수 없는 증거야. 난 그저 한창 유행 중인 옷으로 한껏 멋을 내고 세련된 숙녀 행세를 하는 허울뿐인 숙녀가 아니야. 그리고 더 이상 가망 없는 환경 부적응자도 아냐. 휘트니는 더없이 훌륭한 진짜 숙녀였다.

마을 사람들도 이제 더는 폴 세버린의 관심을 사려고 벌였던 휘트니의 어릿광대 같은 행동에 대해서 쑥덕거리지 않을 것이다. 이제 사람들은 미소를 지으며 폴 세버린은 항상 휘트니를 좋아했다고 말할 것이다. 폴은 단지 때를 기다렸다고, 휘트니가 다 자라 어른이 되기를 기다렸다고 말할 것이다. 휘트니는 자신을 좋아해 주었으면 하고 언제나 바랐던 사람들과 어울려서 이곳에서 살 수도 있으리라. 휘트니는 끊임없는 스스로의 노력으로 이웃들은 물론 아버지의 눈에도 전혀 새로운 존재, 흠잡을 데 없는 완벽한 숙녀로 다시 태어난 것이다. 휘트니는 가슴 졸이던 긴장이 탁 풀리자 그만 흐느껴 울고 싶어졌다.

"아버지를 찾아보자."

"아버지는 왜요?"

너무 행복한 나머지 폴의 말을 이해하지 못한 휘트니가 고개를 들고 물었다.

"정식 절차를 밟아 청혼을 하고 싶어. 이모님에게 청혼을 하는 건 도저히 자신이 없거든."

폴이 말을 잘못했다 싶었는지 얼른 한마디 덧붙였다.

"그렇다고 이모님을 통해 청혼하는 게 싫다는 뜻은 아냐."

"스웰, 아버지는 어디 계시죠?"

폴과 함께 집 안으로 발을 들여놓은 휘트니가 조바심을 치며 물었다.

"런던으로 가시는 중일 겁니다, 아가씨. 30분 전에 출발하셨거든요."

"런던으로요? 내일 떠나시는 줄 알고 있었는데 왜 오늘 떠나신 거죠? 곧 돌아오시나요?"

집안 일이나 아버지에 대해서는 모르는 게 없는 스웰이 아무것도 알려고 하지 말라는 듯 대꾸했다. 스웰이 긴 외투를 펄럭이며 현관을 터벅터벅 걸어가는 것을 잠자코 지켜보고 있던 휘트니는 자신의 행복을 비춰주던 태양을 구름이 가려버린 것 같은 기분이 들었다.

폴은 불유쾌한 대면을 단단히 각오하고 있다가, 잠깐 동안 시간을 벌게 된 사람처럼 보였다. 다시 말해 폴은 정식절차를 밟아 청혼을 할 수 없게 되어도 안심을 해야 할지 실망을 해야 할지 모르고 있었던 것이다.

"언제 돌아오신대?"

"닷새 안으로는 못 돌아오신대요."

그 소식을 전하는 휘트니의 가냘픈 어깨는 축 처졌다.

"아버지 생신을 기념해 열리는 파티에 맞춰 오시는 거예요."

휘트니는 낙담해서 신음하듯 말했다.

"친지들에게 벌써 초대장을 다 보냈대요. 아버지가 우리 바람대로 그날 오후 일찍 돌아오시지 않으면 그 다음 날이나 되어야 말씀드릴 수 있어요. 일요일, 미사가 끝나고 말씀드리는 건 어떨까요?"

휘트니가 좀 밝은 얼굴을 하고 제 생각을 슬쩍 내비쳐보았다.

폴은 생각에 빠진 채 천천히 머리를 가로저었다.

"잘 어울리는 에인즐리(말의 종류) 한 쌍을 사려고 하는데 그 일을 빨리 매듭짓고 싶어. 훌륭한 순종 두 마린데 네 마음에도 들 거야. 그런데 내가 햄프턴 파크에서 열리는 경매에 늦지 않게 도착하려면 토요일에는 출발해야 하거든. 아버님께서 돌아오시는 다음 날이지."

휘트니는 웬만하면 실망한 모습을 들키지 않으려고 애쓰며 물었다.

"얼마나 오래 있다 와요?"

"2주도 채 안 걸릴 거야. 9일이나 10일쯤. 더 걸리지는 않을 거야."

"영원처럼 멀게 느껴져요."

그러자 폴이 휘트니를 안고 위로해주었다.

"내 결의가 얼마나 고귀한 것인지 증명하고 싶어. 그래서 아버님께서 내가 말씀드릴 수 있을 만큼 일찍 돌아오실 경우를 대비해서 토요일 내내 함께 있을게. 고작 닷새밖에 안 남았어."

폴은 휘트니의 어두운 얼굴을 보고는 덧붙였다.

"그리고 출발을 늦춰서 아버지 생신 파티에 몇 시간 동안 참석할 수도 있어. 네가 날 초대한다면 말야."

비로소 휘트니가 웃으면서 고개를 주억거렸다.

"그런데 만일 파티 중에 아버님께 말씀드릴 기회가 없으면 파티가 끝나고 나서 네가 말씀드려. 내가 돌아오는 대로 아버님을 정식으로 찾아뵐 거라고. 자, 이래도 내가 결혼하는 게 싫어서 달아나려는 남자로 보이니?"

폴이 싱긋이 웃으며 물었다.

폴이 떠나자 이모에게 그 반가운 소식을 들려줄 것인가 말 것인가를 두고 신중하게 고민하던 휘트니는 우선은 말하지 않는 쪽으로 결론을 내렸다. 휘트니는 그 기쁨을 아직은 혼자서만 간직한 채 음미하고 싶었다. 그리고 폴이 실제로 청혼을 하기 전, 곧 있을 폴과의 약혼을 누군가에게 털어놓으면 행여 일이 틀어지지 않을까 하는 두려움도 있었다. 아버지는 틀림없이 토요일 일찍 돌아오셔서 폴과 이야기를 나눌 수 있을 거야. 그렇게 되면 우린 바로 토요일 저녁, 아버지의 생신축하 파티에서 약혼을 발표할 수 있을 거야.

금세 기운을 되찾은 그녀는 앤 이모와 점심을 함께 먹으러 집 안으로 들어갔다.

클레이튼은 늘 하던 대로 점심 식사를 하면서 우편물을 꼼꼼히 챙겨 읽고 있었다. 사업상 일상적으로 주고받는 편지와 초대장 외에 어머니와 아우가 보낸 편지도 끼어 있었다. 클레이튼은 마침내 어머니께 큰아들이 결혼을 해서 손자손녀를 안겨드릴 거라는 놀라운 소식을 전할 생각을 하며 싱긋 웃었다. 어머니는 손자손녀가 보고 싶어 결혼을 하라고 꽤나 귀찮게 재촉하셨지. 클레이튼은 여섯 명의 손자손녀를 안겨드리겠노라고 속으로 다짐하며 소리 없이 웃었다. 그는 아이들 여섯 명이 모두 휘트니의 비취빛 눈을 닮기를 바랐다.

클레이튼은 런던 보석상이 보낸 에메랄드 펜던트의 전표에 서명을 하면서도 웃고 있었다. 에메랄드 펜던트는 휘트니가 귀향 환영 파티 때 목에 걸었던 것이다.

전표를 옆에다 치워둔 클레이튼은 집안에서 부리던 나이 든 하인을 연금을 주어 퇴직시키는 일에서부터 해운 회사에 있는 선대(船臺:배를 만들 때 선체를 올려놓는 대)의 보습을 교체하는 일까지, 갖가지 문제들을 어떻게 처리해야 할지 지시를 내려달라고 비서가 보내온 장문의 공문서를 읽기 시작했다. 그는 각각의 질문 아래에다 정확하고 상세하게 지시 사항을 써넣었다.

그때 집사가 인기척을 낸 뒤 안으로 들어섰다.

"각하, 스톤 씨가 각하를 뵈러 와 있습니다."

클레이튼이 고개를 들었다.

"각하께서 식사 중이라고 말했는데 찾아온 용건이 무척 긴급한 것이라 기다릴 수가 없다고 합니다."

"좋아. 안으로 들여보내게."

클레이튼은 짜증 섞인 한숨을 내쉬며 집사에게 일렀다. 휘트니에 관해서라면 클레이튼은 무엇이든 참을 수 있었다. 그러나 장차 장인이 될 사람에 대해서라면 전혀 그렇지 못했다. 사실 스톤이란 인간 자체를 참아내는 게 클레이튼이 할 수 있는 전부였다.

"런던으로 떠나기 전에 와야만 했습니다."

급히 방을 가로질러 가까이 다가온 마틴이 클레이튼이 앉은 책상의 맞은편에 앉으며 말을 꺼냈다.

"공작 각하와 나는 아주 난감한 처지에 빠졌습니다. 그리고 공작께서, 아니 우리 두 사람이 당장에 조처를 취하지 않으면 상황은 더 고약스럽게 될 겁니다."

클레이튼은 마틴을 안내해 온 하인에게 그만 나가보라는 뜻으로 고개를 까딱해 보였다. 그리고 하인이 문을 닫고 나갈 때까지 기다렸다가 반갑지 않은 손님에게로 눈길을 돌렸다.

"뭐라고 했죠, 스톤 씨?"

"심상치 않은 일이 생겼다고 말씀드렸습니다. 말썽거리가 생겼습니다. 폴 세버린 말입니다. 세버린은 제가 집을 떠날 때도 휘트니와 함께 있었습니다."

"세버린은 염려하지 않아도 된다고 이미 말했을 텐데요?"

클레이튼이 성급하게 대꾸했다.

"그렇다면 이제부터라도 염려하는 것이 좋을 겁니다."

마틴이 괴롭고도 화가 난 얼굴로 경고했다.

"휘트니는 열다섯 살 때 애쉬튼 가의 딸한테서 세버린을 떼어놓으려고 자기 모자 속에 벌을 집어넣은 아이입니다. 그리고 비록 5년이 지났지만, 네 5년이요……. 휘트니는 여전히 무슨 수를 써서라도 세버린을 차지하려고 야단입니다. 그리고 곧 그렇게 될 것 같습니다. 공작께서는 제 말씀을 잘 들으셔야 합니다. 그 불쌍한 친구는 딸애와 결혼할 생각을 하고 있습니다. 세버린은 조만간 딸애에게 청혼을 할 겁니다. 어떻게 해선지는 모르지만 휘트니가 세버린을 미치게 만들었답니다. 그리고 그 아이는 저까지 미치게 만들고 있습니다."

클레이튼은 재미있다는 듯 대꾸를 했다.

"이미 따님에게 청혼을 한 '불쌍한 친구'로서 말하자면 여자를 보는 세버린의 안목에 갈채를 보낼 뿐입니다. 하지만 내 여러 번 말했지만 나는 따님을 다룰 자신이 있을 뿐 아니라……."

공작의 말을 중간에서 끊은 마틴은 금방이라도 폭발할 사람처럼 보였다.

"각하께서는 딸애를 다루지 못합니다. 그럴 수 있다고 생각하시겠지만 그건 각하께서 그 애를 잘 모르기에 하는 말입니다. 젠장! 그 애는 무슨 일이든 제 하고 싶은 대로 하고야 마는 고집불통이랍니다. 언제나 그랬지요. 딸애가 일단 엉뚱한 생각을 품었다 하면, 이를테면 세버린과 결혼하는 것 같은 생각을 품었다 하면 그 애는 무슨 일이 있어도 제 뜻을 이루고야 맙니다."

마틴은 호주머니에서 손수건을 꺼내더니 이마를 덮다시피 송글송글 맺힌 땀을 훔쳐냈다. 그러고 나서 계속 말했다.

"만약 딸애가 세버린이 저와 결혼하고 싶어 하도록 만드는 것이 목적이라면 그 애는 제 목표를 달성했다고 느끼고 나면 그 뒤로는 세버린에 대한 일을 모두 잊어버리지요."

마틴은 음산하면서도 절박하게 덧붙였다.

"하지만 무법자처럼 제멋대로 구는 딸애가 실제로 세버린과 결혼을 하겠다고 마음먹으면 공작께서는 고 깜찍한 고집불통을 결혼식장까지 질질 끌고 가셔야 할 겁니다. 그것도 한 걸음 한 걸음 내디딜 때마다 그 애와 실랑이를 벌이면서 말입니다. 제가 무슨 말씀을 드리려는지 이해하십니까?"

"이해합니다."

"좋습니다, 좋아요. 그렇다면 이제 할 일은 세버린이 딸애에게 결혼 얘기를 못 꺼내게 하는 겁니다. 그러기 위해선 휘트니가 지난 7월부터 공작 각하와 약혼한 사이라는 사실을 당장 휘트니 본인한테 말해주는 합니다. 세버린을 포함해 모든 사람들에게 당장 약혼 사실을 발표하시지요."

"그건 안 됩니다."

"안 된다구요?"

마틴이 얼떨떨해하며 물었다.

"그렇다면 공작께서는 폴 세버린을 어떻게 처리할 작정이십니까?"

"스톤 씨라면 내가 어떻게 했으면 좋겠습니까?"

"방금 말씀드리지 않았습니까!"

마틴이 절망적으로 외쳤다.

"휘트니더러 세버린을 두고 계획하고 있는 모든 것들을 포기하고 당장 공작 각하와 결혼할 준비를 하라고 명령하는 겁니다!"

클레이튼은 계속 고개를 똑바로 들고 있느라 힘이 들었다.

"스톤 씨, 한번이라도 따님이 하고 싶어 하지 않은 일을 하라고 '명령'한 적이 있습니까?"

"물론이지요. 저는 그 아이의 애비니까요."

그 말을 듣고 난 클레이튼은 소리 없이 웃었다.

"그렇다면 스톤 씨가 따님에게 명령을 했을 때 따님이 아버지의 위엄을 공손하게 받들어 시키는 대로 하던가요?"

마틴이 얼굴을 붉힌 채 의자에 털썩 주저앉았다.

"제가 휘트니에게 마지막으로 제 지시대로 따르라고 했던 건 그 애가 열네 살 때였습니다. 애쉬튼 집안의 딸처럼 행동하라고 했지요. 그 뒤로 두 달 동안 휘트니는 저를 보기만 하면 무릎을 굽혀 인사를 했습니다. 집사에게도 그랬고 요리사에게도 그랬고, 심지어는 말들에게도 무릎을 굽혀 절을 했지요. 그 고집쟁이는 무슨 일을 하고 있든 상관없이 절 보기만 하면 얼른 하던 일을 제 쳐두고 절을 했습니다. 그 뒤에는 속눈썹을 가지고 그 우스꽝스러운 짓을 하더군요. 그러니까 속눈썹을 파르르 떠는 것 말입니다. 그러면서 애쉬튼 집안의 딸처럼 행동하라는 제 명령을 따르는 중이라고 하더군요."

"따님은 내가 하라는 대로 할 겁니다."

클레이튼은 더 이상의 논쟁은 하지 않겠다는 듯 잘라 말했다.

"하지만 내가 이 약혼 사실에 관해서 말할 준비가 될 때까지는 그 이야기를 따님이 알게 해서는 안 됩니다. 시간이 되었다고 판단되면 내가 직접 말할 겁니다. 이해합니까, 스톤 씨?"

마틴은 체념한 듯 고개를 끄덕였다.

"좋습니다."

클레이튼은 수북이 쌓인 우편물 더미에서 편지를 하나 집어들었다.

마틴이 넥타이와 목 사이로 불안정하게 떨리는 손가락을 집어넣고 이리저리 움직이며 조심스럽게 입을 열었다.

"별일은 아닙니다만 문제가 한 가지 더 있습니다."

"말씀해보시지요"

클레이튼은 읽고 있던 편지에서 눈도 떼지 않고 대꾸했다.

"휘트니 이모 얘깁니다. 처제는 휘트니가 공작 각하를 싫어한다는 다소 어처구니없는 생각을 하고 있습니다. 공작 각하가 그문제를 극복할 수 있다는 믿음을 처제에게 확실히 보여주었으면 합니다."

"왜 그렇게 해야 하죠?"

"왜인고하니 하인 말에 따르면 처제가 동서와 연락을 취하기위해 유럽에 있는 모든 영사관에 편지를 보내고 있답니다. 아마도 그 사람을 찾아서 당장 이곳으로 오게 하려나 봅니다."

공작의 얼굴이 굳어지자 마틴은 등을 꼿꼿이 펴고 앉았다.

"지금 레이디 길버트가 나와 따님의 결혼을 반대한다는 말을 하고 있는 겁니까?"

"아, 아닙니다! 그런 뜻은 아닙니다."

마틴은 손까지 흔들며 필사적으로 부인했다.

"처제는 현명한 여성입니다. 하지만 휘트니와 관련한 일이라면 지나치게 예민한 반응을 보인답니다. 우리가, 그러니까 공작 각하와 제가 한 일에 대해 들었을 때의 충격이 가라앉자 처제는 각하와 휘트니가 맺어지는 것이 아주 잘된 일이라는 걸 인정했답니다. 처제의 말로는 공작 각하는 전 유럽에서 첫손 꼽히는 결혼 상대인 데다 웨스트모어랜드 가문이라 하면 영국에서 가장 당당하고 영향력 있는 귀족이라고 하더군요."

"레이디 길버트가 그렇게 현명하다니 반가운 소리군요."

클레이튼이 조금 누그러진 말투로 대꾸했다.

"그렇게까지 현명하지는 않습니다! 처제는 휘트니에게 알리지 않고 이 문제를 밀고 나가는 걸 못마땅하게 여기고 있습니다."

그러고는 말미에 씁쓸하게 덧붙였다.

"저보고 인정이라고는 눈곱만큼도 없는 매정하고 냉혹한 아버지라고 비난한답니다."

클레이튼의 얼굴에서 처제의 말에 동의하는 듯한 표정을 읽고 감정이 상한 마틴이 분통을 터뜨렸다.

"처제는 각하께서 오만하고 독재적이라고 하더군요. 숙녀들과 염문을 뿌리고 다닌 것도 마음에 안 들고 너무 잘생긴 것도 마음에 걸린다고 합니다. 간단히 말해서 처제의 말은 휘트니가 내 딸이나 각하의 아내로는 너무 아깝다는 말이지요."

"내가 스톤 씨에게 건넨 10만 파운드로도 레이디 길버트의 마음이 누그러지지 않았다니 놀랍군요."

클레이튼이 냉소적으로 말했다.

"처제는 그 돈을 뇌물이라고 하더군요."

마틴이 큰 목소리로 받아쳤다. 그러나 곧 클레이튼의 눈에서 써늘한 표정을 읽고는 주눅이 들어 잠자코 있었다.

"처, 처제는 휘트니에게 각하에 대한 애정을 키워갈 충분한 시간도 주지 않은 상태에서 각하가 휘트니의 의사를 무시하고 억지로 결혼하는 일은 없을 거라고 확실히 말씀해주시기를 바라고 있습니다. 만약 공작께서 직접 이런 확답을 주지 않으면 처제는 남편인 길버트 경이 영향력을 발휘해서 이 결혼을 막도록 할 겁니다. 동서인 길버트 경은 최고위층과 줄이 닿아 있지요. 그래서 유력한 사람들도 동서의 말이라면 무시하지 못한답니다."

공작의 험악한 표정이 예상 밖으로 밝아졌다.

"길버트 경이 최고위층 사람들 속에서 영향력을 유지하고 싶다면 나를 적으로 삼으려 하지는 않을 겁니다. 건방지게 들릴지 모르겠지만 스톤 씨, 나도 그 '유력한 사람들' 가운데 한 사람이니까요."

마틴이 떠난 뒤 클레이튼은 의자에서 일어나 창가로 걸어가서 창틀에다 어깨를 기댄 채 숲 가까운 잔디밭 끝에 전원풍의 정자를 짓고 있는 인부들을 물끄러미 쳐다보았다.

만약 마틴이 그 날이 아니라 전날 찾아와서 휘트니와의 약혼 사실을 밝히고 결혼을 서두르라고 설득했다면 그 제안을 고려해 보았을지도 모른다. 지난밤, 휘트니는 원하기만 하면 손에 넣을 수 있는 소유물에 불과했다. 소중한 소유물, 아니 어쩌면 보배인지도 모른다. 그러나 그래도 자신의 소유물은 소유물이었다.

아르망 가의 가면무도회가 있던 날, 클레이튼은 잠시 휘트니를 애인으로 만들 생각을 했었다. 하지만 범절 있게 자란 처녀의 처녀성을 빼앗는 것은 여성의 정절에 대한 그의 관대한 규범에도 위배되는 것이었다. 동시에 그에게는 결혼을 해서 후사를 둘 의무가 있었다. 그것은 성년이 되던 날부터 귀가 따갑게 들어온, 가문의 후계자에게 주어진 책임이었다. 그래서 아르망 가의 정원에서 상냥하게 웃고 있는 휘트니의 눈부신 얼굴을 내려다보며 그는 자신에게 주어진 의무와 육체적인 갈망이라는 이중의 문제를 해결할 아주 만족스러운 답을 찾았다고 생각했다. 다시 말해 휘트니 스톤과 결혼을 하기로 결심했던 것이다.

휘트니는 지난밤까지만 해도 관능적인 상상을 만족시켜주는 매혹적인 대상이자 장차 다음 대의 후계자를 낳아줄 여자에 불과했다. 그런데 지난밤 그 모든 생각이 단번에 바뀌어버렸다. 어젯밤, 휘트니는 도대체 제 안에 존재하는 줄도 몰랐던 민감한 감성과 약자에 대한 보호본능을 일깨워주었던 것이다.

클레이튼은 휘트니가 웃으면서 들려주는 이야기에 귀를 기울이고 있었다. 하지만 우스꽝스러운 음악회에서, 그것도 홀을 꽉 채운 둔하고 인정머리 없는 사람들 앞에서 피아노를 친, 어머니 없는 소녀의 이야기는 우습다기보다는 애처롭기 그지없었다. 클레이튼은 처음으로 휘트니가 어렸을 때 느꼈을 고통과 좌절을, 분노 속에서 느꼈을 굴욕감을 똑똑히 이해하게 되었다.

클레이튼은 휘트니의 이웃들이 대부분 마음에 들지 않았다. 그의 눈에 그들은 남의 험담이나 즐기는 속 좁고 형편없는 시골뜨기들로밖에는 보이지 않았다. 휘트니가 프랑스에서 돌아온다는 소식을 들은 순간부터 그들은 서로서로, 또 클레이튼 자신에게도 휘트니가 어려서 했던 기괴한 행동과 폴 세버린의 뒤를 열심히 쫓아다닌 일을 끝도 없이 늘어놓으며 재미있어했다.

만일 휘트니가 그런 마을 사람들이 지켜보는 가운데 폴 세버린의 마음을 사로잡아 옛날에 짓밟혔던 자존심을 되찾을 수 있다면 클레이튼은 기꺼이 휘트니가 그렇게 하도록 허용해줄 생각이었다. 다시 말해 마을 사람들에게 세버린의 마음을 사로잡았다는 사실을 보여줄 정도의 시간은 기다려줄 수 있었던 것이다. 세버린이 실제로 휘트니 아버지에게 청혼을 할 용기를 내지 못한다면 말이다. 휘트니를 향한 클레이튼의 관대함이 아무리 크다 해도 휘트니가 실제로 다른 남자와 약혼을 하는 것까지는 허용하지 않았다. 그것은 클레이튼으로서도 너그러이 보아 넘길 수 없는 한계였다.

마음을 정하고 난 클레이튼은 탁자로 돌아가 하던 일을 마무리
했다. 마틴은 닷새 동안 집을 떠나 있을 것이다. 그런데 닷새 동
안 휘트니를 보지 못한다는 것은 견딜 수 없는 일이었다. 그 사이
에 휘트니를 만날 구실이, 휘트니가 자신을 만나는 데 동의할 구
실이 필요했다. 클레이튼은 휘트니가 데인저를 타고 그와 경주를
하자고 도전한 사실을 기억해내고는 싱긋 웃었다.

클레이튼은 종이 한 장을 집어든 다음 적당한 표현을 곰곰이
생각해 보았다. 이 글은 도전으로 받아들여져야 했다. 행여 초대
로 받아들여진다면 휘트니에게 거절당하고 말 테니까.

'친애하는 스톤 양에게'

클레이튼은 급히 편지를 써내려갔다.

'내가 기억하기로는 스톤 양이 종마인 데인저를 다루는 기술을
시험해보고 싶다고 했습니다. 수요일 오전에 시간이 될 것 같습니
다. 경주로는 스톤 양이 선택하는 코스라면 어떤 곳이라도 상관하
지 않겠습니다. 하지만 만에 하나 스톤 양이 성급하게 도전한 것
을 후회하여 뜻을 바꾸더라도 겁이 나서가 아니라 스톤 양이 다
루기에는 말이 너무 사납다는 당연한 두려움 때문이라고 이해할
테니 안심하십시오.'

클레이튼은 편지를 봉투에 넣고 밀랍으로 봉했다. 그리고 하인
을 불러 편지를 스톤 양에게 건넨 다음 기다렸다가 답을 받아오
라고 지시했다.

하인은 클레이튼의 지시대로 휘트니의 답장을 들고 돌아왔다.
좋은 가문에서 자라기는 했지만 머리에 든 것이 적은 여성들의
필체는 휘갈겨 써서 읽기 어려운 것이 보통이었다. 하지만 휘트니

의 필체는 박식한 수도승의 필체와도 같이 곡선미가 살아 있는 유려한 필체였다. 인사는 없었다.

'기꺼이 동의합니다. 과수원 근처 세버린 씨 소유지 북쪽 끝에서 수요일 오전 열 시에 뵙죠.'

이것이 전부였다. 그러나 클레이튼에게는 그것으로 충분했다. 그는 자리에서 일어나 기지개를 펴며 싱긋이 웃었다. 그러고는 휘파람을 불며 고요한 침묵에 잠긴 저택을 한가로이 걸어 위층으로 올라가서는 승마복으로 갈아입었다.

15

수요일 아침, 세버린 가의 과수원이 건너다 보이는 언덕에 오른 클레이튼은 저 앞에 펼쳐진 광경을 보고는 고삐를 끌어당겨 말을 세웠다. 언덕 아래 여기저기 마차가 흩어져 서 있었다. 마차에는 화려한 양산을 받치고 있는 레이디 길버트와 레이디 유뱅크를 비롯한 여성들과, 나들이옷을 입은 남자들이 타고 있었다. 마차를 타지 않은, 그다지 부유하지 않은 구경꾼들은 말을 타거나 짐마차 위에 서 있거나 아니면 떼를 지어 어슬렁거리고 있었다.

알록달록한 비단 옷을 입은 곡예사와 마술사가 눈에 띄지 않아서 그렇지 어디로 보나 시골 장터를 방불케 하는 광경이었다. 그런 생각을 하고 있을 때 누군가 나팔을 치켜들고 힘차게 두 번 불었다. 그러자 사람들은 언덕길을 내려가는 클레이튼을 보려고 일제히 눈길을 돌렸다.

휘트니는 조심스럽게 눈을 내리깔고 클레이튼이 탄 말이 곁으로 다가오는 것을 곁눈질로 보았다. 훌륭한 골격을 갖춘 네 다리와 근육이 잘 발달된 가슴, 그리고 튼실한 궁둥이가 눈에 들어왔다. 그러나 그런 각도에서는 기껏해야 말을 탄 기수에게 잘 어울린다싶은, 번쩍거리는 승마용 가죽 장화와 사슴가죽으로 지은 승마용 바지만 보일 뿐이었다.

"스톤 양, 20마신 정도 접어드릴까요?"

클레이튼이 출발선에 서 있는 휘트니 옆에다 말을 갖다대며 농담을 건넸다.

휘트니는 형식적인 인사를 건네려고 고개를 들었다가 클레이튼의 모습이 너무 다정하게 느껴져 하마터면 따라 웃을 뻔했다. 마을 사람 둘이 급히 달려와 행운을 빌어주는 말을 하는 바람에 클레이튼의 주의가 흐트러졌다.

휘트니는 클레이튼이 마을 사람들과 농담을 주고받는 것을 가만히 지켜보았다. 힘세고 멋진 말 위에 앉아 있는 그는 너무 편안해 보였다. 클레이튼이 마을 사람들에게 한가한 농담을 건네는 것을 보고 있노라니 그가 요전날 밤, 제 곁으로 살그머니 다가왔던 그 뻔뻔하고 엉큼한 색마와 동일한 인물이라는 사실이 좀처럼 믿어지지 않았다. 그는 자신을 끌어안고 굶주린 듯이 입술을 탐했었다. 마치 클레이튼 웨스트랜드라는 남자 안에는 두 개의 인격이 존재하는 것만 같았다. 하나는 휘트니가 무척이나 좋아하는 타입의 인격인 반면 다른 하나는 두렵고 신뢰할 수 없는 그런 인격이었다.

엘리자베스의 아버지가 다시 한 번 나팔을 불었다. 휘트니가 탄 데인저가 몸을 사납게 한번 비틀었다. 폴이 휘트니와 클레이튼에게 외쳐 물었다.

"준비들 됐습니까?"

폴이 권총을 쥔 손을 높이 쳐들었다. 그때 휘트니는 클레이튼 쪽으로 몸을 기울이고는 따뜻한 미소로 클레이튼을 바라보며 말했다.

"나를 따라오고 싶다면 기꺼이 길을 안내해드리죠."

클레이튼이 큰 소리로 웃음을 터뜨리는 찰나 권총 소리가 허공을 갈랐다. 클레이튼의 말이 질풍같이 내달렸다. 그는 웃느라고 느슨하게 쥐었던 고삐를 단단히 그러쥐며 몸을 앞으로 숙였다. 내달리는 말이 안정된 보폭을 유지하게 되었을 즈음 휘트니는 상당히 앞서 달려가고 있었다.

클레이튼이 탄 말의 발굽 소리가 사람들 발길이 뜸한 푸른 들판에 쩌렁쩌렁 울려퍼졌다. 워리어라 불리는 클레이튼의 말은 안간힘을 다해 휘트니의 데인저를 바싹 추격했다. 그러나 클레이튼은 말의 속도를 약간 늦추며 개울을 따라 서쪽으로 내달릴 때를 기다렸다. 그는 질주하는 말에게 말했다.

"지금은 서두르지 않아도 된다. 본격적으로 달리기 전에 저 아가씨가 얼마나 잘 달리는지 한번 보자꾸나."

클레이튼과 워리어를 앞지른 데인저는 한달음에 낮은 돌담 벽을 뛰어넘었다. 클레이튼은 휘트니의 말 타는 솜씨가 뛰어남을 인정한다는 듯 씨익 웃었다. 휘트니는 가뿐하고 사랑스런 모습으로 안장 위에 앉아 노련한 솜씨로 말을 다루었다. 두 사람이 경주로의 마지막 구간을 향해 방향을 틀 즈음 클레이튼은 데인저가 지치기 시작했다는 것을 알 수 있었다. 숲의 끝자락으로 휘돌아 가는 모퉁이에서 휘트니를 따라잡기로 마음먹은 그는 속도를 늦추며 긴장을 풀었다가 곧 워리어를 쏜살같이 달리게 했다.

두 사람은 전속력으로 마지막 모퉁이를 넓게 돌았다. 그런데 조금 뒤 클레이튼은 숨이 멎을 정도로 깜짝 놀랐다. 휘트니가 타고 있던 데인저가-등에 타고 있어야 할 기수도 없이-방향을 바꾸어 다가오고 있었던 것이다! 워리어의 고삐를 우악스럽게 잡아쥐고 휘트니를 찾는 클레이튼의 가슴은 사정없이 쿵쾅거렸다. 오래지 않아 클레이튼은 휘트니를 발견할 수 있었다. 그녀는 숲 언저리에 있는 우람한 떡갈나무 아래에 나동그라져 있었다. 그 위로 굵은 나뭇가지 하나가 튀어나와 있었다. 휘트니는 서둘러 모퉁이를 돌다가 그 나뭇가지에 걸려 말에서 떨어진 게 분명했다.

말에서 얼른 뛰어내린 클레이튼은 부랴부랴 휘트니 곁으로 달려갔다. 클레이튼은 평생 그때처럼 놀라본 적이 없었다. 아직 흥분이 가라앉지 않은 상태에서 휘트니의 맥박을 짚어보고 그녀의 가냘픈 목에서 맥박이 안정적으로 뛰는 것을 확인한 그는 혹시 상처를 입지는 않았는지 머리를 살펴보기 시작했다. 머리를 크게 다쳐 다시는 의식을 회복하지 못한 사람들의 애기가 떠오르자 간담이 서늘해졌다.

휘트니의 머리에 째진 상처나 부풀어오른 혹이 없는 것을 확인한 클레이튼은 양손을 뻗어 휘트니의 팔과 다리에 골절된 부위가 없는지를 살펴보았다. 부러진 곳은 없는 것 같았다. 클레이튼은 외투를 벗어 휘트니의 머리를 받쳐주었다. 그런 다음 옆에 쭈그리고 앉아 휘트니의 손목을 문지르기 시작했다.

얼마 안 있어 휘트니의 눈꺼풀이 가늘게 떨렸다. 클레이튼은 안도의 한숨을 쉬었다. 그는 휘트니의 이마 위로 헝클어져 내린 머리칼을 부드럽게 쓰다듬어 올리며 그녀에게 몸을 기울였다.

"어디 다친 데는 없소? 말은 할 수 있겠소?"

휘트니는 비취색 눈을 동그랗게 뜨고, 클레이튼을 한참 동안 바라보았다. 휘트니가 안심을 시키려는 듯 희미하게 웃자 클레이튼은 참으로 아름다운 눈이구나 하는 생각을 하고 있었다.

"기억하죠? 사고를 당하기 전까지는 내가 앞섰어요."

그러나 휘트니가 꺼낸 첫마디로 인해 그의 마음에 자리 잡으려던 포근한 감정은 한순간에 사라져버렸다. 클레이튼은 제 귀를 믿을 수가 없었다. 비틀거리며 일어선 그는 떡갈나무 줄기에 기대선 채 휘트니를 노려보았다.

조금 뒤 휘트니가 다시 입을 열었다.

"날 좀 일으켜주겠어요?"

"그럴 마음 전혀 없소."

클레이튼은 팔짱을 낀 채 무뚝뚝하게 대꾸했다.

"그럼 좋을 대로 하세요."

휘트니는 한숨을 내쉬며 힘겹게 일어나더니 구겨진 스커트자락을 폈다.

"참 불친절하시기도 해라."

"당신만큼 몰염치하지는 않지. 혹시 내게 지는 게 겁나서 일부러 말에서 떨어진 것 아니오?"

휘트니는 어리둥절한 눈길로 클레이튼을 바라보았다. 그녀는 몸을 굽혀 클레이튼의 외투를 집어 그에게 건네주며 고개를 끄덕였다. 하지만 그때 클레이튼은 휘트니의 입술에 걸린 희미한 미소를 보았다. 휘트니는 과장되게 한숨을 내쉬며 클레이튼의 추측을 사실로 인정했다.

"그게 나도 가장 질색하는 허물 중 하나예요. 해놓고는 금방 후회를 하거든요."

"뭘 말이오?"

휘트니가 뉘우치는 기색을 조금도 보이지 않자 나오려던 웃음을 거두며 클레이튼이 물었다.

"속임수 말이에요. 내가 이길 수 없을 땐 속임수를 쓰죠."

휘트니는 머리칼에 붙은 나뭇잎을 손가락으로 훑어내렸다. 클레이튼은 그 모습을 보며 쿡쿡 웃었다. 휘트니는 어깨를 으쓱하거나 귀엽게 머리를 살짝 흔드는 것만으로도 결점을 미덕으로, 미덕을 결점으로 바꾸는 재주가 있었다.

휘트니가 나뭇잎 사이에서 채찍을 찾고 있는 동안 클레이튼은 말에 올라탔다. 그런 다음 말을 몰아 데인저에게 다가가 고삐를 잡아 휘트니에게 데려다주었다. 그런데 휘트니가 말고삐를 잡으려고 손을 내미는 순간, 클레이튼은 일부러 말을 한 발자국 앞으로 더 가게 했다. 휘트니가 팔을 축 늘어뜨리고 찡그린 얼굴로 바라보자 클레이튼은 자신의 행동을 설명했다.

"아가씨, 나는 당신의 솔직한 고백에 너무 감동해서 나 자신도 고백을 해야겠다는 생각이 들었소. 나는 어떠한 일이 있어도 속임수를 쓰는 사람이 이기지 못하도록 하는 심술궂은 사람이오. 하지만 사실은 나 자신도 경주에서 지게 될 상황에 처한다면 사고를 가장해서 상대가 이기지 못하도록 할 거요."

클레이튼은 휘트니의 말을 끊고 몇 걸음 더 나아갔다. 그런 다음 어깨 너머로 휘트니를 뒤돌아보았다. 화가 난 휘트니가 물끄러미 자신을 바라보고 있었다.

"이 정도 거리라면 돌아가기에 먼 길은 아니지. 하지만 당신이 경주를 계속할 생각이라면 누군가가 당장 우리가 지체하는 이유를 알 수 있도록 이곳으로 와야 하오. 그런데 당신이 경주를 계속할 생각이든 아니든, 휴식을 취한 당신 말을 타고 경주를 계속할 수는 없소."

휘트니는 클레이튼이 데인저를 끌고 달려가자 눈을 가늘게 뜨고 그를 노려보았다. 절망에 빠진 휘트니는 채찍으로 제 다리를 후려쳤다. 그러고는 찌르는 듯한 아픔에 외마디 비명을 질렀다. 낙담한 휘트니는 땅바닥에 주저앉아 구조를 기다렸다. 그런데 그렇게 앉아 있다보니 점점 모든 상황이 우습게 느껴졌다. 휘트니는 말에서 일부러 떨어진 게 아니었다. 만일 휘트니에게 잘못이 있었다면 클레이튼이 자신의 지친 말을 따라잡는 데 시간이 얼마나 걸릴까 알아보려고 뒤를 돌아보았다는 것이다. 다시 얼굴을 앞으로 돌리는 순간 나뭇가지가 가슴 앞에 불쑥 나타났던 것이다.

휘트니는 자신을 뒤에 남겨놓은 클레이튼의 비신사적인 처사에 화를 내려고 했다. 그렇지만 그럴 수가 없었다. 휘트니는 클레이튼이 자신에게 몸을 기울였을 때 얼마나 많이 놀랐던가를 계속 생각하고 있었다. '괜찮소?' 하고 속삭이던 그의 목소리는 거의 잠겨 있었고 얼굴은 근심으로 일그러져 있었다.

휘트니는 풀 한 줌을 뽑아쥐더니 한숨을 쉬며 내던졌다. 클레이튼이 단지 친구가 되었으면 좋겠다고 얼마나 바랐던가. 클레이튼이라면 멋진 친구가 되고도 남을 텐데. 매력이 넘치는 데다 사람들을 곧잘 즐겁게 해주고 나를 웃겨주기도 했는데. 아마 내가 이미 결혼한 여자라면 나를 손에 넣으려고 하지 않았을 테지? 그렇다면 서로 좋은 친구가 될 수도 있었을 거야.

폴이 모퉁이를 돌아와서 휘트니 옆에 말을 세웠다. 그때 휘트니는 클레이튼에 대해서는 까맣게 잊고 있었다. 휘트니가 땅바닥에 앉아 있는 것을 본 폴의 표정이 근심에서 짜증으로 변했다. 폴이 화가 난 목소리로 물었다.

"너하고 웨스트랜드는 같이 있기만 하면 어디론가 사라졌다가 나타나는데, 그 이유를 어떻게 설명할 거지?"

한편 클레이튼이 휘트니가 타지 않은 데인저를 끌고 사람들이 모여 있는 숲에 도착하자 구경꾼들은 하나같이 놀라서 소리를 질렀다. 사람들은 앤을 선두로 클레이튼에게 다가들었다.

앤이 물었다.

"어떻게 된 일이에요? 휘트니는 어디 있어요?"

"곧 올 겁니다."

클레이튼이 앤에게 외쳤다.

안장을 손질하던 클레이튼은 폴과 함께 말을 타고 다가오는 휘트니의 모습을 보았다. 그 모습을 보자 클레이튼은 문득 경주를 하던 휘트니가 말에서 떨어지게 된 경위에 대한 좀 전의 생각을 바꾸게 되었다. 어쨌든 휘트니가 말에서 떨어진 것은 고의가 아닌 듯했다.

휘트니가 어떻게 말에서 떨어졌는지는 모르지만 일부러 떨어진 것은 아니었다. 클레이튼은 그렇게 단정했다. 휘트니는 어떤 상황이 벌어져도 중간에 경주를 그만둘 여자가 아니었기 때문이다.

결승선에 도착한 휘트니는 폴의 말에서 내리며 애매모호한 시선으로 클레이튼을 쳐다보았다. 그가 사람들에게 뭐라고 설명했을까 궁금해하는 눈빛이 역력했다. 당장 구경꾼들이 휘트니 주위로 몰려들었으며 한편으로는 내기를 걸었던 사람들은 경주 결과가 어떻게 되었는지 말해달라고 소리를 질렀다.

클레이튼이 휘트니를 번쩍 안아들어 제 말 위에 앉혔다.

"사람들이 누가 이번 경주에서 이겼는지 알고 싶어 하는군."

클레이튼은 사람들 앞에서 너무 스스럼없이 군다고 분개하는 휘트니의 표정을 무시한 채 말했다.

"제 말이 2킬로미터쯤 뒤처져서 돌았어요. 웨스트랜드 씨가 이겼습니다."

사람들에게 경주의 결과를 알리고 난 휘트니는 클레이튼에게 몸을 돌리고 나지막하게 속삭였다.

"사실 이 경주의 우승자는 없어요."

클레이튼이 눈썹을 치켜올리며 대꾸했다.

"당신 말은 지쳐가고 있었지. 그러니까 당신이 사고 없이 계속 달렸다고 해도 결국 지고 말았을 걸. 그리고 승마 실력이 뛰어난 당신은 넘어지기 훨씬 전에 그 사실을 깨달았던 게 분명해. 안 그렇소?"

"그래도 내가 일부러 말에서 떨어졌다고는 하지 않으니 감개무량하군요."

휘트니가 새침하게 응수했다.

"내가 당신을 얼마나 신뢰하는지 만 분의 일이라도 안다면 아마 깜짝 놀랄 걸요."

클레이튼은 그 놀라운 선언의 의미가 무엇인지 곰곰이 생각해보기도 전에 휘트니를 가뿐히 안장에서 내려놓았다. 휘트니는 폴옆에 선 채, 말머리를 돌려 산꼭대기로 질주해 올라가는 클레이튼을 멍하니 지켜보았다.

목요일은 할 일도 없이 느릿느릿 지나갔다. 폴이 여행 준비를 하느라 바빴기 때문에 아무 할 일도 없게 된 휘트니는 토요일에 있을 아버지의 생신축하 파티 준비를 거든 다음 오랜만에 파리에 있는 친구들에게 편지를 썼다.

금요일 아침, 휘트니는 에밀리에게 장문의 편지를 썼다. 에밀리는 런던으로 돌아간 상태였다. 휘트니는 폴의 청혼을 받게 되리라는 말을 입 밖에 내서는 안 된다는 자제심과 그 침묵을 깨고 싶은 유혹 사이에서 갈팡질팡했다. 결과적으로 휘트니는 곧 매우 흥미로운 소식을 전하게 되리라는 암시를 주는 것으로 만족해야 했다. 휘트니는 오래지 않아 런던에 가서 에밀리를 방문하게 될 것이라는 말로 편지를 맺었다. 그 약속을 곧 지키게 되리라는 것을 휘트니는 잘 알고 있었다. 웨딩드레스와 혼수를 준비하려면 런던까지 갈 필요가 있었기 때문이다. 휘트니는 그때 에밀리에게 들러리를 서달라고 부탁할 생각이었다.

편지를 보내려고 아래층으로 내려온 휘트니는 클레이튼 웨스트랜드가 막 도착했다는 말을 전해들었다. 그는 장미 향기가 나는 응접실에서 앤과 다정하게 한담을 나누고 있었다. 휘트니가 함께 자리를 하자 클레이튼이 자리에서 일어나 정중히 인사를 건넸다.

"일전에 당한 사고 후유증이 완전히 회복됐는지 궁금해서 들렀습니다."

이렇게 말하는 클레이튼에게서는 평소의 빈정대는 태도를 조금도 찾아볼 수 없었다.

휘트니는 클레이튼이 자신이 말에서 일부러 떨어졌다고 오해했던 것을 그런 식으로 사과하는 것이리라 여겼다.

"고맙군요. 덕택에 완전히 회복되었어요."

휘트니는 클레이튼을 안심시키기 위해 분명하고 똑떨어지게 말했다.

"그래요? 그럼 체스 게임에서 내가 이기더라도 몸이 안 좋았다거나 머리가 어지러워서 졌다고 변명하지 않는 겁니다. 오늘 오후 어떻습니까?"

휘트니는 미끼를 낚아채는 송어처럼 잽싸게 자리에서 일어났다. 클레이튼의 제안은 그와 함께 체스판에서 농담을 주고받고 또 유쾌하게 말다툼을 하며 오후 한나절을 보낼 수 있는 아주 좋은 기회였기 때문이다. 그리고 이모가 소파에 앉아 자수를 놓으면서 보호자 역할을 하면 되는 것이었다.

그날 밤 자리에 누운 휘트니는 애써 잠을 청했으나 좀처럼 잠이 오지 않았다. 이리저리 뒤척이던 그녀는 어두운 허공으로 손을 들어올린 다음 기다란 손가락을 바라보았다. 내일 이 손가락에 약혼반지를 낄 수 있을까? 아버지가 내일 오후에 돌아오고 폴이 약혼사실을 알리게 되면 가능한 일이지. 그러면 내일 밤 파티에서 약혼사실을 이웃 사람들에게 발표할 수 있을 거야.

그날 밤, 잠 못 이루는 사람은 휘트니 혼자가 아니었다. 클레이튼은 팔베개를 하고 누워 휘트니와의 첫날밤을 상상하고 있었다. 밑에 깔린 휘트니의 비단결처럼 부드럽고 긴 사지를 상상하자 혈관을 흐르는 피가 뜨겁게 요동쳤다. 휘트니는 성적인 경험이 전혀 없는 온전한, 말 그대로 처녀였다. 클레이튼은 휘트니가 제 품에서 성적인 희열에 빠져 신음을 토해낼 때까지 부드럽게, 성희가 어떤 것인지를 가르쳐줄 생각이었다.

이처럼 달콤한 생각에 취해 있던 클레이튼은 한동안 뒤척인 뒤에야 비로소 잠 속으로 빠져들었다.

16

앤은 홀에서 유쾌하게 서로 인사를 주고받는, 어렴풋이 귀에
익은 목소리에 눈을 떴다. 창문으로 비쳐드는 햇살에 눈을 깜빡이
던 앤은 머리가 지끈거리는 느낌을 받았다. 그러는 한편 불길한
예감이 온몸을 덮쳐왔다.

그녀의 형부 마틴을 위해 깜짝 파티를 열자는 생각은 휘트니가
꺼낸 것이었다. 앤은 당장 그 생각을 거들고 나섰다. 부녀 사이가
가까워지는 데 도움이 되지 않을까싶어서였다. 그러나 그때만 해
도 앤은 클레이모어 공작과 휘트니의 약혼 사실을 모르고 있었다.
이제 앤은 서른 명이나 되는 손님들 중에서 웨스트모어랜드를 알
아보는 사람이 있지나 않을까 걱정이 되었다. 그럴 경우 마틴과
공작이 꾸민 주도면밀한 계획에 어떤 차질이 빚어질지는 아무

도 모르는 일이었다.

앤은 종을 울려 하녀를 불렀다. 그런 다음 차츰 다가오는 불길한 예감을 떨쳐버리지 못한 채 잠자리에서 빠져나왔다.

황혼이 깃들 무렵 집사 스웰은 휘트니의 침실로 찾아가 그녀의 아버지가 돌아왔다는 말을 전했다.

"수고했어요, 스웰."

휘트니가 맥없이 말했다. 오늘밤은 폴과의 약혼을 발표하기에 더할 나위 없이 멋진 날이 될 거야. 애쉬튼 부부와 메리튼 부부를 비롯해 마을의 유지들이 파티에 참석할 테니 말이다. 휘트니는 폴과 자신이 결혼하리라는 소식을 듣고 그들이 어떤 반응을 보일지 무척 궁금했다.

휘트니는 카네이션 향기가 나는 비누를 온몸에 문질러 거품을 내며 파티가 열리는 동안 폴이 아버지에게 접근할 기회를 가질 수 있으리라고 추측했다. 그렇게만 되면 휘트니와 폴은 그날 밤 이웃 사람들에게 두 사람의 약혼 사실을 알릴 수 있을 터였다.

그로부터 40분쯤 뒤 휘트니는 습관처럼 거울 앞에서 옷매무새를 살펴보고 있었다. 그때 하녀 클라리사가 그녀를 부르러 왔다.

휘트니의 우아한 상아빛 비단 드레스가 촛불에 반사되어 번쩍거렸다. 사각으로 각진 목둘레선은 가슴을 꼭 조이며 움푹 파인 젖가슴 사이를 살포시 드러내고 있었다. 종 모양으로 부푼 소맷자락은 팔꿈치에서 손목까지 화려한 황옥빛 공단으로 장식되어 있고, 같은 색의 띠가 드레스 밑단을 장식하고 있었다. 아래로 갈수록 넓어지는 드레스의 앞면은 줄이 곧게 잡혀 있는 반면 뒷면은 우아하게 흐르듯 너울거렸다. 황옥과 다이아몬드가 목과 귀에서 반짝거렸고 정교하게 장식을 한, 숱 많고 윤기 있게 물결치는 머리카락은 보석들과 어울려 한층 더 화려해 보였다.

"공주님처럼 예쁘세요."

클라리사가 자부심 어린 미소를 지으며 탄성을 질렀다.

휘트니는 아래층과 복도에서 손님들이 서성거리는 소리를 들었다. 그녀는 만찬에 초대받은 '손님들 서너 분'이 당도했으니 정각 7시에 아래층으로 내려가셔야 한다는 말씀을 아버지께 전해드리라고 시종에게 미리 일러두었다. 휘트니는 선반 위에 놓인 시계를 잠깐 쳐다보았다. 6시 반이었다. 그녀는 바스, 브라이튼, 런던, 햄프셔 같은 곳에서 아버지의 생신 파티에 참석하려고 온 친척들을 보고 아버지가 놀라고 행복해할 것을 상상하니 마음이 무척 들떴다. 그녀는 방을 살며시 빠져나와 복도로 향했다.

발코니에 서 있던 마틴은 현관 쪽으로 몸을 기울인 채 아래층 홀을 내려다보고 있었다. 풀을 먹인 빳빳한 흰색 셔츠 위로 넥타이가 느슨하게 풀어져 있었다. 휘트니는 깜짝 파티를 시작하기에 안성맞춤인 때가 왔다고 여기며 아버지 곁으로 다가갔다. 아래층에서는 연신 들이닥치는 손님들이 떠들썩하게 인사를 주고받았다. 스웰은 초조한 얼굴로 그들을 거실로 안내하며 주의를 주느라 바빴다.

"신사 숙녀 여러분, 부디 목소리를 조금만 낮춰주십시오."

아래쪽을 내려다보고 있던 마틴이 고개를 들어 기다란 복도 쪽으로 돌리며 인상을 썼다. 친척들이 발코니에 서 있는 오늘의 주인공을 엿보려고 객실 문을 열었다가는 얼른 꽝 소리를 내며 닫앉기 때문이다. 휘트니는 면도를 해서 까슬까슬한 아버지의 뺨에 다 수줍게 입맞춤을 했다.

"저 분들은 아빠 생신을 축하하러 오신 모양이에요."

휘트니는 아버지가 못마땅한 표정을 짓고 있지만 속으로는 감동하고 있다는 것을 잘 알 수 있었다.

"날 놀래주려고 준비한 파티니까 내 집안에서 벌어지는 이 왁자지껄한 소음을 모르는 체하란 말이냐?"

"맞아요, 아빠."

휘트니가 눈가에 웃음을 담뿍 머금고 대답했다.

"애써보마, 휘트니."

마틴이 휘트니의 어깨를 두드리며 어색하게 말했다. 그때 갑자기 귀청을 찢는 듯한 소리가 들리더니 뒤이어 흥분한 여자 목소리가 이어졌다.

"어머, 어쩌면 좋아!"

"레티타 핑커튼이구나."

소리가 나는 쪽으로 귀를 기울이던 마틴이 목소리의 주인공을 알아냈다.

"레티타는 당황하면 항상 저렇게 말하지."

마틴은 휘트니를 바라보며 목에 뭐라도 걸린 듯 목 메인 소리로 덧붙였다.

"난 저 레티타에게 '제기랄'이란 욕을 가르쳐주겠다고 을러서 네 엄마를 기절초풍하게 하곤 했단다."

그 말을 끝으로 마틴은 몸을 돌려 침실로 뚜벅뚜벅 걸어갔다. 혼자 남은 휘트니는 숨죽인 웃음소리를 들으며 아버지의 뒷모습을 말끄러미 바라보았다.

30분쯤 지난 뒤, 마틴은 한 팔에는 휘트니를, 다른 팔에는 앤을 끼고서 응접실로 걸음을 옮겼다. 휘트니가 고개를 끄덕이자 스웰이 문을 활짝 열어젖혔다. 열광적인 축하 인사가 마틴을 맞이했다.

곧 팡파레가 울렸다.

"생일 축하해요!"

앤은 여주인으로서의 본분을 다하기 위해 앞으로 나서려 했다. 그때 하인이 조심스럽게 곁으로 다가왔다.

"죄송합니다만, 부인. 특별 인편으로 방금 이 편지가 배달되었습니다. 스웰이 당장 부인께 갖다드리라고 해서요."

편지를 흘낏 본 앤은 휘갈겨 쓴, 눈에 익은 글씨가 에드워드의 필적이라는 것을 금세 알아보았다. 앤은 숨을 몰아쉬며 서둘러 편지의 봉인을 뜯었다.

그때 휘트니는 폴을 찾았지만 그의 모습은 쉽게 찾을 수가 없었다. 그녀는 폴을 찾는 일을 잠시 뒤로 미루고 모든 일이 앤 이모와 자신이 계획한 대로 정확히 준비되었는지 확인하기 위해 식당으로 발걸음을 옮겼다.

식당과 응접실로 통하는 문을 떼어놓자 6인용 식탁 여러 개를 붙여놓을 수 있는 넓은 공간이 마련되었다. 엄청나게 많은 색색의 장미 꽃송이들이 은으로 만든 커다란 꽃병과 키가 큰 스탠드 위에 꽂혀 있었다. 은과 수정이 촛불을 받아 환하게 빛났다. 휘트니의 어머니가 아끼던 결 고운 린넨 천들이 은은한 분홍빛 그림자를 받으며 식탁 위마다 펼쳐져 있었다.

휘트니는 응접실을 가로질러 가며 무도회장을 꼼꼼히 둘러보았다. 거실과 식당처럼 무도회장도 장미꽃으로 화려하게 장식되어 있어서 차갑고 엄격한 분위기를 풍기던 실내에 극적인 화사함을 전해주었다. 휘트니는 뒤에서 굵고 낮은 폴의 목소리가 들리자 돌아서며 부드럽게 웃었다.

"오늘 무척 보고 싶었어."

폴이 휘트니의 우아한 상아빛 비단 드레스를 바라보며 인사를 전했다. 그는 곧 휘트니의 환한 얼굴로 시선을 옮겼다.

"아니, 이게 누구지? 네가 이렇게 아름다운 여인으로 변할지 누군들 짐작이나 했겠니?"

폴이 낮게 속삭이며 휘트니를 제 품에 끌어안고 오랫동안 키스를 했다.

"이렇게 아름다운 여인이 휘트니라니……."

식당으로 들어온 앤은 여전히 에드워드가 보낸 편지에서 눈길을 떼지 못하고 있었다. 앤은 긴 방의 맞은편 끝으로 휘트니의 상아빛 드레스가 언뜻 눈에 들어오자 휘트니가 혼자 있는 줄로 알고 당장 쾌활하게 말을 건넸다.

"얘야, 마침내 네 느림보 이모부한테서 편지가 왔구나! 휴가를 받으셨다는……."

앤이 고개를 들자 휘트니와 폴은 서둘러 포옹을 풀었다. 앤이 놀라서 눈을 동그랗게 떴다.

휘트니가 얼굴을 붉히며 얼른 변명을 했다.

"이모, 놀라셨죠? 요 며칠 동안 이모한테 말씀드리고 싶은 걸 참느라 얼마나 고생했는지 몰라요. 하지만 이제는 더 이상 기다릴 수가 없어요. 폴과 저는 아버지의 허락이 떨어지는 대로 결혼할 거예요. 폴이 오늘밤 아버지에게 그 사실을 알릴 예정이에요. 그래서 우리가…… 이모?"

휘트니가 말을 채 끝내기도 전에 앤은 몸을 홱 돌렸다. 앤은 휘트니가 했던 말을 한 마디도 듣지 못한 것 같았다.

"어디 가세요, 이모?"

앤은 조카의 질문에 답하는 대신 엉뚱한 말을 했다.

"여기 식탁에 앉아 포도주 한 잔 마셔야겠다. 그것도 아주 큰 잔으로."

예상치 못한 이모의 반응에 놀란 휘트니는 술잔 가득히 포도주를 따르는 이모를 잠자코 지켜보았다.

"내가 이 잔을 다 비우면……."

앤은 술잔을 왼손으로 옮겨쥐고 오른손으로는 비단 스커트자락을 매만지며 한마디 덧붙였다.

"한 잔 더 마셔야겠다."

포도주 한 잔을 더 마시고 난 앤은 씩씩하게 식당을 가로질러 갔다.

"안녕하세요, 세버린 씨. 다시 만나서 아주 반가워요"

앤은 흰 머리칼이 듬성듬성 섞인 머리를 우아하게 숙여 폴에게 인사를 건넸다.

"이모님이 이대로 술을 계속 드시면 내일 아침엔 지독한 두통에 시달리실 거야."

폴이 얼굴을 찡그리며 휘트니에게 말했다.

폴을 올려다보는 휘트니의 얼굴은 당혹과 근심으로 가득했다.

"두통을 앓으실 거라구요?"

"그래, 두통. 그리고 휘트니 넌 오늘밤 몹시 바쁘겠구나."

폴은 휘트니의 팔을 잡고 마지못해 응접실로 데리고 나왔다.

"내가 보기엔 이모님은 손님들을 접대하는 데 별 도움이 못 되실 것 같거든."

폴의 예상은 적중했다. 휘트니는 한 시간쯤 지난 뒤 응접실 입구에 서서 늦게 도착하는 손님들을 맞으며 속으로 한숨을 쉬었다. 프랑스에 있을 때 이모는 늘 여주인으로서 마땅히 해야 할, 끝도 없는 일들을 거뜬히 해냈었다. 지금 그런 책임을 모두 떠맡은 휘트니는 눈과 귀가 한 쌍씩 더 달려 있다면 하고 바랄 지경이었다.

휘트니는 하인에게 한 차례 더 손님들 사이를 지나다니며 술잔을 권하라고 이른 뒤 몸을 돌려 레이디 유뱅크를 맞았다. 휘트니는 노부인의 자줏빛 모자와 빨간 드레스의 놀라운 조화에 감동하여 눈을 떼지 못했다.

"어서오세요, 레이디 유뱅크. 좋은 저녁이죠?"

휘트니가 간신히 얼굴을 들고 인사를 건넸지만 레이디 유뱅크는 그녀의 인사를 무시한 채 외알 안경을 눈에 대고 무도회장을 한번 둘러보았다.

"아가씨, 내겐 좋은 저녁이 아닌 것 같은데."

레이디 유뱅크가 꾸지람이라도 하듯 날카롭게 말했다.

"저기 한 팔엔 엘리자베스 애쉬튼을, 다른 팔엔 마거릿 메리튼의 팔을 낀 채 서 있는 세버린의 모습이 보이는구나. 게다가 웨스트랜드의 모습은 보이지도 않구."

레이디 유뱅크는 외알 안경을 내리며 못마땅한 듯 휘트니를 바라보았다.

"너를 굳게 믿었는데 실망이구나. 이 따분한 동네 사람들 앞에서 결혼 상대로 더없이 바람직한 총각을 낚아챌 줄로 알았다. 얼마 안 있어 약혼 발표를 듣게 될 줄로 예상했는데 대신 이렇게 혼자 서 있는 꼴을 보이다니……."

그 말에 휘트니는 화사하게 웃지 않을 수 없었다.

"레이디 유뱅크, 전 그런 남자를 낚아챘답니다. 머잖아 제 약혼 발표를 듣게 되실 거예요. 오늘밤이 아니라면 폴이 여행에서 돌아오는 즉시 말이에요."

"폴이라구?"

유뱅크의 목소리가 공허하게 울렸다. 휘트니는 레이디 유뱅크를 알게 된 이후 처음으로 할 말을 잃고 어리둥절해하는 노부인의 모습을 보았다.

"폴 세버린 말이냐?"

레이디 유뱅크가 거듭 묻더니 기쁜 표정을 지으며 손님들을 훑어보고 나서는 다시 다그쳤다.

"웨스트랜드 씨도 오늘밤 참석하니?"

"네."

"좋아, 좋아."

비로소 귀부인의 품위를 되찾은 유뱅크가 싱글벙글 웃으며 말을 이었다.

"오늘 저녁은 틀림없이 기분 좋은 저녁이 될 거야. 진짜로 기분 좋은 저녁 말이다!"

레이디 유뱅크는 그렇게 싱글벙글 웃으며 방안을 거닐었다.

9시 반쯤 되자 도착하는 손님은 점차 뜸해지기 시작했다. 뒤늦게 도착하는 손님들을 맞으며 현관문 근처에 서 있던 휘트니는 막 도착한 손님 한 사람이 스웰을 소리쳐 부르는 소리를 들었다. 조금 뒤 클레이튼 웨스트랜드가 문간에 모습을 나타냈다.

휘트니는 클레이튼이 다가오는 것을 가만히 지켜보았다. 유행에 따라 멋지게 지은 야회복을 입은 그는 숨이 막힐 정도로 잘생겨 보였다. 널찍한 어깨와 긴 다리에 알맞게 달라붙는 검은색 야회복은 주름장식이 있는 흰 셔츠는 물론, 넥타이와도 멋진 조화를 이루고 있었다.

휘트니는 이틀 전 오후 체스 게임을 하던 중 두 사람 사이에 솟아났던 따뜻한 우정이 떠올라 두 손을 펼쳐 그를 맞았다.

"당신이 오지 않으면 어쩌나 걱정하던 참이었어요."

클레이튼이 흐뭇하게 웃으며 휘트니의 두 손을 마주 잡았다.

"마치 자나 깨나 내가 올 때만을 기다린 사람처럼 말을 하시는군요."

"내가 정말 당신을 기다렸더라도, 아시다시피 난 결코 그 사실을 인정하지 않았을 거예요."

휘트니는 웃었다. 지금 이렇게 클레이튼을 대하고 있자니 그가 자신을 유혹했던 파렴치한 난봉꾼이라는 생각이 좀처럼 믿어지지가 않았다. 그런데 휘트니는 그가 여전히 자신의 손을 잡고 있는데다 너무 바싹 다가선 탓에 와이셔츠 앞가슴의 풀 먹인 주름장식이 자신의 보디스를 살짝 스치는 느낌을 받았다. 휘트니는 의식적으로 손을 빼면서 뒤로 살짝 물러났다.

클레이튼은 그런 휘트니를 비웃는 눈치였지만 말은 하지 않았다.

"목요일 체스 게임에서 당신한테 두 번 졌던 것이 결국 오늘과 같은 은총을 얻게 해주었다면 앞으로는 모든 게임에서 져줄 것을 다짐하겠소."

"체스를 져준 게 아니잖아요."

휘트니가 일부러 과장되게 눈을 흘기며 말했다.

휘트니는 지나가던 하인을 불러 웨스트랜드 씨에게 위스키를 한 잔 대접하라고 여주인답게 일렀다. 그러고는 다시 클레이튼을 바라보았다. 클레이튼은 자신이 술을 좋아한다는 사실을 휘트니가 기억하는 게 흐뭇했다. 휘트니 또한 클레이튼이 흐뭇해하는 이유를 눈치 채고는 웃었다.

"우린 서로 비긴 것 같군. 나는 경마에서 이겼고 당신은 체스 게임에서 번번이 이겼으니 말이오. 우리 둘 중 누가 더 실력 있는 남잔지 증명할 수 있는 방법이 달리 없겠소?"

"말도 안 되는 소리하지 마세요!"

휘트니는 화사하게 웃으며 나무라는 투로 말했다.

"난 단지 여자도 남자처럼 좋은 교육을 받아야 한다고 했지 남자가 되고 싶다고 하지는 않았어요."

"아무래도 상관없소."

클레이튼은 의미심장한 눈길로 휘트니의 아리따운 모습과 도전적인 얼굴을 살펴보았다. 클레이튼이 자신을 평가라도 하듯 차분하게 바라보자 휘트니의 맥박은 빠르게 고동치기 시작했다. 클레이튼이 계속 말했다.

"아무튼 우리가 공평하게 겨룰 수 있는 시합이 뭐가 있는지 모르겠군. 내 젊은 혈기는 당연히 좀 더 박력 있는 시합을 원하고 당신은 차분하고 품위 있는 시합을 원할 테니까 말이오."

휘트니가 의기양양하게 웃으며 클레이튼에게 한 가지 제안을 했다.

"고무총 시합은 어때요?"

클레이튼은 하인이 건네주는 술잔을 받으려고 조심스럽게 손을 내밀며 되물었다.

"고무총도 쏠 줄 안다구?"

클레이튼은 못 믿겠다는 듯 되묻더니 웃음을 터뜨렸다.

"그 얘긴 아직 아무한테도 하지 않았어요."

휘트니는 손님들 살피는 일에 주의를 기울이면서도 몸을 클레이튼 쪽으로 기울이고 속삭였다.

"75보 떨어진 거리에서도 데이지 꽃잎을 떨어뜨릴 수 있어요."

그때 휘트니는 무도회장 저편에서 폴이 아버지에게로 다가가는 모습을 보았다. 잠시 동안은 폴이 아버지를 독차지할 수 있을 것 같았다. 그러나 친척 두 사람이 벌써 다른 쪽에서 아버지에게로 다가가고 있었다. 휘트니는 속으로 한숨을 지었다.

클레이튼은 휘트니가 손님을 접대하느라 눈코 뜰 새 없이 바쁘다는 것과 자신이 그런 휘트니의 시간을 독차지하고 있다는 사실을 잘 알고 있었다. 그러나 휘트니의 아름다운 자태에 반한 나머지 곁을 떠나기는 싫었다. 게다가 휘트니도 자신과 이야기하는 것을 즐겼고, 클레이튼은 그녀와 함께 있는 모든 순간을 즐겼다.

"당신한테 참으로 감동했어."

클레이튼이 휘트니에게 속삭였다.

휘트니는 클레이튼의 목소리가 흥분으로 달떠 있다는 사실을 거의 알아채지 못했다. 대신 그녀는 나이 지긋한 어떤 친척이, 유쾌하게 웃고 있는 사람들 곁으로 다가가는 것을 보고 있었다.

"여러분들 가운데 혹 선사시대의 암석에 대해 아시는 분 안 계십니까?"

휴버트 핑커튼이 커다란 목소리로 물었다.

"아주 흥미로운 얘기랍니다. 제가 그 암석에 대해 말씀 좀 드려볼까요. 우선 중생대 암석에 대해 말씀드릴 것 같으면⋯⋯."

휘트니는 하객들의 쾌활했던 분위기가 어색하게 가라앉는 걸 지켜보면서 난처한 기분이 들었다. 그녀는 아버지의 생신축하 파티가 진정 유쾌하고 활기찬 자리가 되기를 바랐다. 그래서 휴버트 핑커튼의 관심을 돌려놓을 요량으로 클레이튼에게 말했다.

"실례할게요, 나는⋯⋯."

휘트니가 이렇게 말을 꺼냈을 때 한 하인이 그녀에게 다가와 샴페인이 얼마 남지 않았다는 사실을 알려왔다. 그 하인을 돌려보내고 나자 금세 다른 하인이 저녁 식사 준비를 어떻게 해야 할지를 물어왔다. 그런 사소한 일들을 처리한 뒤 휘트니는 미안한 표정을 지으며 클레이튼에게 다시 고개를 돌렸다. 클레이튼이 방을 둘러보고는 그녀에게 물었다.

"오늘 저녁 레이디 길버트께서는 어디 가셨소? 그분이 당신을 도와 손님 시중을 들어야 하는 것 아니오?"

"이모는 몸이 좀 안 좋으세요."

궁색하게 설명을 하고 난 휘트니는 클레이튼이 날카롭게 이모를 쳐다보는 것을 지켜보았다. 그때 앤은 술잔을 움켜쥐고 넋이 나간 듯 창밖을 바라보고 있었다.

휘트니는 휴버트 핑커튼 쪽을 향해 눈짓을 하며 클레이튼에게 말했다.

"죄송한 말씀이지만, 저 분들을 휴버트 아저씨한테서 구출해야만 해요. 아저씨는 재미도 없는 선사시대 암석 형성에 대한 이야기로 손님들을 따분하게 하실 거예요. 저분들 벌써 지루해하는 눈치가 역력하잖아요."

"그럼 저 분한테 날 소개해주시오."

그러고는 놀란 표정의 휘트니에게 이렇게 덧붙였다.

"내가 저 분의 말동무가 되어드릴 테니 당신은 손님들을 즐겁게 해주시오."

휘트니는 흔쾌히 클레이튼을 사람들에게 데리고 가서 소개했다. 그리고 클레이튼이 노신사 핑커튼에게 정중히 인사를 건넨 다음 상냥하게 대화를 이끌어나가는 것을 보며 감탄을 했다.

"중생대 암석 형성에 대해 선생님과 관심을 함께 나누고 싶어 선생님을 소개시켜달라고 부탁하려던 참이었습니다."

클레이튼은 적극적인 열의를 보이며 휘트니에게 물었다.

"스톤 양, 괜찮겠습니까? 제가 이 분과 나눌 이야기가 많아서요."

휘트니는 클레이튼이 휴버트 핑커튼을 한쪽 구석으로 데려가 그 노신사의 말에 귀를 기울이는 모습에서 좀체 눈을 뗄 수가 없었다.

아버지가 돌아오길 기다리며 긴장과 걱정 속에서 보낸 기나긴 하루 동안 쌓인 피로가 한꺼번에 몰려왔다. 열 시 반 경, 뒤늦게 도착한 손님들을 서둘러 식당으로 안내하고 난 휘트니는 조용한 구석으로 가서 쉬고 싶은 생각밖에 없었다. 손님들이 은쟁반에 담긴 음식들이 놓여 있는 긴 테이블을 돌며 음식을 덜어 접시에 담고 있을 때였다. 엘리자베스 애쉬튼의 아버지가 난데없이 큰 목소리로 말했다. 그 소리에 줄을 지어 움직이던 사람들이 걸음을 멈추고 앞뒤에 선 사람들과 주고받던 대화도 그만두었다.

"클레이모어 공작이 행방불명이라구?"

애쉬튼이 런던에서 온 친척을 다그쳤다.

"웨스트모어랜드를 말하는 건가?"

애쉬튼은 영 곧이들리지 않는다는 듯 다시 확인을 했다.

"그렇다니까. 난 다들 알고 있는 줄 알았는데."

애쉬튼의 친척은 자신을 향해 고개를 돌린 사람들이 들을 수 있도록 목소리를 높여 말했다.

"어제 그 사실이 신문에 났습니다. 지금 런던은 공작의 행방을 두고 추측이 난무하고 있답니다."

방안의 대화 열기가 한층 더 뜨거워지기 시작했다. 마을 사람들은 저마다 접시를 들고 도회에서 온 더 많은 소식을 알고 있는 손님들에게서 소식을 얻어듣기 위해 무리를 지어 몰려들었다. 식사가 끝난 뒤에는 행방불명된 클레이모어 공작을 두고 나름대로 추측을 하는 사람들 때문에 테이블 사이를 헤치며 나아가는 것조차 불가능했다. 휘트니는 이모와 레이디 유뱅크, 클레이튼 웨스트랜드가 섞여 있는 무리 속에 서 있었다. 한편, 폴은 건너편에서 엘리자베스 애쉬튼과 피터 레드펀 사이에 끼여 휘트니에게 다가서지도 못하고 있었다.

그때 누군가 말했다.

"내 추측으로는 이맘때면 공작은 프랑스에 있을 것 같은데."

"오, 그렇게 생각하세요?"

그렇게 묻는 앤의 얼굴은 열렬한 관심으로 발갛게 달아올라 있었다. 휘트니는 이모가 포도주를 많이 마셔서 그러려니 했다. 클레이모어 공작에 대한 말이 나오자 심란하고 무기력해 보이던 앤의 태도는 한순간에 돌변했다. 그런데 앤이 눈에 띄게 클레이모어 공작에 대한 소문과 추측을 즐기고 있었던 반면 마틴은 몹시 안절부절못하는 눈치였다. 그는 위스키로 갈증을 달래고 있었다.

휘트니는 그 화제가 몹시 따분하게 느껴졌다.

"피곤하시오, 귀여운 아가씨?"

옆에 서 있던 클레이튼이 하품을 참고 있던 휘트니에게 속삭이듯 물었다.

"네, 피곤해요."

클레이튼은 휘트니의 몸 안에 힘을 불어넣어주기라도 하려는 듯 그녀의 두 손을 감싸쥐었다. 휘트니는 그가 자신을 '귀여운 아가씨'라고 불러서도, 그렇게 친근한 태도로 자신의 손을 잡아서도 안 된다고 생각했다. 그러나 그날 밤엔 그런 사소한 일들은 트집잡을 수가 없었다. 그의 도움이 너무나 큰 힘이 되었기 때문이다.

그때 마거릿 메리튼이 놀라서 어리둥절해하는 사람들을 향해 입을 열었다.

"제가 듣기로는 애인이 지난 달 파리에서 스스로 목숨을 끊었다고 하던데요. 클레이모어 공작한테 버림을 받고 절망에 빠져 자포자기한 게 분명해요. 유럽 여행도 취소하고 은둔에 들어가서는……."

레이디 아멜리아 유뱅크가 퉁명스럽게 끼어들었다.

"그래서 돈을 들여가며 방금 구입한 시골 별장을 개축하고 있다던? 그럼 그 여자가 유령이라도 된단 말이냐, 이 거짓말쟁이야!"

유뱅크의 신랄한 공격에 얼굴이 새빨개진 마거릿은 주위를 둘러보다 클레이튼에게 애원이 담긴 눈길을 보냈다.

"웨스트랜드 씨는 최근 파리와 런던을 다녀오셨죠? 분명 클레이모어 공작의 애인이 자살했다는 소문을 들으셨을 것 같은데요?"

"아뇨, 그런 소문은 전혀 들은 바가 없습니다."

클레이튼이 무뚝뚝하게 대답했다.

한편 마거릿 아버지의 생각은 엉뚱한 방향으로 흘렀다. 그는 염소수염을 어루만지며 한동안 생각을 하다가 입을 열었다.

"그럼 생 알레망이 시골에 있는 별장을 구입한 다음 그걸 수리하느라 돈을 쓰고 있는 거군, 그렇지 않소? 내겐 마치 공작이 위자료를 주고 그 여자를 떼어버린 걸로 들리는데…… 물론 그러면서 선심을 쓰듯 잘 다독여주었겠죠!"

휘트니는 손가락 밑에 있는 클레이튼의 팔뚝 근육이 단단해지는 것을 느꼈다. 그래서 그의 얼굴을 보려고 머리를 살짝 치켜들었다. 클레이튼은 마거릿의 아버지를 비롯한 모든 사람들을 몹시 역겹고 냉담한 표정으로 바라보고 있었다. 그때 돌연 클레이튼이 휘트니를 보고 고개를 돌렸다. 다소 누그러진 얼굴에 엷은 미소를 띠고 있었다.

클레이튼은 겉으로는 웃고 있었지만 속으로는 자신이 어딘가에 있다는 이야기를 새어나가게 해서 사람들이 자신의 행방을 두고 이러쿵저러쿵 떠들어대도록 만든 비서에게 화가 나 있었다! 설상가상으로 하객들이 당장 자신의 다음 애인이 누가 될 것인가를 놓고 내기를 하고 있다는 사실을 알아차린 그는 지독한 구역질을 느끼며 속으로 비서를 호되게 나무랐다.

"도로시아 백작에게 5파운드 걸겠소이다. 자, 어느 분이 도전할 겁니까?"

엘리자베스의 아버지가 사람들을 부추겼다.

"저런, 그렇게 생각하시는군요."

마거릿의 아버지가 교활하게 웃으며 대꾸했다.

"도로시아 백작 얘기는 물 건너간 이야긴데! 그 젊은 여(女)백작은 지난 5년 동안 클레이모어 공작의 꽁무니를 따라다녔지요. 심지어 아버지 임종도 지키지 않고 공작을 좇아 프랑스까지 갔지요. 그래서 어떻게 됐는지 아십니까? 클레이모어 공작은 파리를 방문한 그 여자를 거들떠보지도 않았답니다. 공작을 무던히도 기다려 온 바네사 스탠필드가 유력한 후보지요. 공작은 스탠필드와 결혼할 겁니다. 나는 스탠필드에게 5파운드를 걸겠습니다. 자, 도전하실 분 안 계십니까?"

숙녀들을 앞에 두고 대화는 온통 민망스러운 쪽으로만 흘렀다. 그 때문에 휘트니가 걱정을 하고 있는데 천만다행으로 앤이 대화에 끼어들었다.

"메리튼 씨."

이렇게 말문을 연 앤은 사람들의 시선이 집중될 때까지 기다렸다가 말을 이었다.

"내기 돈을 10파운드로 올리는 게 어떨까요?"

귀부인답지 않은 앤의 대담한 제의에 충격을 받은 사람들은 한동안 입을 다물고 있었다. 그런데 그런 상황에서 클레이튼이 웃음을 터뜨려 분위기를 화기애애하게 바꾸어주었다. 휘트니는 그런 클레이튼이 너무 고마웠다. 그때 앤이 클레이튼에게 고개를 돌리더니 밝은 목소리로 물었다.

"그런데 웨스트랜드 씨는 스탠필드 양이 장차 클레이모어 공작의 아내가 되리라고 생각하시나요?"

웃음을 참느라 클레이튼의 입술이 비틀어졌다.

"물론 그렇지 않습니다. 확실한 소식통에 따르면 클레이튼 웨스트모어랜드는 파리에서 만난 매혹적인 갈색머리의 여성과 결혼할 예정이랍니다."

그때 휘트니는 레이디 유뱅크가 클레이튼을 꿰뚫을 듯 날카로운 눈길로 쳐다보는 것을 놓치지 않았다. 하지만 곧 누군가 입을 여는 바람에 유뱅크에 대해서는 더 이상 관심을 두지 않았다.

"웨스트랜드 씨, 댁의 이름은 클레이모어 공작의 이름과 무척 비슷한 데가 있어요. 혹시 촌수가 멀더라도 공작과 친척관계는 아닌가요?"

"공작과 저는 형제보다 더욱 가까운 사이랍니다."

클레이튼은 활짝 웃으며 바로 대답을 했다. 그런데 바로 그 때문에 그의 말은 노골적인 농담으로 들렸다. 그때부터 하객들의 대화는 공작의 막대한 재산이며 마구간을 그득 채운 말들이며 종잡을 수 없는 방향으로 흐르다가는 결국 공작의 여성 편력에 대한 이야기로 돌아왔다.

클레이튼은 장차 아내가 될 여자가 그런 말에 어떤 반응을 보이는지 보려고 휘트니를 힐끗 쳐다보았다. 휘트니는 가느다란 손가락으로 입을 가리며 하품을 참고 있었다. 클레이튼은 사람들이 떠들썩하게 농담을 주고받는 틈을 타 휘트니에게 몸을 기울이고는 낮은 목소리로 농담을 걸었다.

"장차 클레이모어 공작의 아내가 될 사람에 대해서는 관심이 없나요?"

하품을 하다가 들킨 휘트니는 부끄러워하며 클레이튼을 바라보았다. 그러면서 자기도 모르게 도발적인 미소를 흘렸다. 클레이튼의 온몸이 욕망으로 뜨거워졌다. 휘트니는 자리를 뜰 생각으로 스커트자락을 매만지며 속삭였다.

"물론 관심이 있어요. 그 역겹고 방탕하고 부도덕하고 응큼한 난봉꾼이랑 결혼하는 여성이 누가 될지 몰라도 애석한 마음을 금할 수가 없어요."

휘트니는 그런 말을 남기고 악사들에게 지시를 하기 위해 무도회장으로 향했다.

폴이 마틴과 이야기할 기회는 좀처럼 오지 않았다. 휘트니는 착잡한 마음으로 시계바늘이 자정을 향해 움직여가는 것을 바라보았다. 두 사람은 함께 춤을 추면서 폴이 떠날 시간을 조심스럽게 의논했다. 그렇게 두 사람은 작별을 구실로 몇 분 동안 자신들만의 시간을 가질 수 있었다. 휘트니는 하객들에게 양해를 구하고 자리를 뜬 다음 성큼성큼 무도회장을 걸어나가는 폴의 뒤를 조심스럽게 따라갔다.

클레이튼은 고딕풍의 기둥에 한쪽 어깨를 기댄 채 술잔을 입술

가까이 대고는 폴 세버린을 뒤따라 무도회장을 나가는 휘트니를 남몰래 지켜보았다. 클레이튼은 서로 상반되는 두 가지 감정이 뒤섞여 착잡했다. 하나는 휘트니가 자신의 여자라는 자부심이었고 다른 하나는 짜증이었다. 한 하객이 밖으로 나가는 휘트니를 불러 세웠다. 클레이튼이 계속 지켜보고 있자니 폴이 무도회장으로 돌아와 아무 거리낌없이 휘트니의 팔을 붙잡고 한쪽으로 끌고 갔다.

클레이튼은 폴의 거침없는 행동을 보면서 마음이 들끓었다. 그는 바보처럼 기둥에 기대어 선 채 자신의 약혼녀가 다른 사내의 손에 이끌려 가는 바로 그 시점에서 경박하기 그지없는 마거릿 메리튼의 접근을 그대로 견뎌내야 할지 망설였다. 클레이튼은 냉소적인 미소를 머금은 채 겨우 몇 발자국 떨어져 있는 세버린에게 걸어가 자신의 약혼녀를 다른 남자의 손에 맡기고 싶지 않다고 알려주면서 얻을 수 있는 만족감을 상상해보았다. 그는 휘트니에게 '역겹고 응큼한' 관심은 영원히 그녀에게만 쏟을 것이며 이번 주안에 결혼식을 치를 준비를 해야 한다고 통보할 수도 있었다.

클레이튼이 그런 행동을 취할지 말지 진지하게 고민하고 있을 때 레이디 유뱅크가 갑자기 다가오더니 마거릿에게 쌀쌀맞게 쏘아붙였다.

"마거릿, 웨스트랜드 씨한테 치근거리지 말고 가서 네 머리나 매만지거라."

레이디 유뱅크는 일말의 동정도 없이 마거릿이 얼굴을 붉힌 채 돌아서서 가버리는 것을 지켜보았다.

"천박한 것 같으니!"

유뱅크가 클레이튼에게 주의를 돌리며 말했다.

"저 아이는 심술과 악의로 똘똘 뭉친 아이랍니다. 제 부모가 허리를 조르고 졸라 모은 돈으로 런던에 보내 사교계에 드나들게 했지요. 부모도 어쩔 도리가 없어요. 저 애는 사교계에 어울리지 않으니까요. 마거릿 자신도 그 사실을 잘 알고 있지요. 그래서 남을 시기하고 천박한 행동을 일삼는답니다."

클레이튼이 자신한테 아무런 관심도 보이지 않는 것을 눈치 챈 레이디 유뱅크는 터번을 두른 목을 길게 빼고 클레이튼의 관심을 끌려고 했다. 그때 그녀는 클레이튼에게로 돌아오고 있는 휘트니를 눈여겨보았다.

아멜리아가 말문을 열었다.

"음, 클레이모어 공작. 공작이 신붓감으로 점찍은 그 '매혹적인 갈색머리 여성'이 내가 생각하는 바로 그 아가씨라면 공작은 시간을 너무 오래 끈 것 같군요. 휘트니는 세버린이 여행에서 돌아오자마자 그 청년과 약혼을 발표할 겁니다."

공작의 눈길은 곧 싸늘하고 냉소적으로 변했다.

"실례하겠습니다."

클레이튼의 말투는 위태로울 정도로 부드러웠다. 그러고는 술잔을 탁자 위에 내려놓고 나가버렸다. 혼자 남은 레이디 유뱅크는 매우 흡족한 기분으로 클레이튼의 뒷모습을 바라보았다.

휘트니는 클레이튼이 팔꿈치를 가볍게 건드리자 다정한 미소를 띠며 돌아섰다. 클레이튼은 초저녁부터 휴버트 핑커튼의 말동무가 되어주는 것을 시작으로, 친근하고 상냥하며 격의 없는 신사를 필요로 하는 곳이면 어느 자리에나 조심스럽게 끼어들었다. 따로 부탁을 하지 않아도 휘트니에게 도움이 필요하겠다싶으면 언제든 기꺼이 도와주었던 것이다.

클레이튼이 휘트니 귀에 대고 속삭였다.

"피곤해 보이는군. 잠시 눈 좀 붙이는 게 어떻겠소?"

"네, 저도 그러고 싶어요."

휘트니가 한숨을 내쉬며 말했다. 거의 모든 손님들이 이미 자리를 떴거나 잠을 자러 무도회장을 떠나 2층으로 올라간 뒤였다. 앤 이모는 남은 손님들을 위해 여주인으로서의 역할을 기꺼이 맡을 모양이었다. 휘트니는 자리를 뜨기 전에 남은 하객들에게 감사의 인사를 했다.

"여러분, 오늘밤 도와주셔서 정말 고맙습니다. 깊이 감사드립니다."

클레이튼은 휘트니가 복도로 걸어가 보이지 않을 때까지 그녀의 뒷모습을 지켜보았다. 그런 다음 마틴 스톤을 향해 성큼성큼 걸어가 퉁명스럽게 말했다.

"오늘밤 손님들이 돌아가고 난 뒤에 레이디 길버트와 셋이서 이야기 좀 나누고 싶군요."

휘트니는 계단을 오르는 것만도 다리가 아플 정도로 지쳐 있었다. 방으로 돌아온 휘트니는 족히 10분은 걸려 드레스의 등 뒤에 달린 작은 단추들을 푼 다음 간신히 드레스를 벗었다. 반짝거리는 물건이 보디스의 열린 틈으로 굴러떨어졌다.

휘트니는 더없이 부드러운 손길로 카펫 위에서 오팔 반지를 주워 들여다보았다. 그날 밤, 폴이 떠나면서 건네준 반지였다. 폴은 휘트니의 손바닥에 반지를 꼭 쥐어주며 속삭였다.

"휘트니, 네가 내 사람이라는 사실을 잊어선 안 돼."

휘트니는 오팔 반지를 천천히 손가락에 끼면서 짜릿한 흥분을 맛보았다. 좀 전에 느꼈던 모든 피로감이 일시에 사라져버리는 것만 같았다.

휘트니는 동양풍의 빨간색 비단 실내복으로 몸을 감싸며 나지막이 콧노래를 흥얼거렸다. 그런 다음 화장대에 앉아 머리핀을 뽑고 나서 머리를 빗어내렸다. 상아 손잡이가 달린 브러시로 긴 머리칼을 쓸어내릴 때마다 반짝이는 오팔에 불이 붙어 거울 속에서 타오르는 것처럼 보였다. 휘트니는 브러시를 한쪽으로 치워놓았다. 그런 다음 황홀한 기분에 젖어 약혼반지를 집어들었다. 약혼반지야!

"폴 세버린 부인."

휘트니는 미소를 지으며 감미롭게 불러보았다.

"휘트니 앨리슨 세버린."

그 말에는 뭔가 기억을 일깨우는 것이 있었다. 휘트니는 그것이 무엇인지 되살리기 위해 그 말을 입속으로 되풀이해보았다.

이윽고 그것이 어떤 기억인지를 떠올린 휘트니는 한바탕 웃고 나서는 책장으로 달려갔다. 선반에서 가죽 장정을 한 성서를 끄집어내려 재빨리 페이지를 넘겨보았지만 아무것도 없었다. 나중에는 표지를 붙들고 책을 거꾸로 든 다음 마구 흔들었다. 여러 겹으로 접은, 작은 종잇조각이 바닥으로 떨어졌다. 그것을 집어든 휘트니는 살며시 웃으며 읽어내려가기 시작했다.

"올해 열다섯 살인 나, 휘트니 앨리슨 스톤은 온몸과 마음으로-아버지의 말씀에도 불구하고-언젠가 폴 세버린이 나와 결혼하도록 만들 것을 여기에 맹세하고 다짐하노라. 나는 또 마거릿 메리튼과 그 밖의 사람들이 내게 했던, 기분 나쁜 짓 하나하나를 떠올리고는 어쩔 줄 몰라 하도록 만들겠노라. 오늘 이렇게 맹세하며 미래의 폴 세버린 부인이 정식으로 서명하노라."

휘트니는 서명 아래에다 '휘트니 앨리슨 세버린'이라 써넣고 열망에 취해 적어도 열 번 이상 그 소망이 담긴 이름을 입으로 되뇌었던 것이다.

몇 년 만에 쪽지를 읽고 자신이 그렇게밖에 할 수 없었던 절망감을 되새기자 폴의 반지를 차지하게 된 기쁨이 더욱 가슴 뭉클하게 느껴졌다. 휘트니는 누군가에게 반지를 보여주며 그 기쁜 소식을 함께 나눌 수 없다면 가슴이 터져버릴 것만 같았다.

이렇게 들뜬 기분으로 그냥 잠자리에 든다는 것은 말도 안 됐다! 그 사실을 누군가에게 말해야 했다. 꼭 그래야만 했다.

휘트니는 잠시 망설인 끝에 폴에게 청혼을 받았다는 사실을 아버지께 말씀드리기로 마음을 먹었다. 아버지는 몇 년 전 내가 폴을 얼마나 쫓아다녔는지 기억하고 계실 거야. 그러니 마을 사람들이 내 우스운 행동을 더 이상 비웃을 이유가 없어졌다는 걸 아시면 흐뭇해하실 거야. 이제는 폴 세버린이 나를 쫓아다니고 있어. 그리고 나와 결혼하고 싶어 해!

휘트니는 거울을 보며 옷매무새를 살폈다. 빨간색 실내복의 칼라를 꼿꼿이 펴고 허리띠를 바싹 조인 다음 풍성한 머리칼을 어깨 위로 내렸다. 그러고는 문으로 걸어갔다.

휘트니는 기대와 우려가 뒤섞인 기분으로 복도를 따라 걸었다. 걸음을 옮길 때마다 옷자락이 스치는 소리가 났다. 한참 유쾌한 기분에 들뜬 뒤라서 그런지 복도를 걸으며 느끼는 침묵에는 뭔지 모를 우울함이 느껴졌다. 휘트니는 그런 기분을 떨쳐버리고 아버지 침실 문의 손잡이를 잡았다.

"아가씨, 주인님은 서재에 계십니다."

어둠에 덮인 아래쪽 현관으로부터 하인의 목소리가 공허하게 울려왔다.

"아, 그래요?"

그녀는 하는 수 없이 그날 밤에는 앤 이모에게 반지를 보여주는 것으로 만족하고 아버지에게는 이튿날 아침 모든 사실을 털어놓기로 했다.

"이모는 아직 잠자리에 안 드셨겠죠?"

"아닙니다, 아가씨. 이모님께서도 지금 서재에 계십니다."

"그래요? 고마워요. 잘 자요."

휘트니는 서둘러 아래층으로 내려가 서재 문을 두드렸다. 들어오라는 아버지의 목소리를 듣고 날듯이 서재 안으로 들어가 문을 닫은 그녀는 오크나무로 만든 두꺼운 문에 기대섰다. 미소를 머금은 휘트니의 눈이 맞은편 책상 뒤에 앉아 있는 아버지의 눈과 마주쳤다. 왼편 저쪽의, 벽난로와 직각으로 놓여 있는 안락의자에 앉은 앤 이모가 조심스럽게 그녀를 바라보고 있었다. 방안에는 작은 벽난로에서 타오르는 불빛밖에 없어 다소 어두컴컴했다. 그래서 휘트니는 이모의 맞은편 안락의자에 앉아 있는 거무스름한 형체를 전혀 알아보지 못했다. 더구나 높은 등받이에 가려 잘 보이지도 않았다.

잔에 브랜디를 따르는 마틴의 목소리는 또렷하지는 않았지만 다정스러웠다.

"그래, 무슨 일이냐?"

숨을 길게 내쉬며 휘트니가 입을 열었다.

"아버지랑 앤 이모한테 기쁜 소식을 전하려고 왔어요. 두 분이 함께 계셔서 너무 좋아요."

휘트니는 아버지한테로 쪼르르 달려가 브랜디 잔을 옆으로 치우고 책상 위에 걸터앉았다. 휘트니는 잠깐 동안 당혹해하는 듯한 아버지의 얼굴을 다정하게 바라보았다. 그런 다음 몸을 굽혀 마틴의 이마에 입을 맞추었다.

"아버지를 무척 사랑해요. 그리고 자라면서 제가 걱정을 끼친 점, 무척 죄송스럽게 생각하고 있어요."

"고맙구나."

마틴 스톤은 얼굴을 붉히며 중얼거렸다.

"그리고요……."

휘트니는 책상에서 일어나 이모의 얼굴을 마주볼 수 있도록 책상 앞을 돌아가며 말을 이었다.

"전 이모도 무척 사랑해요. 이모도 알고 계시죠?"

휘트니는 다시 숨을 가다듬고는 흥분된 여세를 몰아 말을 쏟아놓기 시작했다.

"저는 폴 세버린도 사랑해요. 폴도 저를 사랑하고 저와 결혼하고 싶어 해요! 폴이 돌아오면 아버지한테 청혼을 할 거예요. 그런데…… 이모, 뭐가 잘못됐나요?"

어리둥절해하며 의자에서 엉거주춤 일어서던 휘트니는 이모가 기겁한 표정으로 앞을 똑바로 쳐다보고 있다는 걸 알아차렸다. 그제야 휘트니는 몸을 숙여 이모가 바라보고 있는 어둠 속의 형체를 쳐다보았다. 그런데 그 어둠 속의 형체는 다름 아닌 클레이튼 웨스트랜드였다!

"죄, 죄송해요! 세 분이 함께 계신 줄 몰랐어요. 아실 테지만 저는 웨스트랜드 씨가 거기 앉아 계신 줄은 전혀 몰랐거든요. 그런 데……."

휘트니는 너무 놀란 나머지 말을 맺지 못했다. 그러다가 숨을 돌리고는 이미 내뱉은 말을 다 끝맺기로 마음먹었다.

"저는 웨스트랜드 씨가 곧 있을 제 약혼 발표에 대해 아무한테도 말씀하지 않으셨으면 좋겠어요. 제 말씀 아시겠죠?"

그때 마틴이 의자에서 벌떡 일어섰다. 마룻바닥에서 의자 끌리는 소리가 들려 휘트니는 말을 멈추었다. 그리고 뒤이은 아버지의 노한 목소리에 그만 현기증을 느꼈다.

"네가 어떻게? 도대체 그게 무슨 말이냐?"

마틴이 휘트니를 보고 호통을 쳤다.

"무슨 말이라뇨?"

휘트니는 당황해서 되물었다. 손바닥을 책상 위에 받치고 선 마틴은 부들부들 떨고 있었다.

"폴 세베린이 제게 청혼을 했다구요. 그게 다예요."

어렸을 때부터 똑똑히 기억하는 아버지의 성난 얼굴에도 불구하고 휘트니는 마저 덧붙였다.

"그리고 저도 폴과 결혼하고 싶어요."

마치 백치에게라도 이르듯 마틴은 느리고 또렷하게 말했다.

"폴 세버린은 수입이 한 푼도 없는 친구란다! 내 말 알아듣겠니? 게다가 땅은 저당 잡혀 있고 채권자들한테 쫓겨다니고 있어!"

휘트니는 충격을 받았음에도 불구하고 차분한 목소리로 조리
있게 대꾸했다.

"폴이 금전적인 압박을 받고 있는 줄은 몰랐어요. 하지만 그게
그렇게 중요한가요? 제겐 할머니에게서 물려받은 재산이 있어요.
게다가 지참금도 있잖아요? 제가 소유한 것은 무엇이든 폴의 것
이 될 거예요."

"너 역시 아무것도 가진 게 없다."

마틴은 퉁명스럽게 내뱉었다.

"나는 폴 세버린보다 더 심한 곤경에 처해 있다. 채권자들이 이
아비를 달달 볶고 있는 중이야. 네가 물려받은 유산과 지참금은
빚을 갚는 데 다 썼단 말이다."

아버지가 쏟아놓은 끔찍한 말에 어리둥절해진 휘트니는 이모에
게로 시선을 돌렸다.

"그럼 폴과 제가 검소하게 살면 되잖아요? 지참금이나 유산으
로 누릴 수 있는 화려한 생활을 하지 않고 말이에요."

앤은 의자 팔걸이를 꽉 움켜진 채 아무 대꾸도 하지 않았다.

절망감에 빠진 휘트니는 다시 아버지에게 고개를 돌렸다.

"아버지, 그렇게 어려우셨다면 진작 알려주셨어야 하는 게 아
닌가요? 무엇 때문에 제가 프랑스에서 집으로 돌아오기 전에 옷
이랑 보석이랑 모피코트를 사라고 돈을 부치셨느냐구요? 만약 그
많은 돈을……."

휘트니는 당혹스러웠다. 그 모든 일에는 뭔가 이치에 어긋난,
잘못된 구석이 있었다. 그러자 휘트니는 무엇이 잘못된 것인지 확
연히 떠올랐다. 휘트니는 조심스럽게 말을 꺼냈다.

"그러고 보니 마구간에는 새로 산 말들이 가득해요. 집 안에는 하인들이 넘쳐나다시피 하구요. 만일 아버지가 형편이 어렵다면 왜 이처럼 사치스러운 생활을 하고 있는 거죠?"

마틴의 얼굴이 자줏빛으로 변했다. 그는 입을 열려다가 다시 굳게 다물었다.

휘트니가 조심스럽게 다그쳤다.

"저도 확실한 설명을 들을 권리가 있어요. 아버지가 방금 말하셨잖아요. 저는 지참금 한 푼 없이 폴과 결혼을 해야 할 뿐 아니라 유산도 없어졌다구요. 아버지 말씀이 모두 사실이라면 어떻게 우리가 이처럼 호화스럽게 살아갈 수 있는 거죠?"

얼마 후 마틴이 말했다.

"형편이 나아졌다."

"언제요?"

"7월부터."

그러자 휘트니가 되물었다.

"7월에 형편이 나아졌다면서 제 유산과 지참금은 왜 도로 찾지 못하신 거죠?"

휘트니의 말이 끝나기도 전에 마틴이 주먹으로 책상을 쳤다. 그리고 곧 쩌렁쩌렁한 목소리로 입을 열었다.

"이제 더 이상 바보 같은 연극은 못 참겠다. 너는 클레이튼 웨스트모어랜드 씨와 약혼이 되어 있다. 그 계약은 벌써 체결되었고 약혼 준비도 다 끝났단 말이다!"

순간적으로 일어난, 미친 듯한 동요를 이겨내느라 휘트니는 약간 달라진 클레이튼의 성을 알아듣지 못했다.

342

"헌데 어떻게 왜, 언제 이런 일이 벌어졌나요?"

"그게 7월의 일이다. 이미 다 정해진 일이야. 내 말 알아듣겠니? 약혼 계약서에 서명을 마쳤단 말이다. 모두 끝났단 말이다!"

휘트니는 공포에 질린 채 아버지를 바라보았다.

"제가 프랑스에서 돌아오기 전에 이 모든 일을 아버지가 꾸몄다는 말씀이세요? 저와는 한마디 상의도 없이, 제 감정 같은 건 전혀 아랑곳하지 않고, 제 유산과 지참금을 전혀 모르는 사람에게 저당 잡혔다는 말씀이세요?"

"빌어먹을!"

마틴이 거칠게 욕을 내뱉었다.

"내 수중엔 지참금을 지불할 돈이 단 한 푼도 남아 있지 않다. 그래서 웨스트모어랜드 씨가 그 빚을 전부 청산해주었단 말야!"

"아버지는, 그, 그때, 행복하셨겠네요."

휘트니는 더듬더듬 말을 이었다.

"결국 절 영원히 떨쳐버리게 되셔서 얼마나 행복하셨나요? 이 '신사'가 사실상 제 몸값을 지불한 셈이군요. 세상에 어떻게 이런 일이 일어날 수 있죠?"

휘트니는 울부짖기 시작했다. 갑자기 가슴이 터질 만큼 명료하게, 기괴한 퍼즐 조각들 하나하나가 딱딱 제 자리를 찾아들어갔다. 그러자 끔찍한 전모가 드러났다.

주체할 수 없는 눈물을 참느라 눈을 감고 있던 휘트니는 쓰러지지 않기 위해 양팔로 책상을 짚고 버텼다. 마침내 눈을 뜨자 흐릿한 시야 속에 아버지의 모습이 들어왔다.

"이 사람이 모든 걸 지불했단 말인가요? 말들과 하인들, 새 가구, 집수리에 들었던 모든 비용까지?"

휘트니는 목이 메어 다음 말을 제대로 이을 수가 없었다.

"프랑스에서 8월에 제가 샀던 모든 장신구도, 지금 제가 입고 있는 이 옷도 여기 이 사람의 돈이었단 말인가요?"

"제길, 그렇다고 말하지 않았느냐! 난 모든 걸 잃었다. 팔 수 있는 건 모조리 팔았다구."

휘트니는 가슴속에 돌덩이가 들어찬 것 같았다. 한때 애정이 자리 잡고 있던 곳에 싸늘한 분노가 들어섰다.

"어쩔 도리가 없어서, 아버지는 저와 헤어지기로 결심하고 저를 팔아버렸다는 말씀이시군요! 그것도 제가 한번 본 적도 없는 낯선 사람에게 말이죠."

휘트니는 말을 멈추고 고뇌에 찬 한숨을 오래도록 내쉬었다.

"제 몸값은 충분히 받으셨나요? 처음 제의가 들어오자마자 선뜻 받아들이지 않으셨기를 바랍니다. 물론 어느 정도 흥정은 하셨겠죠?"

"어디다 대고 함부로 그런 말을!"

마틴은 벼락같이 소리를 지르며 휘트니의 무릎이 꺾일 정도로 세게 뺨을 후려갈겼다. 그의 손이 다시 허공으로 올라갔을 때였다. 매서운 분노가 담긴 클레이튼의 목소리가 서재에 울려퍼졌다.

"스톤 씨, 다시 한 번 그 손으로 스톤 양을 때린다면 가만있지 않겠소."

마틴은 얼굴이 뻣뻣하게 굳어지더니 이내 의자에 털썩 주저앉았다. 휘트니는 자신의 '구조자' 쪽으로 고개를 돌려 노한 목소리로 말했다.

"당신은 비열하고 음흉하기 짝이 없는 뱀 같은 인간이군요. 돈을 주고 아내를 사들이는 당신은 도대체 어떤 종류의 인간이죠? 전혀 본 적도 없는 여자를 사다니, 도대체 어떤 종류의 짐승이냔 말이에요? 그래서 얼마나 많은 돈을 지불했죠?"

클레이튼은 휘트니의 불손한 태도에도 불구하고 그녀의 아름다운 눈에서 미처 흘러내리지 않은 눈물이 반짝거리고 있는 것을 보았다.

"그 물음에는 답하고 싶지가 않군."

클레이튼이 차분하게 대답했다.

휘트니는 클레이튼에게 분노의 칼날을 들이밀 틈새를 찾느라 머릿속이 복잡했다. 이윽고 그녀가 비아냥거리기 시작했다.

"지금 살고 있는 집도 그다지 크지 않은 걸 보면 그렇게 큰돈은 치르지 않았겠죠? 날 얻으려고 보잘것없는 전 재산을 쏟아붓기라도 했나요? 아니면 아버지에게 값을 깎아달라고 통사정이라도 했나요?"

"그만하면 됐소."

클레이튼이 자리에서 일어나며 휘트니의 말을 끊었다.

"이 분은 네게 모든 것을 주실 게다. 모든 것을 말이다."

마틴이 뒤에서 안타깝다는 듯 입을 열었다.

"이 분은 공작님이시다, 휘트니. 너는 네가 갖고 싶은 것을 전부……."

"공작이라구요?"

휘트니는 클레이튼을 쏘아보며 코웃음을 쳤다.

"당신은 그 잘난 신분으로 아버지를 설득했군요. 거짓말쟁이에다……."

휘트니가 말을 잇지 못하자 클레이튼은 그녀의 턱을 잡고 원한에 찬 눈길을 똑바로 들여다보았다.

"공작이 맞소. 몇 달 전 프랑스에서 그렇게 말한 적이 있을 텐데."

"공작이라니? 당신은 인간 페스트야! 당신이 비록 영국의 왕이라 할지라도 난 절대 당신과 결혼하지 않을 거야."

휘트니는 머리를 뒤흔들면서 격렬한 증오의 말을 퍼부어댔다.

"그리고 나는 프랑스에서 당신을 본 적이 없어."

그러자 클레이튼이 조용하게 휘트니의 기억을 되살려주었다.

"파리에서 가장무도회가 열리던 날 밤에 내가 공작이라고 말하지 않았나? 아르망 가에서 열린 가장무도회에서 말이오."

"거짓말 말아요! 난 거기서 당신 같은 인간 페스트를 만난 적이 없어요. 집에 돌아올 때까지 당신을 결코 만난 일이 없단 말이에요!"

"휘트니."

그 때 앤이 조심스럽게 끼어들었다.

"가장무도회가 열렸던 밤을 잘 생각해보아라. 아르망 저택을 막 떠나려고 할 때 네가 나한테 묻지 않았니? 길고 검은 망토에 검은 가면으로 얼굴을 반쯤 가린, 키 큰 남자가 누구냐고 말이다."

여러 장면이 머릿속을 주마등처럼 스쳐가자 휘트니는 숨이 막히는 것 같았다. 바야흐로 낯익은 회색 눈이 아르망 가의 정원에서 빛을 반짝이며 자신을 내려다보고 있었다. 웃음소리와 함께 굵은 저음의 목소리가 말했다. '당신에게 내가 공작이라고 말하지 않았나?'라고.

휘트니는 격렬한 분노에 휩싸인 채 클레이튼을 바라보았다. 지난 모든 기억들이 떠오르며 지금의 현실과 겹쳐졌다.

"바로 당신이었군요! 바로 당신이 가면 뒤에 모습을 숨겼던 장본인이었군요."

"외알 안경도 안 쓴 채."

클레이튼은 차갑게 웃으며 휘트니의 짐작을 확인해주었다.

"오만하고 음흉하고 비열한 모든 것 중에······."

휘트니는 격렬한 혐오감을 표현할 말을 더 이상 찾을 수가 없었다. 그녀는 다시 쓰라린 눈물을 쏟으며 현실을 확연히 깨달았다.

"웨스트모어랜드 각하!"

휘트니는 모든 경멸을 담아 클레이튼의 성을 정확히 발음했다.

"당신에게 알려드려야 할 것 같군요. 오늘 저녁 당신을 두고 사람들이 끝도 없이 늘어놓는 이야기들, 그러니까 당신의 부동산, 당신의 말들, 당신의 엄청난 재산 그리고 당신의 여자들 얘기를 듣고 구역질이 났다는 사실을요!"

"나 역시 구역질이 났소."

클레이튼이 냉소적으로 대꾸했다.

휘트니는 클레이튼의 목소리를 들으며 느꼈던 유쾌함은 화상자리에 부은 산(酸)같은 것이라는 생각을 했다. 실내복자락을 움켜쥔 휘트니는 손가락 관절이 새하얗게 변할 정도로 옷자락을 잡고 비틀었다. 그러는 한편 가슴속으로는 실타래처럼 엉킨 감정의 실마리를 찾으려고 애를 썼다. 그러나 간신히 입에서 나온 말이라고는 고통에 짓눌린 신음 소리뿐이었다.

"죽는 날까지 당신을 증오하겠어요!"

휘트니의 협박에도 아랑곳없이 클레이튼은 부드럽게 말했다.

"지금은 방으로 돌아가 잠이라도 자는 편이 낫겠소."

클레이튼이 손을 내밀어 휘트니의 팔꿈치를 잡았다. 휘트니가 손을 뿌리치려고 하자 클레이튼은 손아귀에 더욱 힘을 주었다.

"내일 오후에 다시 들르겠소. 해명해야 할 일이 너무 많거든. 내가 직접 해명하겠소. 당신 기분이 안정되고 내 말을 차분히 들어줄 수 있을 때 말이오."

휘트니는 단 1초라도 부드러움을 가장한 그의 거짓된 염려에 속고 싶지 않았다. 그래서 클레이튼이 말을 마치자마자 팔을 뿌리치고 서재의 출입문으로 걸어갔다.

휘트니가 손잡이를 잡으려고 손을 뻗쳤을 때 클레이튼이 단호하고 권위에 찬 목소리로 덧붙였다.

"휘트니, 내가 도착했을 때 당신이 여기 있기를 바라오."

손잡이를 잡은 휘트니의 손이 뻣뻣해졌다. 휘트니는 클레이튼의 명령에 대한 반감 때문에 속으로 비명을 지르고 있었다. 그러면서 뒤도 돌아보지 않고 손잡이를 돌려 문을 열었다. 벌컥 열렸던 문은 휘트니가 나가고 난 다음에 꽝 소리를 내며 닫혔다.

휘트니는 서재에 있는 세 사람에게 복도를 걷는 자신의 발소리가 들리는 동안에는 천천히 걸었다. 겁먹은 토끼처럼 도망가듯 비쳐지는 것이 싫었기 때문이다. 그녀는 복도 끝에 다다라서야 방향을 튼 다음 잰걸음으로 층계를 밟았다. 그리고 우물쭈물하지 않고 계단을 뛰어올라가 방으로 들어갔다. 방안으로 들어선 휘트니는 부들부들 떨며 문에 기대섰다. 그리고 밝고 아늑한 방을 바라보았다. 불과 30분 전만 해도 들뜬 기분으로 이 방을 나섰건만……. 휘트니는 방금 맞닥뜨린 재앙을 도저히 감당할 수가 없었다.

아래층 서재에서는 불길하고 끔찍한 침묵이 이어졌다. 분위기는 견딜 수 없을 정도로 거북했다. 클레이튼은 벽난로 장식 선반에 두 손을 짚고 서서 온몸으로 지독한 분노를 발산하며 타오르는 불꽃을 바라보고 있었다.

마틴은 갑자기 얼굴을 감싸고 있던 손바닥을 떨어뜨리며 주먹으로 책상 위를 쾅, 하고 내리쳤다. 앤이 그 소리에 놀라 자리에서 몸을 일으킬 정도였다.

"술 때문이었소. 맹세합니다."

마틴은 잿빛이 된 얼굴로 중얼거렸다.

"휘트니에게 손찌검을 했던 건 처음이오. 내가 어떻게 휘트니를……."

하지만 클레이튼도 가차없이 소리를 질렀다.

"도대체 무슨 짓이란 말이오? 이제 마틴 씨가 할 일은 다 끝났소. 휘트니는 나와 결혼할 거요. 하지만 마틴 씨는 오늘밤 휘트니에게 했던 손찌검의 대가를 톡톡히 치르게 될 거요."

클레이튼의 말투가 바뀌며 말렸던 채찍이 풀리는 것처럼 단어가 입에서 천천히 풀려나왔다.

"오늘밤 이후로 휘트니가 무슨 말을 하든 가만히 있길 바랍니다. 그렇게 하는 게 좋을 겁니다, 알아듣겠소?"

마틴은 힘겹게 고개를 끄덕였다.

"그렇게 하지요."

"만일 휘트니가 당신의 찻잔에 독약을 넣는다 하더라도 마틴 씨는 그것을 들이켜야 하오. 그, 입을, 꽉, 다물고 있으란 말이오!"

"알았습니다. 입을 다물고 있지요."

클레이튼은 더 말을 하려다가 마치 자신의 말을 더 이상 믿을 수 없다는 듯 입을 다물었다. 앤에게 간단히 허리를 굽혀 인사를 하고 난 클레이튼은 재빨리 문 쪽으로 걸어가 문을 열어젖혔다. 그는 걸음을 멈추고 싸늘한 눈초리로 마틴을 돌아보았다.

"다시 한 번 말하지만 만약 당신이……."

클레이튼은 초인적인 노력으로 협박의 말을 속으로 삼키고는 성큼성큼 서재를 걸어나갔다. 클레이튼의 발걸음 소리가 복도를 쩌렁쩌렁 울렸다.

집 앞, 공작의 마차에 매달린 등이 미풍에 깜박거리며 흔들렸다. 길가에 줄지어 선 느릅나무가지가 흔들리고 나뭇잎이 바스락거리며 으스스한 분위기를 풍기고 있었다. 클레이튼의 마부인 제임스 맥레이가 마부석에 올라탔다. 모든 손님들이 떠나고 공작만 뒤에 남아 있었으나 맥레이는 기다리는 게 싫지 않았다. 사실 그는 주인이 스톤 가의 방문객들과 좀 더 꾸물거렸으면 싶었다. 공작의 시종인 암스트롱과 엄청난 돈을 걸고 내기를 했기 때문이다. 휘트니 스톤이 장차 클레이모어 공작 부인이 될 운명인지 아닌지가 내기의 핵심이었다.

현관문이 열리고 클레이모어 공작이 계단을 내려오기 시작했다. 맥레이는 곁눈으로 공작이 계단을 성큼성큼 내려오는 것을 눈여겨보았다. 그런 걸음새는 화가 나 있거나 기분이 무척 좋을 때 보이는 행동이었다. 맥레이는 어느 쪽인지 확신하지는 못했다. 어느 쪽이든 별로 중요하지도 않았다. 스톤 양이 공작의 감정을 계속 자극시키는 한, 내기에서 이길 가능성이 훨씬 더 크기 때문이었다.

"여기서 빨리 벗어나세!"

클레이튼은 마차에 몸을 싣고는 문을 쾅 하고 닫았다.

'스톤 양과 일이 잘 안 풀리는 모양이군.'

어슴푸레한 도로 위를 미끄러지듯 달리는 동안 맥레이는 흐뭇하게 웃으며 결론을 내렸다. 그는 어찌나 기분이 좋았던지 사랑니가 지끈지끈 쑤시는 것마저 잊을 정도였다. 맥레이는 내기에서 딴 돈을 어디에다 쓸 것인가를 속으로 생각하며 경쾌한 아일랜드 민요를 흥얼거리기 시작했다. 어느 정도를 달리고 나자 공작이 몸을 앞으로 기울이고는 화가 나서 물었다.

"맥레이, 자네 어디 아픈가?"

"아닙니다, 각하."

맥레이가 서둘러 어깨 너머로 대답했다.

"그럼 슬픈가?"

"아닙니다, 각하."

"그럼 그 빌어먹을 끙끙대는 소리 좀 그치게!"

"예, 각하."

맥레이는 화가 치밀어 있는 공작에게 자신의 즐거운 표정을 조심스럽게 숨겼다.

<2권에 계속>

내사랑 휘트니
1

주디스 맥노트 지음 | 김문유 옮김

WHITNEY MY LOVE

초판 1쇄 인쇄일 | 2004년 5월 10일
초판 1쇄 발행일 | 2004년 5월 15일

발행처 현대문화센타 | 발행인 양장목 | 출판등록 1992년 11월 19일 | 등록번호 제3-448호
주소 서울특별시 은평구 대조동 191-1 (122-842) | 전화번호 384-0690∼1 | 팩시밀리 384-0692
이메일 hdpub@chol.com | 홈페이지 http://www.hdbook.co.kr | ISBN 89-7428-246-1 03840

• 잘못 만들어진 책은 구입하신 서점에서 교환하여 드립니다.